BURNING FIRST LOVE

FANNY TWICE

BURNING FIRST LOVE

Luv

1

J'attrape ma valise, puis mon petit sac à main avant d'embrasser ma chambre du regard.

Il me semble que je n'ai rien oublié. Je sors de la pièce avant de claquer la porte derrière moi. Au même moment, je sens mon portable vibrer dans ma main. Je décroche tout en descendant les escaliers.

– Salut ma Lulu !

– Déjà partie ? m'interroge-t-elle d'une voix lasse et blasée.

– Pas encore, j'attends mon taxi.

– OK.

Après quelques secondes à l'entendre soupirer sans rien dire, je reprends la parole :

– Arrête de bouder Lucie !

– Moi, bouder ?! Pourquoi je ferais une chose pareille ? Ce n'est pas comme si ma meilleure amie se barrait à l'autre bout du pays pour murmurer à l'oreille des chevaux !

– À vrai dire, Saumur est à peine à trois heures de Paris…

– Oh ça va ! braille-t-elle.

J'éclate de rire avant de la rassurer :

– Je compte bien revenir passer un week-end ici ! Et puis, tout sera terminé bien avant la rentrée, on se rattrapera ! Aussi, n'oublie pas que tu peux toujours me rendre visite…

– Même pas en rêve ! rétorque-t-elle aussitôt. Moi et la bouse de vache, ça fait deux !

J'évite de débattre encore une fois du sujet. Ce n'est vraiment pas le moment !

– Je dois te laisser, annoncé-je en constatant l'heure sur l'horloge du salon. Je t'appelle demain, d'accord ?

– Ouais, bon voyage ! réplique-t-elle sans conviction. Et tu sais où me trouver si tu décides d'écourter ton séjour…

– À plus ! raillé-je en raccrochant.

Tout en rangeant mon téléphone dans mon sac à main, je regarde autour de moi avant de crier afin que toute la maison puisse m'entendre :

– Je suis prête !

Étant donné que personne ne répond, je me dirige vers la cuisine en me demandant où les membres de ma famille peuvent bien être.

– Hé ho, il y a quelqu'un ?

Généralement, à cette heure, maman est à son cours de yoga et même si elle ne loupe jamais une séance, cela m'étonnerait qu'elle ait oublié quel jour nous sommes.

Au bout de quelques secondes, je la vois enfin débarquer. Les yeux plissés, elle m'examine de haut en bas. Son expression horrifiée m'oblige à baisser la tête pour analyser ma tenue.

Bah quoi, j'ai une tache quelque part ?

– Tu… commence-t-elle en pointant son doigt dans ma direction. Tu comptes vraiment y aller ainsi ?

Je hoche la tête en guise de réponse et elle émet immédiatement ce bruit que je déteste. Ce son strident qui lui vient du fond de la gorge en même temps qu'elle serre les lèvres. Traduction : elle n'est pas d'accord avec mon short en jean et mon tee-shirt à l'effigie d'un groupe de rock.

– Bon, ça va, maman, j'ai besoin d'être à l'aise durant le trajet !

– Livia, tu sais où tu vas passer ces prochaines semaines, n'est-ce pas ?

Son ton tranchant et sec me fait serrer les dents. Bon sang, elle ne va pas recommencer avec ça ?!

Sur les conseils de mes parents, j'ai accepté de passer une grande partie de mes vacances d'été dans ce fameux centre équestre de prestige. Non pas que j'aie besoin de cours d'équitation, que je maîtrise depuis l'âge de 6 ans, mais je souhaite me préparer pour remporter un maximum d'épreuves de saut d'obstacles en vue de me qualifier pour le championnat national de la saison prochaine. Et sur l'insistance de mon moniteur d'équitation, mes parents ont accepté que je prenne un cheval en demi-pension dans mon club à partir de la rentrée, dans le but de l'emmener au plus haut niveau.

Je dois donc mettre toutes les chances de mon côté pour rendre fier mon entourage et pour ça, j'ai plutôt intérêt à m'investir pleinement dans cette discipline.

Alors, au lieu de passer les vacances à me dorer la pilule avec mes copines, c'est au domaine de La Perrière que je séjournerai : un cadre splendide et des chevaux de haut niveau, le rêve quoi ! Bien que je sois consciente que de longues heures d'entraînement m'attendent, je ne me plains pas. J'adore ça ! Monter à cheval me donne la sensation d'être libre. C'est ça, je me sens libre et moi-même. Le défi de révéler un cheval en compétition est d'autant plus grisant pour moi.

Cependant, le centre choisi par mes parents ne m'enchante pas des masses. Qu'a-t-il de plus que les autres pour être à ce point onéreux ? Pour moi, des bons chevaux, il y en a partout.

Bref, encore une fois, je n'ai pas voulu aller à l'encontre de leur volonté. Mes parents sont plutôt du genre obstiné et j'avoue leur céder juste pour avoir la paix.

Quand maman croise les bras en tapant légèrement du pied, je lâche mes affaires au sol en soufflant. Autrement dit, je capitule.

– Ça va, je monte me changer ! grogné-je en rebroussant chemin.

J'opte pour un chemisier blanc aux nombreux avantages : assez confortable et acceptable aux yeux de ma chère mère.

Une fois que je suis revenue, elle acquiesce d'un léger hochement de tête tout en haussant les sourcils. Ce qui veut dire qu'elle n'approuve toujours pas le short, mais qu'elle laisse tomber.

Vivement que je me casse d'ici !

J'adore mes parents et même si je mesure la chance inouïe que j'ai de pouvoir exercer ma passion sans contraintes, leur dévouement à mon égard a tendance à m'étouffer. Ce n'est pas le fait qu'ils soient hyper présents dans ma vie. Au contraire, mon père est tellement accaparé par son travail qu'il arrive que je ne le croise pas de la semaine ! Non, le vrai problème, c'est cette façon qu'ils ont de vouloir diriger ma vie. Parfois, j'ai l'impression qu'elle est déjà toute tracée. Gravée dans le marbre.

Après mes études en management, je sais qu'une belle place de responsable m'attend dans la boîte que papa dirige. Encore quatre longues et ennuyeuses années à tirer avant de rentrer dans l'impétueux monde des affaires, sur les traces de mon paternel.

Mais je ne vais surtout pas me plaindre. Après le lycée, je ne savais absolument pas quoi faire de ma vie, comme la plupart de mes camarades. Finalement, c'est une chance qui s'offre à moi.

Maman fait traîner ma valise le long de la pièce avant d'ouvrir la porte d'entrée. À sa suite, je sors de la maison et me retourne vers elle quand je constate que le taxi est déjà là.

– Bon, eh bien… embrasse papa de ma part ! dis-je d'un ton sarcastique malgré moi.

Je sais que maman n'y est pour rien et son air triste prouve qu'elle aussi aurait aimé qu'il soit là, comme il l'avait promis.

– Ce n'est pas grave maman, la rassuré-je en m'approchant pour lui faire une accolade. On se revoit bientôt.

– Tu rentres pour le week-end ? me demande-t-elle une fois de plus.

– Évidemment !

Malgré son sourire forcé, elle inspire profondément, comme pour effacer toute trace de déception de son beau visage.

– Bon voyage ma puce. Appelle-moi quand tu es arrivée, d'accord ?

Un dernier signe de tête et j'attrape mes affaires pour me diriger vers la voiture.

2

Pendant les deux heures de train qui me mènent à la gare de Saumur, je repense à ces super vacances entre copines que j'aurais pu m'offrir. Même si je ne le montre pas, cela m'embête que Lucie se retrouve seule durant tout l'été. Certes, nous avons de nombreuses amies avec qui nous passons du bon temps, mais Lulu et moi, c'est particulier. Nous sommes inséparables depuis le collège, soit plusieurs années maintenant, et bien que nous soyons différentes en tout point, notre relation est plus que fusionnelle. Elle est comme la sœur que je n'ai jamais eue, au grand dam de mes parents. En effet, ces derniers ont un peu de mal avec son franc-parler et son côté excentrique. Mais Lucie m'apporte du pep's, un dynamisme qu'une fille venant d'une famille telle que la mienne ne peut se permettre. En gros, nous sommes complémentaires. L'intello et la foldingue, comme nous surnomment certains.

Un brin mélancolique à l'idée de ne pas profiter d'elle, je suis néanmoins persuadée que je vais faire de nouvelles rencontres pendant ce stage et j'en suis enchantée d'avance.

Je passe le reste du voyage à écouter de la musique plutôt qu'à ruminer. Les yeux clos, je me laisse presque aller à l'endormissement lorsque je sens un ralentissement.

Aussitôt, j'attrape mes affaires et descends du train. À peine ai-je posé le pied sur le quai que je remarque qu'un homme portant une pancarte sur laquelle est écrite « Livia Boissier » m'attend. Ma mère m'avait bien informée que tout était pris en charge, mais je ne m'attendais pas à un accueil de cette sorte. Je pensais que nous serions un groupe de cavaliers à nous retrouver à la gare.

Qu'à cela ne tienne, j'essaie de ne pas me formaliser de ce détail et décide d'afficher mon plus beau sourire en rejoignant cet homme. Plus je m'approche et plus je me rends compte qu'il doit être à peine plus âgé que moi.

Chouette !

Plutôt grand et élancé, le jean qu'il porte lui va à ravir et sa chemise bleu ciel lui donne un côté décontracté tout en finesse. Je comprends immédiatement que ce garçon est de bonne famille, tout comme moi. Après un temps d'hésitation, il semble aussi ravi que moi en constatant que je me dirige droit vers lui.

Arrivée à sa hauteur, je me perds immédiatement dans le bleu profond de ses yeux. Son sourire blanc et ravageur finit d'exterminer l'assurance dont je faisais preuve jusqu'à maintenant.

– Salut, moi c'est Livia, baragouiné-je timidement avec un petit signe de la main.

– Enchanté, je suis Charles, me répond-il en affichant son plus beau sourire.

Pendant un court instant, il me fixe, hésitant. Puis, il s'avance pour me faire la bise, ce qui n'est pas pour me déplaire. Son odeur musquée lui donne un côté viril que je n'aurais pas soupçonné. Ensuite, il passe derrière moi pour attraper mon énorme valise.

N'étant pas habituée à autant de galanterie, je le laisse faire en arborant un sourire béat d'admiration. Encore sous le charme, je reste immobile tandis qu'il commence à avancer.

– Livia ? Tu viens ?

– Euh, oui, j'arrive. Pardon, merci pour la valise, me confonds-je en excuses alors qu'il se marre, visiblement content de l'effet qu'il a sur moi.

Reprends-toi ma vieille, tu as l'air ridicule !

C'est tout moi ça, craquer aussi vite pour un beau mec au sourire ravageur…

Nous rejoignons le parking de la gare et alors que nous arrivons vers un luxueux quatre-quatre, ma supposition est confirmée : cet homme a de l'argent !

Après avoir déposé ma valise dans le coffre, il vient m'ouvrir la porte et je m'installe confortablement dans le siège en cuir beige. Alors qu'il s'engage sur la route, je me hasarde à lui demander :

– C'est toi qui t'occupes de l'arrivée de tous les stagiaires ?

– Oui… et encore plus quand il s'agit d'une jolie fille comme toi.

Le rouge me monte aux joues immédiatement. Ne sachant pas quoi répondre, je me concentre sur la route, le temps que ma gêne disparaisse, un petit sourire de satisfaction en coin.

Au bout de quelques minutes, il ajoute :

– Tu es la dernière arrivée de cette session. Vous êtes cinq cavaliers à participer à ce stage de perfectionnement au saut d'obstacles. Il n'y a que des groupes de cinq cavaliers, dans d'autres disciplines également. En même temps que vous, il y a une promo dressage et une promo pour la préparation au concours complet.

Trop curieuse de savoir avec qui je vais partager ces quatre prochaines semaines, je lui demande :

– Sommes-nous que des filles ?

– Non, pas du tout, pourquoi ? dit-il, interloqué par ma question.

– Pour savoir. Ce sport est assez féminin en général.

– Détrompe-toi, dans le haut niveau, il y a presque plus d'hommes que de femmes. Et j'en fais partie.

– Tu es cavalier de haut niveau ? l'interrogé-je, admirative.

– Oui, depuis peu.

Décidément, ce garçon a tout pour plaire. Plutôt mignon, charmant et bon cavalier. L'homme parfait !

Seuls sur cette route entourée d'une forêt, nous arrivons devant un immense portail en fer forgé, ouvrant sur une grande allée bordée de platanes. Charles avance alors au pas pendant que j'admire les bêtes de concours en train de brouter dans les prés. Tous les chevaux que j'observe affichent une musculature hors norme et les reflets du soleil luisent sur leur robe bien entretenue. Plutôt habituée aux chevaux pleins de boue sortant du pré, je reste ébahie devant tant de beauté.

Une fois au bout de l'allée, la voiture s'arrête face à une bâtisse imposante en pierres dorées. Comme une petite fille face à un énorme cadeau, je reste muette en observant le moindre détail de ces écuries imposantes. Pour me sortir de ma rêverie, Charles m'ouvre la porte.

– Nous sommes arrivés !

Je sursaute légèrement et descends de la voiture en tournant sur moi-même pour m'imprégner de ce lieu magique. Je mesure désormais la chance que j'ai de faire partie de cette infime partie de la population pouvant accéder à ce genre de privilège. Charles s'approche de moi, me sortant une nouvelle fois de mes pensées.

– Tu me suis ? Je vais te montrer ta chambre. Et à dix-sept heures, il y a la réunion d'accueil dans le club house, qui se situe juste à droite des écuries.

– Une réunion d'accueil ? répété-je, surprise.

– Oui, tous les stagiaires y participent. On vous expliquera le déroulement de la formation. On vous présentera également le staff, les écuries et les chevaux.

– Super ! réponds-je en sautillant.

Aussitôt, nous longeons les écuries pour arriver dans une arrière-cour encadrée de petits chalets. Une fois devant le numéro quatre, Charles s'arrête avant de sortir un trousseau de clés pour m'ouvrir la porte. J'entre alors dans un petit cottage décoré de façon simple, mais chaleureuse. Une pièce en guise de chambre avec un lit deux places et, sur le côté, une petite salle de douche personnelle. Ouf, j'avais peur d'avoir à partager les sanitaires avec des tierces personnes !

Je me sens immédiatement comme chez moi !

Charles dépose ma valise au pied du lit et se retourne vers moi en m'attrapant la main. Ce geste me surprend, mais je le laisse faire sans rien dire.

– Dans quinze minutes au club house ? m’interroge-t-il en plantant ses jolies prunelles dans les miennes. À tout à l’heure, princesse.

Est-ce que tous les stagiaires sont accueillis de la sorte ou bien suis-je un cas isolé ?

Dans tous les cas, je suis ravie de commencer mes vacances de cette façon !

3

Après m'être rapidement installée et refait une beauté afin d'effacer toute trace de fatigue, je rejoins le club house.

Dès que je passe la porte, j'aperçois trois personnes dans le fond de la salle en train de siroter un jus de fruits, accoudées au bar. Deux autres petits groupes sont installés dans les coins de la pièce. Je repense à l'explication de Charles à mon arrivée. Ces personnes doivent certainement faire partie des autres promos. D'emblée, tous se retournent, m'analysent rapidement avant de retourner à leurs occupations.

Dans un silence assez pesant, je m'avance lentement en contemplant la pièce entièrement recouverte de lambris du sol au plafond. On se croirait dans un chalet de montagne !

Différents trophées de toutes tailles sont exposés sur des étagères le long des murs et d'immenses photos encadrées trônent fièrement au-dessus du bar. L'une d'entre elles attire particulièrement mon attention : un selle français bai brun volant au-dessus d'un obstacle d'au moins un mètre cinquante de haut, d'après le nombre de barres que je peux compter.

Impressionnée par la puissance de l'animal, je prends le temps d'examiner sa performance. Seulement, je suis rapidement interrompue dans mon analyse par une main chaude se plaçant juste au creux de mes reins. Je sursaute, mais je n'ai pas le temps de me retourner que le parfum de Charles envahit mes narines.

– Viens, je vais te présenter aux autres.

J'acquiesce d'un hochement de tête et nous nous approchons du petit groupe.

– Je vous présente Livia, la dernière arrivée, clame-t-il fièrement à l'intention des autres stagiaires.

– Salut, murmuré-je, un brin gênée d'être annoncée comme la dernière trouvaille.

– Installez-vous, nous ordonne gentiment Charles avant de m'adresser un clin d'œil.

Nous prenons aussitôt place sur les chaises et j'observe discrètement les gens qui m'entourent : deux filles et deux garçons.

Au bout de quelques minutes, un homme d'une cinquantaine d'années entre dans la pièce et vient se positionner face à nous. Sa stature n'est pas imposante, mais son visage pincé est la preuve immédiate de son autorité.

OK, il n'a vraiment pas l'air de plaisanter !

– Bonjour à tous et bienvenue au domaine de La Perrière, commence-t-il d'une voix qui porte. Comme vous le savez, vous êtes ici pour les quatre prochaines semaines en stage intensif, en vue de vous préparer pour les championnats. Quelques règles de rigueur : je ne tolère aucun retard et la discipline est le maître mot qui doit vous guider tout au long de votre apprentissage.

Qu'est-ce que je disais ? C'est tout de suite moins drôle !

Je déglutis en me disant que c'était trop beau pour être vrai. Pendant quelques instants, j'ai eu l'impression d'être dans un camp de vacances ! Je dois avouer que l'idée de me faire des amies et de flirter avec un beau mec me plaisait pas mal…

Mais je dois reprendre mes esprits. Si mes parents m'ont envoyée ici, c'est pour que je me perfectionne et que je gagne cette compétition.

Après le bref discours de l'homme que j'imagine être son père d'après leur indéniable ressemblance, Charles nous propose de faire un tour de table afin de nous présenter brièvement.

Je sens automatiquement mon cœur s'emballer en pensant à ce que je vais bien pouvoir dire tandis que l'une des filles lève la main en gigotant sur sa chaise. Bien entendu, elle attend que le directeur lui donne son accord avant de se mettre debout.

– Bonjour à tous ! s'exclame-t-elle vivement en nous balayant du regard. Je m'appelle Sixtine, j'ai 20 ans et je suis cavalière depuis l'âge de 8 ans.

Sans le vouloir, je serre les dents tant sa voix stridente m'échauffe les oreilles. La jolie blonde termine sa présentation en déclarant qu'elle est « ravie d'être aux côtés de M. de La Perrière ». Pimbêche au possible, elle ne fait que reluquer Charles en papillonnant des cils, ce qui m'agace légèrement, je dois l'avouer. Je secoue la tête comme pour chasser ce sentiment que je déteste.

La jalousie.

Je me sermonne intérieurement en essayant de ne pas porter de jugement trop hâtif. Alors, je chasse mes pensées négatives et décide de lui laisser une chance.

Une fois son speech, que j'ai trouvé légèrement long, terminé, je lui adresse un sourire approbateur qu'elle ignore royalement.

Et qu'on ne me dise pas que je ne fais pas d'effort !

Ensuite, l'un des deux garçons assis à côté d'elle se lève pour prendre la parole.

– Bonjour, je suis Paul, déclare-t-il d'une voix douce et agréable. J'ai 21 ans et je suis cavalier en sport-étude. En parallèle, je suis en école d'ingénieurs.

Eh bien… Rien que ça !

Assez discret, il ne développe pas davantage et termine simplement en expliquant qu'il est venu avec son propre cheval, prétextant qu'il est le meilleur.

Quand la troisième stagiaire démarre son allocution, j'observe la réaction de Charles du coin de l'œil. La manière dont il considère les autres filles me prouve une chose : ce mec n'est pas un simple charmeur qui cherche à flirter avec toutes les nouvelles.

Non, j'ai bien l'impression qu'il a craqué sur moi et j'en suis plus que flattée.

Tandis que nous échangeons à nouveau un regard complice, j'apprends que ma deuxième coéquipière s'appelle Chiara et qu'elle n'est là que pour se perfectionner afin de gagner le concours.

Ça tombe bien, il semblerait que nous aussi !

– Bonjour ! se présente le dernier garçon. Moi, c'est Andreas, j'ai 23 ans et je pratique l'équitation depuis bientôt vingt ans.

Vingt ans ? Eh bé ! Soit cet homme est nul en maths, soit c'est le plus précoce de tous les cavaliers que je connaisse !

J'évite de me mettre à rire en entendant le ton guindé qu'il emploie. Au lieu de cela, je l'écoute attentivement expliquer son parcours quasi identique aux nôtres.

Une fois Andreas assis, le directeur me fait signe que c'est mon tour et Charles m'adresse un clin d'œil de soutien.

On ne peut pas dire que je sois de nature timide. Néanmoins, je déteste quand toute l'attention est portée sur moi.

– Bonjour, dis-je en me mettant debout tout en joignant les mains. Livia, 19 ans, aime la nature et l'équitation.

Mon ironie les fait tous rire. Oui, même M. le directeur !

Assez fière d'avoir réussi à détendre l'atmosphère, je continue :

– Bien sûr, comme vous tous, je souhaite me perfectionner pour remporter un maximum d'épreuves de CSO lors de la prochaine saison… et pourquoi pas tenter les championnats de France ! Mais au-delà de ça, j'adore les chevaux ! Ce que j'aime le plus, c'est la beauté et… cette puissance qu'ils dégagent !

La stupeur que je lis sur le visage de certains, notamment Sixtine, me fait prendre conscience que je m'égare. Gênée, je me racle la gorge avant de rajouter :

– En tout cas, j'espère que ce stage nous permettra à tous d'atteindre notre objectif tout en passant de bons moments !

Le directeur hoche la tête d'approbation avant de nous proposer de faire une visite du domaine.

4

Le ciel commence à peine à s'obscurcir quand nous rejoignons le point de départ. Même si l'endroit est vraiment magnifique, je meurs d'envie de retourner dans ma chambre afin de prendre une douche. Le voyage ainsi que tout le reste m'ont littéralement épuisée !

– Nous terminons la visite avec les écuries, annonce Charles en pointant son doigt vers la bâtisse juste en face.

Tandis que tous le suivent à l'intérieur, je reste quelques instants à observer la carrière, au loin. Mes lèvres s'étirent en un large sourire quand je m'imagine cavaler le long de la lice. Je me vois déjà enchaîner les divers obstacles installés sur cette aire d'entraînement quand quelqu'un entre dans mon champ de vision. À quelques mètres de moi, un homme, qui n'a sûrement pas remarqué ma présence, tire sur le harnais de son cheval qui semble réticent à rentrer au bercail.

Doucement, il se place face à l'animal et s'accroupit. Il laisse la longe se détendre tandis que la bête recule de quelques pas, visiblement anxieuse. Lui ne bouge pas. Il patiente. Le cheval se rapproche alors doucement jusqu'à poser son nez sur l'épaule de cet inconnu. Tous deux restent dans cette position pendant plusieurs secondes jusqu'à ce que l'homme se relève en posant sa main sur le front de l'animal. Aussitôt, celui-ci abaisse la tête à son tour, semblant coopérer. La peur et l'appréhension qui tenaient la bête en tension ont disparu comme par enchantement.

Waouh, il fait des miracles !

Impressionnée, je m'apprête à m'approcher afin de l'interroger sur sa manière de faire, mais quand il lève le visage et m'aperçoit, il se fige immédiatement. Nos yeux se croisent très brièvement, son regard ayant déjà quitté le mien pour fixer le sol.

Abasourdie, je l'observe un moment pendant qu'il regagne l'écurie. Son âge est difficile à estimer vu ses longs cheveux épais et ondulés qui cachent la moitié de son visage ainsi que sa barbe plus que négligée. Ceci dit, il a l'air plutôt jeune. Il porte un jean et un tee-shirt avec une inscription illisible d'où je suis. Les traits de son visage me paraissent étranges, mais j'ai du mal à le voir avec la pénombre, d'autant plus qu'il garde la tête baissée.

– Qu'est-ce que tu fais ?

– Ah ! crié-je. Bon sang, tu m'as fait peur !

La main sur le cœur, je me retourne vers Charles qui enroule immédiatement ses mains autour de mes bras pour me rassurer. Je me calme instantanément à son contact.

– Toutes mes excuses ma belle ! s'empresse-t-il de dire, amusé de m'avoir fichu la trouille. Nous avons commencé le tour des écuries et…

– Oui j'arrive, le coupé-je en dégageant mes bras pour faire volte-face.

L'inconnu n'a pas bougé d'un poil, ce que je trouve vraiment étrange. Alors que je m'apprête à interroger Charles, celui-ci fronce les sourcils.

– Qu'est-ce que tu fiches ici ? maugrée-t-il d'une voix dure.

Son ton me fait lever les sourcils d'étonnement. Tandis que l'homme lui désigne les écuries, Charles jette un coup d'œil à sa montre avant de reprendre la parole :

– Reviens dans dix minutes, ordonne-t-il en serrant les dents.

Je ne sais pas si c'est la voix de Charles qui perturbe l'animal, mais celui-ci s'agite de nouveau avant de se mettre à hennir.

Aussitôt, le barbu se tourne vers lui pour le calmer avant de l'éloigner de nous.

– Qui est-ce ? demandé-je, les yeux toujours rivés sur eux.

– Quelqu'un que tu dois absolument éviter, lâche Charles, acerbe.

– Comment ça ?

– Livia, tu dois te tenir à distance de cet homme, ce n'est pas quelqu'un de très fréquentable.

– Mais pourtant, il semblait…

– Fais-moi confiance, continue-t-il en posant son index sur mes lèvres, ses yeux plongés dans les miens. Plus tu te tiendras éloignée de lui, mieux tu te porteras.

Pendant quelques instants, une multitude de questions accaparent mon cerveau. Mais entre la tête que fait Charles et l'attitude de ce type plus que bizarre, je préfère laisser tomber.

– OK, soufflé-je en tentant de sourire.

En à peine une seconde, l'expression de Charles passe de l'irritabilité à la sympathie. Je retrouve alors sa personnalité prévenante et sociable.

Il me raccompagne jusqu'à l'entrée des écuries et je constate que le groupe a déjà bien avancé dans la découverte des lieux et des chevaux. Les installations sont d'une grande qualité, les portes des box en bois ornées de fer sont peintes en rouge. Le matériel est méticuleusement rangé et rien ne dépasse, pas un brin de paille ne jonche le sol. Petit à petit, je touche du doigt le prestige de cette institution.

Je rejoins discrètement les autres et écoute attentivement les informations données tandis que Sixtine fait remarquer ma présence en se raclant la gorge, ce qui me vaut un regard froid de la part du directeur. Je fais fi de l'attitude puérile de la stagiaire et m'intéresse de plus près aux performances des bêtes de concours. Un des chevaux attire mon attention quand on passe devant son box. Il s'agit d'une jument selle français alezan[1] avec une étoile au milieu du front et deux balzanes sur les membres arrière.

---

1. Alezan est une couleur de robe de base du cheval dans le domaine de l'hippologie. Elle est caractérisée par un pelage composé de poils roux à bruns plus ou moins foncés.

D'après les explications, elle a d'énormes capacités, mais un caractère assez compliqué. En effet, elle garde constamment les oreilles en arrière, signe de méfiance.

– Celle-là, c'est Idylle du Butin, une future championne. À 5 ans, elle est déjà têtue comme une mule et pas facile à apprivoiser. D'ailleurs, je défie un de vous de terminer un parcours entier encore en selle avec elle, ricane M. de La Perrière.

– Avec l'aide de Charles, je suis certaine que je peux y arriver ! s'exclame Sixtine, sûre de son potentiel tant au niveau sportif qu'en séduction.

J'observe la réaction de celui-ci, qui se contente de lui offrir son plus beau sourire, ce qui me hérisse le poil. En guise de réponse, je renvoie d'un air suffisant :

– Je ne suis pas contre relever le défi !

Cette fois, Charles incline la tête et me fixe avec insistance. En un instant, je n'entends plus rien et j'ai l'impression que nous sommes seuls au monde. Sensation vite stoppée par le directeur qui nous invite à ressortir par l'autre aile donnant sur la cour intérieure.

M. de La Perrière se retourne vers nous :

– Voilà pour la découverte des lieux. Maintenant, il vous faut une bonne alimentation et du repos pour être au top de vos performances. Vous pouvez regagner vos cottages pour vous rafraîchir. Le dîner sera servi à vingt heures dans la salle polyvalente attenante au club house. Ne vous couchez pas trop tard, à partir de demain, les choses sérieuses commencent. Bonne soirée !

Après un « merci » à l'unisson, Charles m'envoie un clin d'œil et je file rejoindre ma chambre, tout émoustillée par ces premières découvertes.

5

Le lendemain, j'émerge difficilement de mon sommeil, réveillée par le chant mélodieux des oiseaux. J'ai eu quelques difficultés à m'endormir suite au dîner que j'ai partagé avec les autres stagiaires, hier soir.

J'ai pu découvrir un peu plus la personnalité de chacun d'entre eux. Paul, bien qu'un peu hautain, reste assez sympa et est doté d'un humour pince-sans-rire, mais drôle. Chiara est assez réservée.

En revanche, je confirme, Sixtine est une petite fille pourrie gâtée qui n'a pas l'habitude que quelqu'un lui résiste. Elle n'a fait que se rapprocher de Charles, à coups de rires agaçants et de caresses sur le bras. Même si sa provocation était flagrante, j'ai pris le parti de ne pas m'y intéresser et d'apprendre à connaître les autres.

J'ai rapidement terminé mon repas et ai prétexté une fatigue intense pour aller me coucher hâtivement. Charles s'est empressé de me rejoindre pour me raccompagner jusqu'à ma porte et m'a laissée en me souhaitant une bonne nuit tout en me caressant la joue. Mille et une questions m'ont traversé l'esprit avant que je trouve enfin le sommeil. Pourquoi est-il si proche de moi ? Et si ça allait plus loin entre nous ? En ai-je envie ? Pourquoi suis-je jalouse alors que je le connais depuis même pas vingt-quatre heures ? Ridicule !

Ce matin, je me prépare, excitée de commencer l'entraînement. Lors du petit déjeuner, M. de La Perrière fait son apparition, suivi d'une femme grande et élancée, d'une quarantaine d'années. Son chignon brun parfaitement tiré me laisse penser que cette femme est l'incarnation même de la rigueur. Son large sourire est communicatif, mais son regard perçant nous fait immédiatement comprendre qu'elle n'est pas là pour plaisanter.

– Bonjour à tous ! Bien dormi ? demande le directeur.

Sans nous laisser le temps de répondre, il poursuit :

– Je vous présente Serena Le Courtois, qui sera votre responsable de formation. C'est une ancienne cavalière de haut niveau qui s'occupera de vous tant sur le plan technique que pédagogique. Serena, si tu veux bien ?

– Bonjour à tous, nous salue-t-elle. J'ai affiché le programme sur le tableau dans le club house et vous ai attribué les chevaux pour aujourd'hui. Ce matin, travail sur le plat afin que je définisse vos points forts et vos points faibles. Cet après-midi, nous travaillerons sur des barres. Vous gardez la même monture pour toute la journée. Je vous attends dans vingt minutes à l'entrée des écuries. Soyez en forme ! conclut-elle avant de tourner les talons.

Même pas le temps de poser une question. Sa froideur laisse présager de son implication dans son travail. Bien qu'elle semble un peu dure, je suis ravie du cadre que l'on nous impose. La rigueur, la discipline et l'investissement sont les maîtres mots de ce stage et je suis bien décidée à les respecter au mieux.

Un rapide passage par le club house me permet de découvrir que ma monture du jour est Quercy de Chanterie. Je me dirige vers les écuries quand Charles m'intercepte avant que je ne puisse y entrer.

– Salut, tu as fait de beaux rêves ?

– J'ai bien dormi, merci, lui réponds-je sans le quitter des yeux.

Sa beauté me coupe le souffle. On le dirait tout droit sorti d'un magazine de mode. Son pantalon d'équitation noir met en valeur ses jambes musclées, bien que légèrement minces.

Ses cheveux sont encore humides et la mèche qui lui retombe sur le front lui donne un air mutin. Je reste subjuguée par la prestance qu'il dégage.

– On se retrouve après ta séance ? me chuchote-t-il à l'oreille tandis que je me lève pour rejoindre Serena.

Grisée par ce rapprochement fugace, je me contente de hocher la tête en tentant de ne pas virer au rouge tomate.

Je m'avance dans le couloir de l'écurie pour rejoindre le box de mon cheval du jour. Je suis impressionnée par sa taille au premier abord, mais le beau bai brun m'attend tranquillement et lève la tête quand j'ouvre la porte. Il semble très docile tandis que je m'avance en lui disant :

– Salut toi ! Moi c'est Livia.

Il se laisse approcher facilement et vient nicher son nez sous mon bras.

Je sens qu'on va bien s'entendre tous les deux.

Alors que je le brosse pour le préparer, je sens une présence passer derrière la porte du box. Surprise, je me retourne rapidement et constate qu'un homme est en train de déposer mon équipement sur le porte-selle, accroché à la porte.

La stature imposante et cette barrière de cheveux m'empêchent de voir son visage, mais je comprends immédiatement qu'il s'agit de la même personne qu'hier.

Curieuse, je sors du box, faisant comme si j'avais besoin du matériel, mais il est déjà reparti dans le sens opposé. Sans savoir pourquoi, ce type m'intrigue même s'il semble étrange et malpoli. Même pas un bonjour ! Charles m'a bien prévenue de ne pas m'en approcher. Il le connaît mieux que moi et il est tellement attentionné à mon égard que je devrais sans doute suivre ses conseils. Peut-être s'agit-il d'un prisonnier en réinsertion ? D'où cette interdiction d'échanger avec quiconque ? Cette idée me glace et je retourne terminer de préparer ma monture pour rejoindre la carrière extérieure.

– Je vous laisse échauffer vos chevaux, nous ordonne Serena pendant qu'elle s'installe sur un plot pour détailler nos postures.

Alors que je commence à trotter, je remarque que Quercy est un cheval très à l'écoute. Il répond aux ordres rapidement et ne semble pas effrayé par les éléments extérieurs.

– Livia, descends tes talons ! me crie la professeure du fond de la carrière.

Je suis ses conseils à la lettre et règle ma position. Sixtine semble beaucoup moins sereine et se fait reprendre à plusieurs reprises. Intérieurement, je jubile du fait qu'elle, d'ordinaire si sûre de ses performances, soit mise en difficulté. Une fois les chevaux prêts, Serena nous fait travailler sur des barres au sol afin de constater le niveau de chacun.

Après cette séance, nous descendons et ramenons nos montures à l'écurie. Je desselle et commence à sortir mon cheval pour aller le doucher quand Serena m'interpelle :

– Non Livia ! Pour les soins, on fera une petite session à part, mais pour l'instant, tu laisses le palefrenier s'en occuper. Viens faire des étirements pour ne pas être courbaturée cet après-midi. L'entraînement est intensif et un bon cavalier se doit de prendre soin de lui.

– Et de sa monture aussi, non ? la questionné-je franchement.

– Quelqu'un s'en charge pour toi, conclut-elle en tendant le doigt derrière moi.

En me retournant, je constate que le mystérieux garçon repart en sens inverse, accompagné de Quercy.

Alors, c'est à ça qu'il sert ?

Aussi surprenant que cela puisse paraître, je l'envie. Pour moi, m'occuper des chevaux est presque, voire encore plus plaisant, que de les monter.

Durant le déjeuner, Charles nous rejoint et nous abordons différents sujets tels que nos études, nos lieux d'habitation…

Je constate alors que Chiara ne vit qu'à dix minutes de chez moi, ce qui nous fait un léger point commun.

– Et toi, Livia, tu as un copain ? me lance Charles sans sourciller.

– Euh… non, pas en ce moment, réponds-je, stupéfaite par sa question aussi directe qu'indiscrète.

– J'ai du mal à y croire, renchérit-il, aguicheur.

Je me contente de rire en guise de réponse. Quel tombeur, ce mec !

Face à moi, Sixtine me fixe en fulminant jusqu'à ce que Joséphine dépose nos plats sur la table. Cette femme ressemble de près à ma grand-mère maternelle : cheveux blancs, un peu ronde, toujours un tablier accroché autour de la taille.

C'est l'intendante du site et sa cuisine est divine. Elle traite les stagiaires comme ses petits-enfants et nous materne.

– Ça y est, tu sors l'artillerie lourde de séduction, mon petit Charles ? lui lance-t-elle en posant les mains sur ses épaules.

– Oh, ça va, Jo ! répond-il un peu embarrassé.

Conscient du malaise qu'il vient de causer, il se reprend :

– J'ai la chance d'être entouré de jolies filles, j'en profite.

Bien que légèrement agacée qu'il n'assume pas ses paroles, je peux comprendre que la situation le mette mal à l'aise.

– Je confirme ! Vous êtes tous mignons mes petits ! conclut Joséphine, bienveillante.

Sixtine ne peut s'empêcher de se lever de table pour déposer un baiser sur la joue de Charles avant de le remercier du compliment.

Eh ben, elle ne perd pas le nord celle-là !

L'après-midi, nous enchaînons quelques obstacles et je deviens de plus en plus complice avec ma monture. Je commence à comprendre sa façon de fonctionner. Serein, Quercy m'emmène voler au-dessus des barres. Cet exercice semble être un simple amusement pour lui.

Je le félicite en lui caressant l'encolure quand Serena me reprend :

– Livia, pour les sentiments, c'est après. Reste concentrée, s'il te plaît ! N'oublie pas que tu es le maître et lui l'exécutant. L'essentiel, c'est qu'il réponde à tes ordres de la meilleure des manières.

Je suis choquée par ses propos, mais je préfère ne pas riposter et me joindre aux autres en silence. La prof reprend la parole de façon directive pour nous dire :

– Écoutez-moi bien. Ces chevaux sont des machines de compétition. Vous, vous êtes là pour les pousser à l'excellence et pour cela, vous devez vous surpasser. Les maîtres, c'est vous et nous vous formons pour intégrer l'élite des cavaliers français. Vous devez vous concentrer sur vos postures pour ne faire aucune erreur. Une chose à retenir dans ce monde : il y a vous, dit-elle en levant la main en l'air, signe que nous sommes situés en haut. Et les équipes techniques, continue-t-elle en baissant la main. Focalisez votre énergie sur les résultats. C'est tout ce qui compte !

Le discours de Serena m'a remotivée et je suis prête à donner le meilleur de moi-même pour les prochains jours.

Après nous avoir fait retravailler sur les trajectoires à tenir lors d'un parcours en nous rappelant qu'il ne faut pas aborder un obstacle sans avoir agrandi les virages, Serena nous libère vers dix-huit heures. Cette journée m'a épuisée, mais je prends tout de même le temps de m'occuper de Quercy. Il m'a permis d'être en confiance et m'a fait passer une bonne première journée de stage. Je me dois au moins de lui rendre la pareille en le brossant vigoureusement pour le détendre après l'effort. Serena me fait remarquer que je ne dois pas y passer des heures donc je me dépêche de terminer et quitte l'écurie.

Nous avons quartier libre jusqu'à vingt heures. Ce soir, une fête rassemble tous les stagiaires des différentes promos. J'ai hâte de me défouler et pour cela, je pars me préparer. Comme si la compétition était partout, j'ai envie de me faire belle ce soir.

6

Après m'être impeccablement lissé les cheveux, je dépose une couche de gloss incolore sur mes lèvres tout en mettant mes chaussures d'une main. Je suis ravie d'avoir écouté les conseils de Lucie. En effet, le crayon prune fait ressortir mes yeux verts.

J'ai enfilé une petite robe noire près du corps que je porte habituellement avec mes talons à sequins, mais, pour cette fois, j'ai opté pour des ballerines toutes simples, étant donné l'endroit où nous sommes.

Un dernier regard dans le miroir et me voilà fin prête !

Au moment où j'ouvre la porte de mon cottage pour sortir, mon téléphone vibre dans mon sac. Je referme derrière moi avant de l'attraper et souris instinctivement en découvrant qui m'appelle.

– Allô ?!

– Salut pétasse ! hurle ma meilleure amie. Tu dois franchement bien t'amuser pour ne donner aucune nouvelle !

Je ris tout en empruntant le chemin qui mène à la salle polyvalente.

– Désolée ma Lulu, c'est qu'on n'arrête pas ici !

– Alors ? m'interroge-t-elle aussitôt. C'est comment ?

– Le cadre est vraiment sensationnel et tu verrais les bêtes ! Elles sont tout simplement…

– Ouais abrège ! me coupe-t-elle. Tu ne veux pas plutôt me dire s'il y a de beaux étalons autour de toi ?

Encore une fois, je me mets à rire. Lucie n'est pas une adepte de l'équitation et s'il y a bien une chose qu'elle déteste, c'est faire semblant. En revanche, elle ne peut résister aux beaux garçons.

– Hum, ça se pourrait…

– Raconte ! hurle-t-elle de nouveau.

– Pas maintenant, dis-je en arrivant devant la porte derrière laquelle résonne déjà la musique. Je suis déjà en retard à la soirée organisée pour les stagiaires. Je t'appelle demain, OK ? À mon avis, j'aurai un tas de potins d'ici là…

– Je te déteste ! s'exclame-t-elle en faisant mine d'être fâchée. Ne m'oublie pas cette fois, hein ? J'attends ton appel…

– Promis !

– À demain, éclate-toi bien ! conclut-elle en employant un ton langoureux et lourd de sens.

– À demain !

Je raccroche et range mon portable dans mon sac avant d'ouvrir la porte.

Quand j'entre dans la pièce, je suis surprise de constater qu'elle est transformée en une vraie boîte de nuit ! Des néons de toutes les couleurs illuminent la pénombre tandis qu'une musique assourdissante me vrille les tympans. En bref, j'adore !

J'essaie de retrouver des visages connus et lorsque je distingue mon groupe à une table près du bar, j'inspire profondément avant de les rejoindre. À vrai dire, il n'y a que Charles, Paul et ma nouvelle meilleure amie, perchée sur des talons d'au moins dix centimètres. Je dois reconnaître qu'elle est magnifique dans sa robe rouge à paillettes.

– *Mamma mia !* s'écrie Charles en m'apercevant.

Je m'esclaffe tout en jetant un regard vers Sixtine.

Prends ça dans les dents, ma vieille !

Tandis que Paul recule une chaise afin que je m'installe près d'eux, Charles récupère plusieurs boissons avant de me tendre l'une d'elles. Je l'attrape en le remerciant d'un sourire, tout en sentant mon cœur battre un peu plus vite.

Bon sang, ce que j'aime cette sensation ! Celle que l'on ressent quand on rencontre quelqu'un qui nous plaît. Qu'on apprend ensuite que c'est réciproque et que la phase de séduction avec cette appréhension de « est-ce qu'il va m'embrasser ? » démarre. Oui, je crois bien que Charles et moi venons de franchir cette étape, étant donné la manière dont nous nous observons. Cette alchimie ne trompe pas.

– Et si on dansait ? propose Sixtine en se mettant debout.

Alors que Charles hésite en me jetant un bref coup d'œil, elle lui attrape la main afin de le forcer à se lever. Discrètement, je serre les dents avant de les rejoindre.

Ce soir, je suis d'humeur festive et il est hors de question que quelqu'un vienne gâcher ça !

Malgré mon insistance, Paul refuse catégoriquement de danser, prétextant qu'il déteste ça.

Sérieux, comment c'est possible de ne pas aimer se défouler ?!

Tous les trois, nous nous dirigeons donc au centre de la pièce, en guise de piste de danse. Elle n'est pas aussi bondée que dans mes habitudes, mais ça fera l'affaire. Des stagiaires d'autres groupes sont également présents, mais ils n'ont pas l'air de vouloir se mêler à nous. Tout comme à l'école, chacun sa bande !

Même si la musique, que je ne connais absolument pas, n'est pas top, je me mets directement à bouger. Il en faut beaucoup plus à Livia Boissier pour l'empêcher de danser !

Étant donné que Sixtine ne compte pas nous lâcher, j'en déduis qu'il n'y aura aucun rapprochement entre Charles et moi, alors je ferme les yeux et me défoule au rythme infernal de cette chanson.

Dieu, ce que ça fait du bien !

Au bout de quelques minutes, Chiara nous rejoint et je dois avouer que je me sens plus à l'aise en sa présence. On avait un peu l'air d'un stupide triangle amoureux comme dans ces films mélodramatiques pourris.

Alors que je fixe Charles en tentant de capter son attention, Sixtine profite de l'arrivée de notre camarade pour se rapprocher de lui. Dos à nous, elle se place face à sa proie avant de poser ses paumes sur ses bras. Bien que Charles soit mal à l'aise, il ne la repousse pas et se contente de me jeter un regard désolé par-dessus son épaule.

Je tente de dissimuler mon agacement en me concentrant de nouveau sur mes pas. Bien sûr, je suis consciente que c'est compliqué pour lui de repousser l'une des stagiaires qu'il doit gérer. Mais merde quoi, il ne compte pas non plus se laisser faire ?

Quand elle se rapproche un peu plus pour danser contre lui, je signale à Chiara que je vais me rafraîchir. D'un pas rapide, je fonce récupérer mon verre à moitié entamé avant de sortir prendre l'air.

Si cet imbécile croit que je vais lui courir après ou me battre pour attirer son attention, il se fout le doigt dans l'œil !

Sans aucune prétention, je n'ai pas l'habitude de courir derrière les garçons, étant donné que c'est toujours eux qui font le premier pas. Jamais je n'ai eu à faire des avances et ce n'est pas ce soir que ça va commencer !

Dehors, je prends une bouffée d'air frais en regardant autour de moi. La nuit est complètement tombée et je n'ose pas bouger, bien que j'aurais adoré me balader avec cette lune si claire. Quand je constate que la lumière des écuries est allumée, je fronce légèrement les sourcils avant de me décider à aller voir ce qu'il s'y passe.

Lentement, je pénètre à l'intérieur et m'approche d'une des bêtes pour la caresser. Aussitôt, le sourire me revient.

– Salut toi, murmuré-je en sentant la douceur de sa robe sous mes doigts. Tu es si beau…

À peine ai-je prononcé ces mots qu'un mouvement derrière moi me fait sursauter. En me retournant, je me retrouve nez à nez avec le barbu, sauf que cette fois, ses yeux aussi alarmés que les miens ne fixent plus le sol. Non, ses iris couleur caramel sont plantés dans les miens. D'ailleurs, je me demande comment j'ai pu remarquer ce détail étant donné l'horreur que je perçois tout autour.

Sa figure, cette fois un peu plus dégagée, dévoile ce qu'il arrivait à cacher jusqu'à présent. J'ai l'impression de voir deux visages en un. Du haut de son front jusqu'à son menton en passant par l'aile droite de son nez s'étire une large et longue cicatrice, découpant sa face en deux. Cette énorme entaille passe entre ses yeux pour ensuite se diriger sur le côté et déforme légèrement son œil droit. La moitié de ses lèvres est également entaillée verticalement par ce même traumatisme. À l'inverse, le côté gauche de son visage semble intact. C'est comme si la moitié de son visage avait été arrachée et reconstituée comme un puzzle. L'épaisse barbe et la masse de cheveux désordonnés sont certainement présentes pour cacher cette énorme faille, mais il est impossible de passer à côté.

Soudain, je prends conscience que je suis délibérément en train de le dévisager. Embarrassée, je me racle la gorge sans détourner le regard pour autant.

– Désolée, je… j'ai vu de la lumière et j'ai pensé que…

Je ne termine pas ma phrase en voyant ses sourcils se froncer, tout en gardant la même expression circonspecte. Son silence ne me rassure absolument pas.

OK… Mieux vaut que je sorte d'ici et vite !

Bien qu'il n'ait pas l'air dangereux, je me souviens des paroles de Charles à son sujet et la peur me saisit.

Et s'il l'était finalement ?

Cette pensée n'a pas le temps de s'installer dans mon esprit que le type fixe quelque chose sur sa gauche. Je suis son regard et mon cœur rate un battement en voyant une fourche sur le sol.

Choquée, je ne peux m'empêcher de mettre une main devant ma bouche en détournant le regard. Quand il fait un pas vers l'objet et se penche pour le récupérer, je ne réfléchis plus. Je lâche un cri incontrôlé avant de me mettre à courir. Les yeux rivés au sol pour ne plus avoir à croiser son regard, je lui passe devant et sors aussi vite que possible.

Mon cœur bat à tout rompre quand j'emprunte l'allée qui mène à la salle. Arrivée à mi-chemin, je suis bien obligée de m'arrêter en sentant un énorme point de côté.

L'équitation a beau être considérée comme un sport, elle est loin de m'avoir rendue endurante. Comme si je venais de courir un marathon, je me plie de douleur et prends quelques secondes pour souffler, la main sur ma taille. Je sens alors des doigts se poser sur mon dos.

– Au secours ! hurlé-je en me redressant.

– Hey ma jolie, calme-toi, c'est moi.

La voix de Charles me rassure aussitôt et je me retourne vers lui. Quand il constate mon expression horrifiée, ses sourcils se froncent.

– Qu'y a-t-il Livia ? m'interroge-t-il, inquiet. Il s'est passé quelque chose ?

Encore sous le choc de l'émotion, je me retourne pour regarder vers les écuries, où la lumière est toujours allumée. Quand Charles semble comprendre, il s'étrangle :

– Oh mon Dieu, que s'est-il passé ? Ce monstre t'a-t-il fait du mal ?

Immédiatement, je fronce les sourcils en secouant la tête.

– Non, pas du tout.

– Alors quoi ? s'énerve-t-il.

– Je suis tombée sur lui en allant me balader et… j'ai eu peur, c'est tout.

Charles m'observe un long moment, en silence, avant de poser ses mains sur mes bras.

– Tu es sûre Livia ? Tu sais que tu peux tout me dire.

– Oui, j'en suis sûre ! affirmé-je. Mais explique-moi. Qui est cet homme ? Pourquoi est-il… ?

Je marque une pause en cherchant le mot adéquat pour le caractériser.

– Monstrueux ? propose Charles en me voyant hésiter.

– Défiguré ! rétorqué-je illico.

Un peu choquée qu'il parle d'un être humain de cette façon, je l'affronte directement du regard pour le pousser à me donner des explications.

– Viens, abdique Charles en attrapant ma main. On retourne à l'intérieur.

– Dis-moi d'abord qui est cet homme ! répliqué-je fermement en campant sur mes positions.

– Écoute, lâche-t-il en regardant autour de lui comme pour vérifier que personne ne peut l'entendre. Tout ce que je peux te dire, c'est que tu dois l'éviter.

– Mais alors, s'il est si terrible, pourquoi est-ce qu'il travaille ici, dans le domaine de ton père ?

Charles marque un temps d'arrêt.

– Livia, chuchote-t-il, gêné. Ce type est là pour travailler. Il n'est pas censé s'adresser à vous, ni même vous regarder. D'ailleurs, crois-moi, je parlerai de cet incident à mon père demain matin à la première heure !

Je m'apprête à lui dire qu'il n'y a pas vraiment eu d'incident, mais je suis effrayée à l'idée qu'il puisse m'approcher de nouveau. Donc, si M. de La Perrière peut faire en sorte que je ne me retrouve plus jamais face à cet individu, je prends.

– OK, soupiré-je.

D'emblée, Charles semble soulagé et enroule ses doigts autour des miens avant de tirer sur mon bras pour que je le suive.

– Ça te dérangerait de me raccompagner plutôt ? J'ai envie de rentrer.

Charles me sourit, apparemment ravi de cette proposition. Ce qu'il ne sait pas, c'est que si je lui demande une telle chose, c'est uniquement parce que je suis morte de trouille et qu'il est hors de question de traîner seule par ici.

Quoi qu'il en soit, Charles acquiesce et change de sujet en nous dirigeant vers les habitations. Nous parlons de choses plus légères, ce qui me détend un peu. Quand nous arrivons devant ma porte, il me lâche la main pour se mettre face à moi.

– Et voilà, murmure-t-il en faisant un pas en avant, le regard plein de sous-entendus.

– Retourne à la fête, lui ordonné-je en croisant les bras. Ta copine doit sûrement te chercher partout.

Un ricanement s'échappe de sa bouche tandis qu'il secoue la tête.

– Arrête, lâche-t-il en posant sa main sur ma joue. Sixtine ne m'intéresse pas et tu le sais.

– Pourtant, ce n'est pas ce que j'ai vu sur cette piste.

– Livia, j'ai pour mission de m'occuper de tous les stagiaires afin que leur séjour se passe le mieux possible. Tu me vois la remettre à sa place alors qu'elle peut, en un simple coup de fil, briser son contrat et, par la même occasion, la confiance que mon père m'accorde ?

Même si je ne suis pas à cent pour cent convaincue par son discours, je comprends que la situation ne soit pas simple. Malgré tout, je me pince les lèvres et recule d'un pas pour lui montrer que ce soir, c'est mort.

Charles a beau être très beau dans son jean foncé et sa chemise blanche froissée, je ne suis plus d'humeur.

Est-ce dû au fait de l'avoir vu danser avec Sixtine ou d'avoir eu la peur de ma vie ? Certainement les deux !

– Bonne nuit, Charles.

Hésitant, il finit par me caresser la joue du bout de son index avant de me demander :

– Ça te dirait qu'on dîne ensemble ? Demain soir. Juste nous deux.

– C'est possible, ça ? l'interrogé-je en fronçant les sourcils.

– Quand tu es le fils du patron, tout est possible ! s'exclame-t-il avant de se marrer.

Cette fois, je me joins à lui dans un rire discret et hoche la tête en signe d'accord.

– Ça serait avec plaisir, réponds-je.

– Alors bonne nuit, beauté.

Doucement, il s'approche et dépose un baiser sur ma joue, geste que j'apprécie. Aussi charmeur soit-il, Charles a bien compris que ce n'était pas le bon moment pour tenter quelque chose, et je suis ravie de voir que derrière ce beau garçon qui partage la même passion que moi se cache un vrai gentleman.

Je lui adresse un sourire franc avant de rentrer chez moi. Puis je prends bien soin de fermer ma porte à double tour. Par précaution, j'attrape une chaise afin de la coincer sous la poignée.

On ne sait jamais !

7

Lors du petit déjeuner, chaque stagiaire garde le nez dans sa tasse, les idées encore embrumées par la soirée de la veille. Charles n'est pas de la partie ce matin. Seule Sixtine, pimpante dès la première heure, ose jouer la provoc' :

– Alors Livia, tu as bien terminé la soirée ?

Je manque de m'étouffer quand elle se permet de m'attaquer dès le matin. Énervée par son attitude, je décide de ne pas répondre. Paul, qui a bien compris le petit jeu de Sixtine, vole à mon secours :

– Livia, dis-lui que c'est avec moi que tu as terminé ta soirée. Pourquoi le cacher ?

Surprise par son aplomb, je rentre dans son jeu pour enfin la faire taire.

– Tu as raison Paul, et quelle soirée ! conclus-je en posant ma main sur son épaule.

Sixtine claque les talons et quitte la pièce, irritée. Paul me lance un clin d'œil et je lui chuchote un merci en débarrassant mon plateau.

Aujourd'hui, je change de cheval et découvre Tsunami du Frety, un charmant étalon doté d'une musculature hors norme. Malgré quelques difficultés à nous accorder dans un premier temps, j'arrive à lui faire comprendre que mon but n'est pas de le braquer, mais d'avancer ensemble.

De retour à l'écurie, je suis très étonnée de voir que le palefrenier n'est pas là aujourd'hui. Dans un premier temps, je suis mal à l'aise à l'idée que c'est certainement de ma faute s'il est absent. Peut-être même s'est-il fait virer ? Si c'est le cas, je m'en voudrai toute ma vie. Bien que j'aie eu très peur, je ne veux pas que cet homme soit sanctionné de la sorte. Je m'en veux et me hasarde à poser la question de façon aussi détachée que possible à Serena.

– Serena ? Le palefrenier s'occupe-t-il de nos montures ?

– Non, me répond-elle sèchement. Aujourd'hui, c'est nous qui allons faire ce travail. Allez chercher vos chevaux et douchez-les.

Bien que ravie de m'en occuper en dehors des exercices, je ne peux m'empêcher d'avoir la boule au ventre en pensant à cet employé. Bon sang, j'espère que je n'ai pas causé d'histoires inutiles !

Je douche les membres de l'animal en prenant bien soin de partir de la base du sabot et de remonter jusqu'aux genoux en insistant bien sur les tendons afin de lui apporter un moment de détente.

Je suis sortie de ma rêverie par Andreas qui commence à piaffer à côté :

– Ça va Mère Teresa, tu ne vas pas le masser pendant deux heures !

– Sympa ta façon de considérer ta monture, lui renvoyé-je, ironique.

– On n'a pas non plus fait des efforts surhumains. Allez, bouge que je puisse doucher vite fait le mien !

– Toujours aussi charmant !

Je ramène Tsunami dans son box, agacée par l'attitude puante d'Andreas. Suis-je la seule à ne pas considérer l'animal uniquement comme une machine à trophées ?

Le déjeuner se passe sans encombre, Charles nous ayant rejoints pour mon plus grand bonheur. Il se glisse discrètement à côté de moi et le simple fait que son coude touche le mien m'électrise. Il parle avec tous les autres et je comprends qu'en effet, juste après m'avoir ramenée, il est rentré dans son cottage. Je jubile intérieurement qu'il ne soit pas retourné se frotter à cette greluche et comprends mieux sa question de ce matin.

Quand je me hasarde à le contempler, je remarque une petite fossette au creux de son menton… Qu'est-ce qu'il est beau ! Cette simple remarque intérieure me fait immédiatement penser que je n'ai pas rappelé Lucie. Mince, elle va m'en vouloir pour de bon !

Je quitte la table et rejoins ma chambre en composant son numéro. La première sonnerie n'a pas fini de retentir qu'elle a déjà décroché :

– Ah enfin ! Alors ? Rapport détaillé : taille, couleur de cheveux, couleur des yeux ?

– Ça va, et toi ma Lulu ?

– Ben oui, ça va, banane ! Alors ? Raconte ! me presse-t-elle tout excitée.

– Blond, yeux bleus, taille moyenne et des fesses…

– Non ?! J'adore, j'adore, j'adore ! dit-elle. Je l'entends taper dans ses mains à l'autre bout du fil. Et donc ?

– Et donc quoi ?

– Je ne vais pas te faire un dessin… tu as conclu ?

– Non, mais je rêve ! Tu te rends bien compte que ça fait à peine quarante-huit heures que je suis ici ? Et je te rappelle que c'est pour monter à cheval.

– Oui ben, en parlant de monture… hein ?!

– Il s'appelle Charles et ce soir, il m'emmène dîner à l'extérieur. Que tous les deux ! la coupé-je avant qu'elle ne parte dans ses idées qui peuvent parfois s'avérer complètement délirantes.

– Super ! Et tu t'es fait des amies ? me renvoie-t-elle en insistant sur le *e* du mot *amies*.

– Si tu parles d'une bécasse hautaine et sûre d'elle qui ne fait que se frotter à Charles et me tacler dès qu'elle le peut, eh bien oui, j'ai une super-amie ! Sixtine de son petit nom !

– Sixtine, comme le chiffre seize en anglais ? Pfff, ridicule ! Et les autres ?

– Chiara, insignifiante, mais pas désagréable. Paul, coincé au premier abord, mais avec beaucoup d'humour. Et Andreas, mégalomane qui connaît tout sur tout. Tu vois, jolie brochette ! Par contre, je dois te parler d'un truc qui me tracasse.

– Je suis tout ouïe !

– Hier soir, je suis tombée nez à nez avec le palefrenier.

– Oui et… ?

– J'ai eu très peur. Il est défiguré, la moitié de son visage est abîmée, je ne sais pas ce qu'il a eu, mais il fait flipper. En plus, Charles m'a dit qu'il ne fallait pas que je m'approche de lui et qu'il pouvait faire en sorte que cet homme ne m'importune plus. Et aujourd'hui, il n'est pas là. Tu te rends compte s'il s'est fait virer à cause de moi ? Je n'ai rien dit de mal, j'ai juste eu peur, mais je suis mal à l'aise. Je t'assure, j'ai cru qu'il allait me sauter dessus.

– Mais comment ça ? J'imagine que ce n'est pas un monstre non plus. Liv', tu…

Alors que je m'apprête à répondre, on frappe à ma porte.

– Livia, il est bientôt quatorze heures, les cours vont reprendre, tu veux bien nous rejoindre ? m'interpelle Charles.

– Je te laisse ma biche, je te tiens au courant.

Lucie n'a pas le temps de répondre que je raccroche et file rapidement rejoindre les autres pour une session de dressage.

L'après-midi passe rapidement. Mon entraîneuse me réprimande à plusieurs reprises sur la tonicité de ma posture. La rigueur de cette discipline m'oblige à me maintenir très droite en selle, et mon dos en subit les conséquences. Lorsque je descends, je suis prise d'une crampe que je tente de dissimuler en boitant légèrement. Serena, qui a constaté que je n'étais pas à mon aise, nous invite à une séance collective d'étirements, qui est bienvenue.

– Il va falloir te renforcer musculairement, Livia, si tu veux tenir le rythme. Le matin, avant le petit déjeuner, je t'invite à aller courir pour te raffermir, sinon tu n'arriveras pas entière à la fin du stage, m'assène-t-elle d'un ton détestable.

Mon moral est au plus bas quand je rejoins mon cottage. Sous le numéro quatre est glissé un petit mot, accroché sur la porte en bois :

Dix-neuf heures devant le portail,
Joséphine est prévenue que tu ne manges pas ici.
Je t'enlève pour la soirée.
Charles

L'adrénaline me traverse subitement et je suis prise d'une énergie folle pour mettre tous mes atouts en avant. Cette fois, je vais passer une très bonne soirée !

8

C'est toute pimpante et excitée que j'arrive devant le portail contre lequel Charles est adossé, en train de m'attendre. Vêtu d'un chino beige et d'une chemise bleue, il est tout simplement magnifique.

Les yeux plissés, il me regarde m'avancer sans rien dire jusqu'à ce que je sois face à lui.

– Dieu, ce que tu es belle, princesse ! s'exclame-t-il en se mordant la lèvre inférieure.

C'est vrai que j'ai sorti l'artillerie lourde ce soir. Une minijupe dorée assortie à mon petit haut noir fétiche, complètement dénudé au niveau du dos.

Je le remercie de son compliment avant de replacer timidement une mèche de cheveux derrière mon oreille.

– Tellement, que je te pardonne ton retard, me taquine-t-il.

– Quelle princesse digne de ce nom ne fait pas attendre son prétendant ?

Le fait que je rentre dans son jeu de séduction le fait sourire.

– C'est parti ? propose-t-il en me tendant son bras que j'accepte volontiers.

Nous traversons le parking dans un silence embarrassé. Je vois bien que Charles aimerait engager la conversation, mais il paraît hésitant. Après tout, nous nous connaissons à peine et, mis à part l'univers des chevaux que nous nous apprêtons à quitter, je ne sais absolument rien de cet homme.

Devant son quatre-quatre, Charles me relâche afin de m'ouvrir la porte.

– Veuillez entrer dans votre carrosse, princesse.

J'accepte la main qu'il me tend. Vu la hauteur de mes talons, son aide n'est pas de refus ! Étant donné que nous sortons du centre pour aller au restaurant, je me suis dit que c'était l'unique occasion d'enfiler mes escarpins. De plus, le fait que je fasse sa taille semble beaucoup lui plaire…

Pour le coup, je ne regrette absolument pas d'avoir écouté les conseils de ma meilleure amie en préparant ma valise !

Durant le trajet, le soleil commence à se coucher. Je profite du peu de clarté qu'il reste pour découvrir les environs.

– Ça a l'air sympa par ici, dis-je en brisant le silence.

Charles lâche la route des yeux pour me jeter un bref coup d'œil.

– Je te ferai visiter un autre jour, si tu veux bien ?

Le fait qu'il me parle d'une prochaine fois me fait sourire jusqu'aux oreilles.

– Avec plaisir, réponds-je en continuant d'observer autour de moi.

Il me tarde de découvrir les beaux villages anciens que nous traversons !

En arrivant au restaurant, je découvre sans surprise qu'il s'agit d'un établissement étoilé où nous accueille immédiatement une charmante hôtesse habillée d'un tailleur noir.

– Monsieur de La Perrière, bonsoir ! Je vous prie de bien vouloir me suivre s'il vous plaît.

Pendant un court instant, le fait qu'elle l'appelle par le nom du directeur me paraît bizarre. Charles ne me laisse pas le temps de réfléchir et pose directement sa main sur le bas de mon dos nu pour me faire avancer. Ce simple geste me fait frissonner.

Une fois installée, je me racle la gorge avant de jeter un bref coup d'œil autour de moi. Ce restaurant est somptueux, il n'y a pas à dire. Les lumières sont légèrement tamisées et la vue du viaduc derrière les immenses baies vitrées est splendide. Malgré tout, même si avec papa, j'ai l'habitude de dîner dans des lieux luxueux, j'ai tendance à me sentir mal à l'aise dans ce genre d'endroit, trop guindé à mon goût. J'ai l'impression de ne plus pouvoir être moi-même ! Comme si j'étais observée, voire jugée à chaque bouchée.

Une fois nos repas commandés et nos verres entre les mains, Charles entame la discussion.

– Parle-moi de toi !

– Et que veux-tu que je te dise ? demandé-je en buvant une gorgée du succulent vin choisi par ses soins.

– Tout ce que tu voudras, lance-t-il en me dévorant des yeux. Je veux tout savoir sur toi.

Je fais mine de réfléchir avant de me lancer :

– Eh bien, je ne t'apprends rien en te disant que je viens de Paris.

– J'adore Paris, déclare-t-il aussitôt.

– Oh, tu y es déjà allé ?

– Bien entendu, répond-il comme si c'était une évidence. Une bonne dizaine de fois. Et dorénavant, j'aurai une bien meilleure raison d'y retourner…

Il m'adresse un clin d'œil très suggestif qui me fait glousser. Puis, je réponds à sa curiosité en lui racontant brièvement les études que je fais ainsi que ma passion pour l'équitation.

– J'ai vraiment hâte de récupérer ce cheval pour la rentrée ! Apparemment, il s'agirait d'un…

– Livia, me coupe-t-il en grimaçant presque. Tu n'as pas envie de parler d'autre chose que des canassons ?

Alors que je lève un sourcil interrogateur, il s'explique :

– En fait, j'aimerais qu'on discute d'autre chose que du « boulot », ce soir.

Un brin étonnée qu'il ne souhaite pas partager sur cette passion que je pensais commune, je me contente de hocher la tête avant d'avaler une bouchée de mon gratin dauphinois.

– Et donc ? m'interroge-t-il en nous resservant un verre de vin. Tu es promise à un grand poste dans la boîte de ton père, c'est bien ça ? Et dans quel domaine ?

– Et tu disais ne pas vouloir parler boulot ?! ironisé-je en ricanant.

– Tu m'as très bien compris, Livia.

Bien que ce sujet m'intéresse beaucoup moins, Charles semble tellement captivé que je me lance dans une longue explication sur mon avenir tout tracé.

– C'est vraiment génial ! s'exclame-t-il. Te rends-tu compte de la chance que tu as ? Ce n'est pas donné à tout le monde une place pareille, et qui plus est aussi jeune !

En guise de réponse, je me contente de hocher la tête en tentant, une fois de plus, de changer de sujet. Charles n'a pas remarqué ma gêne en parlant de mon père et c'est tant mieux. Je ne souhaite pas déblatérer sur mes problèmes familiaux. En réalité, j'ai plutôt envie de me changer les idées !

– Et si on prenait notre dessert ailleurs ? proposé-je vivement.

Son haussement de sourcils me fait comprendre qu'il n'a pas l'air motivé par mon idée.

– Tu veux rentrer ? s'inquiète-t-il.

– Non, je voulais dire, on pourrait aller dans un endroit un peu plus… cool ?

– Hum, comme tu voudras, finit-il par lâcher en faisant signe à la serveuse de nous apporter l'addition.

Quelques minutes plus tard, nous sortons du restaurant et je prends une grande bouffée d'air. Honnêtement, j'étouffais un peu à l'intérieur.

– Tout va bien ? me demande Charles en inclinant la tête. Où souhaites-tu donc aller ?

Je m'apprêtais à lui proposer une crêperie ou alors une simple glace en bord de route. Mais son manque d'enthousiasme m'a coupé l'appétit.

– Je n'ai plus très faim, avoué-je en posant une main sur mon ventre pour ne pas le vexer. C'était vraiment délicieux, merci encore.

Sans rien dire, il me tend de nouveau son bras et nous nous dirigeons alors jusqu'à la voiture. Je me serais bien baladée au bord du fleuve qui traverse la ville et que j'aperçois un peu plus loin, mais je me contente de le suivre.

Le trajet du retour se fait de nouveau dans le silence. Sauf que cette fois, Charles allume son poste radio où des musiques un peu funky défilent. Pas du tout mon genre soit dit en passant…

En arrivant devant ma porte, Charles se place face à moi avant de m'analyser de haut en bas.

– Merci pour cette soirée, chuchoté-je avant de me racler la gorge, mal à l'aise qu'il me mate de cette manière.

Il me sourit d'un air qui veut dire « de rien » avant de faire un pas vers moi.

– Tu es si belle, murmure-t-il en approchant son visage du mien.

Je n'ai pas le temps de répondre que sa langue est déjà dans ma bouche. Comme s'il n'attendait que ça depuis des lustres, il n'a même pas pris le temps de demander la permission ou juste de caresser mes lèvres avec les siennes. Non, sa langue chaude est déjà en train de jouer avec la mienne dans une valse plus qu'érotique, me provoquant des choses au fond du ventre.

Je profite de cette agréable sensation durant quelques minutes, avant que ses mains qui me caressaient le dos descendent directement sur mes fesses qu'il empoigne avec fermeté.

– Charles ! m'essoufflé-je dans sa bouche qui, apparemment, a du mal à se détacher de la mienne.

Trop excité, il m'ignore et continue de caresser mon postérieur. Il se rapproche afin de me faire sentir son érection. Cette fois, je pose mes mains sur son torse pour le pousser tout en tournant le visage sur le côté afin de rompre notre baiser.

– Tout va bien ? m'interroge-t-il en haletant.

– Oui, c'est que… allons-y doucement, tu veux ?

Même si je vois bien que sa seule envie, là tout de suite, est de me prendre sur cette porte, il soupire en reculant d'un pas.

– Excuse-moi… c'est que… bafouille-t-il en secouant la tête. Je pensais que tu en avais envie ?

J'écarquille les yeux de stupéfaction. Non, mais, il me prend pour qui ?

OK, je ne peux pas nier qu'il m'est déjà arrivé de coucher avec un mec le premier soir, mais, honnêtement, je n'en suis pas hyper fière. En réalité, même si on ne dirait pas comme ça, je suis une grande sentimentale qui aime le romantisme et les films à l'eau de rose. Il ne peut pas me faire rêver en étant un vrai gentleman puis tout gâcher en me sautant dessus comme ça !

– On apprend à peine à se connaître ! me justifié-je en haussant les épaules.

– Ouais, lâche-t-il un peu gêné en se passant une main dans les cheveux. C'est juste que… désolé, tu es tellement attirante que j'ai du mal à te résister.

Ses propos, mélangés à son regard embarrassé, me font relâcher la pression. Après tout, je ne peux pas lui en vouloir. Il n'y a aucun mal à ce que deux jeunes personnes qui se plaisent mutuellement s'envoient en l'air !

– Mais tu as raison, nous avons tout notre temps, renchérit-il en tentant de cacher sa déception.

Charles s'approche de nouveau et cette fois, il dépose ses lèvres sur les miennes dans un baiser beaucoup plus délicat et sensuel.

– Alors à demain, princesse.

– À demain, réponds-je simplement en le regardant partir.

Une fois dans ma chambre, je lâche un énorme soupir en m'allongeant sur mon lit. Bizarrement, cette soirée m'a laissé un goût amer. Je me sens ridicule d'avoir réagi de cette manière. Peut-être que je devrais m'excuser de mon attitude ? Oui, voilà, je lui en parlerai à tête reposée demain. Charles est un homme bien et je n'ai pas envie de le décevoir ou de le faire fuir, bien au contraire !

Bien que nous soyons en plein milieu de la semaine et qu'à cette heure tardive, Lucie doit sûrement déjà dormir, je lui envoie un message :

[Affaire presque conclue…]

Je ris déjà en imaginant sa mine déconfite demain matin en découvrant mon texto. Puis, je fonce à la salle de bains pour me démaquiller avant de me mettre au lit, en tentant de ne plus penser à la manière dont s'est terminée la soirée.

Demain est un autre jour.

9

Ce matin, je n'ai pas besoin de réveil pour me lever. Enjouée par ma soirée romantique d'hier soir, je me prépare rapidement en repensant à Charles. Nous avons passé un délicieux moment ensemble, il est tellement adorable. J'ai hâte de le retrouver et de découvrir avec quel cheval je vais travailler aujourd'hui.

Alors que je rejoins l'écurie, je croise d'autres cavaliers. Certains sont en train de préparer leur monture à l'extérieur pendant que d'autres échangent sur les différents chevaux. Nous nous saluons gentiment. Finalement, nous sommes tous là dans le même but et l'ambiance semble se détendre progressivement. C'est donc radieuse et souriante que je rejoins mes nouveaux camarades.

Serena freine vite mes ardeurs en m'annonçant que ma monture du jour n'est autre qu'Idylle, la fameuse jument jugée comme insolente et caractérielle. Super…

Dans un premier temps, je ne suis pas ravie, mais je me dis que Serena doit croire en moi pour me la confier en extérieur.

– Nous partons en trotting dans quinze minutes, s'écrie l'entraîneuse. Vous vous mettrez en selle devant l'écurie et nous partirons directement dans le bois, juste derrière le domaine.

– Bon courage ! me chuchote Sixtine, ironique, en passant devant moi.

Quelle garce !

Je fais mine de ne pas avoir entendu et entre dans le box pour préparer l'animal. Tout de suite, je remarque qu'elle me teste en se positionnant de façon à me coincer dans un angle. Sans me décourager, je continue tout en chantonnant et la caressant pour la rassurer. Ensuite, je la selle. Le mors à olive présent sur son filet me prouve qu'en effet, elle ne doit pas être simple à faire céder.

Une fois prête, je sors de l'écurie alors que chacun est déjà en train de se mettre en selle. Charles, toujours aussi sexy, est assis sur un des rochers et ne me quitte pas des yeux. Discrètement, il m'envoie un baiser en soufflant sur sa main, ce qui me rassure quant à notre petit accrochage d'hier. Je sais pertinemment qu'il s'est emporté et qu'il doit s'en vouloir d'avoir été aussi pressant.

Après lui avoir adressé un sourire, je ressangle afin que ma selle ne tourne pas et glisse mon pied dans l'étrier. Sans que j'aie le temps de me positionner, la jument se met à avancer de quelques pas et semble mal à l'aise. Elle piétine tout en balançant des grands coups de tête en arrière.

Bien que déséquilibrée, je m'accroche à son encolure en tentant de ne pas pousser de cri qui pourrait l'effrayer et empirer la situation.

En voyant la scène, Charles s'approche et attrape les rênes afin de la calmer, mais il commence à tirer par petits coups secs dessus, ce qui provoque l'effet inverse. L'animal se met à reculer et tente de se lever à plusieurs reprises, mais Charles ne lâche pas, ce qui l'empêche de se pointer.

La panique me submerge quand elle se met à souffler bruyamment. Ce signe n'annonce vraiment rien de bon. Et voilà que Charles se met à faire de grands gestes face à elle.

– Ça suffit, hurle-t-il en tirant encore plus fort sur les rênes. Calme-toi bordel !

En réponse, Idylle recule d'un coup sec pour se cabrer de toute sa hauteur.

Tandis que Charles continue de crier en croyant bien faire, Idylle recule de quelques pas. Elle met carrément des coups de tête en l'air, m'obligeant à basculer mon poids vers l'arrière, ce qui a pour conséquence de la déséquilibrer. Je m'accroche fermement à sa crinière en essayant de me dégager, mais mon pied gauche est coincé dans l'étrier. Je n'ai pas d'autre choix que de la suivre dans sa chute à la renverse. Elle est prête à me tomber dessus et je n'ai plus, à cet instant, la présence d'esprit de me décaler pour éviter qu'elle ne m'écrase directement la cage thoracique.

Oh mon Dieu, je vais mourir…

Complètement effrayée par ce qui m'attend, je ferme les yeux très fort et me mets à hurler à en perdre la voix. Lorsque je sens mon dos heurter le sol en cailloux et que ma tête cogne violemment sur cette surface dure, je place instinctivement mes bras devant moi pour tenter d'amortir le choc avec l'animal. Mais finalement, je ne reçois qu'un coup sur mon genou droit.

Ce n'est que lorsque je sens un souffle et des chatouillis sur mon front que j'ose affronter la réalité et ouvre enfin les yeux. Ma respiration se bloque quand j'aperçois deux billes dorées me scruter.

Le visage balafré de l'homme me sort immédiatement de ma torpeur. Il est juste au-dessus de moi, les mains de part et d'autre de ma tête, à plat sur le sol. Comme il se trouve à peine à quelques centimètres de mon visage, je peux voir chaque détail de sa peau abîmée. Cependant, ce sont ses yeux qui m'interpellent le plus. Ils sont profonds et couleur miel, cernés de longs cils noirs. Sublimes.

Tandis que je le dévisage, ses cheveux formant un rideau autour de mon casque, j'ai l'impression que le monde s'est arrêté de tourner. Sa respiration est aussi saccadée que la mienne et il me fixe sans sourciller, comme s'il attendait que je reprenne mes esprits.

C'est quand j'entends des cris et des pas s'approcher que je lui adresse un léger signe de la tête, lui signifiant que je vais bien.

Enfin si on veut…

L'inconnu se relève aussitôt et bizarrement, cette distance me provoque une étrange sensation de vide. J'ai l'impression d'avoir perdu mon bouclier. Ma protection.

Des mouvements autour de moi me sortent de ma léthargie et je relève alors la tête. Tous semblent figés, certains ont carrément la bouche grande ouverte. Mon sauveur passe devant Charles, resté paralysé pendant toute la scène, avant de partir en direction de la jument qui s'est échappée. Au loin, je l'aperçois bloquée face au portail menant aux prés. Ce n'est qu'en observant l'homme marcher de dos que je remarque qu'il boite légèrement.

Bon Dieu, c'est lui qui a amorti la chute du cheval avec son dos et je ne lui ai même pas demandé comment il allait !

Je tente de me redresser en grimaçant. Charles s'approche vivement pour m'en empêcher.

– Ne bouge surtout pas ma belle, Serena est au téléphone avec les pompiers.

– Ah, j'ai mal à la tête, gémis-je en posant ma main sur mon front.

– Surtout ne bouge pas, les secours arrivent, répète-t-il affolé.

Les autres stagiaires n'osent pas parler, mais restent tous autour de moi, inquiets.

– Et mon genou aussi, dis-je en tentant de le bouger. J'ai mal au genou.

– Tu as fait une grosse chute, ne bouge pas, ça va aller, tente-t-il de me rassurer.

Je comprends à sa voix chevrotante qu'il essaie de cacher son angoisse. Une fois le coup de fil passé, Serena se rapproche à son tour et s'accroupit pour me prendre la main.

– Ne stresse pas Livia, tout va bien se passer.

Cela me fait tout drôle de la voir me parler ainsi, aussi gentiment.

– Est-ce que j'ai rêvé ou bien le palefrenier vient de me sauver la vie ? la questionné-je.

Alors que Serena pince les lèvres, Charles marque un temps d'arrêt. Ma question semble le désarçonner, mais il reprend vite contenance.

– Je n'irais pas jusque-là, répond-il en fronçant les sourcils. Tu as fait une petite chute, ce n'est rien.

Alors quoi, j'ai fait une grosse ou une petite chute ? Faudrait savoir !

Le bruit strident de la sirène des pompiers nous interrompt et en quelques minutes à peine, une équipe m'entoure afin de me prendre en charge. Ils vérifient mes constantes vitales, me demandent de compter leurs doigts et constatent, à mon grand soulagement, que mon état général est bon. Ils retirent ma bombe[1] avant de positionner un coussin confortable sous mes cervicales. Ma tête semble s'alléger.

– Est-ce que je peux m'asseoir ? demandé-je aux hommes en uniforme.

– Doucement, mademoiselle, essayez tranquillement, nous allons vous aider.

Je me cramponne aux avant-bras d'un jeune pompier et réussis à me redresser. Mon dos me fait mal, mais rien de bien méchant. Après m'avoir examinée, le médecin présent m'indique qu'il ne s'agit que d'ecchymoses et qu'heureusement, je n'ai pas reçu tout le poids sur le buste.

– Cette chute aurait pu être fatale, termine-t-il en rangeant ses affaires.

Cette révélation me fait automatiquement observer la réaction de Charles qui se contente d'inspirer profondément sans même oser me regarder. Se sent-il responsable de ma chute ? A-t-il seulement conscience du danger qu'il m'a fait encourir ? Son attitude me désarçonne, il semble à la fois énervé et soulagé. Je ne sais plus quoi penser de son comportement.

– Monsieur de La Perrière, pouvons-nous nous entretenir afin que vous me décriviez les circonstances de l'accident ? l'interroge le médecin.

Déconfit, Charles suit le docteur un peu plus loin. Mes camarades se rapprochent à nouveau tandis qu'on m'immobilise le genou dans une poche de glace.

---

1. Casque de cavalier.

– Tu nous as fait une de ces peurs, commence Paul en mettant sa main sur mon épaule.

– Tu te sens bien, Livia ? demande Chiara.

– J'ai déjà fait des chutes bien plus spectaculaires, mais j'avoue que celle-là était pas mal, continue Andreas à distance.

– Ça va, Livia ? termine Sixtine, embarrassée par la situation.

– Ça va ! Vous ne vous débarrasserez pas aussi facilement de moi, leur renvoyé-je en ricanant pour détendre l'atmosphère.

Je leur adresse un sourire de remerciement tout en me concentrant sur la voix de Charles qui raconte toutes les étapes de la chute. Mon regard dévie mécaniquement sur la jument, au loin, beaucoup moins affolée. Je plisse les yeux pour constater que le palefrenier a réussi à la calmer. Doucement, il lui caresse l'encolure en la faisant avancer vers l'écurie.

Bon sang, comment il fait ça ?!

Une nouvelle fois, les pompiers me sortent de mes pensées quand ils me portent pour me positionner sur une chaise, le genou toujours tendu sous la glace. Le médecin revient ensuite vers moi et me prescrit des antidouleurs, une crème pour les ecchymoses et du repos pendant deux jours minimum.

– Je pourrai ensuite reprendre l'entraînement ? l'interrogé-je en sentant mon cœur se serrer.

– Oui bien sûr, me rassure-t-il aussitôt. Je reviendrai dans quelques jours, simplement pour m'assurer que tout va bien, et vous pourrez reprendre sans problème.

– Merci, soufflé-je soulagée. Merci beaucoup, docteur.

– Bon, je crois qu'on en a fini. Mademoiselle, vous avez eu beaucoup de chance, prenez soin de vous !

Tandis que je dis au revoir au médecin, Charles revient vers moi, les yeux brillants. Je n'ai pas le temps de lui demander comment il va que Serena s'approche à son tour.

– Charles, peut-être que Collin devrait être examiné ? s'inquiète-t-elle.

Il fronce les sourcils avant de répondre froidement :

– Je sais ce que j'ai à faire, Serena ! Il n'a rien, c'est bon.

– Qui est Collin ? m'empressé-je de demander même si je me doute de la réponse.

– Livia, tu dois te reposer maintenant, s'exprime-t-il d'une voix beaucoup plus douce. Je vais te raccompagner à ton cottage et tu vas rester allongée, la jambe en l'air. Si tu veux reprendre rapidement, il faut que tu te ménages !

Merde, il a raison. Déjà que je suis dégoûtée de perdre deux jours d'entraînement, je ne peux pas me permettre d'en rajouter. Alors j'acquiesce et passe mon bras par-dessus son épaule afin qu'il m'aide à me mettre debout. Puis, j'avance lentement en essayant de m'appuyer au minimum sur mon pied droit.

Putain, ce genou me fait un mal de chien !

Alors que nous passons devant les écuries, le palefrenier arrive derrière nous en tenant Idylle du bout des rênes. La jument semble complètement apaisée et accepte de suivre celui qui l'a réconfortée. Derrière ce rideau de cheveux qui lui cache les yeux, l'expression de ce type est indéfinissable.

Comme si Charles voulait à tout prix l'éviter, il accélère le pas et nous continuons jusqu'à mon lit sur lequel je m'affale lourdement.

– Tu veux que je reste avec toi ? me propose-t-il dans un murmure.

– Non merci, j'ai besoin d'être seule et de me reposer.

– Comme tu voudras, répond-il déçu. Tu sais où me trouver si tu as besoin.

Charles semble terriblement mal, mais ce n'est pas le bon moment pour parler de tout ça. Je lui assure donc que ça va aller et le laisse quitter la pièce avant de m'allonger sur mon lit.

Une fois seule, je prends conscience de ce qu'il vient de se passer. Je me remémore la scène, tout en me rendant compte que je viens d'échapper au pire. Bien entendu, j'ai toujours su que l'équitation est un sport dangereux, mais, malgré mes nombreuses chutes, jamais je n'avais imaginé à quel point je mettais ma vie en danger et comme tout peut basculer en un instant.

Tout à coup, mon corps se met à trembler comme une feuille tandis que je retiens ma respiration. Puis j'éclate en sanglots.

10

Après avoir pleuré toutes les larmes de mon corps, je me suis laissée emporter par le sommeil. Il n'est pas loin de quatorze heures quand je me réveille, et je suis surprise de voir que je n'ai reçu aucun appel sur mon portable. Je cligne plusieurs fois des yeux pour sortir de mon engourdissement avant d'appeler ma mère.

– Allô ma chérie ! décroche-t-elle enjouée.

Le ton qu'elle vient d'employer me fait immédiatement comprendre qu'elle ignore ce qu'il s'est passé. Sinon, j'aurais eu droit à des tonnes d'appels et de messages ainsi que de nombreuses menaces de procès contre le centre.

Je suis agréablement surprise de constater que le directeur ne s'est pas empressé d'appeler mes parents pour les avertir de l'incident.

En règle générale, quand papa paye une somme faramineuse pour qu'on s'occupe de moi, il est au courant de mes moindres faits et gestes. Ça me rappelle cette fois où je suis partie en week-end à Londres avec mon groupe d'anglais approfondi, cours indispensable selon lui. Un soir, j'ai osé rentrer un peu plus tard que l'horaire défini par l'institut où nous séjournions. Un quart d'heure après, un coup de fil de ma chère mère m'a fait comprendre qu'ils étaient au courant d'absolument tout, même de ce que j'avalais au petit déjeuner !

– Ma puce ? Est-ce que tout va bien ? demande-t-elle après quelques secondes de silence.

– Oui maman, excuse-moi, c'est qu'on capte mal ici.

– C'est pour cela que tu n'appelles jamais ?! me scande-t-elle aussitôt.

– Et qu'est-ce que je suis en train de faire, là ? rétorqué-je dans un soupir.

– Comment ça se passe ? Ton niveau s'est amélioré ? Les chevaux sont à la hauteur ?

Tu parles qu'ils le sont !

– Tout se passe très bien, le domaine est somptueux.

– Parfait ! s'exclame-t-elle, satisfaite. Penses-tu revenir pour ce week-end ?

– Non maman, peut-être le prochain. J'ai peur que le voyage ne me fatigue plus qu'autre chose…

Et qu'ils découvrent les conséquences de ma chute, surtout !

Aussi, je dois m'avouer que je n'ai pas envie de rentrer chez moi. Finalement, je me sens bien ici.

– Très bien. Tu me tiens au courant ?

– On fait comme ça. Je t'embrasse. Et embrasse papa aussi.

– Bisous Livia.

En raccrochant, j'hésite à appeler Lucie pour lui raconter ma matinée chaotique, mais le bruit des gargouillis qui proviennent de mon estomac me rappelle que je n'ai rien avalé depuis ce matin. J'ai une faim de loup !

Je grimace légèrement en me redressant. La migraine est totalement passée, mais je me sens toute courbaturée. J'ai l'impression qu'un train m'est passé sur le corps ! Plutôt un cheval d'une demi-tonne, en fait…

La scène que j'ai vécue un peu plus tôt me revient immédiatement à l'esprit, mais ce que j'aperçois face à moi me détend. Sur la petite table près du téléviseur se trouve un plateau-repas qu'on a dû me déposer pendant que je dormais. Bien que le fait que Charles puisse entrer et sortir dans ma chambre comme bon lui semble ne m'enchante pas des masses, j'apprécie l'attention.

Et mon ventre encore plus !

Pressée de découvrir ce que nous a concocté Joséphine pour ce midi, je prends tout de même le temps de me mettre debout et avance difficilement vers la table pour m'asseoir. J'ôte rapidement le couvercle et découvre une assiette de spaghetti à la carbonara.

Miam.

Même si les pâtes sont froides, c'est un vrai régal !

Après avoir terminé mon repas, je claudique jusqu'à la douche pour me détendre et m'habille de manière plus décontractée. Il fait très chaud aujourd'hui et je compte bien profiter du côté positif de louper les entraînements. Au lieu de ma tenue de cavalière, j'enfile un short kaki et un haut blanc tout simple. Mon énorme genou enflé et rougi par la glace rend mes jambes beaucoup moins gracieuses, mais peu importe.

Une fois prête, je sors de ma chambre en boitant et tombe nez à nez avec le directeur.

– Oh, monsieur de La Perrière, bonjour !

– Livia, articule-t-il en m'analysant de haut en bas, les sourcils froncés quand il aperçoit mon genou. Je venais justement m'assurer que vous alliez bien !

– Oui, ça va beaucoup mieux, ne vous en faites pas.

– Quel terrible accident, affirme-t-il en secouant la tête. Je peux vous garantir que nous prenons la situation très au sérieux et que nous avons déjà pris les mesures adéquates pour éviter que ce genre de chose ne se reproduise.

– C'est-à-dire ? demandé-je, interloquée.

– Idylle ne fait plus partie des chevaux disponibles pour le stage et, à compter de demain, je m'occuperai personnellement de son cas.

– Oh !

Sans savoir pourquoi, je ne me réjouis pas de cette nouvelle. Je m'apprête à lui demander ce qu'il compte en faire réellement quand il reprend la parole :

– En tout cas, je suis soulagé que vous alliez bien et j'espère que cela n'a pas remis en question votre envie de participer à ce stage.

– Pas du tout ! m'empressé-je de répondre. Et je compte bien reprendre les entraînements dès que je le pourrai.

– Bien, conclut-il rassuré avant de m'adresser un signe de la tête indiquant qu'il s'en va.

– Oh, monsieur ? Je voulais vous demander un service.

Légèrement surpris, il s'avance d'un pas en plaçant ses mains derrière son dos.

– Est-ce que… est-il possible que mes parents ne soient pas au courant de ce qu'il s'est passé ? demandé-je avec une grimace. Ils sont de nature angoissée et je ne veux pas qu'ils se fassent du souci pour pas grand-chose…

– Bien entendu, accepte-t-il aussitôt. Cette histoire restera entre nous.

Son expression soulagée ainsi que son léger sourire en coin me font comprendre qu'en réalité, ça arrange bien ses affaires…

– Au fait, savez-vous comment va le palefrenier ? l'interrogé-je. C'est lui qui m'a sauvée.

– Oui, c'est ce que j'ai entendu dire, réplique-t-il d'une voix ferme. Vous savez Livia, Collin est là pour ça. Il s'occupe des bêtes et s'assure que le centre ne manque de rien. Il n'a fait que son travail.

Bouche bée, je le fixe quelques secondes sans rien dire. Il plaisante ou quoi ? Mettre sa vie en péril pour en sauver une autre ne fait sûrement pas partie de son job ! Cependant, je ne rétorque rien et me contente de hocher la tête.

– N'hésitez pas à revenir vers moi si besoin et surtout, profitez du domaine comme bon vous semble ! Vous êtes notre invitée d'honneur et nous ferons tout ce qui est en notre pouvoir pour que ces deux jours de repos se passent le plus agréablement possible.

– Merci, réponds-je simplement.

Le directeur tourne les talons afin de rejoindre l'accueil et j'attends qu'il ne soit plus dans mon champ de vision pour me diriger vers les écuries.

Je ressens une drôle de sensation en découvrant le box d'Idylle vide. C'est étrange car, même si elle a bien failli ruiner toutes mes chances de participer à ce championnat, je ne souhaite pas qu'il lui arrive malheur à cause de moi. Finalement, c'est comme si je la comprenais un peu. Elle n'a pas forcément envie de suivre le chemin tout tracé de championne que lui prédisent les entraîneurs. Ouais, j'ai carrément l'impression de me reconnaître dans cette bête !

Oula… je me suis peut-être cognée un peu fort.

Je continue ma petite promenade à la vitesse d'un escargot et distingue Charles à cheval dans la carrière. Je m'approche et m'installe sur un des plots en bord de piste. Il semble tendu et, de fait, sa monture l'est aussi. Irrité, il essaie de faire céder ce magnifique cheval allemand, qui visiblement n'est pas très docile. Ou alors, c'est parce qu'à force de tirer dessus, cette pauvre bête en a juste marre.

Malgré ce qu'il s'est passé ce matin, Charles n'a toujours pas compris que ça ne servait à rien de s'énerver ?!

Lorsqu'il m'aperçoit, il arrive au pas dans ma direction.

– Ça va Livia ? Tu vas bien ? Et ton genou ?

– Ça va, je te remercie. Ne t'arrête pas de travailler pour moi.

– Ne t'inquiète pas, je terminais justement.

Illico, il descend de cheval et me propose de rentrer à l'écurie avec lui. Nous avançons en silence jusqu'au box et je remarque que quelque chose a changé. Son assurance semble avoir laissé place à de l'embarras. Il n'ose même pas me regarder en face alors qu'il passe habituellement tout son temps à me mater sans vergogne.

Au bout de quelques minutes dans cette ambiance taciturne, je l'interpelle.

– Je vais retourner me reposer avant le repas.

– Livia, tu veux qu'on aille dîner à l'extérieur ce soir ? Ou que tous les deux dans ta chambre si tu préfères ?

– Non, je voudrais dîner avec les autres. J'ai besoin de me changer les idées. Merci quand même, lui réponds-je en me retournant pour rejoindre mon cottage.

Sur le chemin, je croise mes coéquipiers qui reviennent de balade. Je les envie tellement de pouvoir être à cheval alors que je me traîne au ralenti.

– Déjà debout ? m'interroge Sixtine sarcastique. Est-ce que tu daignes dîner avec nous ce soir ?

J'imagine qu'elle fait allusion à mon escapade d'hier soir…

– Avec plaisir ! lui rétorqué-je en lui décochant mon plus beau sourire hypocrite.

Brièvement, je rassure ceux qui me demandent comment je vais puis je repars, tant bien que mal, jusqu'à mon cottage. À peine arrivée, Joséphine toque avec une nouvelle poche de glace, plus que bienvenue.

Dès qu'elle est partie, je tombe littéralement en arrière. Mon genou me lance, je crois que je n'aurais pas dû jouer à la vaillante aussi tôt.

Pour me détendre, je m'allonge confortablement, positionne la poche de glace sur mon genou et m'abrutis gentiment devant une émission télévisée dans laquelle la somme de tous les QI des personnes présentes à l'écran ne doit pas dépasser soixante.

Sans savoir si c'est le contrecoup de l'accident ou cet horrible programme qui m'accable, je finis une nouvelle fois par m'assoupir et suis réveillée à dix-neuf heures par la sonnerie d'un message.

[Bien joué poulette !
Maintenant étape suivante,
tu sais ce qu'on dit sur les étalons ?!
La bise ma biche :)]

11

Mes émotions sont toutes chamboulées depuis ma chute. Rien que la lecture du message de Lucie me fait monter les larmes aux yeux, sans savoir si elles sont de rire ou liées à la tristesse de ne pas avoir ma meilleure amie près de moi dans ce moment difficile.

J'hésite à l'appeler pour lui raconter, mais me ravise rapidement. Cette folle dingue serait bien capable de débarquer et de retourner le centre pour m'avoir fait monter sur un animal barjo, comme elle le qualifierait certainement. L'avoir ici à mes côtés me redonnerait le moral à coup sûr, mais je ne peux pas faire ça… du moins, pas tout de suite.

Doucement, je me lève et me change pour enfiler un pantalon de yoga noir dans lequel je suis à l'aise. Avec ce genou version boulet de canon, je ne rentre plus dans aucun de mes jeans.

Une fois habillée, je rejoins le club house en attendant que le dîner soit servi. Je m'installe dans un des fauteuils et feuillette l'un des magazines équins quand Joséphine s'approche de moi :

– Alors ma puce, ça va mieux après tes galipettes ?

– Je m'en serais bien passée, crois-moi, lui réponds-je d'un ton blasé.

– Ça va passer, c'est le métier qui rentre ! me renvoie-t-elle en repartant vers sa cuisine.

D'ordinaire, je ne m'arrête pas sur ce genre de remarque, mais dans le cas présent – et même si j'apprécie Joséphine –, elle m'exaspère au plus haut point. Je suis bien consciente que lorsque l'on fait de l'équitation, chuter fait partie du sport et évidemment que je suis déjà tombée à plusieurs reprises, mais cette fois, ça aurait pu être très grave. J'ai l'impression que Joséphine prend ma chute à la légère. C'est certainement dû au contrecoup, mais sa réaction m'agace profondément.

Je prends sur moi pour ne pas laisser mes nerfs prendre le dessus. Ce soir, je suis à fleur de peau et il ne faudra pas trop me chatouiller.

Quand j'entre dans la salle polyvalente, je suis applaudie par tous mes camarades en ligne. Je rougis immédiatement et leur passe devant en leur tapant dans la main.

– Contents de te compter parmi nous, Livia ! me lance Paul avec un grand sourire.

Je lui réponds timidement en levant mon pouce en l'air, parce que, submergée par l'émotion, aucun mot n'arrive à se frayer un chemin jusqu'à ma bouche. Malgré les humeurs ou caractères compliqués des uns et des autres, je me rends compte qu'ils ont eu peur et qu'ils sont bien présents pour moi, quoi qu'il en soit.

Nous nous attablons et le couvert positionné à côté du mien reste vide. Alors que l'entrée nous est servie, Charles enjambe le banc et vient s'asseoir à côté de moi en prenant garde de poser délicatement sa main sur ma hanche.

– Tout va bien ? me chuchote-t-il à l'oreille.

– Oui merci.

Bizarrement, son contact ne me provoque aucune sensation particulière. Je me dandine sur le banc, ce qui lui fait comprendre qu'il peut dégager sa main. Je n'ai pas non plus envie de m'afficher devant tout le monde, même si Sixtine et les autres ont bien compris la situation. Il semble déçu et prend ses couverts pour commencer à dîner.

Sans surprise, la discussion du repas tourne autour de mon bel exploit de la journée.

– Non, mais, tu aurais pu y rester Livia, tu te rends compte ? commence Chiara.

Souhaitant dédramatiser la situation, je tourne ma mésaventure à la dérision.

– Eh non, je suis encore là !

– Ça va, il y a des chutes bien plus impressionnantes ! Elle a juste voulu se donner en spectacle, continue Andreas, taquin cette fois.

– Et je t'ai impressionné alors ? réponds-je ironique. Avoue que tu as flippé Andreas, n'aie pas honte au lieu de jouer au fier devant tout le monde !

– Pas du tout, je savais que ce n'était pas grand-chose.

Il se fait huer immédiatement par tous les autres stagiaires, mais nous nous mettons à rire de son comportement hautain et cela détend l'atmosphère. Alors que nous nous esclaffons – y compris Charles qui, jusqu'à présent, était resté de marbre –, Sixtine ajoute :

– En tout cas, heureusement que le palefrenier était là ! Il t'a sauvée !

Comme une chape de plomb qui nous serait tombée dessus, l'ambiance s'alourdit considérablement. Tous les regards sont alors rivés sur Charles et moi. Une vague de chaleur m'envahit, ne sachant si elle correspond à de la colère ou de la gêne. Paul ranime le groupe en ajoutant :

– Bon maintenant qu'on a terminé le repas, j'ai une surprise.

Nous le regardons tous dans l'attente de sa déclaration. Je sais qu'il n'aime pas danser donc ça m'arrange vu l'état de mon genou, mais je me demande bien ce qu'il a prévu.

– On pourrait regarder un film. J'ai demandé au directeur si nous pouvions utiliser le rétroprojecteur. Vous avez le choix entre une comédie ou un film d'action.

Encore une fois, je remercie Paul pour son enthousiasme en toute situation, même les plus tordues. Les filles votent à l'unanimité pour une comédie et nous nous installons dans les fauteuils pour une séance. Il n'aurait pas pu mieux tomber ! Un bon film à l'eau de rose ne peut que me détendre.

Charles en profite pour s'installer à côté de moi et une fois plongés dans le noir, il pose discrètement sa main sur ma cuisse, que j'attrape avec la mienne pour entrelacer mes doigts aux siens. Encore une fois, rien ne se passe en moi. Mais pourquoi suis-je si hermétique à son contact ? C'est certainement à cause du choc.

Lorsque le film est terminé, je me détache de Charles et me redresse doucement, mon dos douloureux me confirmant que ces fauteuils ne sont pas de bonne qualité. Alors que certains luttent contre le sommeil, je me lève et annonce à l'assemblée :

– Bon les copains, ce n'est pas que je n'apprécie pas votre compagnie, quoique… dis-je en m'adressant à Sixtine avec un grand sourire, lui prouvant que je fais de l'humour. Mais je vais vous abandonner pour aller me coucher. Merci Paul d'avoir eu cette super idée, ça m'a permis de me détendre.

Sixtine me tire la langue avant de pouffer et je me demande si on ne pourrait pas s'entendre finalement…

Je me retourne pour quitter la pièce et à peine ai-je passé la porte que quelqu'un m'attrape par le poignet.

– Attends Livia, je te raccompagne !

– Non, c'est bon, Charles, merci. J'en ai pour cinq minutes et puis… je suis épuisée !

– Je préfère que tu ne rentres pas seule, insiste-t-il.

– Et pourquoi ? demandé-je en ayant compris son sous-entendu.

– Tu sais pourquoi.

– Oh, tu as peur que je croise quelqu'un de dangereux, c'est ça ? Ce mec étrange qui m'a juste sauvé la vie ?!

– Livia, je t'ai déjà dit de te méfier. Ne crois surtout pas qu'il soit un genre de héros ou quoi. Ça m'embête de te dire ça, mais Collin s'inquiétait uniquement pour sa jument !

– Comment ça ? l'interrogé-je, curieuse.

– Il… je ne sais pas. Il a une sorte de passion pour les bêtes. Comme s'il croyait communiquer avec elles ou je ne sais quoi. Je t'assure qu'il serait prêt à tout pour Idylle, ce mec est tellement barge ! Mais enfin Liv', tu as vu sa tête de près ? Bon sang, tu vois bien qu'il n'est pas… comme nous !

– Comme nous ? répété-je ahurie.

– Ce mec est complètement balafré, renfermé sur lui-même. De plus, il ne communique avec personne ! Jamais ! Ce mec est malade, Liv'.

Alors que je tente d'encaisser ces dernières paroles, Charles poursuit :

– Collin a un passé assez lourd, et avec le physique qu'il a, aucun employeur n'en voulait… sauf nous.

D'après son attitude, il pense certainement que je suis attendrie par le fait que son père a offert une chance à ce pauvre garçon, mais je n'arrive pas à comprendre quoi que ce soit. Ne souhaitant pas entrer dans le débat, je décide de couper court à la conversation.

– Bon Charles, il est tard, je suis fatiguée et j'ai mal au genou. Je vais aller me coucher.

– Très bien ma belle, repose-toi bien, répond-il en m'embrassant au coin des lèvres. À demain ?

– C'est ça, à demain.

C'est le cerveau embrumé que je rejoins ma chambre. Une fois dans mon lit, je n'ai pas le temps de réfléchir davantage que le sommeil me gagne. Un sommeil agité dans lequel se mélangent hennissement, regard intense et apaisement.

12

Les hématomes sont bien là et malgré la prise régulière d'arnica, rien n'y fait. Au réveil, je suis comme lestée à mon lit. Le simple fait de me retourner pour me lever relève du parcours du combattant.

Une brique à la place du genou et un dos courbaturé, comme si j'avais été poignardée à plusieurs reprises, m'empêchent de me mouvoir librement. Je me prépare lentement en prenant garde de ne pas glisser dans la douche. Il ne manquerait plus que ça !

Après le petit déjeuner, je n'ai absolument pas envie de retourner m'enfermer dans ma chambre. Vu l'heure qu'il est, tous les stagiaires de mon groupe ont dû partir travailler en extérieur car aucun d'entre eux n'est présent. Je m'installe donc à l'entrée des écuries et contemple un cavalier qui travaille au loin. Quand je revois le lieu de ma chute, je repense à tout ce que Charles m'a raconté à propos de ce Collin et je ressens de drôles de sensations. Je me sens coupable et à la fois redevable. Je suis perdue. Revoir le lieu de ma chute mélangé à tout ce qu'a pu me raconter Charles fait monter en moi des sensations étranges.

Quelques secondes plus tard, je suis tirée de ma rêverie par un bruit dans le fond des écuries. Des sons de fer sur le sol résonnent dans un froissement de paille. Discrètement, je passe le visage à travers la dernière porte et comprends immédiatement qui est en train de repailler les box.

Je me dois d'aller remercier Collin pour son aide. En même temps, vu le premier échange que nous avons eu, je n'ose pas aller lui parler. Il semble si impénétrable, si secret. Le peu de fois où j'ai croisé son regard, j'ai eu l'impression de le déranger. Bien que très intimidée à mon tour, je reste stoïque en attendant qu'il remarque ma présence. Collin vient enfin de se rendre compte que je suis là étant donné la manière dont il s'est immobilisé.

– Salut, murmuré-je.

Je ne sais pas s'il m'a entendue, mais il se retourne lentement et quand il m'aperçoit, il paraît… effrayé ?

Durant quelques secondes, nous restons là à nous regarder dans le blanc des yeux, moi la bouche entrouverte en réfléchissant à ce que je vais bien pouvoir dire et lui, accroché à sa fourche, les yeux ronds de stupeur. Il penche légèrement la tête sur le côté, faisant mine de ne pas comprendre ce que je fais devant lui. De mon côté, je me demande si j'ai bien fait de venir lui parler. Il reste silencieux, immobile, comme s'il ne m'avait réellement pas entendue. Me vient alors une idée.

– Est-ce que… est-ce que tu peux lire sur les lèvres ? demandé-je en faisant un pas timide dans sa direction.

Ses sourcils se froncent tandis que je déglutis, embarrassée. Bon sang, moi qui voulais juste le saluer afin de le remercier de m'avoir sauvée, me voilà dans une situation plus que gênante.

J'ai appris à parler la langue des signes il y a quelques années avec une copine dont la mère était sourde, mais j'ai bien peur de ne pas être très douée. Néanmoins, je tente le coup et me mets à signer timidement :

Bonjour, on peut parler ?

L'étonnement que je perçois dans son regard me fait me demander s'il m'a comprise. Ou si je ne me suis pas tout bêtement trompée dans mes gestes. Finalement, il lève sa main droite et m'apporte une réponse aussi claire que l'eau de roche :

Non.

– Non ? répété-je ahurie. Comment ça, non ?

Je tente par tous les moyens de me remémorer les échanges avec la mère de ma copine et me souviens parfaitement le nombre de fois où elle lui a fait ce geste.

Ce salaud vient bien de me dire non !

Tandis que j'écarquille les yeux, lui continue de me fixer avec ce regard méfiant.

Putain Liv', casse-toi d'ici !

Et pourquoi ? signé-je, intriguée – et un brin vexée, je l'avoue.

En guise de réponse, j'ai uniquement droit à un léger haussement d'épaules. Je devrais lui hurler dessus, ou bien partir en courant. Pourtant, je n'en fais rien. Je reste plantée là telle une idiote.

Vu qu'il ne réagit toujours pas, je soupire fortement avant de faire volte-face.

– Je voulais juste te remercier de m'avoir sauvé la vie, crétin ! braillé-je en marchant vers la sortie.

– De rien, me répond une voix grave.

Attends... quoi ?!

Les sourcils levés, je me fige quelques secondes avant de me retourner lentement.

– Mais alors... tu parles ?

Encore une fois, il hausse les épaules avant de répondre le plus naturellement possible :

– Ouais.

J'ouvre grand la bouche tout en le fixant, choquée qu'il ait pu me faire un coup pareil.

Bravo Liv', tu passes encore pour une gourde !

– C'est ça, ta manière de faire de l'humour ? l'interrogé-je en croisant les bras, énervée. Ça t'amuse de te faire passer pour un muet ?

Nous restons là à nous dévisager un moment, jusqu'à ce qu'il reprenne la parole :

– Mais je ne t'ai jamais dit que je l'étais.

Merde.

Il a raison. Cet imbécile a beau s'être foutu de moi, jamais il n'a prétendu l'être. Je repense alors à ma conversation avec Charles qui m'a assuré que Collin ne parlait pas. Bref, j'ai sûrement dû louper un épisode.

Encore plus mal à l'aise qu'il y a deux minutes, je me racle la gorge en me sentant rougir.

– Désolée, je… je pensais que… vraiment désolée. Écoute, on est partis du mauvais pied. Je m'appelle Livia. Livia Boissier, me présenté-je en m'approchant de nouveau.

J'hésite à lui tendre la main, mais il semble si froid et distant que je risque de me prendre un vent. Encore.

– C'est maintenant que tu me donnes ton prénom normalement, chuchoté-je comme pour lui donner la bonne réplique.

Sa lèvre abîmée s'étire très légèrement avant de se remettre en place. A-t-il souri ? En est-il même capable ? Ce mec est tellement bizarre que je ne l'imagine pas s'esclaffer.

– Soen, finit-il par répondre. Soen Collin.

– Oh ?!

Alors Collin est son nom de famille et c'est comme ça que tout le monde le nomme ici ? Sympa l'ambiance !

– Soen, répété-je dans un murmure. C'est plutôt original.

De nouveau, un silence pesant s'installe. Puis les bruissements de paille reprennent lentement et je me sens bête face à lui.

– Eh bien, merci Soen. Merci beaucoup pour ce que tu as fait pour moi.

Il m'adresse un léger signe de la tête avant de se remettre à bosser, ce qui me fait définitivement comprendre qu'il ne souhaite pas continuer ce semblant de discussion. Pourtant, j'ai un tas de questions à lui poser, par exemple comment il fait pour calmer Idylle ? Où est-elle passée d'ailleurs ?

Mais bizarrement, j'ai également envie d'en savoir plus sur lui.

J'ouvre la bouche pour tenter une autre approche, mais il a repris son travail en m'ignorant totalement. J'ai même l'impression de l'ennuyer plus qu'autre chose !

Bien que je sente la déception m'envahir, je n'insiste pas et recule vers la porte.

– Bon alors, à plus ?

À plus ? Sérieusement Liv' ?

Il s'arrête pour me regarder m'éloigner. Ses grands yeux couleur miel plongent dans les miens, faisant battre mon cœur un peu plus vite. Bon sang, qu'est-ce que j'aimerais retirer ses longs cheveux ainsi que sa masse de poils pour voir à quoi il ressemble vraiment ! Bien que sa balafre soit effrayante, cet homme dégage quelque chose de spécial. Une sorte de charisme que je ne saurais décrire.

Soen met fin à notre contact visuel en me tournant définitivement le dos.

OK. Il est clair que ce type ne veut rien avoir à faire avec moi. Je l'ai remercié. Maintenant, je n'ai plus qu'à passer à autre chose.

13

Mes deux jours d'immobilité sont passés, mais mon genou me fait toujours aussi mal. Le médecin a préféré ne revenir que lundi, me laissant encore le week-end pour mieux récupérer. Je suis aussi pressée qu'anxieuse. Et s'il me disait que mon état ne s'est pas amélioré ? Vu les douleurs que je ressens à chaque mouvement, j'ai bien peur de ne pas remonter à cheval aussi vite qu'il le pensait.

Heureusement que nous sommes samedi et que j'ai droit à du repos supplémentaire sans avoir à sécher les cours. Le week-end, nous avons le choix entre rentrer chez nous afin de profiter de nos proches ou bien rester sur place, mais aucun entraînement n'est prévu.

Si nous restons, nous avons juste à prévenir pour la gestion des repas. Heureusement, j'avais déjà prévu de rester ici ce premier week-end pour m'imprégner des lieux et apprendre à mieux connaître mes camarades de stage. Jamais je n'aurais pensé chuter dès la première semaine et encore moins me retrouver immobilisée !

– Ça va ma jolie ? m'interroge Joséphine en déposant mon petit déjeuner sur la table. Tu es bien matinale, dis donc !

– Je n'arrivais plus à dormir ! expliqué-je en attrapant ma tasse de café.

– Tu te sens mieux ?

– Pas vraiment, grimacé-je en lui désignant mon genou enflé. D'ailleurs, je pense que c'est la douleur qui m'a réveillée.

– Ne t'en fais pas Livia, ça va aller. Plus tu affronteras positivement les difficultés, plus tu auras du courage.

Sans me laisser le temps de répondre, Joséphine part s'occuper du peu de personnes présentes au réfectoire. Quant à moi, je réfléchis à ce qu'elle vient de me dire. En effet, il faut que je me raisonne et que j'arrête de broyer du noir. Après tout, cette chute aurait pu être bien pire !

Décidée à avoir désormais un moral au beau fixe, j'attrape mon plateau pour aller m'installer dehors, sur la petite terrasse qui donne directement sur les prés où cavalent librement les bêtes. Le sourire me revient immédiatement et je croque avec plaisir dans ma tartine beurrée.

J'ai presque terminé quand j'aperçois Soen, au loin, en train de ramener un poulain dans le large pâturage totalement clôturé. Avant de le laisser galoper à sa guise, il lui retire tous ses accessoires puis le caresse lentement de l'encolure à la croupe. L'animal reste complètement immobile. Ce n'est que quand il lui donne une légère tape sur le dos que celui-ci se met à avancer.

Impressionnée, je m'approche de la balustrade pour l'observer. Mais à peine me suis-je penchée en avant qu'il se rend compte que je le regarde. Soen se fige aussitôt avant de m'observer avec une expression intense et incompréhensible. Sans réfléchir, je lève ma main droite pour le saluer en hochant la tête. Instantanément, il détache son regard avant de faire demi-tour sans même m'adresser un geste.

Bon sang, mais pourquoi diable réagit-il ainsi ?!

– Salut beauté, me surprend une voix derrière moi.

Je n'ai pas le temps de me retourner que des mains familières se posent sur ma taille pour m'y aider. Étrangement, ce contact me refroidit instantanément. Je prends alors ses mains dans les miennes pour rompre cette proximité.

– Déjà debout ? demandé-je à Charles avant de lui faire un bisou sur la joue.

L'odeur de son after-shave vient immédiatement me chatouiller les narines. Bien que j'apprécie son parfum, je me recule instinctivement. Il n'en fait pas cas et continue :

– Oui, je n'ai pas très bien dormi, répond-il en fronçant le nez.

Le regard qu'il me jette me fait comprendre que je n'y suis pas pour rien, mais je fais mine de ne pas avoir deviné ce à quoi il fait référence et me détache complètement de lui pour attraper mon plateau.

– Quoi de prévu aujourd'hui ? l'interrogé-je.

– Laisse, se précipite-t-il pour reposer mon petit déjeuner sur la table. Joséphine est là pour ça.

Je m'apprête à lui dire que cela ne me dérange pas quand il répond à ma question :

– Mis à part Andreas et toi, tous les stagiaires de notre groupe sont rentrés pour le week-end. Étant donné qu'il souhaite s'évader seul toute la journée, je suis libre comme l'air !

De nouveau, il pose ses mains sur mes hanches pour me faire avancer vers lui. Je le laisse faire, mais pose mes mains sur son torse pour garder une distance convenable.

– On pourrait passer cette journée ensemble, qu'en dis-tu ?

Étrangement, je ne me sens pas à l'aise. Charles est toujours aussi charmant, il n'y a pas à dire, mais je ne sais pas. Est-ce dû à l'accident ou à cette impression qu'il souhaite diriger le moindre de mes faits et gestes ? Je ne saurais décrire cette sensation étrange qui m'enveloppe dès qu'il me touche. Cependant, je n'ai pas envie de l'éloigner de moi. Cet homme a tout pour plaire et je suis consciente de la chance que j'ai qu'il s'intéresse à moi.

De plus, Lucie me tuerait si elle me voyait aussi fébrile !

Je souris en pensant à ma meilleure amie et hoche la tête avant de passer mes bras autour de son cou.

– Avec plaisir, réponds-je.

Rassuré, Charles me serre dans ses bras et j'apprécie cette marque de tendresse. Il a bien compris que je souhaitais y aller mollo.

– Bien, déclare-t-il en me relâchant. Je te laisse aller te préparer pendant que je déjeune puis je viens te récupérer dans ta chambre, ça te va ?

– On fait comme ça !

– À tout de suite, princesse.

De retour dans ma chambre, j'en profite pour me remettre un peu de poudre de soleil sur le visage ainsi qu'une deuxième couche de mascara, faisant ainsi ressortir un peu plus le vert de mes yeux. Durant une seconde, j'hésite à me changer, mais décide finalement de rester ainsi. De toute façon, avec ma blessure, je ne pense pas que Charles ait prévu quelque chose de sensationnel. Mes short en jean, débardeur rose et tongs noires feront bien l'affaire.

Et puis, vu la manière dont il me contemplait ce matin, je ne pense pas avoir besoin d'en faire des tonnes…

Quelques minutes plus tard, mon beau cavalier est déjà devant ma porte.

– Alors, où est-ce que tu m'emmènes ? demandé-je en refermant derrière moi.

– Il paraît que tu voulais découvrir le centre-ville…

Je souris du fait qu'il se souvienne de ça alors que ce soir-là, j'avais eu l'impression qu'il ne souhaitait pas s'y attarder.

Peut-être parce qu'il souhaitait juste rentrer pour te sauter dessus, suggère une partie de mon esprit.

– J'ai peur de ne pas réussir à marcher autant. Il n'y a rien à faire dans les environs ?

– Oh non, ma belle. Ce trou perdu n'a rien d'intéressant à part notre centre, raille-t-il en me faisant un clin d'œil. On pourrait faire le grand tour de la ville en voiture puis se balader au bord du fleuve à pied ? Il n'est pas très grand et on fera des pauses dès que tu en auras besoin.

Il ne m'en faut pas plus pour me convaincre. Avec un large sourire, j'attrape le bras qu'il me tend et nous nous dirigeons tranquillement vers la voiture.

Nous sommes presque arrivés au portail menant au parking quand nous croisons de nouveau Soen. Cette fois, il porte une énorme boîte en bois à bout de bras, en se dirigeant vers un garage juste en face. Alors que je sens Charles se crisper rien qu'en le voyant, j'observe le palefrenier. Le coffre semble peser une tonne étant donné la manière dont ses muscles sont gonflés. Malgré tout, il ne semble pas souffrir du poids de l'objet. Ça alors, ce type est vraiment baraqué !

En nous apercevant, il continue sa trajectoire et pour la première fois depuis que je suis ici, il ne baisse pas le regard en me voyant. Ses yeux passent lentement de mon visage à mon bras enlacé à celui de Charles. Une étrange sensation me traverse… Oui, je suis gênée qu'il nous surprenne dans cette posture. Pourtant, et vu la manière dont il m'a traitée l'autre jour, cela ne devrait pas m'atteindre.

Sans rien dire, Charles détache ma main pour passer son bras autour de ma taille en me serrant contre lui.

Je rêve ou il marque son territoire, là ?

Bien que ce genre de comportement m'exaspère, je ne fais pas le moindre commentaire.

Aujourd'hui, j'ai envie de profiter de cette belle journée ensoleillée.

14

Après trente minutes de route, nous arrivons dans le centre-ville dont Charles fait rapidement le tour en voiture dans un premier temps, pour économiser mon genou. Je découvre immédiatement le château de Saumur qui surplombe la Loire.

La vue de ce magnifique édifice me laisse bouche bée. J'ai déjà une petite idée de ce que je souhaiterais faire lors de notre balade à pied, mais je la garde pour moi pour le moment. Je suis persuadée que Charles souhaitera à son tour me faire découvrir un des plus beaux joyaux de sa région.

– Ce château est splendide ! m'exclamé-je, enjouée.

– Oui c'est un château, comme beaucoup d'autres ici. Mais surtout, il y a une petite rue que je souhaite absolument te montrer ! Je suis sûr qu'elle te plaira.

– OK, réponds-je emballée par sa proposition.

Finalement, nous nous garons et remontons à pied pour déambuler dans les rues de la ville. Charles s'empresse d'entrelacer ses doigts aux miens et il semble tellement heureux de passer ce moment avec moi, que je suis à mon tour ravie de découvrir cette petite cité. Ça me change de Paris et j'ai l'impression d'être repartie des siècles en arrière. Même le nom de la rue me fait sourire : allée des Ménestrels.

– Tu as été troubadour dans une autre vie ? interrogé-je Charles en riant.

Vu la tête qu'il fait, ma tentative d'humour tombe à plat…

– Je plaisante Charles. C'est juste qu'il y a des mots comme ça qui me font rire et cette rue, expliqué-je en lui désignant le panneau, ça m'a fait penser aux troubadours en culotte bouffante.

J'ai du mal à terminer ma phrase tellement j'imagine Charles dans cet accoutrement et il se joint à moi dans un rire plutôt forcé.

OK, il doit me prendre pour une folle !

Afin de ne pas lui faire regretter de m'avoir proposé de passer la journée ensemble, je reprends ma respiration et me concentre afin d'être plus sérieuse. En avançant lentement, je prends le temps de détailler l'architecture. De grandes rues pavées sont encadrées par des maisons en pierres blanches.

– Alors ça te plaît ?

– Oui j'aime beaucoup, c'est quoi comme style d'architecture ?

– Euh… Ça te dit de boire un verre en terrasse ? propose-t-il en me tirant par le bras.

Nous nous installons au Bistrot de la place. Je suis surprise qu'il m'emmène dans ce type d'établissement. Attentif comme il est, Charles a certainement dû comprendre que les cinq étoiles ne me plaisaient qu'à moitié. En effet, je me sens bien plus à l'aise dans ce type de lieu. La devanture rouge et les petites tables posées en terrasse appellent à la convivialité.

Nous commandons une boisson fraîche et restons un moment à discuter de tout et de rien. C'est tellement agréable que nous décidons d'y rester pour le déjeuner où nous choisissons tous les deux une salade composée.

– J'adorerais visiter le château ! avoué-je en sirotant mon diabolo fraise.

– Le château ? Tu n'en as pas déjà visité ?

– Si, mais j'adore me replonger dans l'histoire de France et celui-là semble exceptionnel.

– Avec votre genou, je ne pense pas que ce soit raisonnable mademoiselle ! me lance-t-il espiègle en me touchant le bout du nez.

J'adore ce genre de petites attentions. Charles est prévenant et attentionné envers moi. Je ne peux rêver mieux.

– D'accord, alors que proposez-vous de bien plus motivant ?

D'humeur joueuse, il continue à entrer dans mon jeu :

– Oh, j'ai bien une idée, mais ce serait prématuré… Vous connaissant maintenant un peu mieux, je suis sûr que vous vous plairez à me suivre dans un autre endroit de la ville.

– Bien, alors je vous suis !

Je me lève pour aller aux toilettes et quand je reviens, Charles me dévisage, comme s'il allait me manger toute crue. C'est si bon de se sentir belle aux yeux d'un homme que l'on apprécie. Comme nous ne pouvons pas monter au château, je me hasarde à poser des questions à Charles qui doit certainement connaître le patrimoine de sa ville. J'ai envie d'en savoir plus sur cette forteresse.

– Sais-tu de quand date la construction de ce château ?

– Je dirais plutôt très longtemps, mais je ne saurais pas te donner de date précise.

– Ah d'accord, ricané-je. Il est classé monument historique, j'imagine ?

Sans me répondre, Charles se lève de table et me prend par la main. Quand j'arrive à sa hauteur, il colle sa bouche contre mon oreille.

– Laisse donc ces vieilles pierres où elles sont, je vais t'emmener dans un endroit beaucoup plus intéressant.

Un semblant de frisson me traverse, mais il est provoqué par son genou qui cogne contre le mien. Je serre les dents et souris pour cacher ma douleur.

En arrivant à l'intersection d'une grande avenue, Charles positionne ses mains sur mes yeux. Les mouvements de foule autour de moi me font immédiatement comprendre dans quel genre d'endroit nous nous trouvons.

– Surprise ! s'exclame-t-il en ôtant ses mains.

Ah ça, pour une surprise ! Je n'aurais jamais cru que Charles me mènerait dans l'artère la plus commerçante de la ville. Tout de suite, je retrouve le comportement animal des femmes face à des vitrines et je cache ma gêne par un sourire de façade quand je constate que Charles est aussi animé qu'un enfant le jour de Noël. Des boutiques plutôt luxueuses sont disposées de chaque côté de la rue.

– Alors miss ? Tu ne préfères pas ça à un château ? m'interroge-t-il, fier de lui.

Je mets quelques secondes à réagir et souris. C'est la seule chose dont je suis capable. Je pensais venir me dépayser et découvrir les alentours plutôt que de faire du lèche-vitrines. Est-il conscient que pour ça j'ai l'avenue des Champs-Élysées à cent mètres de chez moi ?!

Ne souhaitant pas le vexer, je déambule dans l'avenue sans rien dire et accepte d'entrer dans plusieurs boutiques. Charles insiste pour m'offrir quelque chose, mais je décline ses propositions. Même si c'est adorable de sa part, je ne fais pas partie de ces femmes vénales qui profitent de l'argent des autres.

Au bout d'à peine une heure, je prétexte que cette balade m'a fatiguée pour proposer de rentrer. Ce qui n'est pas complètement faux. Mon genou commence à me lancer de sérieux appels de détresse.

– Tu ne m'en veux pas hein ? J'ai du mal à tenir debout.

– Pas de problème ma belle, on y va.

Durant le trajet du retour, je fais le bilan de cette sortie. Je me rends compte que Charles est vraiment quelqu'un d'exceptionnel. Charmant et très prévenant à mon égard. Il a pris soin de ne pas m'emmener dans l'un de ces restos hors de prix et pour la visite du château, il avait raison, je n'aurais pas pu en faire plus. Même si je n'avais pas imaginé cette promenade comme elle s'est finalement déroulée, j'ai passé une bonne journée.

Je m'apprête à entrer dans ma chambre quand Charles m'attrape par la main.

– Attends-moi cinq minutes, je reviens.

Je n'ai pas le temps de répondre qu'il est déjà parti en courant. En effet, quelques minutes plus tard, il arrive avec une poche de glace et me la tend.

– Tiens ma belle, mets ça sur ton genou, ça ira mieux.

Émue par ce geste tendre, je me rapproche de lui et dépose un léger baiser sur ses lèvres. Je n'arrive pas à comprendre ce qui me retient d'être plus proche de lui. Il me plaît, c'est évident, mais pour l'instant je préfère que nous en restions là. Nous nous regardons dans les yeux et son large sourire blanc étincelle au milieu de la nuit tombante.

– Je ne suis pas disponible demain, annonce-t-il déçu. Repas de famille ! Mais n'hésite pas à prendre l'air dans le domaine ou à m'appeler si tu as besoin de quoi que ce soit. Je passerai te voir dès mon retour.

– Ça marche, acquiescé-je en lui adressant un petit signe de la main.

J'aime la tournure que prennent les événements. Alors que je pensais que ce qu'il m'est arrivé nous avait éloignés, il a suffi d'une belle journée pour nous rappeler à quel point nous nous plaisons mutuellement.

En rentrant dans ma chambre, je m'allonge sur mon lit et m'empresse de soulager mon genou avec la glace avant d'envoyer un message à Lucie.

[Dispo pour papoter ?]

Deux secondes plus tard, je rajoute :

[Sauf si les détails croustillants
de mes vacances ne t'intéressent pas…]

D'emblée, mon portable se met à sonner et j'éclate de rire en voyant le nom de ma meilleure amie apparaître sur l'écran.

15

Depuis ce matin, je profite du silence. Mis à part le chant mélodieux des oiseaux et les souffles des chevaux, le calme qui règne au domaine est plus qu'apaisant.

Après avoir grignoté quelques gâteaux dans ma chambre en guise de petit déjeuner, je me suis posée sur un transat avec mon livre, juste devant la prairie. L'absence de caféine commence sérieusement à se faire sentir. Moi qui suis une grande consommatrice de café, et Joséphine ne travaillant pas le dimanche, j'ai seulement eu le droit à une tasse d'arabica.

En dehors du concierge qui fait quelques va-et-vient toutes les heures afin de vérifier que tout va bien, c'est le néant. Même Andreas est aux abonnés absents. Selon Charles, il passerait la journée en ville. Ce qui ne me gêne pas, je ne me vois pas passer la journée seule avec lui.

Une fois mon roman terminé, je m'étire, les bras au-dessus de la tête, et vérifie l'état de mon genou avant de me mettre debout. L'articulation a enfin dégonflé et, même si j'ai toujours mal, il y a du mieux. Cette pensée me fait positiver pour demain. J'espère tellement pouvoir reprendre les entraînements ! Bien que j'adore bouquiner dans le calme, je commence à en avoir assez de ne rien faire. D'autant plus dans un cadre aussi exceptionnel que celui-ci.

Je décide alors d'aller me balader quelques minutes et longe l'aire d'entraînement jusqu'à une énorme barrière menant au bois.

Parfaitement consciente que de dépasser cette clôture n'est pas une bonne idée, je soupire avant de me décider à faire marche arrière.

Bon, j'ai plus qu'à commencer un autre bouquin, moi !

Cependant, un mouvement dans les bois attire mon attention. Quand je plisse les yeux et que je crois reconnaître Soen au loin, je suis obligée de me raisonner intérieurement.

Non Liv', ce n'est pas une bonne idée !

Bien décidée à ne pas me ridiculiser une fois de plus, je fais demi-tour et marche quelques mètres avant de revenir sur mes pas. Bon sang, on dirait une vraie cinglée !

Je le fixe quelques minutes sans qu'il me voie et décide de le rejoindre. Étant donné que je ne vois aucun portillon, je m'accroche à la clôture en bois pour l'enjamber et réussis, de façon grotesque, à passer de l'autre côté. Totalement consciente du ridicule de la situation, je suis bien trop intriguée pour faire demi-tour.

Qu'est-ce que le palefrenier fait ici ?!

En m'approchant, j'ai tout de suite la réponse. De toutes ses forces, il jette une balle que son énorme chien s'empresse de lui rapporter, tout excité. Quand Soen s'abaisse pour lui caresser la tête avec tendresse, je ne peux m'empêcher de sourire. Ça alors, comment un type aussi imposant, avec de si grosses paluches, peut-il être aussi doux ?

Encore une fois, Soen se relève avant de jeter la balle encore plus loin. J'en profite pour m'avancer quand un craquement de bois sous ma tong le fait se retourner de manière vive.

Je me sens devenir blême sous son regard couleur ambre jusqu'à ce que les traits de son visage se détendent… enfin.

– Salut, dis-je en levant ma main tremblante en l'air. Je t'ai vu au loin et…

Je marque un temps d'arrêt quand je le vois froncer les sourcils puis j'ouvre la bouche avant de la refermer de nouveau.

– Et tu as décidé de sauter la barrière pour me rejoindre, continue-t-il d'un air circonspect.

– Hum, c'est ça !

Un peu confuse, je me racle la gorge avant de l'interroger :

– Qu'est-ce que tu fais là ?

– C'est mon jour de repos, répond-il en renvoyant la balle.

En reportant son regard sur moi, il comprend certainement qu'il n'a pas vraiment répondu à la question.

– J'habite juste derrière, m'informe-t-il alors.

– Pratique pour venir bosser, ne puis-je m'empêcher de dire en pouffant.

Il se contente de hausser un sourcil.

Perspicace ! Encore une fois Liv', bravo !

Puis ses yeux descendent lentement le long de mon corps pour s'arrêter sur mon genou. Bizarrement, je me sens frissonner sous son regard. Mais le pire dans tout ça, c'est qu'il ne me mate pas du tout, au contraire. En fait, c'est comme s'il vérifiait mon état. Rien d'autre.

– C'est encore un peu gonflé, dis-je en agitant ma jambe. Mais ça va beaucoup mieux.

Légèrement confuse, je cherche quelque chose à dire quand son chien me sauve la mise. Au lieu d'apporter la balle à son maître, il se rue sur moi avant de se frotter à mes jambes. Je me penche aussitôt vers lui. Il m'arrive aux genoux et sa gueule carrée n'est pas très rassurante au premier abord. Pourtant, il semble doux comme un agneau.

– Hey salut toi, dis-je en caressant son poil blanc. Comment tu t'appelles ?

– Il ne parle pas.

Alors que je relève brusquement la tête, choquée qu'il ose se moquer une fois de plus de moi, quelque chose qui ressemble à une lueur de sympathie apparaît dans ses yeux. Du coup, je me redresse en riant.

– Encore de l'humour ?

– Jack, dit-il en inclinant la tête. Il s'appelle Jack.

– Il est de quelle race ? demandé-je en lui tendant la main.

Le chien s'empresse de poser la balle au creux de ma paume, ce qui me fait sourire.

– C'est un dogue argentin, répond-il pendant que je jette la balle aussi fort que possible.

Je me mets à rire en voyant Jack courir comme un fou, puis je reporte mon attention sur Soen.

De nouveau, nous nous fixons quelques secondes et j'ai l'impression que la méfiance qu'il ressentait à mon égard commence peu à peu à se dissiper. Néanmoins, il paraît troublé, voire stupéfait. Comme s'il n'avait pas l'habitude de discuter avec des gens, il reste stoïque.

– Je dois y aller, finit-il par lâcher en reculant.

J'hésite à lui demander de rester, mais je vois bien à son attitude qu'il n'en a pas envie, ce qui – je dois l'avouer – me déçoit un peu. Pourquoi est-ce que je ne souhaite pas qu'il parte ? Ce mec est tellement étrange…

Du coup, je hoche la tête avant de lui dire au revoir. Il me tourne instantanément le dos et je l'observe se pencher pour ramasser la balle. Ce geste fait remonter légèrement son tee-shirt et ce que j'entrevois me coupe le souffle.

– Oh mon Dieu ! ne puis-je m'empêcher de crier en posant une main sur ma bouche.

Soen se remet aussitôt face à moi, intrigué.

– Ton dos… tu… tu es…

– Ce n'est rien, me coupe-t-il en secouant la tête et en tirant sur son tee-shirt.

– Laisse-moi voir, demandé-je en faisant un pas vers lui.

– Non !

Tout en reculant pour que je ne puisse pas l'atteindre, il fronce les sourcils. Il semble étonné que je m'inquiète pour lui.

– Est-ce que tu as vu un médecin ? insisté-je. Nom de Dieu, ton dos est noir !

Mon désarroi semble le surprendre encore plus. Totalement perdu, je vois bien qu'il ne sait pas comment réagir. Je m'en veux tellement qu'il souffre à cause de moi que je sens mon visage se crisper de douleur.

– Je suis tellement désolée, dis-je en tentant de retenir mes larmes. C'est à cause de moi, si je n'avais pas…

Sans me toucher, il tend son bras vers moi pour m'interrompre en me regardant droit dans les yeux.

– Non, ce n'est rien. Tout va bien.

Je le fixe sans rien dire jusqu'à ce qu'il me fasse un semblant de sourire. Mon cœur se resserre tandis que je hoche la tête, à moitié soulagée.

– Je dois y aller, répète-t-il.

Cette fois, il recule sans me lâcher des yeux et je me mets à l'imiter en lui faisant un petit signe de la main accompagné d'un léger sourire. Au bout de quelques mètres, je me retourne pour éviter de trébucher. C'est à ce moment-là que je reste bouche bée en entendant sa belle voix, au loin :

– À plus, Livia.

16

En cette deuxième semaine, je décide de ne pas me laisser abattre et je suis prête à tout faire pour qu'elle se passe au mieux. Bien que je sois motivée, après m'avoir manipulé le genou dans tous les sens, le médecin m'a tout de même demandé de respecter encore un jour de repos. Finalement, je ne pourrai reprendre que demain.

– Mademoiselle, ne soyez pas déçue. Vous avez déjà eu beaucoup de chance. Et puis, vingt-quatre heures dans une vie, qu'est-ce que c'est ?

– Oui, c'est vrai, merci docteur… Puis-je vous demander de me prescrire un autre tube de crème pour les contusions ?

Un peu surpris par ma demande, il marque un temps d'arrêt, mais fouille dans son sac et me tend un nouveau tube d'arnica.

– Prenez soin de vous et allez-y doucement.

Après la consultation, je rejoins mes collègues de stage qui sont ravis de me retrouver, sauf Andreas qui est toujours aussi désagréable, mais je n'en fais pas cas.

Serena me salue brièvement avant de nous annoncer à tous :

– J'espère que vous vous êtes bien reposés ce week-end car nous allons intensifier le programme. Cependant, pour que Livia ne soit pas totalement écartée de l'avancement, ce matin nous allons longer les chevaux pour les chauffer sans trop les fatiguer et cet après-midi, nous partirons faire du cross sur le terrain naturel en extérieur.

– Trop chouette ! s'écrie Sixtine, enjouée.

Bien que déçue de ne pas pouvoir sauter par-dessus des troncs d'arbre ou encore passer dans des rivières à cheval, je suis touchée que Serena m'inclue dans le programme de la matinée.

Alors que je prépare Jaïna du Belley pour le travail en longe, une tête connue passe à travers la porte.

– Salut miss, me chuchote Charles en m'embrassant sur le front. Ça va mieux ton genou ?

– Oui, je pourrai reprendre demain, réponds-je, touchée qu'il prenne de mes nouvelles.

– Super nouvelle, je suis content pour toi ! continue-t-il en approchant ses lèvres des miennes.

Je ne suis pas adepte des démonstrations d'affection en public, donc je me recule légèrement. Sans se formaliser, il dépose un baiser sur ma joue.

– Hey Don Juan ! nous interrompt Serena. Au lieu de roucouler, prépare ton dernier poulain pour cet après-midi, tu pars en cross avec nous.

À contrecœur, il se détache de moi et repart en me faisant un clin d'œil. Je suis soulagée que Serena soit intervenue pour couper court à ce rapprochement. Charles est très entreprenant et j'avoue que j'ai quelques difficultés à me laisser aller avec lui.

Lorsque nous entrons dans la carrière, nous nous positionnons de façon à ce que les chevaux respectent une distance convenable de sécurité. Je me mets alors à faire tourner Jaïna autour de moi au pas, en laissant la longe se détendre pour qu'elle puisse rayonner à au moins cinq mètres de moi.

– Allez trotte, ordonné-je à l'animal qui s'exécute docilement.

En observant autour de moi, je remarque que Chiara semble dans la panade. Son cheval ne veut absolument pas obéir aux ordres et s'accule dès qu'elle s'approche. Alors, Serena prend les choses en main et fait tourner la chambrière au-dessus de sa tête pour repousser l'animal plus loin. D'un coup sec, elle la fait claquer comme un fouet, ce qui a pour conséquence d'effrayer l'équidé qui part à toute vitesse.

Pour le stopper, l'entraîneuse se cramponne à la longe et le fait céder dans la frayeur. La pauvre bête se met alors à tourner autour d'elle, la tête remontée et le regard menaçant.

Bien que je sache que Serena n'est pas particulièrement tendre, je constate qu'ici l'animal n'a absolument aucun libre arbitre. Ça me fait de la peine.

Pauvres bêtes.

Une fois les chevaux rentrés, Serena traverse l'allée et nous demande de nous regrouper.

– Je ne vais pas y aller par quatre chemins, s'écrie-t-elle. Chiara, je vais te demander de faire preuve de plus de fermeté. Ce n'est pas le cheval qui fait ce qu'il veut, mais toi qui décides. C'est clair ? TU es le seul maître à bord ! Cet après-midi, tu as intérêt à maîtriser ta monture, sinon ça ne va pas le faire !

Chiara baisse la tête et se met à sangloter en silence. Discrètement, je me rapproche d'elle pour poser une main réconfortante sur son épaule pendant que Serena continue à faire le tour des performances de chacun. Lorsqu'elle termine par mon cas, ma poitrine se serre.

– Bravo Livia, j'ai rarement vu Jaïna aussi détendue. Ça va ton genou ?

– Bien, merci, me contenté-je de lui répondre, rassurée qu'elle ne s'énerve pas contre moi.

Après ce cours un peu compliqué pour tout le groupe, nous déjeunons dans une bonne humeur générale qui fait du bien. Chiara, qui n'est habituellement pas très communicative, me remercie sincèrement de l'avoir épaulée et en vient même à entamer une conversation. Je crois qu'elle vient enfin de comprendre que je ne suis pas en compétition avec elle et que je souhaite uniquement que tout se passe bien entre nous.

En début d'après-midi, mes camarades se mettent tous en selle, comme convenu. Je les regarde partir, une boule dans la gorge de ne pas pouvoir participer à ce parcours.

Durant un petit instant, je reste immobile, à scruter l'horizon. En repartant en direction de ma chambre, je croise le directeur et en profite pour l'interroger sur un sujet qui me turlupine.

– Bonjour monsieur de La Perrière, je peux vous déranger quelques minutes ?

– Bien sûr Livia. Comment va votre genou, d'ailleurs ?

– Beaucoup mieux, merci. Je voulais savoir où était Idylle ?

Comme si je venais de lui annoncer la mort de quelqu'un, son visage se referme tandis qu'il adopte une posture beaucoup plus ferme.

– Ne vous occupez pas de ça ! déclare-t-il assez froidement.

– C'est que… je m'inquiète pour elle. Je ne veux pas qu'elle pâtisse de mon manque de…

– Voyons Livia, me coupe-t-il, incrédule. C'est vous la victime et non… cette bête !

La grimace qu'il fait en terminant sa phrase me donne envie de vomir. Surtout, le fait qu'il parle ainsi ne présage rien de bon pour Idylle et cela me brise le cœur. Ceci dit, je vois bien qu'il est inutile d'insister. Je retenterai le coup avec son fils…

– OK, j'ai compris, merci monsieur.

– Allez donc vous reposer pour reprendre en forme dès demain matin ! m'ordonne-t-il en retrouvant le sourire.

En guise de réponse, je me contente de hocher la tête. Puis, je le regarde partir en serrant les dents. Ce n'est qu'une fois qu'il a disparu que je sens une présence derrière moi. Je devine qui c'est avant même de me retourner.

– Bonjour, dis-je à Soen en me mettant face à lui.

Sans répondre, il se met à regarder autour de lui, craintif. Comme s'il avait peur que quelqu'un puisse nous surprendre en train de discuter.

– Tu vas bien ? demandé-je en faisant un pas dans sa direction.

Il se contente de hocher la tête avant de continuer son chemin.

Toujours aussi bavard celui-là !

Bouche bée, je l'observe partir jusqu'à ce qu'une colère froide me monte à la tête.

– Tu peux m'expliquer ce que je t'ai fait ? braillé-je en croisant les bras.

Il se fige aussitôt avant de planter son regard dans le mien.

– Tu aurais dû me laisser crever si ma présence t'insupporte à ce point !

Un léger froncement de sourcils me fait comprendre que mes paroles le surprennent. Il est clair que j'exagère, mais merde quoi, pourquoi il est comme ça avec moi ?!

Nous nous affrontons du regard durant quelques secondes, jusqu'à ce qu'il lâche un long soupir avant de jeter un bref coup d'œil autour de nous.

– Viens avec moi, m'ordonne-t-il en me faisant un signe de la tête.

Que j'aille avec lui ?! Non, mais, il plaisante là !

– Hum rassure-moi, tu ne comptes pas me kidnapper et me découper en petits morceaux ?

Alors que je plisse les yeux, faussement méfiante, il me semble qu'un léger rictus lui échappe, ce qui m'empêche de garder mon sérieux plus longtemps. Tout en gloussant, je le rattrape et une fois côte à côte, il ne bouge plus.

– Bah alors ?! On y va ?

– Je n'ai pas répondu à ta question, tu prends tout de même le risque ? m'interroge-t-il en arborant une expression de tueur.

– Euh… t'es censé me faire peur là ?

Cette fois, aucun doute possible, c'est bien un sourire qu'il m'adresse. Très léger certes, mais un sourire quand même. Surprise par cette marque de sympathie, je reste figée en clignant des yeux, comme si le temps s'était arrêté.

Est-ce qu'il me taquine ?

– Suis-moi, souffle-t-il.

17

Soen part à vive allure et me distance rapidement.

– Je te rappelle que j'ai un genou en moins, si tu pouvais ralentir la cadence, ce serait sympa ! m'essoufflé-je en tentant de le rattraper.

Sans dire un mot, il ralentit légèrement et je continue de le suivre sans savoir où je vais. D'ordinaire, je n'accorde pas ma confiance aussi facilement et encore moins à une personne qui ne parle pas. Aussi bizarre que cela puisse paraître, avec ce garçon, je ne me pose aucune question. Enfin presque…

Nous traversons les écuries, puis la cour intérieure et lorsque nous arrivons devant une lourde porte en bois, il la pousse et m'invite du regard à le suivre. Nous pénétrons alors dans un tout petit couloir étroit et sombre, pas du tout rassurant. Pour me convaincre que tout va bien, je décide de faire un peu d'humour.

– Et c'est ici que tu comptes m'étrangler ?

– Possible, répond-il en haussant les épaules. Mais j'ai quelque chose à te montrer d'abord.

Au bout de ce couloir, je me rends compte que nous sommes derrière les bâtiments du domaine. Tiens, c'est étrange, on ne nous a pas fait faire le tour jusqu'ici le premier jour.

Soen s'arrête tandis que je me positionne à sa droite. Une immense étendue d'herbe s'offre à nous et deux ronds de longe sont disposés sur le côté gauche. En un coup d'œil, je reconnais immédiatement le cheval qui s'excite dans le premier.

Idylle.

– Elle est encore là ! m'exclamé-je, heureuse de la revoir.

J'adresse un large sourire à Soen avant de me précipiter vers elle. Mais dès que j'approche, elle semble totalement perdue, voire effrayée. Le blanc de son œil ressort quand je tends la main puis elle se met instantanément à galoper et à hennir sans discontinuer. Dans une nouvelle tentative, je me colle à la barrière et commence à lui parler à voix basse :

– Tout va bien ma belle, calme-toi !

Toujours aussi méfiante, Idylle me défie en balançant de grands coups de tête en arrière. Elle se met également à ronfler et à taper du pied comme un taureau.

Je ne sais pas quelle mouche l'a piquée, mais elle semble vraiment très énervée !

Sans la lâcher du regard, je continue de lui parler tout bas. Je ne sais pas encore ce qu'elle a vécu, mais certainement quelque chose de dur pour réagir ainsi. Au bout de quelques minutes, rien n'y fait, Idylle est toujours aussi méfiante.

– Chuuuut, susurre Soen juste derrière moi.

Je sursaute légèrement en le sentant aussi proche et tourne la tête vers lui.

– Pardon ?!

– Arrête de parler, me dit-il dans un murmure à peine audible.

Je rêve ou il me demande de me taire là ?!

Je m'apprête à lui demander pourquoi quand il me passe devant pour ouvrir la barrière.

– Viens, chuchote-t-il en la tenant pour me frayer le passage.

– Attends, tu es sérieux là ? demandé-je en haussant les sourcils. Dois-je te rappeler que cette bête a bien failli me tuer ? Il n'est pas question que je…

– Dieu, ce que tu es bavarde !, m'interrompt-il en secouant la tête.

Bouche bée, j'écarquille les yeux de stupeur tandis qu'il m'adresse un signe de la tête.

– Entre et tu comprendras.

Je le fusille du regard avant d'inspirer profondément. Puis, j'avance sans réfléchir dans l'entrebâillement qu'il laisse pour que la jument ne s'échappe pas, le frôlant légèrement. Ce simple contact fait frémir le moindre centimètre carré de mon corps.

Une fois dans le rond de longe, Soen referme derrière nous et part s'installer en tailleur par terre, en plein milieu.

Nom de Dieu, ce mec est barge !

Je le suis néanmoins sans comprendre réellement ce que nous sommes en train de faire.

– Elle va nous foncer dessus ! lui chuchoté-je en m'assoyant près de lui.

– Fais-lui confiance.

Il me paraît bien trop sûr de lui. Moi, j'ai l'impression que mon cœur galope aussi vite que cette bête. Non pas seulement de peur, mais… d'excitation !

Bon sang, c'est tellement fou ce que nous sommes en train de faire. Aussi dangereux que fascinant.

Durant un bon quart d'heure, nous restons là sans bouger. Soen ne lâche pas Idylle des yeux. Peu à peu, elle commence à se détendre et se met à marcher, le souffle beaucoup plus régulier. J'observe le moindre de ses faits et gestes et je ne remarque aucune lueur de défi entre eux.

Une fois l'animal totalement calmé, Soen ouvre la bouche.

– Est-ce que tu crois que seuls les cris ou les mots règlent les conflits ? m'interroge-t-il d'une voix douce sans détourner le regard de l'animal.

Réfléchissant à sa question dans un premier temps, je réponds naturellement par la négative en secouant la tête. Une question me taraude et je n'ose pas la lui poser de peur de passer pour une bécasse. Mal à l'aise, je me balance légèrement d'une fesse sur l'autre.

– Qu'est-ce qu'il y a ? questionne-t-il toujours sans me considérer.

– C'est que… je n'ose pas te demander…

Soen soupire légèrement en tournant le visage vers moi.

– Non, je ne compte pas t'étrangler. C'est trop compliqué et puis ça se verrait, lance-t-il en jetant un coup d'œil à mon cou.

Je ne peux m'empêcher de rire en même temps que je me sens frissonner sous son regard.

– En réalité, je me demandais plutôt pendant combien de temps nous allions rester assis là ?

– Le temps qu'il lui faudra, répond-il en reportant son attention sur Idylle.

– Comment sais-tu quand elle sera calmée ?

– Il suffit de l'observer et de l'écouter. L'animal est un être à part entière et pas seulement une machine de compétition. Regarde-la, elle se détend et commence à baisser la tête. Tu ne dois pas interpréter ça comme un signe de soumission, mais plutôt comme un signe de confiance. Elle commence à comprendre que nous ne lui voulons aucun mal. Le silence est le meilleur des alliés dans bien des situations, crois-moi.

Seigneur, je pourrais l'écouter parler ainsi pendant des heures. Est-ce le fait qu'il communique enfin ou simplement ce sujet qui me fascine tant ?

Dans tous les cas, je prends conscience que Soen est bien plus à l'aise en présence des animaux que des humains. Passionné et à l'écoute, c'est vraiment beau à voir.

Quand Idylle finit par se rapprocher doucement et pose son nez sur l'épaule de Soen, je suis submergée par les émotions. Mes yeux s'embuent tant je trouve ça merveilleux. Elle semble complètement apaisée et son œil n'est plus aussi défiant que tout à l'heure.

C'est à ce moment-là que Soen me fait signe de me lever. J'attends qu'il se mette debout pour l'imiter et je reste légèrement en retrait quand il pose sa main entre les deux oreilles de la jument qui ne bouge pas d'un poil.

C'est complètement dingue !

Finalement, nous reculons lentement jusqu'à la barrière où nous restons un petit moment à la contempler en train de marcher tranquillement. Plus aucun hennissement. Plus de galop dans tous les sens. Nous faisons face à une jument rassurée et flegmatique.

Le silence. Je n'y avais jamais vraiment pensé alors que je sais pertinemment qu'il peut résoudre bien des situations. Par expérience, la paix intérieure s'acquiert bien mieux lorsque l'on prend le temps de s'écouter et de se faire confiance. Soen vient de me faire prendre conscience que cela fonctionne également avec les animaux.

Il est toujours en train de la contempler et j'en profite pour l'observer. Alors qu'il est de profil, je peux m'attarder, sans qu'il me voie, sur le côté de sa face qui est le moins abîmé. Ses traits sont fins, son nez est joliment évasé et ses lèvres sont charnues. Le petit sourire qu'il arbore montre qu'il est heureux de voir la jument aussi sereine.

Soudain, son visage se tourne vers le mien et me fait tressaillir. J'ai l'impression qu'il vient de me prendre en flagrant délit. Mais finalement, son regard se fait plus doux et nous nous observons fixement. Comme lors de notre première rencontre, je suis subjuguée par ses iris couleur caramel. Le temps est suspendu et c'est comme si nous étions en train de nous découvrir mutuellement, personnellement sans pour autant poser des mots sur nos ressentis. Comme si une partie de chacun entrait en connexion avec l'autre. Bien que la luminosité du jour ne baisse pas, ses pupilles se dilatent et je comprends alors qu'un lien invisible se crée entre nous, lentement.

Tout à coup, je me sens confuse. Tout s'accélère en moi, sans que je ne sache réellement pourquoi.

Au final, c'est moi qui baisse la tête en premier, troublée par cet échange assez intense. Je prends une grande inspiration avant de sortir un tube de mon sac :

– Tiens, au fait. C'est pour toi.

Soen plisse les yeux, sceptique.

– C'est de la pommade. Pour ton dos !

D'abord surpris, il finit par attraper le médicament et lorsque nos doigts entrent en contact, des milliers de petits picotements me traversent le bras et filent se loger jusque dans mon cuir chevelu. De nouveau, je me sens frémir à son contact.

– Il est seize heures, déclare-t-il d'une voix bien plus grave sans même regarder sa montre. Nous devons quitter cet endroit.

Je n'ai pas le temps de répondre qu'il est déjà reparti dans le sens inverse. Je le suis en claudiquant et à la sortie du petit couloir, il part sur la droite.

– Prends à gauche, m'intime-t-il, de nouveau distant.

Comment faire cohabiter le froid et le chaud en une seule personne ? Appelez Soen Collin !

Bien que je sois surprise par cette réaction assez contradictoire, je respecte la consigne et vire à l'opposé de lui. Mais à peine ai-je fait quelques pas que je ne peux m'empêcher de me retourner. Dans la seconde, Soen fait de même et se fige en me voyant l'observer.

Sans un mot, je positionne ma main devant mes lèvres avant de l'avancer vers lui. Je perçois de nouveau un léger sourire sous sa barbe emmêlée avant qu'il ne fasse de même. À cet instant, j'ai l'impression d'avoir déverrouillé une première porte dans le parcours de son âme. Je suis bouleversée qu'il réponde de manière si naturelle à mon message.

C'est ainsi, aussi troublés l'un que l'autre, que nous nous remercions mutuellement dans une langue que seuls les êtres vivants dans le silence complet comprennent.

18

Je suis comme sur un nuage. Cet échange avec Soen m'a retourné le cerveau. Bien que des millions de questions m'assaillent, je me sens légère et partiellement comblée. Maintenant que nous avons commencé à discuter, j'ai envie d'en savoir plus. C'est perdue dans mes pensées que je retourne vers les écuries. Lorsque j'arrive, je croise mes camarades qui reviennent de leur cross.

L'air exaspéré, chacun marche lentement en tirant sur les rênes pour faire avancer son cheval. En voyant Charles s'énerver contre le sien en donnant des coups secs sur son filet, je ne supporte plus cette violence injustifiée et décide d'aller lui dire ce que j'en pense. Je salue tout le groupe avant de me ruer sur Charles pour poser ma main sur son bras tendu.

– Doucement, lui dis-je tout bas.

Pour la première fois depuis que je le connais, il me lance un regard assassin, comme s'il avait pris mon conseil pour une critique. Mais avec ce que je viens de vivre avec Soen, j'ai envie de montrer à tout le monde à quel point il est simple d'amadouer les bêtes.

– L'après-midi a été difficile à ce que je vois, murmuré-je en lui pressant le biceps.

– Tu ne crois pas si bien dire ! lâche-t-il en soupirant. Je ne sais pas si c'est dû à la chaleur, mais ces bourrins sont capricieux ces jours-ci !

– Je peux ? demandé-je en lui désignant la bride.

Charles hausse un sourcil avant de se mettre à ricaner.

– T'inquiète bébé, je sais parfaitement comment gérer ce genre de situation !

Ma mâchoire s'en décroche presque.

T'inquiète bébé ? Sérieusement ?

Quand il remarque mon mécontentement, il se ravise et se détend instantanément.

– Le médecin a dit que tu devais te reposer encore un peu, dit-il pour tenter de justifier son comportement condescendant. De plus, cette après-midi m'a complètement épuisé ! Je ne serais pas contre une soirée tranquille avec une jolie demoiselle…

Ses nombreux haussements de sourcils me font comprendre ce à quoi il pense et bizarrement, une espèce de nœud se forme dans mon estomac.

– Je pensais passer la soirée avec tout le monde, réponds-je froidement.

– Encore ?! s'exclame-t-il, surpris que je préfère passer du temps avec le groupe plutôt qu'avec lui. J'avais pensé qu'on pourrait se retrouver tous les deux, mais comme tu veux. Peut-être après ?

Finalement, je lui souris gentiment avant de hocher la tête puis lui désigne Serena qui, les bras croisés, semble perdre patience en l'attendant devant l'entrée de l'écurie.

– Tu devrais y aller, lui conseillé-je en reculant.

Toujours les rênes dans une main, Charles s'approche soudainement de moi pour passer son autre paume derrière mon dos afin de m'attirer contre lui. J'ai l'impression qu'il a toujours besoin de poser ses mains sur moi pour se prouver que je lui appartiens, mais je ne suis ni un objet, ni un trophée.

– Ne t'en fais pas pour elle. Après tout, c'est moi le chef ici.

Dans un large sourire, il s'approche un peu plus pour tenter de m'embrasser, mais je me détache aussitôt de son emprise. Je déteste m'afficher en public ! Je me rends compte que Charles, si tactile, est le parfait opposé de Soen.

Pourquoi est-ce que je les compare ?

– On se voit ce soir ? dis-je néanmoins avec un sourire pour atténuer mon geste.

Sans attendre sa réponse, je reprends mon chemin. Au bout de quelques pas, je me retourne et constate que son visage est penché sur le côté pour mater mes fesses.

Plus discret tu meurs !

En rentrant dans mon cottage, je me précipite dans la salle de bains pour me rafraîchir le visage. Quand mon regard atterrit sur mon reflet dans le miroir, je frôle la crise cardiaque.

Mes joues, ainsi que le bout de mon nez, sont rouge tomate. Nom de Dieu, j'ai l'impression de ressembler à Bozo le clown ! Comment ai-je pu être idiote à ce point ? Je suis sortie en plein cagnard sans me mettre une goutte de crème solaire. Avec une peau aussi blanche, je n'ai pas le droit à ce genre d'erreur. La preuve en image !

– Putain ! râlé-je toute seule en tentant d'apaiser mes brûlures avec de la Biafine.

Et dire que Soen m'a vue dans cet état !

Soudain, mes pensées s'emmêlent. Ça devrait me déranger que Charles m'ait vue en mode pivoine, mais étrangement, cela ne me tracasse pas plus que ça.

Peut-être qu'il était bien trop concentré sur ton cul ! me rappelle ma conscience, moqueuse.

Sans me laisser envahir par mes réflexions intérieures, je décide de me reposer un peu. Je m'occuperai de ce massacre plus tard. Mon fond de teint hors de prix camouflera bien cette horreur, du moins je l'espère.

Après une douche bien froide en insistant sur mes pommettes en feu, je m'allonge quelques instants et en profite pour appeler ma meilleure amie qui, si je compte tous les messages sur mon portable, va me passer un savon !

– Allô ! décroche-t-elle dès la première sonnerie.

– J'en connais une qui attendait mon appel…

– Putain Liv', pourquoi est-ce que tu ne me donnes pas de nouvelles ? demande-t-elle comme s'il était possible qu'elle soit fâchée.

Ce que j'adore avec cette fille, c'est qu'elle ne se vexe pas pour un rien et qu'il est rare qu'elle provoque une dispute. Tout est si cool avec elle.

– Tu me manques ma Lulu !

– Ohhh ma biche, scande-t-elle aussitôt. Quelque chose ne va pas ?

– Hum… Mis à part une foulure au genou et un méchant coup de soleil, ça baigne !

– Ah merde ! Une foulure tu dis ? s'inquiète-t-elle.

– Oh, rien de grave, la rassuré-je immédiatement. Une légère chute de rien du tout.

Si elle savait…

– Quant à ma tête de pantin, continué-je avec une intonation mélodramatique. C'est une vraie cata !

Lucie éclate de rire avant de me demander :

– Ça ne t'empêche pas de te rapprocher du bel étalon rassure-moi… D'ailleurs, du nouveau ?

– Ouais. Enfin non, pas vraiment. Tu sais… j'ai fait une autre rencontre.

Au son de ma voix, Lucie capte immédiatement qu'il se trame quelque chose de louche.

– Tu veux dire un autre beau gosse ? Putain, tu vas vraiment finir par me convaincre de venir passer quelques jours dans la cambrousse ! En même temps avec tes yeux de biche et ta taille de gazelle, personne ne peut te résister… Il est comment ?

– C'est le palefrenier, expliqué-je mal à l'aise. Il est… disons qu'il est… brun, les yeux marron.

Et le visage déchiqueté.

– Le palefrenier, répète-t-elle incrédule.

Alors que je sens mon estomac se nouer à l'idée qu'elle ait pu deviner que je lui cache quelque chose, ma meilleure amie s'exalte.

– Bordel, ça me rappelle un vieux film porno que j'ai vu une fois !

– Quoi ? crié-je. Bon sang, Lucie, ne me dis pas que tu regardes des films de ce genre ?!

– J'imagine bien le mec hyperbaraqué, torse nu en salopette et transpirant, une fourche à la main et…

– Stop Lucie, c'est bon, je ne veux pas connaître la suite, la coupé-je, morte de rire.

Comme quoi les stéréotypes…

– Bon et alors ? m'interroge-t-elle sérieusement. Il s'appelle comment ?

– Soen.

Rien que de prononcer son prénom me donne le sourire.

– Soen ? C'est quoi ce prénom ? Tu es sûre qu'il n'a pas une double vie d'acteur ?

Je la stoppe dans ses délires et prends quelques minutes pour lui raconter le moment magique qu'il m'a fait passer avec Idylle. Ma meilleure amie m'écoute sagement jusqu'à ce que j'en aie terminé.

– En résumé, pendant que je me fais chier à Paris, toi tu te tapes deux mecs !

– Nom de Dieu Lucie, tu es irrécupérable !

Mon amie part alors dans un grand éclat de rire que je suis bien obligée d'imiter.

– Ça va, je blaguais ! En tout cas, j'ai hâte que tu me rappelles pour avoir la suite de l'épisode.

– Mais de quel épisode tu parles encore ?!

– Bah… de *L'amour est dans le pré*[1] !

Non, mais elle se fiche de moi !

---

1. Émission de téléréalité française qui consiste à faire rencontrer des agriculteurs à la recherche d'un conjoint et des célibataires.

Lucie ne me laisse pas le temps de réagir à cette offense qu'elle reprend :

– Je vais devoir te laisser ma biche, je dîne chez mon père ce soir.

– OK ma Lulu, embrasse-le de ma part.

– Bisous ! s'exclame-t-elle avant de raccrocher.

Tout en soupirant, je m'allonge sur mon lit et me mets à sourire. Parce que ma conversation avec ma meilleure amie m'a fait du bien. Mais aussi parce que dès que je ferme les paupières, le seul visage qui inonde mes pensées est celui de Soen Collin.

19

Le lendemain, je me réveille avec le sourire aux lèvres. Aujourd'hui, les entraînements reprennent !

J'ai tellement hâte de monter en selle que même la vue de mon visage encore empourpré ne m'enlèvera pas ma bonne humeur. Ceci dit, je camoufle tout de même autant que je peux avec ma poudre de soleil et accentue sur le fard à paupières histoire qu'on se concentre sur mes yeux plutôt que ma peau vanille/fraise.

À neuf heures tapantes, je suis l'une des premières à arriver au lieu de rendez-vous. En me voyant, Serena me salue sans même me demander comment je vais, ce qui me réconforte. Quelque part, j'en ai marre que tout le monde me demande comment se porte mon genou. J'ai vraiment envie de passer à autre chose ! Même si celui-ci continue de me lancer de temps à autre, cette chute est maintenant de l'histoire ancienne.

– Bonjour belle demoiselle.

Vêtu de son habituel ensemble de cavalier, Charles me sourit en balayant mon corps de haut en bas. Bien que je supporte de moins en moins ce regard transperçant, je ne montre rien et souris timidement.

– Ravi de vous retrouver, chère cavalière !

Mon sourire de façade ne tombe pas jusqu'à ce qu'il se penche pour me chuchoter à l'oreille :

– Même si tes jambes nues vont assurément me manquer…

Je fais mine d'ouvrir grand la bouche en lui donnant une tape sur l'épaule, comme si sa remarque m'avait surprise, mais, en réalité, je ne suis absolument pas étonnée qu'il soit capable d'aussi peu de finesse.

– Alors, tu ne m'en veux pas ? Pour hier soir, l'interrogé-je pour détendre l'atmosphère.

Après avoir dîné avec tout le groupe, nous avons décidé de passer le reste de la soirée dans la salle polyvalente où l'ambiance était si joviale que personne ne s'est soucié de l'heure qu'il était. Quand Andreas s'est rendu compte qu'il était minuit passé et que son inquiétude au sujet de ses performances s'est manifestée, nous avons tous décidé d'aller nous coucher.

– J'avais vraiment besoin de repos pour reprendre en forme ce matin, me justifié-je gênée.

En même temps, j'aurais été bien incapable d'agir autrement.

– C'est réussi, tu as une mine époustouflante, me complimente-t-il en m'effleurant le visage du bout de ses doigts.

Béni soit celui qui a créé le maquillage !

Nous continuons d'échanger des banalités, un moment, pendant que les autres arrivent. Ensuite, Serena nous donne les indications pour la journée. Tout comme la semaine dernière, nous passerons la journée complète à aborder différents obstacles dans la carrière extérieure.

Telle une élève modèle qui souhaite rattraper son retard, j'abandonne Charles pour me concentrer sur les exercices.

C'est parti !

***

Il est dix-sept heures passées quand nous terminons. J'ai terriblement mal au genou, mais je ne vais surtout pas me plaindre. Serena ne m'a fait aucun traitement de faveur et j'ai pris un malin plaisir à montrer que tout était rentré dans l'ordre.

Après avoir déposé nos chevaux dans leurs box, tout le monde est rentré se reposer. Le dîner est prévu pour vingt heures, ce qui me laisse pas mal de temps devant moi. Cette idée me fait regarder partout autour de moi, comme je l'ai fait à de nombreuses reprises aujourd'hui. Mais toujours rien. Pas une trace de Soen.

Je me sens tellement désappointée que je décide de m'avancer jusqu'à la barrière menant au bois pour voir si par hasard, il ne serait pas encore là avec son chien.

Bien que je sois éreintée, je m'engage difficilement dans l'allée qui mène au fond du domaine et balaie la forêt du regard pour voir si je l'aperçois. Aucun signe de vie.

Soudain, je me souviens qu'il m'a dit habiter juste derrière. Si ma mémoire est bonne, il a tourné vers la droite quand nous nous sommes quittés...

Consciente que je suis complètement folle, je passe une nouvelle fois la barrière avant de m'aventurer dans la forêt. Je marche quelques mètres avant qu'un bruit dans un buisson ne me fasse sursauter.

Merde, je ferais mieux de faire demi-tour...

C'est au moment où je m'apprête à le faire que j'entends des aboiements au loin. Jack !

Je prends une bouffée d'air comme pour me donner du courage et continue ma trajectoire en me guidant au son de l'animal. J'arrive alors sur un petit chemin caillouteux au bord duquel j'aperçois une petite maison en bois face à un lac. Je souris, soulagée. Ce lieu est splendide. Il respire le calme et la sérénité.

J'avance lentement pour emprunter un petit chemin en pierre qui fait le tour de la maison. Quand j'arrive devant un portillon entrouvert, Jack me fonce dessus.

– Hey salut toi ! m'exclamé-je en me penchant pour lui caresser la tête. Tu as une bien jolie maison, dis donc...

– Tu commences vraiment à me faire peur, Livia.

Le son de sa voix me fait autant sursauter que sourire. Je me relève aussitôt pour lui faire face. Soen est debout devant sa porte d'entrée, les bras croisés, en train de me fixer. Il porte un tee-shirt noir et un short kaki, ce qui me surprend. C'est la première fois que je le vois habillé ainsi, aussi décontracté. Aussi, que j'aperçois ses jambes bronzées et musclées.

Et un brin poilues évidemment…

– C'est le fait que je parle à Jack qui te fait peur ? demandé-je immobile. Je ne vois pas la différence entre discuter avec un chien ou un cheval…

– Plutôt le fait que tu débarques chez moi. Finalement, c'est toi qui veux m'étrangler puis me découper en morceaux, hein ?

Un gloussement m'échappe.

– Possible, réponds-je de la même manière que lui la dernière fois. Mais d'abord, j'aimerais te demander quelque chose…

Soen me fixe un instant avant d'arquer un sourcil.

– Apprends-moi à faire ce que tu sais si bien faire. Avec les chevaux, précisé-je en me sentant rougir.

C'est drôle car en venant ici, je ne comptais pas lui demander une telle chose. Je souhaitais uniquement le revoir, même si j'ai réellement envie d'en savoir plus sur sa façon d'apprivoiser les bêtes.

Soen entrouvre légèrement la bouche. Puis, il jette un rapide coup d'œil à l'intérieur de chez lui avant de reporter son attention sur moi.

– Excuse-moi, tu… tu vis avec quelqu'un ? Je te dérange ?

Ce qui finalement expliquerait pas mal de choses. Soen ne me regarde pas comme les autres hommes le font. Je veux dire, il n'y a pas une once de désir ou autre arrière-pensée dans ses yeux. Parfois, j'ai même l'impression qu'il me regarde avec des yeux d'enfant. Innocents et sincères. Même si, en sa présence, je ne me sens absolument pas épiée ou jugée, je dois avouer que je suis un peu frustrée de ne pas voir une once d'attirance dans ses yeux. J'ai tellement envie d'apprendre à le connaître, mais j'ai bien peur que ce ne soit pas réciproque.

Vu qu'il ne répond pas, je recule en mettant une main devant ma bouche.

– Oh mon Dieu, ne me dis pas que tu as une femme et des gosses ?!

Soudain, il se passe quelque chose de fou. Soen se met à rire. Pas un léger sourire en coin à peine perceptible. Non, il vient réellement de rire et ce son mélodieux est extraordinaire !

– Je vis seul, m'apprend-il en regagnant immédiatement son sérieux.

– OK, euh… alors, est-ce que je peux entrer ?

– Tu veux venir chez moi ? m'interroge-t-il ahuri, comme si j'avais sorti la pire débilité du monde.

– Oui… enfin… si tu veux bien, réponds-je timidement.

Soen me fixe quelques secondes, l'air hésitant, avant de hausser les épaules.

– OK.

J'ouvre le portillon en grand et pénètre dans son jardin. Puis je monte les trois marches en bois qui mènent au porche. Une fois face à lui, j'hésite à entrer en le voyant aussi tendu. Ses traits se sont durcis et je ne sais pas si mon idée est bonne, mais je ne peux plus reculer alors je m'avance doucement.

Sans me quitter des yeux, Soen recule de façon à ce que je puisse pénétrer dans la maison. La première chose qui me frappe, c'est son énorme cheminée en brique rouge entourée de deux bibliothèques remplies de livres. Je ne peux m'empêcher d'avancer au centre du salon afin de regarder partout autour de moi. Tout est propre et bien ordonné, ce qui m'étonne pour un mec vivant seul.

Une fois mon inspection faite, je me retourne vers lui, dont l'expression est toujours aussi brouillée. Je ne sais pas pourquoi, mais j'ai l'impression que c'est la première fois qu'il ramène une fille chez lui…

– C'est maintenant que tu me proposes quelque chose à boire, chuchoté-je en me mordant le coin de la lèvre.

Soen sourit de nouveau avant d'aller dans l'autre pièce que j'imagine être la cuisine. Tandis que je l'entends ouvrir son frigo, je m'attarde sur ce qui est posé sur la table. Une espèce de petit instrument de musique dont je ne connais pas le nom ainsi que mon tube de pommade. Les yeux plissés, je le prends dans mes mains pour constater qu'il ne l'a même pas ouvert.

Lorsqu'il revient auprès de moi, avec un verre de soda dans la main, je lui désigne la crème entre mes doigts.

– Tu ne l'as même pas utilisée ! le grondé-je en fronçant les sourcils.

– C'est que… tente-t-il de se justifier en passant une main dans sa tignasse, gêné.

– C'est que quoi, Soen ? J'ai vu le bas de ton dos, ce n'était pas beau à voir, crois-moi ! Tu n'as pas voulu voir de médecin, mais tu pourrais au moins…

– Livia, m'interrompt-il. Je… je ne peux pas me soigner… tout seul.

Embarrassé, il passe de nouveau une main sur son front pour se débarrasser d'une mèche rebelle. Quant à moi, je me sens vraiment bête. Bien sûr qu'il ne peut pas se masser le dos lui-même !

– Ne t'en fais pas, dit-il en secouant la tête. De toute façon, je n'ai presque plus m…

– Enlève ton tee-shirt, le coupé-je en faisant un pas vers lui.

Les sourcils levés, il me fixe sans bouger. Je retire le bouchon du tube et m'approche encore plus près.

– Ne me force pas à te le retirer moi-même Collin ! ironisé-je en lui faisant signe de coopérer.

J'ai dit ça avec un ton faussement sévère pour le décontracter, mais rien n'y fait. Il est tellement nerveux que j'ai même l'impression qu'il ne respire plus.

Au bout de quelques secondes d'hésitation, se rendant sûrement compte que je ne lâcherai pas l'affaire, il finit par baisser la tête et se retourner afin de passer son tee-shirt par-dessus la tête et le poser sur une chaise.

Signe de confiance ?

Je ne peux m'empêcher de lâcher un cri étouffé en découvrant son dos musclé parsemé de bleu et de noir.

Et dire que ce massacre est de ma faute…

En m'entendant, Soen tourne le visage sur le côté, me laissant voir son profil abîmé d'encore plus près.

– Ce n'est rien, me rassure-t-il dans un murmure.

À deux doigts de pleurer, j'inspire profondément avant d'appliquer la crème sur le bout de mes doigts.

Puis, je m'approche davantage et pose ma paume sur ses muscles dorsaux. Doucement, j'applique le baume en commençant par les épaules avant de descendre jusqu'au milieu de son dos.

Petit à petit, le choc de ses blessures laisse place à une sorte de chaleur que je ne saurais décrire. Derrière cette peau abîmée se cache un corps ultraferme. Aussi, il sent le savon et une odeur de bois de santal très masculine.

Quand j'ai terminé la partie du haut et que ma main descend le long de sa colonne vertébrale, je le sens frissonner sous mes doigts. Sa respiration se fait de plus en plus rapide tandis que mon cœur, lui, semble s'arrêter de battre. Lui caresser le dos comme ça me semblait anodin, mais finalement, ça a quelque chose d'intime et de sensuel.

Sans savoir ce qui me passe par la tête, l'envie sûrement, je pose mes deux mains sur ses omoplates et sens automatiquement ses muscles se contracter.

– Est-ce que… ça te fait mal ? demandé-je tout bas.

En contradiction avec sa mâchoire serrée, il secoue négativement la tête. En baissant les yeux, je remarque que ses poings aussi sont serrés. Bizarrement, j'espère au fond de moi que ce que je provoque en lui est aussi fort que ce qu'il se passe à l'intérieur de moi.

Mais d'ailleurs, il se passe quoi bon sang ?

– C'est bon, l'informé-je à contrecœur.

J'aurais aimé m'occuper de lui un peu plus longtemps, mais le tube à moitié entamé prouve que je l'ai assez badigeonné comme ça.

Soen se penche afin d'attraper son tee-shirt et l'enfile avant de se retourner sans oser me regarder, ses cheveux reformant son rempart contre l'extérieur.

– Livia, il faut… tu dois partir maintenant.

– Partir ? Pourquoi ?

Sans répondre, il se détourne afin de rejoindre la porte et la lueur que je perçois dans ses yeux me fait de la peine. J'ai la sensation qu'il souffre et je me demande si une fille l'a déjà touché de cette manière. Évidemment, je suis parfaitement consciente que la raison peut également être le fait que je ne l'attire pas du tout. Étrangement, je réfute cette idée de toutes mes forces tant elle m'est insupportable. Bien sûr que j'aime plaire aux hommes, mais jamais cela ne m'avait autant perturbée.

Est-ce le fait que je n'ai pas l'habitude qu'on me résiste ?

En tout cas, je décide de ne pas insister et de le laisser tranquille. Après tout, je débarque chez lui sans prévenir puis je le force à me laisser lui masser le dos.

Merde, dit comme ça, ça craint…

Avant de sortir, je me plante devant lui et attends qu'il me regarde dans les yeux.

– Je suis désolée Soen. Tout est de ma faute et je m'en veux que tu souffres à cause de moi. Je voulais juste… t'aider.

De nouveau, il se fige et détourne les yeux.

Je lui adresse un signe de la tête puis sors de chez lui, en sentant ma poitrine se serrer de confusion.

20

Quand je regagne le centre, il est déjà dix-neuf heures passées et je dois filer me préparer pour la soirée. Je me rafraîchis rapidement et enfile une tenue décontractée.

En rejoignant la salle, je suis stoppée dans mon élan par Charles qui pose automatiquement sa main sur le bas de mon dos. Encore une fois, je reste hermétique à son contact.

– Comment ça va ma belle ? Ton genou ?

Est-ce que je suis autre chose qu'un genou ?!

Ne souhaitant pas être désagréable et sachant qu'il veut juste prendre de mes nouvelles, je souris.

– Ça va, merci.

Étrangement, je n'ai pas plus envie de développer que ça. Constatant que je n'enchaîne pas, il reprend :

– Serena m'a dit que tu te débrouillais bien, même après ta chute. Tu fais de gros progrès !

– C'est vrai ? Elle t'a dit ça ?

Charles hoche la tête et je suis ravie de cette nouvelle. Nous sommes presque arrivés devant le réfectoire quand il se colle un peu plus à moi. Par moments, j'ai l'impression d'étouffer.

– T'es la meilleure, me susurre-t-il en frottant son nez contre ma joue.

– On est en retard pour le dîner !

Pour me détacher de son étreinte, je le prends par la main et il me suit, un large sourire aux lèvres.

Nous nous installons avec les autres et alors que le plat arrive, Charles se lève de table et part s'isoler dans un coin de la salle pour téléphoner. Quand il revient près de moi, il semble contrarié.

– Tout va bien ? l'interrogé-je discrètement.

– Je suis désolée ma belle, mais je dois aller aider un ami qui a quelques problèmes. Ne t'inquiète pas, ce n'est que partie remise.

Partie remise ?!

Je ne me souviens pas que l'on avait quelque chose de prévu, mais j'acquiesce d'un signe de tête, ravie de pouvoir passer la soirée avec mes collègues. Bien qu'un peu insistant par moments, Charles est charmant, mais quand il est là, j'ai l'impression que les autres osent moins me parler, voire m'évitent carrément.

Est-ce parce qu'il s'agit du fils du patron ?

Charles termine rapidement son repas avant de nous quitter. Du coup, Chiara en profite pour se mettre près de moi.

Au départ, nous nous mettons à parler de tout et de rien. Jusqu'à ce qu'elle se surprenne elle-même à se confier à moi. Elle m'explique alors que son petit ami est en mission sur l'île de Jakarta et qu'elle souffre beaucoup de cette relation longue distance. N'ayant jamais vécu de telle situation, je me contente d'être une oreille attentive sans donner le moindre conseil à ce sujet.

Après une agréable soirée, je suis tout de même heureuse de retrouver mon lit.

Cependant, je n'arrive pas à trouver le sommeil. Mon esprit divague et je me remémore ces derniers jours.

Charles est si prévenant et attentionné envers moi. En plus, il faut avouer qu'il est beau comme un dieu. Toujours impeccablement coiffé et bien habillé, ce garçon de bonne famille inspire la confiance. En fait, il correspond tout à fait à mon idéal masculin. Et évidemment, il plairait aussi à ma famille.

J'imagine déjà la tête de Lucie en le voyant ! Elle dirait que j'ai tiré « le gros lot », dans son jargon.

C'est sûr, je n'aurais pas pu rêver mieux pour mon stage de vacances que de trouver un petit ami comme lui. Cependant, je me rends compte que quand nous discutons, nos conversations se limitent à des banalités et nous n'avons finalement aucun point commun, tant sur nos vies personnelles que sur notre approche de l'animal. Même si Charles m'a immédiatement plu, il ne s'agissait finalement que d'une attirance physique et maintenant que je comprends qu'il n'y a rien d'autre, le simple fait qu'il me touche me fait reculer.

En parallèle, il y a Soen. Ce personnage impénétrable qui garde sur lui des traces indiquant que la vie ne l'a pas épargné. Complètement sauvage, à la limite de l'impoli, cet homme me captive pourtant. Je suis consciente que je le connais à peine, mais – je ne saurais expliquer pourquoi – j'ai besoin d'être à ses côtés, besoin qu'il me fasse découvrir ce don qu'il détient. À l'inverse de Charles, je ressens un profond besoin de me rapprocher de Soen. Je suis irrémédiablement attirée par sa personnalité hors norme et son regard si pénétrant et pur.

Ses cicatrices sont aussi effrayantes que mystérieuses. Sans doute qu'elles font de lui ce qu'il est aujourd'hui, mais bizarrement, elles me fascinent.

Puis, je me mets à penser à cet échange aussi curieux que plaisant.

Je tourne d'un côté du lit, puis de l'autre, au fil des images des deux hommes qui passent dans mon champ de vision. Quand je constate qu'il est déjà deux heures du matin et que je ne suis pas près de m'endormir, je soupire d'exaspération.

J'imagine déjà l'état dans lequel je vais être au réveil. Cette fois, ce n'est pas de la poudre de soleil qu'il va me falloir, mais plutôt une cargaison d'anticernes !

***

Au petit matin, j'ouvre les yeux d'un coup et m'aperçois que le jour n'est pas encore complètement levé. Formidable, j'ai dormi quatre heures ! L'image que me renvoie le miroir de la salle de bains me prouve bien que je suis loin de mon quota normal de sommeil.

Je reste sous la douche un bon moment, jusqu'à ce que l'eau froide me fasse réagir. En me passant de la pommade sur le genou, je revois ma chute et le regard si intense de Soen au-dessus de moi. Un frisson me traverse de l'orteil jusqu'à la pointe du crâne.

Je secoue la tête pour supprimer toutes ces images qui accaparent mon cerveau depuis hier puis je fonce me préparer robotiquement : vêtement, tresse, boots, maquillage. Je suis prête pour affronter la journée.

Arrivée aux écuries, Serena me confie Tsunami pour la journée et je me dis que ce nom correspond parfaitement à mes émotions.

Je brosse ma monture et, comme tous les jours, Soen vient déposer notre matériel devant le box. Froid et distant comme à son habitude, il entrepose rapidement les affaires et repart sans même un regard.

Le manque de repos se faisant sentir, mes pensées sont moroses et je ne vois finalement pas l'intérêt de creuser plus loin avec ce garçon. Visiblement, notre pseudo-rapprochement d'hier ne lui a pas plu étant donné son comportement glacial. J'essaie de ne pas relever, même si intérieurement, je ressens un gros pincement au cœur qu'il n'ait même pas daigné me dire bonjour.

Nous entamons une séance de dressage et travaillons plus particulièrement la cession à la jambe. Tsunami est à l'écoute et le cours se passe plutôt bien, ce qui me redonne confiance en moi.

Quand la bête vient coller sa tête sur mon dos alors que je le brosse après notre séance, j'en suis bouche bée. A-t-il ressenti que j'avais le moral dans les chaussettes ?

– Alors mon gros, on ne s'en est pas mal sorti tous les deux aujourd'hui ?

Il reste complètement immobile. Je profite de cet instant de calme pour caresser sa robe. C'est à ce moment-là que Soen fait son apparition, pour venir récupérer mon matériel.

Quand il m'aperçoit, il marque un temps d'arrêt.

Je vois bien qu'il m'observe du coin de l'œil tout en rangeant, mais je continue de m'occuper de Tsunami en l'ignorant. Finalement, il se met à regarder autour de lui, avant de faire un pas vers moi. Puis, il se mord légèrement la lèvre inférieure avant de lever ses mains face à moi et de tendre deux doigts. La manière silencieuse qu'il utilise pour me demander si je vais bien me fait sourire. Je hoche la tête, mais il ne semble pas tout à fait convaincu de ma réponse.

Soen me surprend en faisant un nouveau pas dans ma direction pour entrer dans le box. Tous mes muscles se raidissent instantanément. Notamment quand il approche sa tête de la mienne. Le simple contact de ses cheveux sur mon épaule nue me fait frémir.

– Je suis d'accord, murmure-t-il. Tu sais, pour t'apprendre.

Je ne sais pas si c'est sa voix ou ce qu'il vient de me dire, mais je sens comme un voile de sérénité se poser sur moi.

– OK, réponds-je simplement en me sentant rougir.

– Alors à tout à l'heure, dit-il en reculant. Dix-sept heures chez moi.

Le sourire aux lèvres, je sors du box pour observer s'éloigner cet étrange et mystérieux Soen Collin.

21

Les heures à cheval ne m'ont jamais paru aussi longues que celles de cet après-midi. L'esprit ailleurs, je me suis fait reprendre plusieurs fois par Serena car je réagissais en décalage par rapport aux ordres donnés. J'ai tout de même réussi à finir mon parcours d'obstacles sans fautes et je remercie chaleureusement Tsunami de m'avoir sauvé la mise à plusieurs reprises.

Les exercices terminés, nous rentrons les chevaux et je me hâte de doucher mon allié du jour pour aller au plus vite rejoindre Soen. J'ai carrément l'impression que ma fatigue s'est envolée tant je suis excitée de le retrouver pour qu'il me montre comment aborder les chevaux à sa manière.

Tu es sûre que ce n'est que pour ça ? me questionne ma conscience en tapant du pied. J'ai encore du mal à m'avouer la nature des sensations que je ressens lorsque je suis en présence de Soen et pour le moment, je préfère me laisser à penser qu'il ne s'agit que d'une attirance pour ses compétences professionnelles.

Soen range tout le matériel au pas de course et je constate que son attitude est différente des autres jours. Il semble nerveux et garde la tête baissée, concentré sur son devoir.

– Ça vous dit qu'on aille boire un verre sur la terrasse pour se détendre ? propose Paul.

Tous les autres se réjouissent tandis que je cherche un subterfuge pour pouvoir m'échapper sans que personne ne me voie.

– Merci Paul, mais je suis fatiguée, je vais rentrer me reposer, prétexté-je en accentuant mon boitillement.

Il a bon dos mon genou !

– OK Livia, à plus tard alors.

Je fonce me réfugier dans ma chambre et prends vite une douche avant d'enfiler un short et un débardeur noir.

Un brin stressée, je regarde par la fenêtre pour voir si la voie est libre. Est-ce le fait de me cacher qui fait monter l'adrénaline ? En tout cas, je trépigne derrière ma fenêtre sans savoir réellement pourquoi.

Mon cœur bat à vive allure quand je traverse la cour jusqu'à la barrière qui mène au bois. Une nouvelle fois, j'observe partout autour de moi comme si je m'évadais d'une prison.

Arrivée devant chez Soen, je reprends mes esprits et me calme en respirant plus régulièrement. Mais en voyant la maison fermée et personne dehors, pas même Jack, l'inquiétude me prend aux tripes.

Il ne m'aurait pas fait faux bond tout de même ?!

Au bout de quelques secondes d'hésitation, j'ouvre le portillon et m'avance lentement pour frapper à la porte.

– J'arrive ! gronde Soen de sa voix grave.

Soulagée, je me retourne pour observer les lueurs du soleil qui se reflètent sur le lac. Cet endroit est vraiment sympa !

Quand j'entends la porte s'ouvrir, je fais volte-face et tombe face à Soen en short uniquement. Torse nu, ses cheveux encore mouillés dégoulinent sur ses épaules larges. Bouche bée, je me mets à détailler son torse. Même s'il a pour habitude de porter des vêtements assez amples, je me doutais qu'il était assez bien foutu. Aussi, et malgré ses blessures au dos, j'avais bien vu qu'il était musclé. Mais là… je suis impressionnée par ses pectoraux, sans parler de ses abdominaux parfaitement bien dessinés sous cette peau fine et bronzée.

Alors comme ça, monsieur poilu et énigmatique est un vrai canon ?!

– Désolé, j'ai à peine eu le temps de prendre une douche, dit-il en pressant ses cheveux pour les essorer.

– Euh… enfin… pas de problème ! bégayé-je en détournant le regard.

Rapidement, il enfile un tee-shirt noir avant d'agiter sa main devant mes yeux.

– On y va ? m'interroge-t-il les sourcils froncés.

– On y va ? Euh oui… où ça ?

– Livia, ça va ? s'inquiète-t-il.

Ce qui est drôle, c'est qu'il n'a aucunement remarqué que j'étais troublée de l'avoir vu ainsi. Comme s'il n'était jamais arrivé qu'une nana bave sur lui.

– Ouais, assuré-je en clignant des yeux comme pour reprendre mes esprits. Mais je me demandais, comment va-t-on faire pour retourner au domaine sans que personne ne nous voie ?

Alors que je me demande comment nous allons bien pouvoir atteindre Idylle, une expression joviale apparaît sur son visage.

– Viens avec moi.

Étonnamment, il me prend la main pour m'inviter à le suivre. Alors que nous avançons, mes yeux se fixent sur nos deux mains enlacées l'une à l'autre. Cette image me semble impossible, mais elle est pourtant bien réelle. J'essaie de dissimuler mon étonnement et profite de la chaleur de sa paume dans la mienne. Ce simple contact est aussi surprenant que délicieux. Je lui emboîte le pas, et il me lâche dès l'instant où il comprend ce qu'il est en train de faire. Ce contact fugace me laisse un goût d'inachevé et ça ne m'aurait pas dérangée de continuer le chemin de cette manière.

Nous arrivons derrière chez lui et je constate que quatre grands paddocks sont clôturés parfaitement. À l'intérieur, une jument et son poulain sont en train de brouter tranquillement. Dans celui d'à côté, un jeune cheval trotte, la queue en panache.

Soen s'avance avec un licol à la main en direction de ce pur-sang arabe gris. Lorsque nous arrivons au portail, il siffle et ce dernier s'approche immédiatement.

Ça alors ! Je suis déjà subjuguée par la façon dont réagit l'animal.

Soen entre alors et me fait signe de faire de même.

– Je te présente Oups ! Mon jeune de 4 ans.

– Oups ?! Mais… je rêve ou tu as des chevaux ?

– Tu ne rêves pas, répond-il amusé. Ma jument Belize, que tu vois là-bas avec son poulain Country. Et Oups !

– Mais pourquoi l'avoir nommé Oups ? lui demandé-je en riant.

– Il y a quatre ans, j'ai récupéré Belize dans un autre club. Personne n'en voulait, elle n'avançait pas, était nonchalante. Je me suis aperçu qu'en fait elle était gestante, d'où sa mauvaise humeur à coopérer avec des élèves qui lui tambourinaient les flancs. Un matin, je me suis levé et il y avait cette petite boule grise allongée à côté d'elle. Comme je n'avais pas prévu d'avoir ce poulain, j'ai décidé de le nommer Oups.

– C'est trop mignon ! m'écrié-je.

Soen est vraiment quelqu'un de sensible doté d'un humour certain. Il sourit en me voyant aussi attendrie, mais reprend vite son sérieux.

– On démarre ?

Entre excitation, peur de ne pas connaître ce jeune cheval qui me semble un peu fou, et appréhension de ne pas faire les bons gestes, je tremble à l'idée de démarrer l'exercice. Soen le remarque immédiatement.

– Calme-toi Livia et respire ! Si tu es tendue, il le sera aussi. La première chose à savoir, c'est que les animaux ressentent des émotions eux aussi, et si tu lui montres que tu as peur, alors il fera tout pour l'accentuer.

– OK, soufflé-je en hochant la tête. Et la deuxième ?

– Tu ne dois pas te sentir en compétition face à lui. Il pèse près d'une demi-tonne et s'il veut avoir le dessus sur toi, il l'aura. L'essentiel est que vous fassiez corps ensemble et non pas l'un contre l'autre.

Attentive à ses consignes, je respire un grand coup et hoche la tête.

– On va rester là ? l'interrogé-je surprise de travailler un cheval dans un pré.

– Oui, il n'est pas nécessaire d'enfermer l'animal entre des barrières pour faire ressortir le meilleur de lui-même, répond-il une main posée sur le garrot de la bête.

Je me demande bien comment il compte faire, mais décide de ne pas poser la question.

– Maintenant approche-toi, m'ordonne-t-il. Tout d'abord, tu dois respecter l'animal. N'oublie jamais qu'il accepte de te prendre sur son dos alors qu'à la base c'est un animal sauvage. Il faut donc toujours que tu le mettes en confiance et que tu vérifies qu'il est à l'aise.

La vache ! C'est tout l'inverse de ce qu'on m'a appris jusqu'à maintenant.

La lueur de fierté et d'amour que porte Soen à son poulain me retourne les tripes. Il est vraiment animé par cette passion du bien-être de l'animal et je trouve ça merveilleux.

– Viens, insiste-t-il en me voyant hésiter à approcher davantage. Laisse-le te sentir et caresse-le doucement sur le chanfrein jusqu'aux oreilles.

Je m'exécute doucement, mais ma main encore tremblotante ne rassure pas la bête. Soen se positionne alors derrière moi. Son torse touche mon dos et la vague de chaleur qui m'envahit me redonne confiance. Il prend ma main dans sa paume et la fait glisser du bout du nez du cheval jusqu'à ses oreilles.

– Respire Livia. N'aie pas peur, souffle-t-il sur ma joue.

Dans un silence religieux, il continue de me faire avancer la main le long de l'encolure jusqu'au garrot du poulain, qui accepte sans rechigner ce type de contact.

– Tu dois toujours vérifier l'état du dos de ta monture, continue-t-il dans un murmure qui me donne des frissons.

Et c'est dans cette posture que nous continuons l'exploration de l'épine dorsale de l'animal. Je le caresse lentement jusqu'à sa croupe. Quand Soen retire sa main, une sensation de vide s'empare de moi. Pourquoi est-ce que je me sens aussi bien lorsqu'il est proche de moi ?!

Soen m'invite à recommencer seule et être aussi intime avec Oups me submerge d'émotion. Le poulain vient instinctivement approcher sa tête de ma main quand j'ai fini mon exploration.

– Il a désormais confiance en toi, m'informe Soen.

Ensuite, il lui passe uniquement une longe sur l'encolure et me demande de reculer pour ouvrir la barrière.

– Mais attends, tu comptes le sortir juste comme ça ? l'interrogé-je, inquiète qu'il ne s'échappe.

– Qu'est-ce que je t'ai dit Livia ? Fais-lui confiance ! Il n'a pas de raison de s'échapper si tu ne lui en donnes pas.

Éberluée par cette assurance dont fait preuve Soen, j'accepte de le suivre, toujours pas très rassurée. Je nous imagine déjà en train de courir derrière le cheval en fuite !

Mais Oups le suit tranquillement, la tête basse, sans une once de peur.

Une fois que nous sommes sortis, Soen se retourne vers moi.

– Tu te sens capable de courir ? m'interroge-t-il en vérifiant l'état de mon genou.

– Bien sûr ! Mais pourquoi ?

Il sourit en me voyant totalement perdue.

– Alors regarde-moi. Je te montre et après tu feras pareil.

Soen pose sa main sur le garrot de l'animal et part en petites foulées. Étonnamment, le poulain le suit au petit trot. Quand Soen s'arrête, le poulain fait pareil. Il se fige à côté de lui. Ce ballet dure plusieurs minutes. À chaque démarrage, Soen l'encourage en lui ordonnant « trotte » et quand il prévoit un arrêt, il a juste à lui dire : « stop ».

La scène à laquelle j'assiste me semble irréelle. Cette symbiose entre les deux partenaires est juste splendide. Comment arrive-t-il à faire ça ? Il a un don, ce n'est pas possible !

Après avoir terminé ce petit numéro, ils reviennent vers moi et Soen m'invite à faire de même.

– Euh… je ne crois pas que je puisse…

– Vas-y, insiste-t-il. Essaie.

Je prends alors une grande inspiration et me concentre sur ce que je m'apprête à faire.

– Livia, souviens-toi que tu n'es pas en train de t'entraîner, là. Il n'y a aucune compétition. Reste naturelle et amuse-toi. Il s'amusera aussi.

Je prends le conseil de Soen à la lettre et nous commençons à trottiner ensemble. Quand je m'arrête, Oups fait encore quelques pas, mais stoppe un peu plus loin.

– Recommence ! m'encourage Soen, depuis sa place.

Les fois suivantes, nous arrivons à nous comprendre et je ressens une immense sensation de liberté. Oups se prend au jeu et nous finissons par nous accorder parfaitement. Je ne peux m'empêcher de rire en voyant l'animal m'imiter ainsi.

Quand nous revenons vers Soen, j'affiche un grand sourire et je me sens légère, comme si j'avais dépassé des limites que je m'étais fixées.

– Tu vois, me dit-il très fier. Il suffit de lever les barrières et de faire confiance à l'animal. Il te le rendra au centuple.

Je n'ai pas le temps de répondre que Soen fronce les sourcils.

– Il commence à fatiguer, je l'ai déjà fait pas mal travailler aujourd'hui, m'explique-t-il. On va le ramener.

Je me contente de hocher la tête, silencieuse et ravie.

Une fois Oups de nouveau dans son enclos, Soen se retourne vers moi.

– Bon travail pour une première fois ! me félicite-t-il en souriant.

Prise d'un élan de fierté et de délivrance, je lui saute au cou et il n'a pas d'autre choix que de me rattraper au vol.

– Merci Soen, lui susurré-je à l'oreille.

22

Étant donné qu'il ne me rend pas mon étreinte et qu'il reste raide comme un piquet, je le relâche assez rapidement en reculant de quelques pas. Loin de moi l'idée de le faire fuir comme la dernière fois où nous avons eu ce type de « rapprochement ».

Comme je m'en doutais, il semble aussi tendu qu'après mon massage dorsal, alors je décide de mettre fin à son malaise, même si je dois avouer que j'aurais bien aimé profiter un peu plus de sa compagnie.

– Bon, eh bien, dis-je en baissant les yeux au sol. À demain même heure ?

Je me racle la gorge et m'apprête à partir quand il me surprend en se mettant face à moi pour m'en empêcher.

– Tu veux boire quelque chose ?

Je me mets à rire en repensant à ce que je lui ai dit la veille et hoche la tête.

– Tu apprends vite toi aussi !

Il me sourit et je ne me lasserai jamais de le voir aussi à l'aise avec moi. J'aimerais qu'il le soit dans toute situation…

Gaiement, je le suis jusque chez lui où il m'invite à m'asseoir sur le canapé tandis qu'il part nous chercher des boissons fraîches.

Quand il revient, il s'installe sur une chaise, face à moi. Je ne peux m'empêcher de jeter un œil à son énorme sofa sur lequel il reste largement de la place, mais je ne fais aucune remarque.

– Quel âge as-tu ? demandé-je en avalant une gorgée de soda.

Son haussement de sourcils prouve qu'il ne s'attendait pas à ça.

– C'est que… on a du mal à identifier ton âge avec… euh, bégayé-je en mimant une barbe sur mon visage. Tout ça quoi !

– Tout ça ? répète-t-il amusé.

Nous rions doucement avant qu'il ne pose son verre sur la table, à côté de lui.

– 40 ans, répond-il sans me regarder.

Quoi ?!

Je manque de recracher le liquide que j'ai dans la bouche tant je suis choquée.

– Tu es sérieux là ? ne puis-je m'empêcher de demander.

– Non, ricane-t-il. Mais tu aurais vu ta tête !

J'ouvre grand la bouche en sentant une sorte de soulagement et de bien-être m'envahir.

Bon sang, j'adore son humour à la con !

– J'ai 24 ans, lâche-t-il finalement.

Je m'arrête de sourire comme une idiote et hoche la tête.

– C'est bien ce qui me semblait. Je suis sûre que tu ferais encore plus jeune si… enfin si tu…

– Si je retirais « tout ça » ? me coupe-t-il, moqueur.

Durant un instant, nous nous fixons sans rien dire et curieusement, le fait qu'il me dévisage aussi longtemps m'intimide. Je ne peux m'empêcher de me demander si je pourrais être son genre de fille. Malheureusement, la broussaille qui entoure son visage m'empêche d'analyser convenablement ses expressions.

– Ça fait combien de temps que tu n'es pas allé chez le coiffeur ?

Alors que je lui adresse un sourire taquin, Soen semble ne plus avoir envie de rire sur le sujet.

– Je crois que j'ai compris le message, Livia.

– Quoi ? Non ! Excuse-moi, c'est que… pardon, ce n'est pas ce que je voulais dire.

Tout à coup, je me sens terriblement mal. Et bête surtout. La raison qui le pousse à avoir ce style « homme des cavernes » est plus qu'évidente.

Je regrette tellement mes paroles, surtout quand je le vois froncer les sourcils, embarrassé, avant de baisser la tête, ses cheveux couvrant cette partie de son visage qu'il souhaite tant cacher.

– Soen ?

J'attends qu'il relève les yeux vers moi pour lui demander :

– Est-ce que tu veux… que je m'en aille ?

Son torse se soulève brusquement, comme s'il inspirait pour réfléchir. Je sens mon cœur se serrer à l'idée qu'il puisse me dire oui, mais après tout, je l'aurais bien mérité. Qui suis-je pour le juger, surtout après ce qu'il m'a fait vivre aujourd'hui ?

Les secondes durant lesquelles il me fixe sans rien dire me paraissent une éternité. Soen entrouvre la bouche puis la referme à nouveau. Enfin, il lève sa main droite pour me signer quelque chose.

Non.

Son léger sourire en coin mélangé à ce langage silencieux enflamme ma poitrine. Il ne veut pas que je parte !

– Est-ce que tu veux qu'on aille manger quelque part ? demandé-je en me redressant du canapé.

Encore une fois et sans que je sache pourquoi, son sourire s'envole, laissant place à une expression pleine de crainte et de… douleur ?

– Je… commence-t-il, mal à l'aise. Je ne… Tu ne préfères pas rester ici ?

– Hummmm, fais-je mine de réfléchir en me caressant le menton du bout des doigts. La cuisine serait-elle un autre de tes talents, Soen Collin ?

– Peut-être bien, me répond-il en haussant les épaules.

– Alors, avec plaisir.

Ses épaules s'abaissent alors, comme s'il était soulagé que je n'insiste pas pour sortir. Il me fixe de nouveau avec cette intensité dans le regard. Nom de Dieu, se rend-il compte à quel point ses iris couleur or sont ensorceleurs ?

Je crois que je comprends mieux comment il arrive à charmer les bêtes…

Nous continuons de nous regarder sans réussir à nous lâcher des yeux. Quand ceux-ci descendent lentement pour fixer mes lèvres, je suis aussi surprise qu'enflammée. Je sens clairement des picotements au fond de mon ventre, jusqu'à ce qu'il secoue la tête en détournant le visage.

– Je vais dans la cuisine, déclare-t-il en se mettant debout.

– Tu as besoin d'aide ?

– Non, répond-il en grimaçant presque. Enfin, je veux dire, ça va aller. Mais si jamais tu t'ennuies…

– M'ennuyer ? Soen, tu dois savoir une chose très importante, dis-je en me levant également. Jamais Livia Boissier ne s'ennuie en présence de livres !

Il est plus détendu, ses lèvres s'étirent en un sourire et, tandis que je me dirige vers la bibliothèque, il se sauve en cuisine.

J'ai bien conscience que Soen évite tout rapprochement physique et, étant donné la taille de la maison, j'imagine que sa cuisine est toute petite et qu'y être à deux aurait été trop compliqué à gérer pour lui.

Au bout de vingt minutes, un doux fumet de poisson embaume la pièce et m'oblige à lever le nez du bouquin que j'ai choisi dans sa bibliothèque. Je vois alors Soen arriver, muni du couvert et un torchon sur l'épaule. Je ne m'étais jamais fait la réflexion, mais… un homme qui fait à manger, c'est hyper sexy !

Est-ce parce que c'est un homme ou parce que c'est Soen ?

La réponse s'immisce doucement dans mon esprit sans que j'en sois pleinement consciente.

Je le rejoins immédiatement pour lui prendre les verres et couverts des mains. Le simple contact entre nos doigts me provoque des frissons que je tente de dissimuler.

– Tu permets ? Je peux au moins faire ça ?

– Je t'en prie, me renvoie-t-il avec un sourire.

Je m'affaire alors à placer fourchette à gauche et couteau à droite quand il me crie depuis la cuisine :

– Tu aimes les fruits de mer ?

– J'adore !

Une minute plus tard, le revoilà avec deux assiettes fumantes qu'il dépose à table.

– Fettuccine aux gambas, déclare-t-il, tel un vrai chef cuistot.

Nom de Dieu, comme ça sent bon ! Mon exaltation est de courte durée quand mon téléphone m'indique que je viens de recevoir un message.

[Où es-tu ?
Nous t'attendons pour dîner.]

Merde ! Avec tout ça, j'ai complètement oublié de prévenir le groupe que je ne me joindrai pas à eux ce soir. Je fixe mon portable en cherchant une bonne excuse quand Soen m'interpelle du regard.

– Rien d'important, ne t'inquiète pas, le rassuré-je avant de taper ma réponse à la hâte.

[Fatiguée ce soir,
je préfère rester tranquille.
À demain !]

Pour ne pas être dérangée, j'éteins mon téléphone et le dépose dans mon sac, plus loin. Puis, je m'installe face à Soen qui a eu la galanterie de m'attendre pour commencer.

– Alors comme ça, tu es un vrai cordon-bleu ? demandé-je en avalant ma première bouchée. C'est délicieux !

Il m'adresse un léger signe de la tête pour me remercier du compliment tout en continuant son repas.

– Depuis quand tu vis seul ? le questionné-je. Cette maison est à toi ?

– C'est celle de ma grand-mère. Je suis venu vivre ici quand elle est décédée, il y a maintenant six ans.

– Tu habitais où avant ?

– Avec ma mère et mon frère, à une demi-heure d'ici.

– Et tu as toujours travaillé avec les chevaux ?

– Et toi, tu poses toujours autant de questions ? demande-t-il en haussant un sourcil.

Ne sachant pas s'il fait preuve d'humour ou non, je me ravise.

– Je suis désolée, c'est juste que… je voudrais en savoir plus sur toi.

– Pourquoi ?

– Eh bien, pour apprendre à se connaître tout simplement ! Tu sais, comme deux amis qui discutent de tout et de rien.

– Des amis ? répète-t-il un peu choqué.

– Euh oui. C'est bien ce qu'on est, non ?

Soen hausse une épaule avant de reprendre une bouchée. Inutile qu'il me précise qu'il n'a pas beaucoup d'amis, voire pas du tout. Je crois que je commence à comprendre certaines choses sans qu'il ait besoin de me les expliquer…

– OK, finit-il par lâcher. Alors j'imagine que moi aussi, j'ai le droit de poser des questions ?

– Bien sûr ! m'écrié-je, contente qu'il se prête au jeu. On a qu'à se poser une question chacun son tour. Qu'est-ce que tu en dis ?

Visiblement, il semble perturbé que je m'intéresse à lui de plus près. De mon côté, je ne sais pas pourquoi, j'ai tellement envie d'en apprendre davantage sur cet homme. Soen n'est pas du tout mon genre de mec, mais il a quelque chose de spécial. *Il t'a sauvée !* me souffle ma conscience de mauvais poil. Peut-être est-ce la raison de mon rapprochement avec lui ?

Après de longues secondes d'hésitation, il décide de coopérer en affichant un demi-sourire.

– Très bien, alors j'ai le droit à quatre questions.

– Ah bon et pourquoi ?

– J'ai déjà répondu à quatre de tes questions donc c'est à moi maintenant, si j'ai bien compris les règles.

Ne pouvant lutter contre sa réponse totalement justifiée, j'accepte volontiers, bien que j'aie encore une tonne de choses à lui demander.

– Tu as des frères et sœurs ? commence-t-il en décortiquant une gamba.

– Non, fille unique ! lui réponds-je en baissant la tête.

– Pourquoi ça t'attriste autant ?

– Tout le monde croit que c'est génial d'être fille unique parce que tu as tes parents pour toi seule et que le monde tourne autour de toi, mais j'aurais tellement aimé pouvoir partager des choses avec un frère ou une sœur ! De plus, mes parents sont toujours sur mon dos et décident de tout pour moi. Mon père dirige une entreprise et commander les gens, c'est son truc, tu vois ? D'ailleurs, si je suis ici, c'est uniquement parce qu'il l'a voulu. Bref, je me dis souvent que s'ils avaient d'autres enfants, ils pourraient au moins répartir leur projection !

– Ce n'est pas une si mauvaise chose, je veux dire, de t'envoyer ici.

Je plisse les yeux en tentant de comprendre ce que cela peut bien vouloir dire. Soen est-il content que je sois là avec lui ou parle-t-il simplement du prestigieux domaine dans lequel j'ai la chance de m'entraîner ?

– Et tu fais quoi à part de l'équitation ? embraye-t-il sans prêter attention à mes interrogations silencieuses.

– Je viens de terminer ma première année en management. Encore quatre ans d'études, et me voilà chef de projet dans une grosse boîte !

– Laisse-moi deviner, avec ton père ?

– Qui t'a parlé de ça ? demandé-je les sourcils levés.

– Personne.

Non, impossible qu'il ait deviné tout seul. Si je suis bien sûre d'une chose, c'est qu'à part ce soir, je ne lui ai jamais parlé de mes parents.

– Tu te demandes comment j'ai compris, c'est ça ?

Légèrement désabusée, je me contente de hocher la tête.

– Quand tu as répondu à ma première question, tu n'as fait que tripoter le bout de ton couteau donc j'ai immédiatement compris que le sujet de la famille était sensible pour toi. Puis, tu as refait le même geste en parlant de tes études.

Ça alors, je ne m'en suis même pas rendu compte. Ce n'est pas possible, Soen étudie le moindre de mes gestes…

– Alors, après Idylle et Oups, c'est moi ton cobaye ? lancé-je mesquine en tentant d'esquiver le sujet.

Sans sourciller et le plus sérieusement du monde, il me répond :

– Pas du tout Livia, je suis simplement attentif à ce que tu me dis. Tu sais, le corps traduit des pensées de différentes manières.

Subjuguée par son analyse et également par le fait qu'il s'intéresse autant à moi, une vague de chaleur me traverse de la tête aux pieds. Heureusement, Soen ne semble pas s'en rendre compte et se contente de terminer son plat.

– Alors c'est à mon tour maintenant ? demandé-je en attrapant son assiette vide pour l'empiler sur la mienne.

Quand je relève les yeux et que je vois ses iris ambrés se planter dans les miens, je fais maladroitement tomber les couverts au sol. Soen se précipite avec moi pour les ramasser. Nos visages se retrouvent donc à quelques centimètres l'un de l'autre et je vois de plus près cette ligne qui divise son visage en deux. Pas plus large qu'un demi-centimètre, elle est comme une route tracée en direct vers son âme. Il me prend le poignet pour m'obliger à lâcher les fourchettes.

– Quelle est ta prochaine question ? m'interroge-t-il en se redressant.

Fortement troublée par ce contact et tout ce qu'il me fait ressentir, je me rassieds au fond de ma chaise et respire calmement pendant qu'il se lève et file en cuisine.

Il revient au bout de quelques minutes avec deux coupes en inox.

– Glace au caramel beurre salé, ça te va ?

Vu la chaleur qu'il fait, ce dessert ne pouvait pas mieux tomber.

– C'est parfait.

Nous dégustons tranquillement notre glace tandis que je réfléchis à ma question suivante.

Non Liv' !

Je ne peux pas lui demander pourquoi il est défiguré, ça ne se fait pas ! Mais ça me démange quand même de savoir ce qui lui est arrivé. Seulement, je risque fort de le braquer si j'attaque sur ce sujet et ce n'est pas du tout ce que je souhaite.

– Donc je te demandais si ça faisait longtemps que tu travaillais avec les chevaux ? le questionné-je finalement.

– J'ai toujours été proche des animaux, mais disons que je me suis vraiment rapproché des chevaux quand j'avais 10 ans.

– Moi, j'ai commencé l'équitation à 6 ans. Et tu recherchais quoi en t'approchant d'eux ?

– Hum... ça fait deux questions...

Tandis qu'il m'adresse un regard malicieux, je me mets à bougonner car c'est hyperfrustrant de ne pas pouvoir approfondir le sujet. Néanmoins, j'adore ce petit jeu, d'autant plus qu'il semble de plus en plus ouvert à la discussion.

Tout en continuant le dessert, je lui fais signe de poser sa question.

– Pourquoi travailler avec ton père si tu n'en as pas envie ?

Qui est l'imbécile qui a décidé de jouer à ce jeu stupide déjà ?!

J'inspire doucement en détournant le regard. Finalement, Soen vient de me faire comprendre que le silence était bien plus apaisant parfois...

– On peut continuer à jouer dehors ? lui demandé-je pour calmer ma nervosité.

C'est indéniable, Soen a très bien vu mon changement d'attitude. Ceci dit, il ne fait aucune remarque et se contente d'acquiescer.

23

Une fois dehors, je respire à pleins poumons pour me détendre et m'assieds sur la terrasse, à même le sol. Tandis que mon regard se perd dans le lac, juste en face, Soen s'installe à côté de moi.

– Je te dois une réponse, commencé-je sur un ton monocorde en me concentrant sur les reflets du soleil couchant sur l'eau. En effet, mon père souhaite que je prenne la suite de ses affaires. Je n'ai pas vraiment de relation avec lui, si ce n'est quand il a une occasion de se faire valoir parce que sa fille a réussi un examen. Il travaille beaucoup et n'est quasiment jamais là.

– Alors, ça nous fait un point en commun, déclare-t-il.

– Ton père non plus n'est pas très présent ?

– Tu peux carrément dire absent.

Je ne sais pas si j'ai le droit de poser la question qui me brûle les lèvres, mais je ne peux la garder pour moi. J'espère juste que Soen ne se refermera pas ensuite, maintenant qu'il s'ouvre doucement.

– Pourquoi ?

– Quand on n'est pas capable d'affronter des obstacles, la fuite est la plus simple des solutions.

– Tu avais quel âge ?

– 9 ans.

– Et tu en souffres ?

– Parfois.

Soen lâche des bribes d'informations qui poussent à poser d'autres questions, mais je ne veux pas qu'il me prenne pour un inspecteur. J'ai bien compris son message de tout à l'heure. Il baisse la tête et sans que j'en demande plus, il reprend la parole :

– Toi, ton père te met sur un piédestal. Le mien n'arrive plus à me regarder en face.

Quand il relève les yeux pour considérer ma réaction, je retiens mon souffle. Je crois avoir compris pourquoi son père le traitait ainsi, mais encore une fois, je n'ose pas lui poser la question interdite.

– Vas-y Livia, lâche-t-il dans un énorme soupir. Pose-la, ta question.

Alors que j'écarquille légèrement les yeux, Soen continue :

– Ce que tu t'es demandé la première fois que tu m'as vu.

– La première fois que je t'ai vu ? réponds-je sans réfléchir. Tu étais avec Idylle. Et la première chose que je me suis dite, c'est… Mon Dieu, comment il arrive à faire ça ?!

Son expression emplie de crainte et de douleur me brise le cœur et pendant une seconde, j'hésite à lui prendre la main. Mais je me refrène et décide d'être franche.

– Ensuite oui, je me suis demandé ce qu'il t'était arrivé au visage, avoué-je en déglutissant.

Quand il ouvre la bouche pour me répondre, je le stoppe en levant une main vers lui.

– Mais ce n'est pas le sujet qui m'intéresse le plus, Soen. C'est toi. Toi et ta façon de t'occuper des bêtes qui me captivent.

Et c'est la vérité. Quoi qu'il lui soit arrivé, je m'en moque. Il me racontera son histoire le jour où il en aura envie.

Tandis que je me sens rougir de cette révélation, Soen se met à me dévisager, comme s'il essayait de comprendre. Puis, il pousse un soupir avant de regarder fixement le lac.

– Hum, finit-il par lâcher. Alors je te captive, hein ?

J'ouvre grand la bouche en lui donnant une légère tape sur l'épaule.

– Je rêve ! C'est tout ce que tu as retenu ?

Quand il hoche légèrement la tête, l'air amusé, je ne peux m'empêcher d'éclater de rire et contre toute attente, Soen m'accompagne. Ce fou rire est libérateur, comme si quelques barrières – et Dieu sait qu'il en reste encore beaucoup à franchir – s'étaient levées entre nous.

Une fois la crise passée, ce même instant suspendu que lorsque nous étions avec Idylle refait surface. Les yeux de l'un perdus dans ceux de l'autre, un savant mélange de vert et d'orange qui se transperce, laissant tout le reste en apesanteur. Comme si le temps s'était arrêté.

Ce moment de quiétude est vite stoppé par un Jack plus en forme que jamais qui se rue sur moi, me renversant en arrière pour me lécher les bras. Je ris de nouveau en le caressant vigoureusement. Puis, j'attrape sa tête dans mes mains et m'approche pour lui faire un bisou, mais le chien se détourne vivement et se met en boule pour venir frotter son museau sur mon ventre.

Soen s'allonge sur le côté et pose son visage sur sa main, pour nous contempler. Tout en m'offrant un large sourire laissant découvrir ses dents bien blanches, il m'accompagne dans mes caresses à Jack. Celui-ci en profite alors pour s'allonger sur le dos afin de demander des gratouilles sur le ventre.

À mon tour, j'admire la scène en restant immobile sur les lattes en bois.

– Je suis bien avec vous, murmuré-je.

Alors que je me demande encore une fois si j'ai bien fait de m'ouvrir et de lui avouer une telle chose, Soen prend une légère inspiration avant de répondre :

– Nous aussi.

Je m'allonge sur le dos et regarde le ciel rosir tandis que le soleil se couche.

– Soen, tu vois là ? lui indiqué-je en tendant le doigt en direction des nuages.

– Un nuage oui ! me répond-il sarcastique.

Je pouffe en me disant que ses réponses sont toujours très pragmatiques.

– Non, mais regarde, on dirait un bateau !

– Ouais… et là une baleine.

Je ris de bon cœur à sa moquerie avant de l'interroger :

– Tu aimes voyager ?

– Je n'en sais rien, je ne suis jamais vraiment sorti d'ici.

– Pourquoi ?

– Je n'aime pas trop me mêler au monde et puis…

Il laisse traîner la fin de sa phrase et je comprends que le regard des autres doit sûrement le déranger. C'est certainement pour cela qu'il ne se mélange pas aux gens. Je décide de changer de sujet.

– Depuis quand travailles-tu au centre ? Tu connais bien Charles et son père ?

Il manque de s'étouffer quand je prononce ces derniers mots. Son regard se durcit et il se remet à fixer un point.

Peut-être que j'aurais mieux fait de me taire… Je ne sais pas si je dois reprendre la parole ou attendre que l'orage passe. Parfois, il vaut mieux ne pas envenimer une situation. Alors, je patiente en priant intérieurement pour ne pas l'avoir vexé. Vu les réponses laconiques dont il est capable de faire preuve, il risque de m'assommer.

Au bout de quelques minutes, il brise le silence.

– Quand j'étais petit, je voulais être vétérinaire, puis j'ai changé d'orientation parce que l'école et moi, on n'était pas très copain. J'ai préféré rester proche des animaux, mais sans pousser les études. J'ai cherché du boulot dans ce domaine, mais j'ai essuyé plusieurs refus. Toujours pour les mêmes raisons.

Il baisse la tête et tous ses cheveux retombent devant son visage. Ce genre de confession semble l'atteindre, mais je préfère ne pas intervenir car je sens qu'il lui faut du temps pour se confier.

– De La Perrière est un ami d'enfance de ma mère et elle a fait en sorte qu'il soit d'accord pour m'embaucher au poste de palefrenier, pas trop en contact avec la clientèle… et finalement ça me va bien.

– D'accord, me contenté-je de répondre.

Je veux qu'il sache que ce n'était pas une question piège pour en savoir plus et qu'il est libre de stopper ses explications s'il le souhaite, mais à peine ai-je ouvert la bouche pour passer à autre chose qu'il lève la main pour m'indiquer qu'il n'a pas fini.

– Charles, je le connais depuis qu'on est gosses, on jouait souvent ensemble jusqu'au jour où… bref, les choses ont changé. Depuis que je suis embauché, je fais mon boulot dans mon coin. Ça me permet de m'occuper des animaux et tout le monde est content.

Soen semble mélancolique en évoquant le passé. Je le zieute du coin de l'œil et je ressens une forte envie de le prendre dans mes bras. N'arrivant pas à contenir ma pulsion, je pose ma main sur la sienne et nous nous observons en silence. Par chance, il ne la retire pas, ce qui me soulage.

La chaleur de sa peau sous la mienne fait monter d'un cran mon thermostat émotionnel. Nous restons ainsi pendant de longues minutes, sondant chacun le regard de l'autre à la recherche des raisons qui nous poussent à agir de la sorte.

J'arrive à déceler que Soen est mal à l'aise dans un premier temps, mais il s'habitue rapidement et ses muscles, au départ légèrement contractés, se détendent. Ce n'est pas pour autant qu'il prend fermement ma paume, mais je ne me formalise pas. Ce simple toucher me suffit pour lui montrer à quel point je suis à l'aise en sa présence. Nul mot n'est nécessaire pour décrire la plénitude que je ressens.

Soen se laisse aller à fermer les yeux et je fais de même durant quelques instants. Quand je comprends que la nuit est complètement tombée, je romps ce contact en me relevant rapidement. Soen, qui semble s'être légèrement assoupi, sursaute et se relève.

– Qu'est-ce qu'il se passe ?

– Il est vingt-deux heures passées, je dois rentrer. Si quelqu'un se rend compte de mon absence, je risque d'être sanctionnée.

– Tu as raison, file ! me lance-t-il.

À la hâte, je rentre récupérer mon sac et quand je passe la porte en direction de la sortie, Soen m'attend.

– À demain, même heure ?

– Tu sais où me trouver, réplique-t-il détendu.

J'avance de quelques pas et, sans contrôler mon cerveau qui depuis quelque temps me joue des tours, je reviens sur mes pas et me mets sur la pointe des pieds pour déposer un baiser sur sa joue.

– Merci pour cette soirée !

Sans attendre une réaction de sa part, et peut-être aussi parce que je n'ai pas l'habitude de me laisser aller de la sorte, je file au pas de course en direction du bois. Une large paluche s'enlaçant dans la mienne me stoppe dans mon élan.

– Tu permets que je te raccompagne ? m'interroge-t-il gêné. Il fait nuit et…

– Avec plaisir, Soen, le coupé-je en serrant mes doigts autour des siens.

Cette fois, c'est lui qui ne me laisse pas le temps de réagir. Il part devant, tenant fermement ma main dans la sienne, faisant battre mon cœur un peu plus vite. Lorsque nous arrivons à la barrière menant au centre, il me relâche avant de reculer.

– Bonne nuit, Livia…

Je ne sais pas si c'est dû à la soirée que nous avons passée ou à sa voix douce et sexy, mais je suis emportée dans un tourbillon d'émotions incontrôlables. Soen est déjà reparti en sens inverse tandis que je secoue la tête pour me calmer et entreprends mon retour clandestin.

À gauche, les écuries silencieuses, à droite, des silhouettes dansantes derrière la fenêtre du club house. Pas un chat à l'horizon, si ce n'est celui de Joséphine qui fait sa toilette, étendu sur le sol.

À pas de loup, je me faufile jusqu'à ma chambre et quand je ferme la porte, je relâche tout l'air retenu prisonnier dans mes poumons.

Un sourire accroché aux lèvres, je m'allonge sur le dos et suis immédiatement emportée dans la petite maison derrière le bois, accompagnée de celui qui me perturbe tant.

24

Comme le dit le proverbe irlandais que me cite régulièrement ma mère, « Le rire et le sommeil sont les meilleurs remèdes du monde. » J'en suis la preuve vivante. Ce matin, je suis regonflée à bloc, reposée et heureuse.

D'un pas joyeux, je rejoins les écuries devant lesquelles m'attend Charles, les bras croisés. Aucun autre élève n'est encore présent et, contrairement à moi, il semble très tendu quand il me voit arriver.

Je tente de cacher cette gaieté de mon visage, mais, honnêtement, je commence à en avoir marre de devoir faire semblant.

– Ça va mieux ? m'interroge Charles en s'approchant également.

– Beaucoup mieux, merci.

Il se recule et me regarde de haut en bas, avant de recroiser les bras sur son torse.

– Tu ne m'as pas répondu hier ! bougonne-t-il.

– Bien sûr que si ! Je t'ai dit que je n'étais pas bien et j'ai préféré aller me coucher.

– Je ne parle pas du message. Je suis venu frapper à ta porte pour t'apporter une soupe, mais tu ne m'as pas ouvert.

Oups, je n'avais pas envisagé cette option. Comment me sortir de ce pétrin ? Je cherche dans mon disque dur une réponse acceptable et la seule qui me vient est :

– Je dormais, je n'ai rien entendu !

– Tu t'es endormie dans la minute après m'avoir écrit ?

– J'étais KO, je suis désolée.

OK. Il ne croit pas un mot de ce que je suis en train de lui raconter. De plus, je suis embêtée de mentir de la sorte, mais je n'ai pas d'autre choix.

Charles ne détache pas son regard du mien, m'intimant de dire la vérité, mais je reste sur mes positions et pose ma main sur son épaule, comme pour m'excuser – même si j'ai du mal à être sincère lors de ce rapprochement.

Je prends alors conscience que ce n'est pas dans ses bras que j'ai envie d'être, mais dans ceux de celui qui me fait me sentir vivante. *Bon sang, pourquoi ?* Charles est parfait ! Beau comme un dieu, il a toutes les qualités de l'homme idéal, c'est clair. Mais je ne maîtrise pas ce que je ressens.

Aussi, je m'aperçois que, malgré notre passion commune, je n'ai pas plus d'atomes crochus avec lui que ça. Et puis, je ne suis pas de ces filles qui font la girouette entre deux hommes. Même si aujourd'hui, Soen est un ami, il compte bien plus que Charles à mes yeux et je n'ai pas envie de m'investir plus que ça avec quelqu'un qui, au final, ne me correspond pas.

– Pour le repas de ce soir, j'ai une petite surprise pour toi, me glisse-t-il à l'oreille en employant un ton mielleux et séducteur.

– Encore un resto ? l'interrogé-je un peu dégoûtée.

– Non, mieux encore !

Je me contente d'accepter sa proposition sans en demander plus. Même si je vois bien que nous n'avons pas les mêmes intentions, je suis contente de passer un moment avec lui afin de mettre les choses à plat. Il faut que je dise à Charles que j'ai passé du bon temps en sa compagnie, mais que nous n'irons pas plus loin dans cette relation. Après tout, nous n'avons pas été bien loin, on peut encore être de bons amis, non ?

Les autres arrivent et me demandent tour à tour si je me sens mieux, ce qui me fait culpabiliser d'avoir menti.

– Tu m'as l'air bien reposé et détendu, jeune fille ! me lance Paul, toujours aussi perspicace. Ce n'est pas que le sommeil ça, je me trompe ? termine-t-il avec un clin d'œil plus qu'équivoque en direction de Charles qui n'ose pas rétorquer.

Je m'empourpre légèrement et file vers Chiara pour discuter quelques minutes avant l'entraînement.

Comme d'habitude, Serena nous donne nos chevaux pour la journée et nous partons les préparer. Soen, toujours nonchalant, dépose mes affaires, mais prend le temps de m'adresser un sourire sous sa tignasse. Ce tout petit geste me redonne une pêche d'enfer. J'arrive dans la carrière et monte sur Quercy, prêt à démarrer le travail.

La séance se passe dans la détente et la bonne humeur, tout comme le déjeuner. L'après-midi, malgré une chaleur écrasante, nous arrivons à terminer notre parcours tant bien que mal. Quercy est tout en sueur et je décide d'aller le rafraîchir. Alors que je le douche, Charles passe derrière en posant délicatement une main entre ma hanche et ma fesse gauche :

– À tout à l'heure, princesse.

Des millions de questions me tournent en tête. Comment vais-je faire pour m'échapper afin de voir Soen et pour expliquer à Charles que ce n'est pas possible entre nous, sans le froisser ? J'espère qu'il ne m'en voudra pas et que cela n'aura pas d'impact sur mon stage.

Mon Dieu, dans quoi je me suis embarquée ?! J'ai déjà eu à me séparer de certains de mes anciens petits amis, mais là, le contexte est différent. Je suis en stage dans le centre de son père. Et puis finalement, qu'est-ce que je ressens pour Soen ? Est-ce de l'amitié ? Ai-je envie de plus que ça avec cet homme si mystérieux ? Et lui, comment me voit-il ?

Le stress me gagne et j'ai absolument besoin d'échanger avec Lucie pour avoir son avis. Bien que je me sois légèrement rapprochée de Chiara, je ne peux pas me confier sur un tel sujet.

Tous mes coéquipiers ont déserté les écuries pour rentrer se détendre, je me mets alors à chercher Soen. Dans la sellerie, personne. Le garde-manger, désert. Quand j'arrive vers la grange, je remarque tout de suite sa grande silhouette, de dos, en train d'enfourcher une botte de paille.

À mon tour, je regarde partout autour de nous afin d'être sûre que personne ne nous voit et viens me positionner à côté de lui en faisant comme si je l'aidais pour essayer de passer incognito.

– Je ne pourrai pas venir ce soir, Soen. Je suis désolée.

– Pas de problème, répond-il sans même me regarder.

Je dois avouer que sa réaction me surprend autant qu'elle me déçoit. Finalement, il semblerait que ma présence l'indiffère et ça me rend complètement dingue.

Légèrement excédée par son calme, je claque les talons sans rien ajouter, mais il me rattrape par le poignet et positionne son pouce sur sa joue avant de l'envoyer en avant.

Demain ?

Soen me relâche aussitôt tandis que j'affiche mon plus beau sourire en faisant oui de la tête. En sentant les battements de mon cœur s'intensifier, je n'ai plus aucun doute : c'est avec lui que j'ai envie de passer du temps.

Quand je regagne ma chambre, le stress monte. J'appelle Lucie pour déverser toute la pression que je retiens. La sonnerie retentit plusieurs fois, mais personne ne répond. Elle qui a toujours son téléphone greffé dans la main, je commence à m'inquiéter. Je l'appelle plusieurs fois, mais toujours rien.

Putain, mais qu'est-ce qu'elle fout ?!

Pour atténuer le feu de la colère qui est en train de monter, je pars prendre une douche.

Rien n'y fait. Je décide alors de respirer comme maman, mordue de yoga, me l'a appris. J'enfile un pantacourt noir avec un haut rose poudré et attends assise sur mon lit, la jambe qui saute.

Il est à peine dix-neuf heures quand on frappe à ma porte. Quand j'ouvre, Charles se tient fier et souriant avec un sac à dos à la main.

– Hum, qu'est-ce que tu fais ? l'interrogé-je en le voyant entrer dans mon cottage.

– On dîne ici, me répond-il en posant son sac sur la table.

Éberluée, je ferme la porte, ne comprenant pas ce qu'on va faire pendant toute une soirée dans ma chambre. Je viens m'asseoir en face de lui alors qu'il déballe des petits paquets.

– Sandwich maison ! s'écrie-t-il fièrement en brandissant un sachet entouré de papier d'alu.

– C'est toi qui as fait ça ?

– Cuisiner, moi ? Tu rigoles ! Je ne vois pas l'intérêt de cuisiner quand on a quelqu'un qui le fait pour nous, plaisante-t-il en m'adressant un clin d'œil.

Ça m'aurait étonnée…

– C'est gentil ! me contenté-je de rétorquer.

– Alors, tout va bien, ma belle ? commence-t-il en croquant dans son sandwich.

Allez Livia, courage !

– Oui ça va, mais j'aimerais bien te parler de quelque chose.

– Tout ce que tu veux, bébé.

Bébé ?! Bon sang, je déteste qu'on m'appelle comme ça !

Je tente de calmer la bataille qui se joue à l'intérieur de moi pour essayer de paraître la plus détendue possible. Je croque dans le sandwich pour me laisser le temps de réfléchir à la tournure de ma phrase.

– Tu sais Charles… balbutié-je, la bouche à moitié pleine.

Lui ne voit absolument pas mon embarras tant il est absorbé par la dégustation de son sandwich au poulet.

– Ce stage est pour moi une opportunité qui ne se représentera pas.

– Oui, je sais que le niveau qu'on impose est haut, mais nous sommes reconnus dans la profession.

– Justement, j'aimerais me concentrer encore plus sur l'apprentissage et pour cela…

– Oui je comprends, me coupe-t-il en continuant d'avaler goulûment son repas.

Non, tu ne comprends rien !

Je dois être plus claire sinon on va y passer des heures et je déteste tourner autour du pot.

– Je me pose beaucoup de questions sur moi en ce moment et je pense que toi et moi, on…

– Toi et moi ?

Ah enfin, il réagit !

Mais pas encore comme je le souhaitais. Charles se lève et vient se positionner derrière moi. Doucement, il se met à me masser les épaules.

– Détends-toi Livia. Tu as vécu pas mal de choses depuis que tu es arrivée : la rigueur de l'apprentissage, ta chute…

– Il ne s'agit pas de ma chute, mais bien de nous deux Charles, l'interromps-je sèchement en agitant mes épaules afin qu'il retire ses mains.

Je me retourne pour lui faire face. Charles fronce les sourcils, surpris de ma réaction. Comme s'il ne comprenait pas du tout où je voulais en venir. Comme s'il ne s'était jamais pris de veste de sa vie !

Je m'apprête à me lever pour en finir quand nous sommes interrompus par la porte de ma chambre qui s'ouvre vivement.

25

– Surpriiiiiiiiise ! hurle une voix que je reconnaîtrais entre mille.

Je reste immobile de stupéfaction en voyant ma folle de meilleure amie, affichant un sourire radieux, un sac dans la main droite et un bouquet de fleurs dans la main gauche.

– Hey les loulous, j'arrive au mauvais moment ? nous interroge Lucie survoltée.

Charles est en mode statue. Il fixe mon amie sans comprendre ce qu'il se passe. À mon tour, je me lève pour me précipiter dans les bras de celle qui m'a tant manqué.

– Lucie ! Mais qu'est-ce que tu fais là ?

– Quand tu es perdue, appelle Lulu ! J'ai senti que tu avais besoin de moi, alors je suis là. Tu ne me présentes pas au bel Apollon derrière toi ?

– Si, bien sûr. Charles, je te présente Lucie, ma meilleure amie. Lucie, Charles.

– Le fameux Charles ! Eh ben, tu ne m'avais pas menti quand tu me disais que…

Elle ne finit pas sa phrase, mais la façon dont elle le mate de haut en bas en dit long.

Charles s'approche pour lui faire la bise et Lucie accepte volontiers de le saluer. Il reprend immédiatement confiance et sort son regard de charmeur.

– Alors, qu'est-ce que Livia t'a raconté sur moi ?

– Que des choses adorables, n'aie crainte !

– Ça me rassure, continue-t-il en m'attrapant de nouveau par les hanches.

Je me dégage de son emprise pour aller récupérer le sac de mon amie.

– Et comment ça se fait que tu sois venue ? Je ne sais pas si tu as le droit de rester, il faut que je voie.

– T'inquiète pas, j'ai tout réglé ! me rassure-t-elle. De la Poudrière est d'accord pour que je vienne passer une nuit avec toi. J'ai le boss du centre dans la poche, je te dis !

– Charles est le fils de monsieur de La Perrière, l'informé-je en faisant les gros yeux.

– Oups désolée, j'ai toujours eu du mal avec les noms de famille, s'excuse-t-elle sans une once de gêne.

Embarrassée, je me racle la gorge sans oser regarder Charles. Ma meilleure amie récupère son téléphone dans son sac que j'ai déposé au pied du lit.

– Treize fois ? Tu m'as appelée treize fois Liv' ? En à peine une demi-heure ?!

Charles m'observe du coin de l'œil, sceptique.

– Je voulais juste de tes nouvelles, bégayé-je timidement.

– C'est ça, ouais ! ironise-t-elle. Ça fait deux semaines que pour arriver à t'avoir, c'est le bordel ! Tu n'es jamais dispo et là, tu décides de me harceler ! Je crois que j'arrive au bon moment. Et en plus, il y a des sandwichs ? Parfait ! Vous m'acceptez à votre table ?

– Bien sûr, s'empresse de répondre Charles en reculant une chaise pour que Lucie s'asseye.

Je sais pertinemment que ce genre de galanterie plaît particulièrement à Lucie. Tout émoustillée, elle s'installe et commence à zieuter de plus près les différents petits sandwichs que Charles a ramenés. Alors qu'elle opte pour celui au fromage, elle s'intéresse de plus près à lui :

– Alors comme ça, tu es le fils du patron ?

– Oui, ce domaine appartient à mon père.

– Et toi aussi, tu grimpes ces espèces de bêtes sauvages ?

– Oui, je suis cavalier professionnel.

– Eh ben, j'aimerais bien être une bête sauvage finalement, minaude-t-elle en riant.

Bien que je connaisse son humour, pas toujours très fin, je ne peux m'empêcher de rire à sa boutade et encore plus en voyant Charles se déconfire. Il ne sait pas s'il doit rire ou pas et rougit doucement. Je ne l'ai jamais vu aussi mal à l'aise, lui qui semble sûr de lui en toutes circonstances…

– Il ne faut pas prendre au pied de la lettre tout ce que cette folle dit…

– Oui, j'avais compris. Et finalement, c'est plutôt flatteur, répond-il.

Qu'est-ce que je disais ? Perdre confiance en lui ? Jamais !

Nous continuons à discuter et l'ambiance se détend. Charles se hasarde à faire quelques blagues. Toutes ne nous font pas forcément rire, mais nous passons tout de même un bon moment avant qu'il ne quitte ma chambre aux alentours de vingt-deux heures.

– Bonne nuit princesse, termine-t-il en m'embrassant délicatement sur les lèvres.

Comme Lucie nous a interrompus au moment où j'allais lui dire qu'entre nous, ce n'était plus possible, je ne me sens pas capable de le repousser devant mon amie. C'est donc à contrecœur que je le laisse faire sans pour autant appuyer ce baiser. Quand je ferme la porte, je pousse un énorme soupir de soulagement et rejoins Lucie, déjà avachie sur mon lit. Le regard perdu dans le vide, au bout de quelques minutes, elle ouvre la bouche :

– Bon, tu accouches, c'est quoi le problème ?

Je reste silencieuse, ne sachant pas comment aborder le sujet. Je ne suis pas gênée de lui parler, mais j'imagine déjà ce qu'elle va me répondre.

– Ce Charles est plutôt canon, non ?

– Oui.

– Et charmant ! Il est galant, attentionné, il a un super domaine et…

– Je sais Lucie, je sais ! crié-je, en me relevant.

– Eh bien alors, dis-moi ce qui te tracasse !

Je fais des va-et-vient entre la salle de bains et la porte d'entrée jusqu'à ce qu'elle m'attrape par le bras pour me stopper.

– Arrête de tourner en rond, tu vas me faire devenir chèvre !

Je m'arrête et prends une grande inspiration avant de commencer mon explication :

– Je sais que Charles a tout pour lui. Il est mignon, agréable, de bonne famille. Il ressemble de très près à mon idéal masculin, mais…

– Mais quoi ? Il a un micropénis ?

– Oh Lucie, tu es incorrigible ! réponds-je sans pouvoir m'empêcher de rire à sa blague de mauvais goût.

– Alors, c'est l'inverse ? continue-t-elle, excitée comme une puce.

– Je n'en sais rien !

– C'est ça ouais, me renvoie-t-elle en me pinçant la joue.

– Je t'assure ! On n'est pas allés jusque-là.

– Quoi ?! Mais alors, vous faites quoi de vos soirées, perdus en pleine nature ? Des bouquets de marguerites ?

Lucie a toujours été plutôt libre côté cœur. Elle ne s'embarrasse pas de longues discussions pour connaître l'autre. Depuis qu'elle a été déçue par son premier amour, elle profite pleinement de la vie et quand un homme lui plaît, elle ne se pose pas de questions. Elle saisit toute occasion qui se présente sans se prendre la tête. Attention, elle ne va pas vers le premier venu ! Comme elle le dit, « elle sélectionne la marchandise ». De ce fait, elle a toujours des histoires abracadabrantes à raconter, qui me font beaucoup rire.

– On est souvent tous ensemble, tu sais, avec les autres stagiaires dont je t'ai parlé. On a regardé des films, fait des jeux…

– Waouh youpi ! Tu te souviens que tu n'as que 19 ans et que c'est les vacances d'été ? Parfois, je me demande comment on fait pour être amies ! lance-t-elle en me frottant les cheveux.

Je baisse la tête et me tords les doigts.

– Hey ma biche, qu'est-ce qui se passe ? me demande-t-elle plus sérieusement.

– Eh ben… enfin… Tu sais, je t'ai dit que j'avais rencontré quelqu'un d'autre.

– Oui, le palefrenier qui a un prénom à coucher dehors.

– Soen, il s'appelle Soen.

– Oui, c'est bien ce que je disais ! Et ?

– Et c'est quelqu'un de formidable. Il est attentionné, proche des bêtes. Un peu sauvage, mais tellement attachant…

– J'ai l'impression que tu parles d'un animal, là !

– Lucie, tu veux bien être sérieuse deux minutes ? Pour être claire, je suis en train de te dire que je n'ai plus envie d'être avec Charles et que Soen me perturbe. Tu sais quand je suis tombée, c'est Soen qui m'a sauvée, il s'est glissé entre le cheval et moi. Bref, je suis perdue, je ne sais plus quoi faire. Je me suis mise dans le pétrin toute seule et maintenant, je suis larguée.

Lucie réfléchit quelques instants, avant de froncer les sourcils.

– Attends, tu dis que ce mec s'est mis entre un cheval et toi ? Dis donc, jeune fille, tu n'aurais pas oublié de me raconter quelque chose de bien plus important ?

Merde, ma chute.

Quand elle me voit pincer les lèvres l'air désolé, elle me fusille du regard avant de reprendre :

– Tu as de la chance que les histoires de mecs m'intéressent beaucoup plus ! lâche-t-elle dans un soupir.

Je lui souris pour la remercier de ne pas me prendre la tête avec ça. Je n'ai pas du tout envie de revenir sur ce sujet !

– Et alors, il ressemble à quoi ce Soen ?

Cette simple question me fait frémir. Même si Lucie est bienveillante, elle attache beaucoup d'importance au physique et en particulier à celui de la gent masculine. J'appréhende déjà sa réaction lorsqu'elle le découvrira.

– Ça va, Liv' ?

– Hum hum…

– Tout ce que je peux te dire, c'est que, pour avoir passé un moment avec Charles, ce gars a l'air top. Il est sympa, super mignon et… je ne sais pas si tu l'as remarqué, mais ce mec est fou de toi ! De plus, vous avez une passion en commun, ce n'est pas donné à tout le monde.

– Eh ben justement ! Oui, il monte à cheval, mais il a une façon de faire qui ne me plaît pas. Il ne veut que la gagne et ne se soucie pas des animaux.

– Je me trompe peut-être, mais gagner le championnat est ton but premier cette année, non ?

– Non… mais… c'est différent ! rétorqué-je sans arriver à me justifier.

– C'est différent depuis que tu as rencontré ce Soen ?! assure-t-elle sans me lâcher du regard.

J'opine du chef sans décrocher un mot. Mes yeux s'embuent sans que je puisse me retenir. Lucie me serre dans ses bras et ce câlin m'apporte tout le réconfort dont j'avais besoin.

– Oh, ma pauvre poulette, dit-elle au bout de quelques secondes en me caressant la tête. Trop dur d'avoir deux mecs à ses pieds.

J'évite de lui expliquer mon deuxième souci : Soen est loin d'être à mes pieds et je ne sais même pas si ce que je ressens est réciproque !

Finalement, je me redresse pour lui demander :

– Tu restes jusqu'à quand ?

– Je reprends le train demain soir. Je vais pouvoir te voir chevaucher toute la journée de demain, raille-t-elle en imitant un cheval en train de hennir.

Nous pouffons de nouveau et discutons un long moment avant de nous mettre en pyjama.

Il est près de minuit quand nous décidons de nous mettre au lit.

– Bonne nuit, dis-je en bâillant. Et merci d'être là.

– Bonne nuit, ma poule ! Dors maintenant.

26

Quand je me réveille, Lucie ronfle comme une moissonneuse-batteuse. Sans faire de bruit, je me prépare rapidement et griffonne sur un bout de papier le lieu où elle peut me retrouver.

Ce matin, nous travaillons sur des barres au sol bien plus rapprochées qui permettent au cheval de s'assouplir. Tsunami, toujours très à l'écoute, rebondit parfaitement et Serena me félicite sur ma position.

Lucie s'est installée sur un des rochers le long de la carrière et tape dans ses mains pour m'encourager. Mini-short en jean, débardeur noir sans soutien-gorge, nœud rouge à pois blancs dans les cheveux et lunettes en forme de cœur, je reconnais bien là ma meilleure amie toujours à la pointe de la mode version vintage.

Au bout d'un moment, Charles la rejoint et ils semblent bien échanger tous les deux. Je tente de rester concentrée, mais je suis trop curieuse de savoir ce qu'ils se disent. Je demanderai à Lucie un rapport complet quand j'aurai terminé.

Alors que je suis dans le box pour desseller Tsunami, Lucie fait son apparition en prenant bien garde de rester loin de l'animal.

– Tu te débrouilles super bien, ma biche ! C'est impressionnant de te voir voler comme ça !

Je la remercie d'un sourire et fais une annonce aux autres stagiaires :

– Les copains, je vous présente Lucie, ma meilleure amie.

– Eh ben, y en a qui ont des privilèges, déclare Sixtine en partant en direction de la douche.

Lucie se retourne vers moi en fronçant les sourcils comme pour me dire : « Elle a un souci, elle ? » Je lui fais un signe vers le bas avec la main pour lui faire comprendre de ne pas faire de scandale. Elle se ravise et sourit aux autres.

– Enchanté, lui renvoie un Paul en mode séduction.

Aurait-il craqué pour ma best friend ?

Une fois les présentations faites, Soen apparaît au fond de l'allée et se dirige droit sur nous pour récupérer le matériel. Lucie sursaute et recule, apeurée, quand elle lui fait face. Lui ne sourcille pas et continue son travail. Une fois qu'il est parti, elle entre dans le box pour m'y rejoindre.

– Putain, c'était qui cet homme des cavernes ? Il m'a fait flipper !

– C'est Soen.

– Hein ? Quoi ? crie-t-elle, les yeux exorbités. J'imagine qu'on parle du même ? Puisqu'il ne peut pas y avoir deux personnes sur cette Terre qui portent ce prénom.

– Chuuut ! On parle du même ! On peut en discuter plus tard s'il te plaît ? chuchoté-je entre mes dents serrées tandis que les autres stagiaires nous regardent derrière leurs portes.

Je termine rapidement de brosser ma monture et ferme derrière moi avant de lui attraper le bras pour l'emmener à l'extérieur.

– Liv', je ne te comprends pas ! Ce mec t'attire ? Je n'ai pas très bien vu, mais… il a une sale tête !

Je savais qu'elle aurait cet avis sur Soen. Au premier abord, il peut faire peur, mais il gagne à être connu et est tellement beau au fond. J'essaie de ne pas laisser transparaître la vague de colère qui s'immisce doucement en moi, mais je ne peux pas la laisser déblatérer des horreurs à son sujet.

– Tu ne juges que l'enveloppe extérieure là !

– Oui ben, excuse-moi, mais à côté de Charles, y a pas photo.

– Tiens, en parlant de Charles, tu as bien sympathisé avec du coup ?

– Est-ce que tu serais jalouse, ma biche ? me taquine-t-elle en riant.

– Juste curieuse !

Nous rejoignons la salle de repas pendant qu'elle me raconte tout en détail.

– Ce mec est super sympa ! s'exclame-t-elle. Il m'a tout expliqué depuis le début de votre histoire. À partir du moment où il est venu te chercher à la gare et qu'il a littéralement craqué sur toi… la jalousie de Seventeen, ta super copine !

Je pouffe encore une fois en pensant à Sixtine.

– En fait, tous tes potes ont des noms à coucher dehors ! Chiara… non, mais franchement !

Nous rions à l'unisson et l'ambiance se détend.

– Charles m'a vanté tes progrès et il m'a aussi raconté ta chute. Pendant qu'il m'expliquait, il a juste indiqué que le palefrenier t'avait évité le pire, mais il ne s'est pas étendu sur le sujet. Tu n'as pas fait les choses à moitié dis donc ? Tu aurais pu me le dire, non ? s'arrête-t-elle, les mains posées sur les hanches, faussement vexée.

– Je suis désolée Lulu, je ne voulais pas t'inquiéter.

– Oui, mais il s'agissait de ta santé Liv' et j'ai beau faire la con tout le temps, tu sais à quel point je tiens à toi.

– Je sais. Tu ne m'en veux pas trop ? m'excusé-je penaude.

Elle fait mine de réfléchir, mais me prend immédiatement dans ses bras en me disant :

– Va pour cette fois ! Mais fais attention à toi, OK ?

Pendant le déjeuner, c'est Paul qui tente un rapprochement avec Lucie. Elle papillonne des cils et se touche une mèche de cheveux. Dans le langage de mon amie, cela veut dire qu'il ne la laisse pas indifférente.

Lors de la séance de l'après-midi, Serena nous fait travailler sur un enchaînement croisillon-oxer dont elle augmente la hauteur progressivement. Lucie est toujours en train de se faire dorer la pilule pendant que je transpire.

Chiara rencontre quelques difficultés avec Oxxo qui refuse d'enchaîner la combinaison et l'envoie valser au-dessus des barres. Quand je relève la tête, mon amie n'est plus là. Je me demande ce qu'elle peut bien faire. Peut-être est-elle allée ranger ses affaires vu qu'elle repart déjà ce soir.

Quand je ressors des écuries, Lucie me rejoint, le visage fermé.

– Ça n'a pas l'air d'aller ma Lulu ? Un problème ?

– Tu as terminé ? Viens avec moi ! m'ordonne-t-elle en me prenant par la main.

Je la suis au pas de course en me demandant ce qu'il lui arrive. Une fois dans ma chambre, elle referme la porte et m'entraîne sur mon lit.

– Bon Liv', tu me promets de ne pas t'énerver ? J'ai fait ça pour ton bien et pour être sûre que tu ne fasses pas n'importe quoi.

– De quoi tu parles Lucie ? Tu me fais peur.

– Ne m'interromps pas, d'accord ?

J'acquiesce de la tête, mais je flippe. Quand ma meilleure amie est anxieuse, c'est qu'elle a fait une connerie.

– Voilà, pendant ton cours, je suis allée voir ton palefrenier.

Je manque de m'étouffer quand j'entends cette première phrase. *Tu as fait quoi ?!*

– Ce n'est que mon avis, mais ce type est vraiment bizarre. J'ai essayé d'engager la conversation avec lui, mais il n'a pas levé la tête et m'a tout juste répondu. Il a dit qu'il n'avait pas le temps et a continué de bosser. Sans me jeter le moindre coup d'œil !

Choquée par le culot dont elle a fait preuve sans même m'en aviser auparavant, je la laisse continuer ses explications. En même temps, ce qu'elle me raconte sur Soen ne m'étonne absolument pas.

– Comme il ne réagissait pas, je lui ai parlé de ton accident ! Je l'ai remercié de t'avoir sauvée, mais même là, il n'a pas bougé d'un iota. À part me répondre « hum pas le temps », il n'a rien dit d'autre. Je ne vois pas ce que tu trouves de charmant à ce bonhomme, termine-t-elle désabusée. En plus d'être complètement défiguré, il n'est pas sympa !

Même si l'envie d'étrangler ma copine est très forte en ce moment même, je m'abstiens et prends sur moi pour ne pas m'énerver. Voyons les choses du côté positif : Lucie prend soin de moi et ne souhaite que mon bonheur. C'est pourquoi elle se fait sa propre opinion sur les hommes qui m'entourent. En même temps, les deux sont aux antipodes, donc son avis tranché est justifié.

– Liv' ? Ton silence me fait flipper là !

– Je te l'ai dit, Soen est différent. Il a agi comme personne d'autre ne l'aurait fait pour moi.

– C'est bien ce que je craignais ! Tu es attirée par ce mec uniquement parce qu'il t'a sauvée !

– Non, mais…

– Réfléchis bien Liv', me coupe-t-elle. Si ce type ne t'avait pas sauvé la mise, est-ce que tu l'aurais ne serait-ce que vu ? Est-ce que tu aurais essayé de lui parler ?

– Eh bien… j'imagine que oui.

– Ah oui ? Et comment tu l'aurais abordé ? Il ne dit même pas bonjour ! Il a toujours les yeux au sol. Je ne le connais pas, mais je vois bien qu'il a été traumatisé et, de ce fait, il est traumatisant ! Sois honnête ma biche, ton style de mec, c'est plutôt le genre bien dans ses pompes, confiant, ambitieux et plutôt beau gosse. Soen n'a rien de tout ça.

Ses propos sont durs et je mène une lutte intérieure pour savoir qui d'entre nous deux a tort. Aurais-je eu envie d'aborder Soen si nous n'avions pas eu ce regard si puissant au moment de ma chute ? Et quand il m'a jetée alors que je suis allée le remercier de m'avoir sauvée, pourquoi ai-je voulu continuer à lui parler ? N'ai-je pas une dette envers lui finalement, qui me pousserait à agir de la sorte et à vouloir le sortir de son mutisme constant ? Ai-je réellement envie d'aller plus loin ou bien est-ce simplement pour me donner bonne conscience ?

Toutes ces questions ne cessent de tourner dans ma tête et je n'ai pas envie de tergiverser plus sur ce sujet avec Lucie. J'ai bien compris son avis à propos de Charles et Soen. Maintenant, je reste libre de mes choix, si tant est que je sois encore capable de répondre seule à tous ces questionnements.

– Je vais réfléchir ma Lulu, ne t'inquiète pas ! conclus-je pour la rassurer. Maintenant, on peut profiter du peu de temps qu'il nous reste ?

L'inquiétude que je lis sur son visage disparaît aussitôt derrière un large sourire. Nous passons les deux heures suivantes à nous balader dans le domaine. L'écouter me raconter ses vacances à Paris me fait tellement rire que j'en reviens avec un mal de bide infernal.

– Mon taxi doit sûrement déjà être là, déclare-t-elle une fois revenue dans ma chambre pour récupérer ses affaires. Je suis trop contente d'avoir pu passer du temps avec toi ! La prochaine fois, c'est toi qui m'invites, OK ? Comme ça, j'éviterai d'arriver au mauvais moment ! me lance-t-elle en tirant la langue de façon vulgaire.

– Quand tu veux ! Mais je pense qu'on se reverra à Paris.

Eh oui, il faut bien que je pense à revenir ou ce sont mes parents qui risquent de débarquer et là, ça sera beaucoup moins drôle.

Je raccompagne ma meilleure amie jusqu'au portail de l'entrée et nous nous prenons dans les bras.

– Merci ma Lulu, merci beaucoup pour cette super surprise. Je pense que tout le monde se souviendra de toi ici.

– Bisous ma biche et prends soin de toi, OK ? S'il y a le moindre problème, tu me tiens au courant, lâche-t-elle de façon autoritaire. Et pour tout le reste aussi : chevauchement, galipettes…

– Oui, oui ! la coupé-je avant qu'elle parte encore dans un de ses délires.

Nous luttons chacune de notre côté pour ne pas verser une larme pendant que le chauffeur dépose ses affaires dans le coffre. Lucie monte à l'arrière du taxi et celui-ci démarre.

Quelques mètres plus loin, il s'arrête et recule pour revenir à ma hauteur.

Qu'est-ce qu'elle a encore oublié ?

Elle baisse la vitre et passe la tête par la fenêtre :

– Si tu m'obtiens le numéro du grand brun, tu seras la meilleure amie du monde ! À plus ma biche !

27

Voilà déjà deux jours que Lucie est partie. Telle une vraie tornade, elle a chamboulé tous les membres du domaine, notamment Paul dont je n'ai même pas eu besoin de demander le numéro, celui-ci m'ayant réclamé le sien le soir même de son départ.

Mon regard dévie instinctivement sur Charles qui ne cesse de me reluquer d'une façon qu'il pense sûrement discrète. J'ai l'impression que plus je l'évite, plus il me veut. Bizarrement, même si je me suis beaucoup amusée dans le passé à faire languir les garçons, à présent je n'ai absolument plus envie de jouer. Non, je veux juste être tranquille afin de retrouver mes esprits et surtout savoir ce que je veux.

Il n'y a pas que dans le domaine que Lucie a causé un tsunami. Dans mon crâne également. Ne sachant plus du tout où j'en suis, j'ai décidé de me consacrer pleinement aux entraînements en tentant de ne plus penser aux garçons. Après tout, j'étais venue uniquement dans le but de m'améliorer dans ma discipline. J'étais loin de m'imaginer que je ferais deux rencontres qui me tortureraient autant l'esprit.

– À ce soir pour le dîner ? me dit Charles en passant derrière moi.

Je hoche la tête pour confirmer. Depuis deux jours, Charles a cessé de me coller aux basques et se contente d'être aimable sans trop forcer. Même si je suis persuadée qu'il n'abandonnera pas aussi vite, je suspecte clairement ma meilleure amie de lui avoir conseillé de me lâcher la grappe le temps que je réfléchisse. À vrai dire, je ne cherche même pas à connaître la raison de son éloignement. J'ai profité de ces deux journées pour me concentrer sur mon activité et ça m'a fait un bien fou de ne pas me prendre la tête.

Quant à Soen, inutile de lui préciser que j'avais besoin d'espace. Il m'a répondu à chaque fois que je l'ai salué en le croisant et c'est tout. À aucun moment, il ne m'a interrogée sur le fait que je ne sois pas venue le voir comme c'était prévu ou autre. Je ne suis pas étonnée qu'il réagisse ainsi, mais je dois bien avouer que son comportement m'a plus agacée que je ne l'aurais imaginé.

Il est à peine dix-huit heures quand je reviens dans mon cottage et comme chaque soir, l'idée de rejoindre Soen me traverse l'esprit. Seulement, le discours de ma meilleure amie ne cesse de me faire cogiter dès que je pense à lui.

Je fonce tout droit à la salle de bains pour me rincer le visage et reste quelques minutes penchée au-dessus du lavabo. Puis, j'inspire profondément avant de me décider. Je vais aller le voir, maintenant. Après tout, si je veux être sûre que je n'éprouve rien pour cet homme qui m'a juste sauvée, il faut que je passe plus de temps avec lui, non ? De plus, je m'étais engagée à le retrouver et je ne suis pas du style à revenir sur ma parole.

Bien consciente de me chercher toutes les excuses possibles et imaginables, j'attrape mon téléphone et traverse discrètement le domaine. Le dîner étant prévu à vingt heures, cela me laisse deux bonnes heures devant moi.

En arrivant devant chez lui, j'ouvre le portillon et me précipite jusqu'à sa porte. Je frappe à plusieurs reprises, mais personne ne répond. Soen ne semble pas être là et la déception qui m'envahit me fait à nouveau me poser des questions.

Dans un dernier espoir, je sors de son jardin et me mets à crier son nom. Jusqu'à ce que je me rende compte que j'ai l'air ridicule. Je m'avance alors de quelques mètres afin de m'approcher du lac. Au bout d'une dizaine de minutes passées à l'attendre au bord de l'eau, je l'aperçois avec Jack, à travers les arbres. Je l'observe attentivement tandis qu'il s'avance vers moi. Avec ses longs cheveux, sa longue barbe et sa carrure de Goliath, il est clair qu'il n'est pas le type d'homme sur lequel je me serais retournée en le croisant dans la rue. Mes pensées dérivent automatiquement sur Charles qui, lui, correspond exactement à mon idéal masculin.

Alors pourquoi est-ce que je me trouve ici, bordel ?!

Soen n'est plus qu'à quelques mètres quand il remarque ma présence. Il semble étonné, mais il continue d'approcher sans rien dire.

– Salut, dit-il une fois face à moi.

En réponse, je place mes doigts sur ma tempe et le salue de façon militaire. C'est automatique, ses lèvres s'étirent en un sourire dès qu'il me voit signer et bon sang ce que j'aime quand son visage s'éclaire !

– Au fait, je ne t'ai jamais demandé où tu avais appris la langue des signes ? lancé-je en faisant un pas vers lui.

– Je connais les bases, c'est tout, répond-il en haussant les épaules.

– Ça ne répond pas à ma question…

D'un signe de la tête, Soen me propose de continuer notre discussion en marchant. Je me place alors à sa droite et nous longeons le lac.

– À l'âge de 8 ans, j'ai été placé dans un centre, commence-t-il d'une voix âpre. J'ai connu quelqu'un là-bas, elle s'appelait Mila et elle était sourde.

J'évite de lui poser des questions sur ce centre car sa nervosité en abordant ce sujet délicat est largement palpable. Aussi, je dois avouer que la deuxième information semble être restée coincée dans un recoin de mon cerveau.

– C'était ta petite amie ? l'interrogé-je un peu trop vite.

– Ma petite amie ? répète-t-il en grimaçant presque. Mais enfin Livia, tu as entendu l'âge que j'avais ?

Merde ! Mais qu'est-ce qu'il m'a pris de demander ça ?! Je ne sais pas pourquoi ce besoin de savoir si Soen a quelqu'un dans sa vie est aussi important pour moi. Peut-être parce que cela expliquerait son comportement si distant ? Aussi, je dois avouer que cette nouvelle me déstabiliserait. En attendant, ma question était complètement déplacée et sa réponse par contre, plutôt appropriée.

Heureusement, il ne prête pas attention à mes interrogations intérieures et reprend :

– Mila était seule, isolée et incomprise. Tout comme moi.

Un mélange de nostalgie et de souffrance découle de sa voix et je sens mon cœur se serrer. Je vois bien que Soen se sent plus en confiance avec moi et… j'aime ça. Tout à coup, je regrette de m'être éloignée de lui durant ces deux jours. J'ai l'impression d'avoir perdu un temps précieux.

– Et toi ? m'interroge-t-il tout en continuant de regarder droit devant lui.

– Moi ? Euh… si j'ai un petit ami ou si j'en ai eu ? Enfin je ne sais pas si…

– Livia ? m'interrompt-il en s'arrêtant pour me fixer, les sourcils levés. Ma question était : et toi, où as-tu appris la langue des signes ?

Oh mon Dieu, quelle gourde !

Mal à l'aise, je continue d'avancer en baissant la tête afin qu'il ne me voie pas rougir. Ce n'est pas possible, qu'est-ce qu'il m'arrive ? J'ai l'impression de faire sans cesse des gaffes en sa présence !

– Oh ça ! Excuse-moi, euh… balbutié-je en secouant la tête. La mère d'une de mes amies était malentendante.

– Ton amie Lucie ?

– Comment sais-tu que…

Je m'arrête de parler en comprenant moi-même la situation.

– Lucie est venue se présenter à toi, affirmé-je en crispant le visage. Écoute Soen, je suis désolée pour ça. Tu sais, elle veut juste me protéger et…

– Je comprends, Livia, me coupe-t-il d'une voix douce tout en continuant à marcher, les yeux rivés sur l'eau.

Je ne sais pas si c'était une façon de me rassurer en voyant mon embarras, ou bien de changer de sujet tout simplement. Quoi qu'il en soit, je n'ajoute rien et nous continuons notre balade dans un silence apaisant.

En arrivant au bout de la berge, j'aperçois une sorte de cabane en bois.

– Qu'est-ce que c'est ? l'interrogé-je en m'arrêtant.

– C'est là où je range le matériel pour mes chevaux, m'informe-t-il en s'immobilisant à son tour. Je peux te montrer comment installer une sangle en prenant soin de ne pas les blesser. Je suis censé t'apprendre à amadouer les bêtes, c'est bien pour ça que tu es là, non ?

Cette fois, je sens une sorte de dédain dans sa voix. Je ne saurais expliquer ce que cela peut bien vouloir dire, mais ce qui est sûr, c'est qu'il semble déçu. Afin qu'il me regarde enfin dans les yeux, je me place face à lui. Quand son regard atterrit dans le mien, je le vois déglutir lentement.

– Je ne suis pas venue pour ça, Soen.

Médusé, il me dévisage en fronçant légèrement les sourcils. Comme s'il essayait de comprendre.

– Mais alors, lâche-t-il hésitant. Qu'est-ce que tu fais là ?

Encore une fois, je me sens rosir sous son regard.

Qu'est-ce que je fais là ?!

Eh bien, moi aussi, je me pose la question, figure-toi…

– Je suis venue te voir, avoué-je en haussant les épaules.

Mal à l'aise, je me mords légèrement la lèvre en attendant une réaction de sa part. Soen semble confus. D'abord surpris par ma réponse, j'ai l'impression maintenant qu'il est… content ?

Finalement, il soupire doucement avant de regarder fixement le lac un moment. Puis, il se retourne vers moi.

– Tu veux rester manger ?

Là, c'est à moi d'être étonnée. Soen vient-il vraiment de m'inviter à dîner ? Certes, c'est déjà arrivé, mais là ce n'est pas pareil. Le fait qu'il me le propose clairement me chamboule complètement. Du coup, mon cœur se met à battre un peu plus fort.

– J'aimerais bien, réponds-je en souriant. Mais… ça va être compliqué ce soir.

Je repense aux autres et surtout à Charles qui ne croira jamais à une autre de mes simulations. Bien que j'en meure d'envie, il m'est impossible d'accepter sa proposition. Je suis à deux doigts de lui demander si je peux revenir après dîner, mais me refrène aussitôt. Il ne manquerait plus que je lui propose de passer la nuit chez lui, aussi ! Non, je vais éviter de le faire fuir surtout après le pas qu'il vient de faire.

– Ne t'inquiète pas Livia, ne te sens surtout pas obligée…

– J'ai une idée, le coupé-je en sautillant sur place. Demain, c'est vendredi et mon père étant en déplacement, je n'avais pas prévu de rentrer chez moi ce week-end.

Ne comprenant pas où je veux en venir, Soen me fixe en fronçant le nez. Dieu, ce qu'il est adorable quand il fait ça…

– Mais ça, personne n'est censé le savoir, si tu vois ce que je veux dire…

Je hausse les sourcils plusieurs fois de suite, mais Soen continue de me fixer comme s'il ne comprenait pas un traître mot de ce que je viens de prononcer.

– Je vais dire aux autres que je rentre chez moi, mais au lieu de ça je viendrai ici ! lui expliqué-je en même temps que je lui signe le mot *idiot*.

Je ne peux m'empêcher de rire en le voyant fixer mes mains avec stupeur.

– Tu viens de me traiter d'idiot là ? m'interroge-t-il en écarquillant les yeux.

J'acquiesce lentement en me pinçant les lèvres pour ne pas éclater de rire. Soen croise alors les bras en luttant pour ne pas se marrer, lui aussi.

– J'avais compris tu sais.

– Eh bien, on n'aurait pas dit ! répliqué-je moqueuse, en lui donnant une tape sur l'épaule.

Un léger sourire aux lèvres, Soen suit attentivement ce geste avant de plisser les yeux.

– L'imbécile que tu as devant toi se demandait juste où tu allais passer ton week-end ? Si tu fais croire que tu rentres chez toi, ils ne sont pas censés te revoir durant deux jours, si ?

Alors que ma mâchoire se décroche presque, Soen se met à rire de bon cœur. Ce n'est pas possible, il doit vraiment me prendre pour une naze !

– Euh… effectivement, je n'avais pas pensé à ça… confessé-je, mal à l'aise de ma bourde.

Soen secoue la tête avant de me contourner pour se mettre à marcher en sens inverse, en direction de chez lui.

– Sinon je peux passer le week-end chez toi ? le questionné-je sans bouger.

Mais qu'est-ce qu'il me prend ? C'est insensé !

Quand je le vois se figer, je me rends compte de ce que je viens de lui demander et je ferme les yeux très fort tellement je regrette mes paroles. Quelle fille se permet d'agir de la sorte avec un homme qu'elle ne connaît que très peu ? Quelle image va-t-il avoir de moi ? Je suis nulle d'avoir proposé ça !

Doucement, il se retourne et je sens son regard se poser sur moi, mais je n'ose pas relever le visage. Il se racle la gorge pour m'indiquer qu'il attend que je le considère. Je lève lentement la tête. Soen me fixe droit dans les yeux, un peu trop longtemps. Tellement, que je me sens obligée de rebaisser les miens.

– Excuse-moi, c'est juste que… c'est compliqué tu vois, de m'échapper du domaine, bredouillé-je. Du coup, je me suis dit qu'on pourrait profiter du week-end pour avancer ? Tu pourrais m'apprendre plein de choses. Enfin, si tu as le temps. Et l'envie bien sûr…

Quand je relève la tête pour observer sa réaction, il me dévisage toujours de la même manière indescriptible. Bon sang, s'il pouvait au moins attacher cette tignasse que je puisse mieux voir l'expression de son visage ! Étant donné qu'il ne dit rien, je reprends :

– Mais bien sûr, je peux aussi aller à l'hôtel ! Une fois la journée terminée, tu m'y déposeras et puis…

– Livia, me coupe-t-il doucement. C'est OK, tu peux rester.

Je crois rêver ! Soen est-il réellement en train de me proposer de rester ?

– Sûr ?

Bien que je le sente très tendu, il hoche la tête. Tout à coup, une vague de chaleur s'immisce doucement dans mon ventre, mais je ne sais pas vraiment à quoi c'est dû. Car tout comme lui, je me sens nerveuse à l'idée de passer le week-end avec lui. Chez lui.

Au bout de quelques secondes sans rien dire, nous retournons sur nos pas. C'est fou, mais le silence qui règne entre nous ne me rend pas mal à l'aise comme cela peut arriver avec d'autres. Non, c'est un silence rassurant et pacifique. Un silence qui me fait du bien.

En arrivant devant la barrière du domaine, nos regards se retrouvent et nous restons tous les deux muets encore un moment. Je m'apprête à lui demander s'il est bien certain de vouloir que je vienne quand il ouvre enfin la bouche :

– Alors, à demain ?

J'acquiesce en souriant, rassurée. Pendant une seconde, j'hésite à lui embrasser la joue pour lui dire au revoir, mais comme s'il devinait mes intentions, Soen recule d'un pas en me faisant un signe de la main. Alors, je tente de dissimuler ma déception et lui tourne le dos.

C'est en arrivant devant ma chambre que je me rends compte d'une chose : bordel, je vais passer deux jours entiers avec Soen !

Un sourire idiot plaqué au visage, je me prépare rapidement pour rejoindre les autres au réfectoire, tout en essayant de faire abstraction de cette sensation étrange qui s'est répandue partout à l'intérieur de moi.

28

– Livia, ta position ! Garde ton dos droit et tes mains parallèles. Bon sang, à quoi tu penses aujourd'hui ? me lance sèchement Serena.

– C'est bientôt le week-end et elle rentre chez elle, intervient Charles qui s'est joint à nous pour cette séance de dressage.

Bien que j'essaie de rester concentrée lorsque nous travaillons les déplacements latéraux, mon esprit divague malgré moi. Serena n'est visiblement pas contente de mes performances et je ne peux pas lui en vouloir car, je dois l'avouer, mes pensées sont carrément ailleurs.

J'ai croisé Soen ce matin, qui m'a fait un sourire discret en passant me déposer mon matériel. Cela a suffi à m'électriser. Je suis sûre que c'est dû à l'appréhension de me retrouver seule tout un week-end avec lui.

En me couchant hier, j'ai réfléchi justement à ce qu'on allait bien pouvoir se dire… Quarante-huit heures avec quelqu'un qui ne répond qu'au strict minimum, c'est un défi complètement fou que je me suis lancé, ou plutôt que je nous ai lancé à tous les deux. Car j'imagine que lui non plus ne doit pas être très à l'aise face à cette situation.

Maintenant que tu t'es mise dedans, assume ma grande ! me lance ma conscience espiègle.

Peu importe, je ne vais pas me démonter et je suis persuadée que tout va bien se passer.

Lors du déjeuner, Charles s'assied près de moi.

– Tu veux que je te dépose à la gare ce soir ? me propose-t-il gentiment.

– Merci Charles, mais j'ai réservé un taxi, je ne voulais déranger personne.

– Tu sais pertinemment que tu ne me déranges pas ! Ça me fait plaisir. Tu peux annuler, je t'y conduis.

Je m'en veux d'être aussi froide avec lui, mais je n'ai absolument pas envie qu'il m'emmène à la gare, cela mettrait à mal tous mes plans. Déjà que je suis obligée de simuler un départ du centre pour me couvrir au maximum…

Vraiment, je déteste mentir ! J'ai l'impression que je suis grillée à trois kilomètres et ça me met carrément mal à l'aise. Du coup, je détourne le regard avant de répondre :

– C'est gentil Charles, mais je vais me débrouiller.

– Alors je viendrai te chercher dimanche soir ?

Le Charles impatient est de retour et ça m'agace.

Reste calme, il veut juste être aimable.

– Je te tiendrai au courant, réponds-je en souriant pour qu'il arrête d'insister.

Il ne rajoute rien et nous continuons de déjeuner en silence. J'ai pleinement conscience de sa déception. Je pense sérieusement qu'il faudrait qu'on ait une conversation sur notre situation, mais pas maintenant. Je dois d'abord être sûre de ce que je ressens avant de faire n'importe quoi.

L'après-midi, Serena nous fait travailler sur la piste de galop. Le but est de faire monter progressivement les chevaux en vitesse sur la ligne droite. Appaloose, une jument assez nerveuse, m'est confiée. Je ne la connais pas, mais je comprends vite qu'elle n'est pas forcément commode et plutôt craintive. Elle sursaute à la moindre feuille qui s'envole.

Je la rassure, en suivant les conseils de mon maître en la matière et finalement, nous arrivons plutôt à nous accorder.

La vitesse à laquelle la jument se lance me donne une sensation de liberté que je n'avais pas ressentie depuis bien longtemps. Le paysage défile sur les côtés et je ne pense à rien, seulement à faire corps avec elle pour notre confort respectif. Bon Dieu, que ça fait du bien de se sentir vivante !

Lorsque nous revenons aux écuries, je pose les rênes sur le garrot et déchausse les étriers pour qu'Appaloose puisse baisser la tête et se détendre. Je me fais reprendre par Serena (encore une fois) qui me demande de rester attentive et de tenir ma monture.

Elle ne comprend donc pas que les animaux n'ont pas tout le temps besoin d'être tenus serrés ?

Évidemment, il m'est impossible de lui dire ma façon de penser, mais j'attends qu'elle ait le dos tourné pour laisser un peu de liberté à l'animal.

Une fois les chevaux douchés, je regagne au pas de course ma chambre pour préparer ma valise. En pliant mon pyjama, je réalise que je vais réellement dormir chez Soen et que ça risque d'être plutôt intime. Je suis tout excitée, mais aussi apeurée de la suite des événements.

Vers dix-huit heures trente, mon téléphone sonne, le chauffeur est là !

Je sors de mon cottage et sans étonnement de ma part, Charles m'attend assis sur un rocher. *J'ai bien fait de réserver un taxi !*

Dès que j'arrive à sa hauteur, il se lève et gêné, il s'approche pour me donner une légère accolade. Je le laisse faire uniquement pour qu'il me laisse partir tranquillement, mais je n'ai pas la moindre envie qu'il me touche.

– Alors bon week-end, ma belle. Profite bien de tes proches.

– Merci.

Il m'embrasse sur la tempe et je recule en direction du portail où une voiture m'attend au bout du chemin. Je m'engouffre dedans, souffle un bon coup, comme pour me libérer d'un poids.

– À la gare mademoiselle, c'est bien ça ?

– Euh… suivez mes instructions, lui ordonné-je tandis que nous sortons de l'allée principale.

Au premier croisement, je lui demande de tourner et tente de le guider tant bien que mal jusqu'à la maison de Soen. Mon sens de l'orientation est toujours aussi catastrophique. Même la boussole posée sur le tableau de bord ne m'aide pas à suivre une direction. J'essaie de repenser à ce que mon père s'est tué plusieurs fois à m'expliquer, mais que je n'arrive toujours pas à mettre en pratique : le soleil se lève à l'est, donc se couche à l'ouest. Je tente de repérer les points cardinaux par rapport à la luminosité, mais en vain : sud, ouest, est, nord, pour moi c'est… oh c'est… waouh !

Je secoue la tête pour me reconcentrer sur le trajet.

À pied à partir du domaine, je connais le chemin par cœur, mais en voiture, c'est plus compliqué. Nous tournons dans un sens, puis dans l'autre. Le chauffeur commence à perdre patience quand je lui demande de me laisser au bout de l'allée, juste à côté de celle du domaine.

Il doit vraiment me prendre pour une tarée !

Quand je sors de la voiture, je prends une grande bouffée d'air pour me donner du courage. Les choses sérieuses commencent.

J'avance en tirant ma valise sur le chemin en cailloux et passe le portillon pour arriver devant sa porte. Quand je frappe, personne ne répond… comme d'habitude ! C'est charmant d'être attendue.

Je soupire et pose ma valise sur le seuil avant d'explorer les alentours… personne.

Quand je redescends pour arriver au bord du lac, j'entends du bruit au loin, comme un grincement que je ne saurais décrire. Je marche en direction de la musique et plus j'avance, plus le son est fort. La musique jouée est entraînante, mais je n'arrive pas à savoir de quoi ça vient. Un accordéon ?

Je fais le tour de la maison et je le vois enfin, assis de dos, légèrement penché en avant. Il joue justement de cet instrument que maintenant je reconnais par son style bien particulier : Soen joue de l'harmonica !

Sérieusement, qui joue de l'harmonica de nos jours ?

J'étais persuadée que c'était démodé et que seuls les anciens, adeptes du western, s'adonnaient à ce genre de pratique. Finalement, je suis subjuguée par la maîtrise dont il fait preuve. Il semble concentré et je reste immobile à l'écouter jouer cette mélodie éloquente. L'émotion de connaître encore un trait de sa personnalité me submerge et mes yeux s'embuent rien qu'à la vue de ce spectacle : Soen assis à l'entrée du pré et ses chevaux à quelques mètres de lui, tête basse, à l'écoute. C'est tout simplement magnifique !

Quelques minutes s'écoulent avant que je n'ose m'approcher. Complètement sous le charme, je m'assieds derrière lui sans faire de bruit et me laisse bercer, les yeux fermés par cette deuxième chanson plutôt mélancolique.

Seigneur, j'ai le cœur qui va exploser tant c'est merveilleux.

– Livia ?

Je sursaute et ouvre vivement les paupières. Bon sang, j'étais carrément partie dans mes pensées et je ne l'ai même pas entendu s'approcher.

– Depuis quand es-tu là ? m'interroge-t-il d'une voix douce, mais inquiète.

– Pas longtemps. Je t'écoutais jouer. C'est beau !

Soen se passe une main dans les cheveux, apparemment embarrassé d'avoir été surpris. En faisant ce geste, il dégage son visage et j'en profite pour analyser sa blessure.

Ça peut paraître fou, mais je me suis habituée à elle. Cette cicatrice, qui au départ m'effrayait, me subjugue aujourd'hui. Elle fait complètement partie de ce personnage qui m'intrigue tant.

– Où sont tes affaires ? m'interroge-t-il en regardant autour de lui.

Je ne sais pas si je me fais des films, mais j'ai la sensation qu'il paraît déçu. Peut-être pense-t-il que j'ai changé d'avis ?!

– Je les ai laissées devant chez toi.

Un léger soupir lui échappe et je ne peux m'empêcher de sourire.

– Quoi ? demande-t-il en fronçant les sourcils.

– Tu étais persuadé que je ne viendrais pas, hein ?

Soen hausse les épaules avant de baisser les yeux au sol. Le voir aussi stressé provoque une sensation étrange en moi. J'ai tout autant envie de le secouer afin qu'il arrête d'être aussi gêné avec moi que de le prendre dans mes bras tellement je trouve ça adorable.

– Ton prénom, il veut dire quoi ?

Ma question lui fait aussitôt relever les yeux vers moi.

– C'est qu'en venant ici, lui expliqué-je, j'ai essayé d'utiliser la boussole du taxi et…

– Tu as utilisé la boussole ? répète-t-il incrédule. Pour venir jusqu'ici ?

Le rictus que je perçois sur son visage me fait plisser les yeux. Je me mets debout et fais un pas vers lui en croisant les bras.

– Arrête de te moquer, Collin ! Je n'ai jamais eu le sens de l'orientation et j'ai dû prendre la route pour ne pas être grillée !

Soen part alors dans un grand éclat de rire qui le fait carrément tanguer. Je suis partagée entre l'envie de l'étrangler et de l'accompagner dans son rire. J'adore le son qui vient du fond de sa gorge quand il rit. C'est… magique.

Je me rassieds sur le rocher en faisant mine de bouder jusqu'à ce qu'il se calme et qu'il me fasse signe de continuer.

– Donc je disais… En voyant la boussole, j'ai compris que ton prénom reflétait les quatre points cardinaux ! Sud, ouest, est, nord. Soen. C'est dingue, non ?

Soudain, son sourire s'efface et ses traits se durcissent.

– Est-ce que j'ai dit une bêtise ? marmonné-je en grimaçant.

– Non, ma mère disait justement qu'il s'agissait d'un prénom codé, déclare-t-il avec une pointe de nostalgie. Jamais personne n'avait fait attention à ça avant.

Ses iris se plantent dans les miens et nous nous fixons quelques secondes sans rien dire. Bon sang, j'ai tellement de questions à lui poser ! J'ai tellement envie d'en savoir plus sur lui que toutes mes craintes à propos de ce week-end viennent de laisser place à de l'engouement. C'est ça, je me sens tellement enthousiaste que je bouillonne à l'intérieur tellement j'ai hâte de profiter de sa présence. Profiter de lui tout simplement.

– Bon, alors… on y va ? me demande-t-il un demi-sourire aux lèvres.

D'abord hésitant, il finit par faire un pas vers moi et me tend sa main pour m'aider à me mettre debout. Quand mes doigts s'enroulent dans les siens et que je sens ma poitrine se compresser, il n'y a plus de doute possible.

J'ai envie de plus.

29

En entrant dans la maison, je me sens de nouveau très tendue alors que bizarrement, lui semble beaucoup plus serein. Je reste plantée devant la porte en regardant autour de moi.

Ça alors ! Ça sentait déjà le propre ici et tout était déjà très bien rangé. Mais là, je vois bien que Soen a fait un effort supplémentaire. Sur la table du salon, quelques bougies parfumées laissent se répandre une agréable odeur de vanille.

Je ne peux m'empêcher de lui adresser un sourire, pour le remercier. Du coup, j'ai l'impression qu'il ne se rend compte que maintenant que je vais passer la nuit chez lui. À présent embarrassé, il passe une main sur sa nuque avant de se pencher pour attraper ma valise.

– Je vais la mettre dans ma chambre, m'informe-t-il.

– Ta chambre ?

– Oui, répond-il en se retournant. Je… euh, je vais dormir sur le canapé.

Impossible de ne pas rire en le voyant bafouiller, ses joues légèrement rosies par la timidité.

– Je peux prendre le canapé, c'est déjà sympa de m'accueillir.

– Non, c'est bon. J'ai changé les draps ce matin, tu seras mieux ici.

Sans attendre, il ouvre la porte de sa chambre pour y déposer mes affaires et revient aussi vite.

– Tu veux lire pendant que je prépare le dîner ?

– Hum… si ça ne t'embête pas, j'aimerais t'aider.

Ses yeux s'arrondissent légèrement et je vois bien qu'il hésite.

– Qu'est-ce qui se passe Soen ? Ta cuisine est un lieu privé où personne d'autre que toi ne peut accéder ? Ou bien tu veux garder tes secrets culinaires pour toi ?

Je pose mes poings sur les hanches tout en le défiant du regard, ce qui le fait sourire et détend aussitôt l'atmosphère.

– Je veux bien que tu viennes m'aider, lâche-t-il d'une voix douce en plantant ses billes dorées dans mes yeux.

Nom de Dieu, comment il fait ça ? Comment arrive-t-il à faire réagir mon cœur avec un simple regard ?

Même si je me cache la vraie raison depuis le début, je crois que je commence à comprendre doucement. Soen me plaît, voilà tout. Moi qui pensais avoir un idéal masculin et que tant que je n'aurais pas trouvé l'homme qui remplissait tous mes critères tant sur le plan physique que psychologique, je continuerais à chercher ! Eh bien, je crois que je me suis complètement plantée. De fait, une attirance sincère ne peut pas se baser sur des idées préconçues, mais bien sur des ressentis et sentiments qui sont finalement incontrôlables.

À la hâte, je le suis jusque dans la cuisine qui, comme je l'avais imaginé, est toute petite. C'était donc bien pour ça qu'il ne voulait pas que je vienne avec lui la dernière fois…

Il n'y a pas que mes émotions que je commence à comprendre. La partie mystérieuse de l'homme qui se tient devant moi se dévoile peu à peu et… j'adore ça !

– On commence par quoi ? m'exclamé-je en me mettant à côté de lui alors qu'il vient de sortir plusieurs aliments du frigo pour les poser sur le plan de travail.

En sentant mon bras effleurer le sien, il a un léger mouvement de recul, mais la pièce est si étroite qu'il n'a pas d'autre choix que de rester là, proche de moi. Aussi, j'ai l'impression que sa respiration s'est interrompue durant quelques secondes.

Finalement, il attrape un sac avec des courgettes avant de le faire glisser vers moi.

– Tu peux découper ça en lamelles ?

– Bien sûr !

Je fais exprès de lui caresser légèrement la main en attrapant les légumes et j'espère que la tension que je sens dès que je le touche est due au désir et non à autre chose comme… du dégoût ? C'est étrange, mais l'expression de son visage quand je suis trop près de lui ressemble plus à de la peur qu'à de l'envie.

Je tente de faire abstraction de cette idée. Jamais je n'avais eu autant de doutes concernant mon sex-appeal. Cela dit, je sens que quelque chose se passe entre nous. Il y a comme de l'électricité, de l'attraction. Comme une évidence, je le vois clairement maintenant. Je ne délire pas au point de m'inventer quelque chose qui n'existe pas, tout de même ?

– Où ranges-tu les couteaux ?

Ayant les mains dans la pâte, Soen me fait signe d'attendre une seconde en me désignant un tiroir face à lui. Mais sans attendre qu'il finisse, je me penche sur le côté et colle volontairement mon épaule contre son torse afin de récupérer un couteau.

Je fais mine de ne pas avoir fait exprès et commence à travailler sans même considérer sa réaction. Je me mords la lèvre pour ne pas sourire en imaginant sa tête.

Je n'ai pas l'habitude d'être aussi entreprenante avec les garçons, mais si je dois donner un petit coup de pouce à Soen pour lui faire comprendre qu'il me plaît, je ferai une exception.

Cependant, je décide tout de même de calmer un peu le jeu. Il ne faudrait pas non plus que je passe pour une pauvre fille en manque !

En silence, nous continuons de préparer le dîner et Soen me guide sur ce que je dois faire. Je n'ai jamais aimé cuisiner. Ou plutôt, je n'avais jamais essayé avant.

À la maison, nous avons une employée qui s'occupe de tout ça et à aucun moment je n'avais imaginé à quel point c'était plaisant de préparer à manger. De mélanger des aliments.

– Au fait, on fait quoi au juste ? demandé-je en rompant le silence.

Soen s'esclaffe avant d'attraper une cuillère pour touiller le riz qui cuit dans la casserole.

– Risotto aux légumes.

– Hum…

Mon estomac se met à gargouiller, comme s'il se souvenait à l'instant qu'il n'avait pratiquement rien mangé de la journée. J'étais tellement anxieuse aujourd'hui que je n'ai pas avalé grand-chose. Quand je vois à quel point je suis bien ici, en sa compagnie, je ne comprends vraiment pas ce que je craignais. Je me réjouis déjà en pensant que je vais pouvoir en profiter pendant deux jours.

Une fois le riz cuit, les légumes et les morceaux de poulet coupés, Soen transvase le tout dans un wok.

– Et voilà, s'exclame-t-il en posant un couvercle dessus. On laisse mijoter quelques minutes et on passe à table.

– Parfait ! Où sont les assiettes ?

De façon tout à fait naturelle et détendue, Soen m'indique le placard tandis qu'il récupère deux verres.

Ensemble, nous dressons la table et en nous voyant nous affairer de la sorte, je ne peux m'empêcher de glousser, ce qui lui fait arquer un sourcil.

– C'est que… on dirait un vieux couple marié, tu ne trouves pas ?

J'ai bien conscience de le provoquer et honnêtement, j'imaginais qu'il se mettrait à rougir une nouvelle fois. Mais finalement, il me surprend à sourire sans détourner le visage.

– Tu as toujours vécu seul ? demandé-je alors.

– Il me semble que j'ai déjà répondu à cette question, répond-il en fronçant les sourcils.

Soen me fait signe de m'installer à table avant de repartir en cuisine et je finis par le laisser tranquille.

Du moins pour l'instant...

En demandant cela, je voulais plutôt savoir s'il avait déjà vécu avec une femme, mais apparemment, il n'a pas compris le sens de ma question, ou alors il ne veut pas y répondre ouvertement.

Je m'assieds à la même place que la dernière fois et nous sers de l'eau quand il revient avec le plat fumant.

– Hum... ça sent tellement bon ! dis-je en me frottant les mains.

Soen m'adresse un léger sourire avant de nous servir et je décide de ne pas parler pour profiter du repas et de toutes ces saveurs qui contentent mes papilles. J'ai bien compris qu'il aimait le silence et étrangement, j'aime profiter de ces moments avec lui. Toutes mes angoisses, toutes mes craintes quant à mon avenir semblent disparaître quand on est comme ça, dans le calme.

Une fois le repas terminé, je l'aide à débarrasser et à ranger la cuisine. Ensuite, je m'installe sur son canapé où je remarque un drap soigneusement plié dans un coin. Quand Soen revient dans le salon, il se fige quelques secondes en m'apercevant.

– Tu veux... regarder un film ? m'interroge-t-il un peu gêné.

Je hausse les épaules avant de balayer la pièce du regard.

– Hum... j'ai une bien meilleure idée !

Soen plisse les yeux en me voyant me pencher sur la table pour attraper son harmonica. D'emblée, il secoue la tête.

– Il en est hors de question ! s'exclame-t-il.

– Pourquoi ? demandé-je un peu vexée. Tu joues merveilleusement bien !

– Je... Livia... non. Je ne joue pas devant les autres.

Déçue, je croise fermement les bras pour lui montrer que je boude. Même si je fais semblant d'en faire des tonnes, je dois avouer que ce qu'il vient de dire m'a froissée. *Les autres...* Bon sang, je suis un peu plus que ça, non ?

– Ce n'est pas grave, dis-je pour le tranquilliser. On a qu'à regarder un film, oui.

Rassuré que je n'insiste pas, il m'attrape l'objet des mains pour le ranger dans un tiroir, puis il me tend la télécommande.

– Désolé, je n'ai pas grand-chose. Tu sais moi et la télé…

– J'avais bien compris, Cro-Magnon !

Je m'empresse de scruter sa réaction, mais son léger sourire me rassure aussi sec. Ouf, il ne l'a pas mal pris.

Quant au film, s'il savait à quel point je n'en ai rien à faire de ce qu'on va regarder. À vrai dire, j'ai juste envie de me poser avec lui. Alors, je lance un truc qui me semble être un thriller avant de lui faire signe de venir s'asseoir près de moi.

– Je ne vais pas te manger, tu sais ? le taquiné-je en notant son hésitation.

Soen soupire avant de s'asseoir à côté de moi tout en prenant soin de laisser une bonne distance de sécurité entre nous deux.

– Je suis juste surpris de ton choix, déclare-t-il en fixant l'écran.

Il croyait sans doute que j'allais mettre une comédie romantique ?!

Eh non, je suis pleine de bonnes surprises !

Alors que le film démarre, je me lève pour récupérer un plaid et sans lui demander l'autorisation, j'éteins la lumière du salon. Malgré la pénombre, je peux sentir son anxiété quand je retourne près de lui en tâchant bien de diminuer la distance qu'il avait créée.

Au bout d'à peine un quart d'heure, je comprends pourquoi Soen était surpris de mon choix. Une horrible scène pleine de sang me fait sursauter. En l'entendant rire, je me retourne vers lui pour le fusiller du regard.

– C'est un film d'horreur ?! l'interrogé-je. Tu aimes ce style ?

– J'aime tous les styles, répond-il en haussant les épaules.

Les yeux écarquillés, je me remets à fixer l'écran, mais je sens que son visage est encore tourné vers le mien. Soen est en train de m'observer et je retiens mon souffle sans oser bouger. C'est fou ce que cet homme arrive à provoquer en moi sans même me toucher.

Au bout d'un moment, il se reconcentre sur le film et je respire de nouveau. Jusqu'à ce qu'une autre scène me fasse carrément hurler de peur. Alors que je ferme les yeux en tournant la tête, je sens une main se poser sur mon dos.

– Livia, ça va ? Je vais changer…

Cette fois, Soen ne se moque pas de moi. Non au contraire, il semble inquiet.

Seigneur, j'ai le cœur qui bat à mille à l'heure ! Est-ce dû à la chaleur de sa paume sur mon échine ou à cette scène effrayante ? Sûrement les deux.

– Non, c'est bon, lui dis-je en rouvrant les paupières.

Alors qu'il retire sa main pour se remettre dans le coin du canapé, je me précipite sur lui et me blottis carrément dans ses bras. D'abord stupéfait, je sens son corps se raidir, mais je ne me relève pas pour autant. Au lieu de ça, j'installe confortablement ma tête sur son torse et pose ma paume sur son ventre.

– J'ai moins peur maintenant, murmuré-je.

À vrai dire, ma concentration est désormais orientée sur cette situation. Sur nous.

Tandis que je suis collée à lui, une multitude de sensations glisse de ma poitrine à mon bas-ventre en laissant une traînée de chair de poule dans son sillage. Mon visage appuyé sur son pectoral, je jure sentir les battements compulsifs de son cœur.

Ou est-ce le mien qui résonne jusqu'à mes oreilles ?

J'essaie de me calmer en régulant ma respiration, mais c'est difficile en sentant la sienne sur le haut de mon crâne. Alors, je finis par fermer les yeux pour profiter de cet instant. De toute façon, ce qui se passe à l'écran ne m'intéresse pas. J'ai toujours détesté les films d'épouvante !

Au bout d'un moment, Soen semble peu à peu se détendre. Pas complètement, mais assez pour que je n'aie plus cette impression d'être à moitié allongée sur un bloc de pierre.

Toujours immobile, sa main posée sur sa cuisse se décrispe doucement, elle aussi.

Bon sang, je suis si bien là...

Tellement, que je me laisse presque aller à l'endormissement. Je dis presque car impossible de sombrer tant l'excitation me remue de l'intérieur. Cependant, j'arrive à ressentir de la quiétude. Quand le film se termine, Soen gigote sur place, me poussant à me redresser.

– Désolée, dis-je en me frottant les yeux tout en lâchant un bâillement.

– On ferait bien d'aller se coucher, propose-t-il en se mettant debout pour allumer la lumière.

J'hallucine, ce mec n'est pas croyable ! Alors que n'importe quel autre type en aurait certainement profité pour me sauter dessus, Soen, lui, continue de me maintenir à distance.

Pourquoi ? Ne suis-je pas à son goût ? À aucun moment, je n'ai pensé à cette éventualité, mais finalement, c'est peut-être la raison pour laquelle il ne tente rien.

Même si son comportement m'exaspère, je dois avouer que ça a un côté charmant. Je ne sais pas comment l'expliquer, mais j'ai cette sensation d'être... respectée.

Sans vouloir le brusquer davantage, je me mets également debout et lève mes mains pour signer.

Bonne nuit, Soen.

Je vais pour lui embrasser la joue, mais me refrène aussi vite. J'en ai déjà assez fait pour aujourd'hui, à lui de me montrer que je compte maintenant.

Soen me sourit en imitant mon geste et je le laisse seul en rejoignant sa chambre. Une fois la porte fermée, je m'adosse à celle-ci en lâchant un soupir de frustration. Mais quand j'observe la pièce, mon rythme cardiaque s'accélère de nouveau.

En voyant un lit propre et impeccablement fait, des coussins douillets et des petites bougies parfumées un peu partout, je ne peux m'empêcher de poser ma main sur ma poitrine.

Oh, Soen.

Même s'il ne me le montre pas, toutes ces petites attentions me prouvent qu'il tient à moi. Et c'est avec cette agréable pensée que je m'endors paisiblement.

30

Un coup donné à la porte me fait sursauter. Ça faisait tellement longtemps que je n'avais pas aussi bien dormi ! Le matelas de Soen est large, confortable et douillet. Est-ce vraiment le matelas ou bien l'odeur des draps propres et de savoir que je suis dans son lit qui fait que je me suis laissé aller à des rêves plutôt sympas ? Je secoue la tête et réponds d'une voix ensommeillée :

– Oui ?

– Livia, il est sept heures, le petit déj' est servi, me répond Soen d'une voix calme.

– Oh, je suis désolée, j'arrive ! crié-je en sautant du lit.

Ça craint ! C'est encore Soen qui a tout préparé. Je ne veux pas qu'il me prenne pour une princesse. J'enfile vite un pantalon de yoga et un tee-shirt avant de sortir de la chambre. Alors que je comptais foncer à la salle de bains pour me passer un coup sur le visage et mettre au moins un peu de fond de teint et du mascara, je tombe sur Soen, déjà installé à table.

Deux cafés fumants et une panière de pain grillé me mettent tout de suite l'eau à la bouche. Quand il lève la tête, son regard en dit long sur le fond de sa pensée. Il semble ébahi de me voir vêtue de la sorte, cheveux lâchés. Il faut dire que la tresse est plutôt de mise depuis que je suis au centre.

– Bonjour ! Merci pour le petit déjeuner, ça a l'air très bon ! Je suis désolée, je n'ai pas mis de réveil et je ne veux pas que…

– Donc dès le réveil, tu parles autant ? me taquine-t-il de bon matin.

– Excuse-moi, dis-je en riant de moi-même.

– Abricot ? Mûre ? Cerise ? Tu préfères quoi ? m'interroge-t-il en me montrant trois pots de confiture disposés sur la table.

– Abricot, réponds-je en m'installant face à lui.

Ne sachant pas si je dois parler ou pas, je prends un morceau de pain, une cuillère de confiture et lui fais un signe de tête pour lui proposer de lui préparer une tartine. Il décline en me désignant le beurre, ce qui nous fait sourire l'un à l'autre. La communication silencieuse est parfois bien plus facile finalement.

– J'aurais pu te laisser dormir plus tard, mais je veux qu'on aille travailler ailleurs aujourd'hui et pour cela, il ne faut pas tarder.

– Travailler ailleurs ? reprends-je, la bouche pleine.

– Très classe ! lance-t-il en riant. Oui, j'ai déjà attelé le van. Il ne reste plus qu'à te préparer et à charger Oups. Ce serait bien qu'on parte pour huit heures.

Abasourdie par ce qu'il vient de m'annoncer, je reste immobile le temps que toutes ces infos montent jusqu'à mon cortex, resté lui aussi figé de surprise.

– Mais où va-t-on ?

Sans répondre, il se lève en souriant et commence à débarrasser la table, toujours avec sa nonchalance légendaire, comme si emmener un cheval je ne sais où était tout à fait normal. Je savais que Soen pouvait être surprenant, mais là, j'avoue que ça dépasse tout ce que j'étais en mesure d'imaginer.

Je termine ma tartine et l'aide à ramener le reste du petit déjeuner dans la cuisine. Bien que nous nous heurtions à plusieurs reprises, je ne fais pas attention à son attitude tellement la journée qui s'annonce me semble irréelle. Je file me préparer, mais ne change pas de tenue : un brossage de dents et un coup de poudre sur le nez feront l'affaire. Je ne veux pas le faire attendre encore une fois.

Quand je sors de la maison, Soen est déjà allé chercher Oups au pré et a ouvert la porte du van pour le faire monter.

– Prends le sac à dos à côté de la porte s'il te plaît, me crie-t-il.

Je m'exécute et le rejoins en me plaçant derrière le cheval en levant les bras, pour aider Soen à le charger, mais ce dernier me hèle :

– Ne fais pas de grands gestes Livia, rassure-le plutôt. Il sait faire, il a juste besoin d'être en confiance. Il va monter seul, tu vas voir.

En effet, l'animal pose le nez sur le pont à plusieurs reprises. Soen laisse la longe se détendre et surtout laisse le temps à Oups de se familiariser avec le véhicule. Au bout de quelques secondes, il pose un pied, puis deux sur le pont et monte tranquillement. Encore une leçon d'humilité.

Soen repart vers l'entrée pour fermer la porte à clé. Il me fait signe de faire le tour et de monter à côté de lui dans le grand pick-up noir.

– Jack, en voiture !

Le chien se place à l'arrière et semble très heureux de cette sortie, lui aussi.

– Prête ? m'objecte-t-il en faisant démarrer la voiture.

– Prête ! Même si je ne sais absolument pas ce que tu comptes faire de moi.

– Rien de bien méchant, ne t'inquiète pas.

Nous quittons les lieux lentement et prenons les axes routiers principaux. Il fait un grand soleil et mes lunettes me permettent d'observer Soen conduire dans la plus grande discrétion. Je prends le temps d'admirer le moindre de ses traits et plus je le dévisage, plus il est beau à mes yeux. Ses bras musclés enserrant le volant me donnent envie de me blottir dedans. Je suis en train de fondre littéralement pour cet homme en qui j'ai une totale confiance alors même qu'il m'emmène vers l'inconnu.

– Tu vois là, nous allons vers l'ouest ! ironise-t-il en me jetant un regard en coin.

Bon sang, ce que j'aime son humour aussi. Alors qu'en temps normal, ce genre de remarque m'aurait sans doute vexée… mais venant de lui sur le ton de la moquerie, je pars dans un fou rire incontrôlable et lui envoie une tape sur l'épaule. Il me rejoint rapidement et nous rions à l'unisson.

Il enclenche alors la radio qui se met à grésiller. Je tente de chercher une autre station et quand j'approche ma main du bouton, il fait de même et nos doigts s'effleurent. Ce contact étant plutôt agréable, je laisse ma main sur le poste, mais lui retire la sienne à la hâte. Pendant que je me débats avec ce maudit poste, il rit en attendant que j'aie terminé pour finir sur une fréquence diffusant du vieux rock. Je ne sais absolument pas qui chante, mais je me laisse aller et commence à bouger la jambe en rythme.

– Tu aimes ?

– Un peu *old school* ta musique mais ça se laisse écouter, le taquiné-je sans lâcher la route des yeux.

– C'est pour ça que tu danses d'ailleurs.

Je souris. J'adore tellement quand il est détendu comme ça. Son visage s'adoucit et peut-être parce qu'il maîtrise parfaitement la situation et que moi non, il se permet de m'asticoter. J'aime quand les rôles s'inversent…

Lorsque nous sortons de l'autoroute, je zieute les panneaux autour de moi pour essayer de savoir où nous nous trouvons. Nous longeons une route dans une forêt et arrivons devant un écriteau : « Centre équestre de Sauveterre ».

Soen se gare sur le parking en terre.

– Nous sommes arrivés ! clame-t-il plutôt fier de lui.

Je descends en silence et regarde autour de moi. Ce centre équestre, à taille humaine, ne ressemble en rien au domaine de La Perrière. Les installations sont rudimentaires et les chevaux sont tous au pré. Il y a seulement cinq box. Pas de carrière d'entraînement, pas de manège, seulement de la forêt et de la verdure aux alentours. Les chevaux sont plutôt bien portants et couverts de boue, mais je me sens immédiatement à mon aise dans cet environnement appelant à la sérénité.

– Livia, entre dans le van et détache Oups s'il te plaît, m'ordonne gentiment Soen pendant qu'il tient le pont de l'arrière du van.

Je m'exécute tout de suite et monte auprès de l'animal en me demandant comment je vais me débrouiller pour le faire sortir.

– Maintenant, passe-lui la longe sur l'encolure et colle ton épaule à la sienne pour le rassurer. Il va descendre en marche arrière.

Je m'approche de l'animal pour faire exactement ce qu'il me dit et c'est automatique, Oups se met à reculer tandis que je cale mon pas au sien pour l'accompagner dans sa descente. Une fois sur la terre ferme, je caresse la crinière de l'animal tout en fixant Soen, fier et souriant.

– Hey Jack ! Soen ! nous hèle quelqu'un derrière nous.

Je me retourne et fais face à un homme d'environ 65 ans, plutôt bedonnant et portant une moustache. Ses vêtements ne sont pas à la dernière mode, mais il semble cool. Le visage de Soen s'illumine en le voyant.

– Hey Marco, ça va ?

Je n'ai jamais vu Soen aussi heureux de voir quelqu'un. J'assiste à la scène en retrait. Leurs retrouvailles semblent tellement franches et intenses que je préfère les laisser tranquilles.

– Marco, je te présente Livia, dit Soen en tendant le bras pour que je me rapproche.

Délicatement, il pose sa main sur le bas de mon dos pour m'inviter à saluer ce monsieur. Ce simple contact suffit à me rassurer, mais également à me faire perdre pied. La chaleur de sa paume juste au-dessus de mes reins provoque en moi le même raz de marée d'émotions qu'hier soir.

– Bonjour monsieur.

– Appelle-moi Marco, me sourit-il. Eh ben, tu ne t'embêtes pas ! réplique-t-il à Soen avec un clin d'œil.

Embarrassé, ce dernier retire immédiatement sa main qu'il passe dans ses cheveux avant de bégayer quelque chose d'inaudible. L'homme n'en fait pas cas et s'approche de lui.

– Quand vous aurez fini, tu n'auras qu'à installer Oups dans le deuxième paddock.

– Ça marche ! lui répond Soen en me tendant la longe pour que je tienne Oups pendant qu'il referme le van.

– Où sommes-nous ? l'interrogé-je, curieuse de savoir ce que nous allons bien pouvoir faire ici.

– À Olonne-sur-Mer.

Un peu plus de détails, ce serait trop demander ?!

Sans me jeter le moindre coup d'œil, il me tend sa main. Aussi surprise que contente de ce geste, je l'attrape avec plaisir avant d'enrouler mes doigts aux siens.

31

Pendant que nous longeons un chemin à travers les arbres, toujours main dans la main, je me dis que je me sens vraiment bien, là. Je ne sais pas où je suis ni où je vais, mais cela n'a aucune importance. Je me laisse guider en sentant l'excitation monter d'un cran.

Le chemin en terre se transforme progressivement en chemin de sable… Je rêve ou on va à la plage ?!

En effet, les clapotis des vagues et l'odeur d'iode mettent tous mes sens en alerte. Soen, un cheval et la mer constituent le combo gagnant pour me faire pleurer de bonheur.

Toujours silencieuse, je regarde partout autour de moi et imprime au maximum les images splendides d'étendues de sable et d'eau qui m'entourent. Comme une petite fille devant un énorme cadeau de Noël, je reste bouche bée et n'arrive même pas à remercier Soen de m'offrir ce spectacle.

Il me regarde incrédule et me laisse le temps de digérer tout ça. Lui aussi semble heureux d'avoir réussi à m'apporter autant de bonheur. Toujours sa main dans la mienne, il ne la lâche pas et la serre par petites pressions, comme pour me demander si tout va bien. Là, tout de suite, maintenant, j'ai envie de lui sauter au cou pour le remercier. Mais j'ai peur qu'il se braque encore alors je caresse le dos de sa main avec mon pouce pour lui assurer que je vais plus que bien. Il me renvoie un sourire franc en guise de réponse. Cet instant fantastique dépasse tous les sentiments que j'ai pu ressentir depuis bien longtemps.

– Prête ?

– À quoi cette fois ? le questionné-je malicieuse.

Il se met à rire et nous continuons d'avancer jusqu'au sable mouillé. Oups nous suit tranquillement et ne semble absolument pas apeuré par la mer et les vagues. Comme s'il venait là régulièrement. Soen le laisse mettre le nez au sol pour qu'il prenne ses marques et se retourne vers moi.

– Tu peux enlever tes chaussures ? me demande-t-il pendant qu'il déchausse les siennes.

– Qu'est-ce qu'on va faire ?

Je commence à m'impatienter tout en faisant ce qu'il me demande. Qu'est-ce qui me pousse à ne rien lui refuser ? D'ordinaire, je suis plutôt entêtée et ne me laisse pas conduire, sans savoir où je vais. Mais face à lui, je suis comme un chamallow devant un feu de bois : complètement ramollie !

Soen pose la longe sur le garrot du poulain qui attend patiemment à côté de nous. C'est dingue comme il ne bouge pas d'un poil !

– Maintenant approche, souffle-t-il.

Doucement, il se place face à moi et me fixe sans sourciller.

– La première fois que tu as travaillé avec Oups, c'était en liberté, mais tu étais à pied…

J'acquiesce en tremblant de peur par rapport à la suite de sa phrase.

– Cette fois, vous allez de nouveau travailler en liberté, mais… tu seras à cheval.

– À cheval ? Là ? Sans selle et sans filet ?

– C'est ce que je viens de dire… en liberté !

Je secoue la tête et me mets à pouffer nerveusement.

Il n'est pas sérieux, là ?

Moi, Livia Boissier, monter sur un cheval sans matériel, sur une plage déserte, pieds nus… même pas en rêve !

Me voyant hésiter, il me prend les mains et me force à le regarder dans les yeux.

– Est-ce que tu as peur ?

Quoi répondre ? Évidemment que j'ai peur !

– Hey Livia, regarde-moi ! Tu n'es pas obligée, mais si comme tu dis, tu souhaites en apprendre plus sur les bêtes, mime-t-il avec des guillemets, tu dois te rapprocher d'eux. Je veux dire, en toute confiance.

La proposition liée au regard passionné que m'adresse Soen me coupe le souffle. Avant de changer d'avis, je prends une grande inspiration avant de m'écrier, peut-être un peu trop fort :

– Oui ! J'ai peur, mais je vais le faire !

– Accepter ta peur, c'est déjà un grand pas…

– Alors pour la philo, on se fera une session plus tard. Allons-y avant que je me dégonfle.

Soen se met à rire et fait signe de me rapprocher d'Oups. Ensuite, il me fixe en patientant calmement. Je comprends alors que je dois mettre en pratique les conseils qu'il m'a déjà prodigués chez lui. Je passe lentement ma main sur l'épine dorsale de l'animal et le caresse pour le mettre en confiance.

– Tu ne me fais pas un sale coup, hein ? lui chuchoté-je à l'oreille.

Soen rit avant de me dire tout bas :

– Tu vas mettre ton pied gauche dans mes mains et je vais te faire la courte échelle pour que tu puisses te hisser sur son dos.

Accepter ça ? Je suis folle ! Voire complètement tarée ! La confiance peut vraiment nous faire faire n'importe quoi…

Je pose mon pied sur ses mains croisées et encore une fois, le contact de sa peau me fait presque vaciller. Les pieds, une zone érogène ? Je confirme que mes terminaisons nerveuses sont en folie et directement reliées à mon bas-ventre.

Je passe ma jambe droite par-dessus le dos du cheval en m'appuyant sur son garrot et m'assieds à califourchon. Niveau confort, ce n'est pas le top, mais la chaleur de l'animal me réchauffe immédiatement.

– Ça va ? Tu es bien installée ?

– Hum, ça va.

– Je vais le tenir pour marcher un peu et après tu te lanceras seule.

Je suis légèrement crispée quand Oups se met à avancer. Mes jambes se resserrent automatiquement contre ses flancs, ce qui a pour effet qu'il démarre au quart de tour et se met à piétiner. J'essaie de commander mes membres inférieurs, mais la peur me fait faire n'importe quoi. Soen le sent immédiatement et demande au cheval de s'arrêter.

– Livia, écoute-moi. Il faut te détendre. Fais confiance à Oups ! Et fais-toi confiance surtout.

– Facile à dire ! Je ne suis jamais montée à cru !

– Justement, profites-en pour sentir les muscles de ta monture.

Là je tourne le visage vers Soen pour l'interroger du regard.

Ça veut dire quoi ?

– Bon, on va faire autre chose d'abord, propose-t-il.

– Quoi encore ? Tu me fais peur.

– Enlève-toi ce mot de la tête, Livia. On va rester à l'arrêt et tu vas t'allonger sur le dos d'Oups, tout simplement.

– Mais t'es malade ? m'écrié-je en faisant la grimace.

Soen rit de bon cœur en voyant mon désarroi et je ne peux que le rejoindre tellement je suis moi-même surprise de mes réactions incontrôlées.

– Ne t'inquiète pas, si tu es sereine, il ne bougera pas.

– Super rassurant, vu l'état de zen attitude dans lequel je suis !

Soen me tend sa main que j'attrape vigoureusement. D'un coup de tête, il me fait signe de m'allonger doucement dos à dos avec la bête. Je ne lâche pas sa main et descends lentement jusqu'à poser ma tête sur la croupe de l'animal.

Je respire calmement pour ne pas l'effrayer. Ma poitrine se soulève et s'abaisse à un rythme régulier et mon sourire s'élargit au fil des secondes qui passent. Mes doigts serrant toujours la main de Soen, je fixe le ciel durant quelques secondes avant de tourner ma tête sur le côté. Son visage s'approche de moi et ses yeux m'envahissent d'un regard brillant.

Étonnamment, je me sens comme mise à nu, exposée à lui. Je ne fais plus qu'un avec l'animal et je suis prise d'une forte émotion mêlant plaisir et fierté.

Encore une fois, nous sommes emportés dans ce tourbillon de regard bien à nous. Suspendus comme si le regard de l'un tient celui de l'autre debout. Une larme que je ne peux retenir dévale ma joue et vient se poser sur le poil de ma monture.

Soen l'essuie doucement en m'adressant un sourire timide et ce simple geste semble décupler mes émotions.

Bon sang, quelle putain d'expérience !

Durant un petit moment, nous continuons de nous contempler sans rien dire quand Oups bouge d'un pas. Je me redresse alors tant bien que mal mettant fin à ce contact intense, malgré moi.

– Alors ? Tu as toujours peur ?

La gorge nouée, je me contente de secouer la tête sans rien dire. Soen vient de m'aider à dépasser mes appréhensions et je lui en suis énormément reconnaissante.

– Tu sais, reprend-il, le cheval est également une thérapie pour l'homme. Il peut lui apprendre à surmonter ses craintes. Et l'avantage, c'est que tu n'as pas d'autre choix que de lui montrer que tu as confiance en lui car il sera toujours plus fort que toi. Mieux vaut être son allié.

Je pose ma main sur l'épaule de Soen, qui se contracte légèrement, et me penche pour lui chuchoter à l'oreille :

– Merci Soen…

– Ce n'est que le début, on verra si tu me remercies encore après, se moque-t-il de moi en faisant marcher Oups.

Je me détends et laisse pendre mes jambes le long des flancs de l'animal avant de poser mes mains sur le garrot. Soen se retourne et me gratifie d'un sourire. Oups semble beaucoup plus serein en effet.

– Allez, à toi la liberté ! s'exclame Soen en passant la longe par-dessus le garrot. Va jusqu'où tu veux, je t'attends ici.

Je reste bouche bée en attrapant la longe en guise de rênes. Comment vais-je faire pour le diriger ?! Comme s'il lisait dans mes pensées, Soen se rapproche de nouveau.

– Utilise le poids de ton corps pour le diriger. Je suis juste là…

Aucun mot n'arrive à se frayer un chemin donc je commence à avancer au pas tranquillement, en suivant au mieux les mouvements de ma monture.

J'essaie de faire abstraction du fait que si Oups décide de s'emballer ou autre, je suis dans la mouise. Je ne suis absolument pas maîtresse de ses gestes et tente de faire corps avec lui.

Même si je commence à avoir mal aux fesses, je profite de cette sensation de liberté. Pour le cheval de ne pas être sanglé et pour moi de ne pas avoir les pieds dans les étriers.

C'est très étrange, mais je prends goût au fait de me laisser aller. Dès que je me penche légèrement sur la gauche, Oups tourne. Il répond promptement aux ordres donnés, c'est exceptionnel !

Je me hasarde à trotter et ma monture répond favorablement à ma demande. Bien que ballottée à gauche et à droite, j'arrive à maîtriser ma position et à suivre son dos sautillant avec mon bassin.

Je comprends vraiment la notion de « faire corps » avec l'animal. Chaque fois que je passe devant Soen, assis à même le sable en train de nous observer, je le vois sourire et pour la première fois, il place ses cheveux derrière ses oreilles. Son visage carré est dégagé, il ne ressent plus le besoin de le cacher derrière sa masse de cheveux. Est-ce le signe qu'il se sent de plus en plus à l'aise en ma présence ? Je l'espère.

Après un bon moment, je reviens et m'arrête devant Soen qui se relève pour stopper totalement Oups. Il me tend les bras pour m'aider à descendre et je profite de cette occasion pour m'accrocher à son cou. Soen se glace immédiatement et met quelques secondes avant de m'attraper par la taille pour me déposer au sol. Dès que mes pieds touchent terre, il me relâche et recule d'un pas. Puis il me dévisage, impassible. Comme s'il ne comprenait pas mon attitude.

Est-ce que j'ai fait quelque chose de mal ? Pourvu qu'il ne se referme pas complètement.

Constatant ma gêne, il se racle la gorge.

– On va déjeuner ? me propose-t-il d'une voix légèrement cassée.

– Je te suis.

32

Après avoir déposé Oups dans le paddock, nous marchons une centaine de mètres en longeant la mer, jusqu'à un petit restaurant à la façade marquée par l'air salin et le vent venu de l'Atlantique. Le Cap café.

Un homme du même style que Marco est assis sur un tabouret en bois à la porte, son chapeau nous cachant ses yeux.

– Étant donné que tu adores les fruits de mer, j'ai pensé que cet endroit te plairait, me lance Soen en saluant l'homme de la tête, geste qu'il lui rend avant de me tenir la porte galamment.

Une fois de plus, je suis stupéfaite qu'il prenne en considération mes goûts et lui souris avant de pénétrer à l'intérieur. Enfin, si on peut appeler cela un intérieur ! Des énormes poutres en bois nous surplombent en guise de toit. La pièce n'est pas très grande, mais le fait que tout soit ouvert nous donne une vue magnifique sur la mer. C'est parfait.

Nous nous installons à une petite table au plus près de la plage et commandons tous les deux une cassolette de fruits de mer, apparemment la spécialité du chef.

Bizarrement, Soen s'avère plus bavard que d'habitude. Pour mon plus grand bonheur. J'apprends donc que la mer est sa deuxième grande passion après les chevaux et qu'il passe beaucoup de temps ici, avec eux. Qu'il adore la nourriture épicée et les films d'horreur.

Ouais, ça, je l'avais bien compris…

En tout cas, je suis carrément en extase qu'il s'ouvre autant à moi. Et bien évidemment, je profite de la situation…

– Et Marco, tu l'as connu comment ?

– Ça fait quelques années maintenant. Un jour, je me baladais par ici avec Jack et je l'ai rencontré. Au départ, je me méfiais de cet homme dont je ne comprenais pas l'intérêt. Puis, j'ai fini par comprendre qu'il ne désirait être que mon ami.

– Tiens, ça me rappelle quelqu'un, lancé-je en riant.

Soen sourit en me jetant un bref regard avant de reporter son attention sur son assiette vide. Même s'il parle plus que d'habitude, je sens qu'il est gêné qu'on soit si proches. La table étant minuscule, nos genoux ne cessent de se frôler et nos visages ne sont qu'à quelques centimètres l'un de l'autre. Du coup, il évite de me regarder trop longtemps dans les yeux.

– Donc pour résumer, Soen Collin passe tout son temps libre à s'occuper des animaux !

En le voyant acquiescer, une pointe d'envie et de jalousie me pique le ventre. En fait, je rêve de sa vie. Authentique. Sans faux-semblants. Libre…

Mes yeux doivent déborder d'envie car il sourit, moqueur.

– Et toi Livia, quels sont tes passe-temps ?

J'inspire doucement et adosse mon dos à la chaise avant de répondre :

– Je vais au cinéma, en soirée avec mes amis, en balade dans les rues parisiennes… Rien d'aussi passionnant que ce que tu fais toi.

Soen ne répond pas, apparemment d'accord avec ce que je viens de dire.

– Tu y es déjà allé ? le questionné-je. À Paris ?

– Non, jamais.

– Pourtant, c'est à peine à trois heures d'ici ! Et puis maintenant, tu as quelqu'un qui peut te faire visiter ! m'exclamé-je en lui adressant un clin d'œil.

Soen me fixe sans rien dire avant de secouer la tête.

– Tu sais moi et la ville, ça fait deux. À vrai dire, ça ne me dit rien, tout ça.

Une lueur que je commence à connaître maintenant apparaît dans ses yeux. Celle qui me rappelle qu'il n'aime pas être entouré de gens.

– De quoi as-tu peur, Soen ?

– Je crois que ton quota de questions pour la journée a expiré, lâche-t-il en soupirant.

– Alors qu'on va encore passer tout l'après-midi et la soirée ensemble ? Même pas en rêve !

Mon corps se met à frissonner en me souvenant de ça. Il me fait vivre des instants si magiques et éprouvants que je ne veux même pas penser au fait que bientôt, cette escapade sera terminée.

– Je n'ai pas peur, Livia, lâche-t-il alors pour répondre à ma question.

Pour la première fois lors de ce repas, Soen plante ses prunelles dans les miennes sans ciller. Du coup, j'en profite pour me rapprocher et pose mes coudes sur la table.

– Alors pourquoi tu es comme ça avec les autres ? demandé-je tout bas.

Bon sang Soen, pourquoi tu ne laisses pas le monde découvrir à quel point tu es un homme merveilleux ?!

– Tu sais pourquoi, répond-il en avançant son visage pour que ses cheveux recouvrent ses cicatrices.

Ses mains se mettent à triturer la serviette en papier et je n'ai qu'une seule envie, les attraper pour les caresser avec les miennes.

– Tu peux me le dire ? Tu peux tout me dire, murmuré-je sans le lâcher du regard.

Soen plisse les yeux et contre toute attente, il se rapproche pour que je puisse le voir. Quand il passe sa main dans ses cheveux pour les repousser en arrière et qu'ainsi, il me laisse voir clairement sa figure, j'en reste bouche bée. Mes yeux se mettent à analyser chaque recoin de son visage, surtout cette énorme balafre qui traverse sa face telle une frontière. D'un côté, une peau lisse, fine et bronzée. Et de l'autre, une peau abîmée, tailladée et difforme.

La frontière entre le bien et le mal.

Je m'approche un peu plus et lorsque je lève mon bras vers lui, je m'arrête quand je l'aperçois fixer ma main avec crainte.

– Je peux ? demandé-je dans un souffle.

Il inspire profondément en hochant légèrement la tête et je pose mes doigts sur le côté abîmé de son visage. Je caresse doucement sa peau pendant qu'il ferme les yeux. Quand je le vois grimacer, je retire brusquement ma main, mais il me surprend en la rattrapant pour la reposer sur sa joue.

– Non. Continue, dit-il toujours les yeux clos.

Je m'exécute, le cœur battant à mille à l'heure et me remets à caresser cette peau saccagée. Il s'agit d'une peau complètement déchiquetée que l'on a tenté de reconstruire au mieux.

Nom de Dieu, je n'ose même pas imaginer ce qu'il a pu subir tellement j'ai mal pour lui. C'est ça, je souffre de savoir qu'il a vécu quelque chose d'aussi horrible.

Quand il rouvre les paupières, je suis complètement déstabilisée et intimidée, mais je ne retire pas ma main pour autant.

– Ça te fait mal ? chuchoté-je.

– Non, plus maintenant.

– Tu… tu veux bien me raconter, susurré-je en me raclant la gorge.

Soen prend une grande inspiration avant de reculer de nouveau, m'obligeant à retirer ma paume de son visage.

– Il n'y a rien de spécial à dire Livia. J'ai subi ce que bon nombre d'enfants subissent. Une morsure de chien.

Mes yeux s'écarquillent lentement et mes émotions me prennent tellement aux tripes que je dois lutter pour ne pas pleurer. Cependant, mes yeux ne peuvent s'empêcher de perler. Pour qu'il n'entende pas ma voix qui serait sans doute chevrotante, j'attrape l'une de ses mains et lui fais signe de continuer.

Soen referme ses doigts sur les miens et ce simple geste me bouleverse davantage.

– J'avais 8 ans, commence-t-il en déglutissant. Il s'appelait Marlon et c'était un magnifique dogue argentin.

Ça alors, comme Jack ?!

– Oui, la même race que Jack, précise-t-il en écho à mes pensées. J'étais un gamin qui ne comprenait pas les bêtes. Je voulais m'amuser alors que lui, était fatigué. Et voilà, il s'est énervé et s'est jeté sur moi.

– Oh mon Dieu Soen ! ne puis-je m'empêcher de dire en haletant. Il aurait pu te tuer !

– Il aurait pu, oui. Mais mes parents ont entendu mes hurlements et sont sortis pour m'aider à me défaire de son emprise.

– Et ensuite ?

– Marlon était trop énervé et n'arrivait pas à me relâcher, explique-t-il difficilement. Mon père avait beau tirer dessus, ses crocs étaient plantés dans ma joue.

Cette fois, impossible de retenir mes émotions. Je lâche la main de Soen pour poser mes deux paumes sur mon visage afin de cacher mes larmes.

– Non Livia, dit-il en se précipitant pour attraper mes mains dans les siennes. Je t'en supplie, ne pleure pas.

– Je suis désolée…

Nous restons quelques secondes sans rien dire et je ne me rends compte que maintenant que les doigts de Soen sont en train de caresser mes poignets. Quand il me voit fixer nos mains liées et qu'il s'en rend également compte, il me relâche aussitôt.

– Tu sais, dis-je en reniflant tout en essuyant mes larmes, ce ne sont pas tes cicatrices qui font fuir les gens.

Soen fronce les sourcils en croisant les bras sur son torse.

– C'est tout ce que tu fais pour les dissimuler qui te rend aussi inaccessible.

J'espère ne pas avoir été trop loin en disant ça, mais je veux que Soen sache qu'il n'a pas à se cacher de la sorte. Il n'a pas à avoir honte de ce qu'il est !

– Tu ne sais pas de quoi tu parles, répond-il sèchement. Qui a envie de voir ça franchement ?

– Moi, m'exclamé-je vivement. Moi, je veux te voir.

Soen semble avoir le souffle coupé durant une seconde. En le voyant remettre ses cheveux en place, je décide de m'arrêter là. Je suis si contente qu'il se soit ouvert à moi de cette manière. C'est déjà un bon début et je ne veux pas qu'il se sente mal à cause de moi.

– En tout cas, dis-je de manière plus enthousiaste, je viens de comprendre pourquoi tu avais ce besoin de comprendre les animaux et je trouve ça… très courageux de ta part.

Sa lèvre se soulève légèrement comme s'il se forçait à sourire.

– Je veux que tu m'apprennes tout ce que tu sais, Soen. Moi aussi, je veux pouvoir communiquer avec eux comme tu le fais.

– Très bien. Alors… si on y retournait ?

Cette fois, il m'adresse un vrai sourire qui fait battre mon cœur un peu plus fort. Je hoche la tête et l'observe se mettre debout en me mordant le coin de la lèvre.

Nom de Dieu, je crois bien que je suis en train de tomber amoureuse de cet homme peu ordinaire !

33

Après ce bon repas plein d'émotions, nous rejoignons la plage. J'ai la sensation qu'on a franchi un cap. J'espère vraiment que maintenant qu'il s'est ouvert à moi, Soen va se sentir plus à l'aise en ma présence.

– Tu vas où ? demandé-je en le voyant rebrousser chemin vers le centre.

– Attends-moi là, je reviens.

Je m'assieds à même le sable et Jack en profite pour se placer entre mes jambes. Durant une seconde, je me fige en sentant mon cœur se serrer. Mais quand il se met à me lécher la cheville, je me rappelle que ce chien est adorable et que je ne crains rien.

– Et toi, qu'est-ce que tu penses de tout ça ? interrogé-je mon ami canin en lui caressant la tête.

Jack se contente de rester assis en regardant l'horizon et je fais de même en réfléchissant à la suite des événements.

Qu'est-ce que Soen me réserve encore ?!

Quelques minutes plus tard, j'entends du bruit derrière moi. Je me retourne et constate que Soen tient Oups d'un côté et un cheval gris de l'autre.

– Je te présente Insomnie, ta nouvelle amie !

– On part en balade ?!

– Si ça te dit, oui, me répond-il en me tendant la longe.

Je hoche vigoureusement la tête, ce qui le fait rire. Puis, il se place derrière moi pour m'aider à grimper sur le cheval. Je tends mon pied qu'il empoigne, mais je mets tellement de force pour me hisser que je suis prête à basculer de l'autre côté quand il me retient en posant sa main sur ma cuisse et me rattrape in extremis en posant son autre paume sur ma hanche, m'obligeant à me repositionner dans l'axe.

– Quelle grâce ! plaisante-t-il en se marrant ouvertement.

– La souplesse, ça a toujours été mon truc ! raillé-je en posant ma main sur la sienne.

En voyant que ce contact ne lui arrache pas un sursaut ou un mouvement de recul, comme habituellement, je ne peux m'empêcher de crier victoire intérieurement.

Oui, on peut dire qu'on a passé un cap.

De mon côté, sentir la chaleur de sa paume sur ma hanche me donne des ailes. Nous nous touchons d'une manière tout à fait naturelle, sans que cela ne lui arrache une grimace ou autre mauvaise expression. Non, il a l'air bien lui aussi et cette vision ne fait qu'accentuer mon état de bien-être.

Une fois que je suis bien stable sur Insomnie, Soen finit par me relâcher et en un saut, grimpe sur Oups avec une facilité déconcertante. Je prends conscience que c'est la première fois que je le vois sur un cheval et cela m'émeut beaucoup.

Et bon sang, ce qu'il est sexy !

J'ai l'impression d'assister à une scène de film : un homme musclé, cheveux longs dans le vent, à cheval… c'est magnifique.

– Tu me suis ? me demande-t-il, me sortant de mes pensées.

– Comme toujours !

Nous partons au pas sur un sentier traversant une forêt. Le cadre est éblouissant ! Toute cette verdure, ces odeurs de pins mélangées à celle de la mer… Seul le bruit des oiseaux nous berce. Je ne peux détacher mes yeux du dos musclé de Soen et de son bassin qui valse au rythme du pas de sa monture. Il doit certainement sentir que je le mate car il se retourne en posant la main sur la croupe de son cheval.

– Tout va bien ?

– Très bien ! le rassuré-je.

– Prête ? demande-t-il alors.

– Plus que prête !

Son regard s'illumine en voyant que cette fois, je ne pose aucune question et lui fais totalement confiance.

– Alors, c'est parti. Trotte !

Oups réagit et se lance au petit trot. Insomnie le suit tranquillement et je ne bouge pas, tellement heureuse et fière de réussir à me laisser guider de la sorte. J'arrive même à profiter du paysage, les mains posées sur le garrot.

Arrivés au bout du sentier, Soen lance un :

– Au pas.

L'effet est immédiat. Les chevaux freinent et ralentissent la cadence. Je suis subjuguée par la complicité de ces deux-là. Ils se comprennent sans même avoir besoin de gestes. C'est beau, tellement beau !

– Ça va, ton dos ? m'interroge-t-il en tournant le visage pour me regarder.

– Ça va. Laisse-moi juste reprendre mon souffle, bredouillé-je en train de m'époumoner. Qui a dit que dans l'équitation, seul le cheval travaille ?

Soen s'esclaffe avant de m'expliquer la suite des événements.

– Ensuite, on passera le pont et on fera le retour sur la plage. Mais cette fois, on va voir ce que tu as dans le ventre.

– Tu me défies ?

– Possible, lâche-t-il les yeux plissés.

Soen est de plus en plus détendu et se permet de me titiller juste pour me faire monter en pression. La relation qui se tisse doucement entre nous est sincère et sans arrière-pensées. Je suis de plus en plus à l'aise avec lui et j'aime passer du temps en sa compagnie. En fait, j'aimerais que cette journée ne s'arrête jamais !

Alors que nous avons traversé ce joli petit pont, Soen s'arrête en attendant que je me place à ses côtés. Toute la plage s'étend face à nous.

– Le premier arrivé à hauteur de la barrière a gagné.

– Gagner quoi ? lui demandé-je sur un ton enjôleur.

– Hum... On verra ! Prêt, feu...

Avant même qu'il n'ait donné le GO, je m'élance à toute vitesse et Insomnie est plutôt réactive à mes ordres. Le galop est d'ailleurs beaucoup plus confortable à cru. Soen ne me laisse que peu de répit car Oups me rattrape rapidement et me dépasse alors que son cavalier m'adresse un grand sourire et un signe de la main.

Nom de Dieu, moi qui pensais être maître en la matière ! Moi qui disais avoir l'impression de voler en étant à cheval. Je me rends compte que finalement, ce n'était rien à côté de ce que je vis aujourd'hui. Là, je vole vraiment ! Là, je suis vraiment libre...

Lorsque nous arrivons à la fameuse barrière, je ralentis tandis que Soen m'attend avec une expression fière.

– Tricheur ! lui lancé-je en faisant mine d'être vexée d'avoir perdu.

– N'inverse pas les rôles, tu es partie avant. Tu es simplement mauvaise perdante, c'est tout ! argue-t-il, détaché. En tout cas, bravo, tu as bien tenu !

– Tu doutais de mes performances ?

Soen éclate de rire en descendant de son cheval et me fait signe de le rejoindre. Seule, je me laisse glisser et une fois sur la terre ferme, je sens les muscles de mes cuisses se contracter. Demain, je risque de ne plus pouvoir marcher... mais ça en valait la peine !

– Tu peux m'attendre ici ? Je ramène Insomnie et je veux te montrer une dernière chose avant de partir, m'intime un Soen de bonne humeur.

Attendrie, je hoche la tête et me mets à m'étirer tout en gardant la longe dans les mains. À peine ai-je le temps de m'asseoir pour me détendre en profitant du soleil que Soen est déjà de retour.

– Fatiguée ? Si tu veux, on s'arrête là.

– Non, sûrement pas ! hurlé-je presque en me mettant debout pour lui faire face. Dis-moi tout !

Mon exaltation le fait rire.

– Tu aimes te baigner ?

– Oui j'adore ! Mais je n'ai pas mon maillot, et puis on va faire quoi de Oups ?

– Qui te dit qu'il n'aime pas l'eau ?

Oh ! Sérieusement ?!

Dubitative face à sa question, je ne réponds pas en attendant de voir réellement ce qu'il a prévu. Soen s'approche de l'eau, la longe du cheval dans une main. Mon libre arbitre faisant la grève dès que je me retrouve à moins d'un mètre de lui, je le suis mécaniquement.

En avançant vers la mer, Soen me reluque de haut en bas.

– Qu'est-ce qu'il y a ? l'interrogé-je en sachant pertinemment qu'il ne me mate pas.

Ce qui est bien dommage, me taquine ma conscience.

– Ça va aller si tu te baignes comme ça ?

– La baignade n'était pas prévue au programme, je n'ai pas pris mon bikini, et je ne compte pas faire profiter tout le monde de mon corps de rêve donc oui, je me baigne comme ça !

Soen baisse les yeux, un léger sourire en coin et ôte son tee-shirt avant de le lancer plus loin sur le sable sec. La vache ! Ce mec est une montagne de muscles !

Je l'avais déjà vu torse nu en sortant de la douche, mais là, je ne sais pas si c'est le contexte de la plage, son cheval derrière lui… mais il est plus attirant que jamais. J'essaie d'éteindre le feu qui monte en moi en détournant le regard. Tiens, un bateau à l'horizon. C'est beaucoup mieux pour rester concentrée…

Lorsque nous arrivons sur le sable mouillé, sentir l'eau, plutôt fraîche, me chatouiller les chevilles me fait revenir à moi.

– Alors, qu'est-ce qu'on fait maintenant ?

– Hé bien… on va se baigner, me répond-il le plus simplement du monde.

Je suis immédiatement prise d'un fou rire nerveux.

Prendre les vagues avec un cheval, non mais sérieusement ?!

Ne comprenant pas trop mon ricanement, Soen stoppe l'animal et se tourne vers moi.

– Est-ce que tu aurais peur ?

Malgré les soubresauts qui me font tressauter, je tente de répondre à sa question :

– Non, je n'ai pas peur… mais te rends-tu compte que c'est complètement fou ?

– Tu n'es pas au bout de tes surprises, lance-t-il en souriant. On va d'abord vérifier que le sol est praticable.

Tout en gardant son sérieux, il avance dans l'eau et je le suis.

Que le sol est praticable ? Pourquoi ? Autant de questions qui s'ajoutent à ma liste déjà assez longue.

Soen s'arrête alors et tire sur mon bras, de façon à ce que je sois positionnée entre lui et Oups. L'eau nous arrive maintenant au bassin et l'animal commence à jouer et à taper du pied pour nous éclabousser. Sentir Soen derrière moi ravive la chaleur dans mon bas-ventre, mais heureusement, l'eau fraîche apaise légèrement mes pensées qui partent à la dérive.

– Ton épaule doit toujours être en face de la sienne, OK ? Ici, il ne s'agit pas de relation dominant/dominé mais de couple. Approche-toi de lui, mouille-lui le dos et caresse-le pour qu'il comprenne que tu veux simplement jouer avec lui.

Je m'exécute et la sensation est tout simplement magique. Sentir la robe du cheval glisser sous mes doigts mouillés, le voir se détendre, poser le nez sur l'eau, souffler sans aucune crainte me donne un sentiment de fierté et de complicité comme je n'ai jamais connu avec personne : humain ou animal d'ailleurs.

– C'est génial ! chuchoté-je à Soen dont le regard a changé.

Il semble attendri ? Ému ? Fier ?

Nous continuons d'avancer tranquillement pendant que Soen m'explique comment vérifier que le sol est suffisamment dur pour que sa monture ne se fasse pas mal. Ensuite, il positionne sa jambe contre la mienne et avance en appuyant sur le sol par petits à-coups. Je fais de même et comprends que ce lieu est parfait : aucune pierre, coquillage coupant ou déchet susceptible de blesser l'animal.

Et nos jambes collées l'une à l'autre, on en parle ?!

Pendant plusieurs minutes, nous marchons jusqu'à ce que le niveau d'eau monte jusqu'au milieu du ventre. Afin de me rafraîchir, je me pince le nez et plonge sous l'eau pour me mouiller complètement. Mon débardeur me colle instantanément à la peau. Oups, je n'avais pas prévu ce détail embarrassant…

Soen semble le remarquer car il détourne vite le regard, gêné.

À son tour, il disparaît sous l'eau et secoue la tête en sortant, sa chevelure m'envoyant une multitude de gouttes dans la figure. Alors là, torse nu et cheveux mouillés, c'est le pompon ! Je sens comme une armée de fourmis me chatouiller le ventre.

– Allez maintenant, monte ! m'ordonne-t-il en se plaçant derrière moi.

– Tu plaisantes ?

– J'ai l'air de plaisanter ?

C'est si fou que je reste un moment sans bouger.

– Donne-moi ta cheville ! lance-t-il en se penchant pour m'aider à grimper.

Étrangement, je fais face à un Soen plutôt directif, ce qui n'est pas pour me déplaire…

J'obtempère sans rien dire et me glisse jusque sur le dos de Oups, qui ne semble absolument pas gêné par ma présence. Ensuite, Soen nous fait avancer jusqu'à un petit rocher sur lequel il grimpe.

– Avance-toi au maximum pour me laisser une place.

– Tu montes avec moi ? l'interrogé-je ahurie. On va lui casser le dos à cette pauvre bête !

Soen se marre, et comme à chaque fois, ce son vient résonner dans ma poitrine.

– Est-ce que tu insinues que je suis trop lourd ?

Je secoue la tête en pouffant.

– Livia, les chevaux de sang arabe sont très résistants. Ils sont d'ailleurs très bons en endurance. Ne t'inquiète pas pour lui.

En même temps, ma réaction est absurde, je sais pertinemment que Soen ne ferait jamais de mal à son animal. C'est que je ne suis jamais montée à deux sur un cheval… et dans l'eau qui plus est !

En une fraction de seconde, je passe par les frissons, la transpiration… Sentir le torse de Soen dans mon dos me provoque un étourdissement que je tente de cacher. Je suis tout de même prise d'un vertige témoignant de mon état second.

– Tout va bien, me susurre-t-il à l'oreille alors que nous n'avons jamais été aussi proches.

Nous avons passé pas mal d'étapes aujourd'hui, mais je ne m'attendais absolument pas à une telle proximité. Lui qui pourtant recule dès que je m'approche de trop près, semble plus serein que jamais. Son nouveau comportement me fait perdre la tête !

Je n'aurais jamais cru Soen capable d'autant de contact avec moi et c'est plutôt de bon augure finalement. Aurait-il compris le genre de sentiment que j'entretiens à son égard ? Malgré notre système de communication bien à nous, je suis maintenant persuadée que nous sommes vraiment sur la même longueur d'onde.

Je respire tant bien que mal et positionne mes cheveux sur le côté, laissant mon épaule gauche quasi nue. Soen n'en fait pas cas et ordonne à Oups d'avancer.

Nos deux bassins ondulent en symbiose et je me retiens de me blottir complètement contre lui. Je sens ses abdos se contracter au moindre mouvement et je me demande s'il se rend compte de l'effet que ça a sur moi.

Ses bras m'encerclent pour pouvoir tenir la longe afin de guider Oups et je me sens en sécurité, comme dans une coquille, protégée du monde extérieur. Nous marchons tranquillement dans l'eau tandis que des petites vagues viennent claquer contre les tendons du cheval.

Bon sang, je ne voudrais être nulle part ailleurs à cet instant même…

Tout est parfait. Vraiment parfait.

– Ça t'arrive souvent de venir te baigner à cheval ?

– Au moins une fois par mois, répond-il tout bas. L'eau est un excellent stimulateur sanguin pour les chevaux. Elle permet une meilleure récupération après un effort.

Je pense immédiatement aux bêtes de concours du centre qui ne sortent jamais du domaine à part pour partir en compétition. Chacun d'entre eux mériterait ce genre de traitement au vu des dures journées de travail qu'ils ont.

– Est-ce que les chevaux du centre sont déjà venus ici ?

Je sens Soen se raidir derrière moi. Visiblement, je dois aborder un sujet sensible. C'est dingue à quel point son corps trahit ses pensées.

– Malheureusement non. J'ai proposé à de La Perrière de les emmener, mais il a catégoriquement refusé. Ça coûterait trop cher et selon lui, une douche suffit. Il n'a pas complètement tort, plein de chevaux ne connaissent pas la mer.

– Tu es vraiment quelqu'un de formidable Soen, chuchoté-je en me collant un peu plus à son torse et en positionnant mes mains sur les siennes.

Il ne réagit pas, comme si ce contact était naturel. Rassurée, je me blottis un peu plus contre lui. Sentir son souffle sur mon épaule telle une caresse m'électrise. Des millions de petits picotements partent de mes pieds pour remonter jusqu'à la pointe de mon crâne. Pour avoir déjà vécu ça, j'ai l'impression d'avoir mis les mains sur une clôture électrique. Et pourtant non, je suis bien là, entourée des bras de Soen en train de marcher à cheval dans l'eau, le balancement de nos hanches s'accordant à la perfection. C'est un vrai rêve éveillé !

J'observe l'horizon, laissant mes pensées vagabonder. Soen reste silencieux, le souffle apaisé, me servant de dossier confortable. Oups aussi semble prendre son pied, à se faire masser par l'eau salée.

Oui, tout est parfait.

Au bout d'un long moment de pur plaisir, Soen ramène Oups jusque sur le sable sec et se laisse glisser pour descendre. Le froid dans le dos que me laisse son absence me ragaillardit.

Une fois au sol, il me tend les bras et son expression a changé. Complètement décontracté, il m'observe avec un regard passionné qui me bouleverse encore plus. Je me penche en avant pour rejoindre ses bras musclés et sans réfléchir, je m'accroche à son cou et approche mon visage du sien pour l'embrasser.

Brusquement, Soen tourne la tête pour que je ne puisse l'atteindre et me relâche. Ne comprenant pas sa réaction, je recule en cherchant son regard. Ébranlé et gêné, il me tourne le dos avant d'entraîner rapidement le cheval sur le sentier.

Je reste interdite face à ce qu'il vient de se passer. Mais pourquoi a-t-il fait tout ça pour me repousser ensuite ? Pourquoi m'avoir fait croire des choses en se rapprochant de moi ?

– Tu fais quoi là ? lui demandé-je sèchement, sans bouger.

– On rentre, il est tard, me répond-il sans même prendre la peine de se retourner.

– Tu rigoles, j'espère ? insisté-je en le rattrapant pour lui attraper le bras.

Soen se dégage aussitôt de mon étreinte pour continuer d'avancer.

– Arrête-toi, putain !

Là, il se fige puis se retourne pour me faire face, les yeux écarquillés par mon hurlement.

– C'est quoi ton problème ? demandé-je en croisant les bras. On se rapproche, on se confie l'un à l'autre, tu me proposes un collé-serré à cheval et après ça, tu t'échappes ?

Il ne répond pas et reste stoïque, comme imperméable à mes remarques.

– Alors quoi ? Ça t'amuse de jouer avec moi ?

Malheureusement, je me rends compte de ce que ça fait de jouer avec les sentiments de quelqu'un, étant une experte en la matière. J'ai toujours aimé jouer au chat et à la souris avec les garçons, mais jamais je n'avais été de ce côté-là… et ça fait beaucoup plus mal que je ne l'imaginais.

– Je ne joue pas Livia, finit-il par lâcher dans un soupir.

– Alors quoi ? Explique-moi !

– Tu ne peux pas comprendre, déclare-t-il en grimaçant presque. Rentrons !

Vexée et humiliée, je le suis en retenant les lourds sanglots qui me montent dans la gorge.

Au centre, Soen douche rapidement Oups avant de le refaire monter dans le van, sans même me demander de l'aide. Ensuite, il salue son ami avant de récupérer deux serviettes propres dans son coffre. Il m'en tend une sans même me regarder et je l'attrape en soupirant bruyamment.

Non, mais, quel mufle !

Nous nous séchons rapidement avant que Soen ne se rhabille et prenne le volant en me faisant signe de monter.

À la suite de Jack, je m'installe dans la voiture après avoir positionné la serviette sous mes fesses encore mouillées et me tourne carrément vers la vitre pour regarder le paysage. Soen enclenche la première et nous quittons ce lieu magique le temps d'une journée.

34

La nuit est presque tombée quand nous arrivons devant chez Soen. Après deux heures de route passées à ressasser les événements de la journée, j'ai les nerfs à vif ! Bon sang, comment c'est possible de vivre les moments les plus intenses puis les pires de sa vie, en moins de vingt-quatre heures ?

Jamais je n'avais ressenti une telle humiliation. Pour commencer, je n'avais jamais osé faire le premier pas avec un garçon et maintenant que je fais l'exception, pour celui que je pense être unique, voilà que je me prends une veste !

Et pas n'importe quelle veste ! me nargue ma conscience en me rappelant la scène.

Je n'arrive pas à croire que j'aie pu me tromper à ce point-là. Il y avait pourtant ces signes… Ces regards profonds, ces contacts brûlants. Cette alchimie tout simplement. Bordel, ça ne s'invente pas ça !

Il faut croire que si. J'ai dû mal juger ses intentions et objectivement, je n'ai aucune raison de lui en vouloir. Depuis le début, Soen a tout fait pour m'éviter et n'a jamais rien tenté avec moi, bien au contraire. Même cette idée de passer du temps ensemble ou de rester le week-end chez lui était la mienne.

Nom de Dieu, quelle belle idiote je fais !

La honte et la déception sont tellement imprégnées en moi que je n'ai pas d'autre choix.

– Je vais récupérer mes affaires, l'informé-je en lui passant devant tandis qu'il ouvre la porte de sa maison. Je retourne au domaine.

– Pourquoi ? ose-t-il me demander.

Vivement, je me retourne pour le fusiller du regard. Pourquoi ? Il me demande pourquoi ?!

Durant un instant, je crois apercevoir de la déception, voire carrément de la tristesse sur son visage. Mais je secoue la tête pour remettre mes idées en place. Ne plus jamais me fier à ses expressions faciales. De toute manière, on n'y voit que dalle !

J'inspire profondément et lui tourne le dos avant de me précipiter dans la chambre pour récupérer mes affaires. Il faut que je me casse d'ici !

Ça peut paraître démesuré, mais je n'ai qu'une seule envie : me blottir dans mon lit et pleurer toutes les larmes de mon corps. Jamais je n'avais ressenti ce genre de sensation.

Un chagrin d'amour ?

Je me sens tellement mal que même ma maison à Paris me manque. Là, vraiment, ça craint !

Une fois dans la chambre, je me dépêche de mettre mon pyjama en boule pour le fourrer dans ma valise et sors aussi vite pour faire de même avec mes produits de beauté restés dans la salle de bains. Mais une fois devant la porte de celle-ci, je me rends compte qu'elle est fermée à clé et que Soen prend sûrement une douche, au bruit de l'eau qui coule. Merde, il ne pouvait pas choisir un meilleur moment ?!

J'inspire tout l'air que je peux dans mes poumons et m'assieds sur le canapé. Une fois qu'il sera sorti, je récupérerai mes affaires et lui demanderai d'oublier toute cette histoire. De m'oublier moi aussi.

Ma gorge se noue rien qu'à cette pensée et je ferme les yeux pour tenter, une nouvelle fois, de me calmer.

Au bout de plusieurs interminables minutes, la clé de la porte tourne enfin. Quand elle s'ouvre, je me lève et avance vers lui, les yeux rivés au sol pour ne pas avoir à croiser son regard. Le corps de Soen immobile devant la salle de bains m'oblige à relever la tête.

OH-MON-DIEU !

Instinctivement, mes mains se posent sur ma bouche pour empêcher un cri de surprise de s'en échapper.

Soen hausse une épaule avant de me regarder profondément. Comme s'il voulait que je comprenne quelque chose. Seigneur, cet homme ne cessera jamais de me surprendre ! Je me retrouve sans voix. Les cheveux coupés et la barbe rasée : qu'il est beau, bon sang, ce qu'il est beau…

– Pourquoi tu as fait ça ? bégayé-je une fois mon souffle retrouvé.

– Tu voulais… tu voulais me voir, lâche-t-il dans un murmure.

– Mais… je… Oh Soen, balbutié-je sans savoir quoi dire de plus.

Quand il fait un pas vers moi, je me mets à analyser chaque ligne de son visage. La mâchoire musclée, le nez aquilin et les lèvres pleines, ses traits sont magnifiques. Même sa cicatrice est belle à mes yeux. Elle lui donne un côté viril et captivant. Elle fait de lui l'homme incroyable qu'il est.

– Tu es beau, lancé-je sans réfléchir.

Ses yeux s'écarquillent tandis qu'il fait son mouvement habituel de la tête pour se dissimuler derrière ses cheveux disparus. Soudain, j'ai envie de le prendre dans mes bras pour le rassurer, lui dire à quel point il me fait de l'effet. Mais les images de lui en train de me repousser me reviennent en pleine tête.

– Je… je ne te comprends pas Soen… je… il vaut mieux que j'y aille.

Je détourne le visage sur le côté quand je vois ses bras bouger pour signer : *je ne veux pas que tu partes.*

Mon cœur s'emballe, mais je lui ordonne de ne pas s'emporter. Au lieu de ça, je fais un pas vers lui avant de lui demander :

– Pourquoi ?

Alors qu'il lève de nouveau les mains pour signer, je le stoppe en posant la mienne dessus, avant de la retirer aussi sec.

– Parle-moi Soen.

De nouveau, je vois de la douleur dans ses yeux. Son torse se bombe sous sa respiration avant de me répondre :

– Je… je n'ai jamais… avec une fille.

Oh ! Ai-je bien compris ?

– Tu es gay ? demandé-je en souriant, sachant pertinemment la réponse à cette question.

Soen m'adresse un léger sourire en coin et je suis contente de l'avoir détendu, un peu.

– Jamais une fille ne m'avait trouvé… beau.

Oh, mon Dieu Soen…

De toutes mes forces, j'ai envie de tenter une approche. J'ai tellement envie de l'embrasser, le câliner…

– Je suis désolée, mais ça n'explique pas ton comportement contradictoire.

– Livia, souffle-t-il en crispant le visage. Depuis l'âge de 8 ans, tout le monde me rejette, personne ne veut s'approcher de moi. Les gens ont peur de moi ! Et tout à coup, la plus belle fille que j'aie jamais vue s'intéresse à moi ? Bon sang, comment tu veux que je réagisse à…

– La plus belle fille que tu aies jamais vue ? dis-je, ahurie.

De nouveau, ses yeux s'arrondissent. J'ai bien l'impression que c'est la première fois qu'il fait ce genre de compliment et la colonie de fourmis qui se réveillait tranquillement commence à danser la polka dans mon ventre. Sans le savoir, Soen vient de m'envoyer valser sur un petit nuage…

– Alors je te plais ?

– À qui tu ne plais pas, Livia ? J'ai bien vu qu'avec Charles, tu…

– Il n'y a rien avec Charles, l'interromps-je en secouant fermement la tête. Ce n'est pas lui que je veux.

À cette révélation, Soen semble aussi surpris que soulagé. Je prends soudainement conscience qu'il a bien dû voir à quel point j'étais proche du fils du patron et je regrette de m'être laissée berner de la sorte.

Nous nous fixons sans rien dire durant quelques secondes. Je vois bien qu'il est troublé et qu'il n'ose pas m'approcher. Maintenant qu'on s'est tout dit, il ne me repousserait pas.

Enfin, j'espère...

– À toi de surmonter tes peurs, Collin, le défié-je en me mordant la lèvre inférieure tout en le dévorant du regard.

Soen paraît désorienté, perdu, hésitant. Mais je ne bouge pas d'un poil. Finalement, je pense que c'est important pour lui de faire ce premier pas. Alors j'attends. J'attends qu'il me montre ce qu'il ressent vraiment. Je continue de le fixer sans rien dire, jusqu'à ce qu'il ferme les yeux en faisant un nouveau pas vers moi. Puis, il pose ses mains autour de mon visage pour l'attraper en coupe.

Ce simple contact me galvanise. Mais quand il rouvre ses paupières et qu'il me laisse voir ses beaux yeux couleur or de plus près, j'ai le souffle carrément coupé.

Nos visages n'étant plus qu'à quelques millimètres l'un de l'autre, je n'ai qu'un simple mouvement à faire pour que nos lèvres se touchent. Mais je ne le ferai pas.

Une seconde. Deux secondes. Trois secondes... j'attends encore.

Complètement électrisée sous ce regard de bronze, je m'humecte légèrement les lèvres. Lentement, il fait glisser son pouce sur ma joue, avant de fixer ma bouche en s'y attardant. Ensuite, il ferme de nouveau les yeux, mais cette fois, beaucoup plus délicatement. Et ce dont je rêve depuis des jours se produit enfin. Soen entrouvre légèrement les lèvres avant de les poser sur les miennes.

Oh là là, c'est complètement fou, il m'embrasse !

Pour donner plus d'intensité à ce baiser, j'incline la tête et ouvre la bouche. D'emblée, je sens sa langue, douce et chaude, y pénétrer avec maladresse. Et tout naturellement, il se met à caresser la mienne avec lenteur et habileté, faisant bondir mon cœur hors de ma cage thoracique.

Quand il descend lentement ses mains pour les placer autour de ma nuque, un petit gémissement de plaisir m'échappe carrément. Ses mains sont si grandes qu'elles entourent la totalité de mon cou, me donnant la sensation d'être possédée. Protégée.

Toujours en m'embrassant, il retire ses mains pour les placer timidement sur ma taille, avant de les relâcher le long de son corps, comme s'il avait peur d'aller trop loin. Alors qu'à ce stade, n'importe quel garçon aurait fini par savourer mes formes, surtout mes fesses, lui n'ose même pas me prendre dans ses bras. Et ça ne le rend que plus adorable…

À mon tour, je pose mes mains sur ses bras et remonte lentement jusqu'à ses épaules larges, puis sa tête où j'enfouis mes doigts dans ses cheveux mal coupés. Heureusement qu'il a laissé une certaine longueur pour que je puisse les caresser. Ils sont si doux et soyeux…

Nos langues continuent de s'explorer, de valser et de se savourer quand je colle mon corps au sien, ne laissant plus aucun espace entre nous. Cette fois, c'est lui qui laisse échapper un gémissement. Comprendre qu'il me désire attise le feu qu'il y a en moi, mais semble l'effrayer car il détache aussitôt sa bouche de la mienne.

Sans le lâcher, je recule le visage et lui souris, pour lui montrer que j'ai aimé ça. Le souffle haletant, il semble encore pétrifié, mais… heureux ?

Finalement, ses lèvres humides et rougies par notre baiser s'étirent également en un léger sourire. À cet instant, je réalise que je suis la première femme que Soen a embrassée et, bizarrement, cette idée me remplit de joie et de fierté. Moi qui ai toujours aimé les hommes avec de l'expérience, ceux qui savent y faire, j'étais loin d'imaginer à quel point initier pouvait être sensuel.

Bon sang, jamais un simple baiser ne m'avait autant chamboulée ! Je réalise que moi aussi, c'est la première fois que j'embrasse quelqu'un… avec mon âme.

En le sentant de nouveau embarrassé que je le scrute, je me détache délicatement de lui. Soen se passe nerveusement une main dans ses cheveux, comme s'il ne savait pas ce qu'il devait faire maintenant.

– Il va falloir penser à aller chez le coiffeur, raillé-je en scrutant son dégradé.

– Oui, sourit-il. J'ai… c'est la première fois que je faisais ça.

J'ai bien l'impression qu'il va y avoir beaucoup de grandes premières, Soen…

Cette simple pensée m'envoie des décharges dans tout le corps et l'envie de l'embrasser de nouveau me prend aux tripes. Mais je décide de ne pas y aller trop vite et tente d'être la plus naturelle possible, pour le mettre à l'aise.

– Et si on préparait le dîner ? proposé-je vivement.

Soen se met à m'observer avec douceur avant d'acquiescer de la tête. Tandis que je me dirige vers la cuisine, il attrape ma valise pour la remettre dans sa chambre.

35

Nous préparons le dîner en silence, en nous souriant à chaque fois que nos regards se croisent. Après cette journée forte en émotions, j'ai proposé que nous fassions quelque chose de simple et Soen a opté pour une salade et des croque-monsieur. De toute façon, j'ai l'estomac tellement noué que je n'ai pas du tout faim.

Une fois à table, je le sens encore nerveux alors je lance un sujet qui le détendra à coup sûr : ses chevaux. Mon idée fonctionne à merveille et nous discutons de notre passion durant tout le repas.

À de nombreuses reprises, j'ai la folle envie de lui caresser le pied avec le mien, mais je me retiens. J'ignore si Soen connaît ce genre de jeu de séduction et je ne voudrais surtout pas le brusquer.

Ça alors ! J'ai carrément l'impression que les rôles habituels entre un homme et une femme se sont inversés. Pour la première fois, je suis celle qui doit draguer un garçon. J'ai pourtant l'habitude de me faire désirer, mais avec lui tout est différent. C'est moi qui le désire plus que de raison et c'est carrément dingue oui, mais qu'est-ce que ça m'excite !

Une fois la table débarrassée et la cuisine rangée, je m'apprête à m'asseoir sur son canapé quand Soen se dirige vers la porte.

– Tu viens ? J'aimerais te montrer quelque chose.

Bien que j'adore qu'il me fasse découvrir son univers, j'aurais préféré qu'on se pose tous les deux. J'ai envie de l'embrasser encore, de le prendre dans mes bras. Quitte à revoir un de ces films affreux que je déteste.

– OK, réponds-je à contrecœur en le rejoignant.

Sans dire un mot, il m'attrape la main et m'emmène jusqu'au bord du lac où je comprends immédiatement ce qu'il souhaitait me faire voir.

– Waouh Soen !

La nuit est complètement tombée et la lune, qui me paraît bien trop proche, se reflète magnifiquement sur l'eau.

– J'adore venir ici les soirs de pleine lune, déclare-t-il en retirant ses chaussures avant de s'asseoir sur le rebord en pierre.

Tout en trempant ses pieds, il me fait signe de le rejoindre, ce que je fais sans attendre. En sentant l'eau froide sur mes orteils, je pousse un cri qui le fait rire. Puis, nous restons de nouveau silencieux un moment en admirant les couleurs qui émanent du ciel. C'est magnifique. Et très romantique…

Cette pensée me fait tourner le visage pour le regarder. Je m'attarde sur son profil en me disant que j'aime de plus en plus le voir ainsi, sans toute cette masse de poils. Et dire qu'il a fait ça pour moi…

Soen finit par se tourner également et nous nous regardons sans bouger. Rien que ce contact visuel fait battre mon pouls un peu plus vite. Quand je le vois se mordre la lèvre, hésitant, je fronce légèrement les sourcils.

– Tout va bien Soen ?

– Oui, c'est juste que… je voudrais te demander quelque chose.

– Bien sûr ! dis-moi.

Mon estomac se noue en le voyant serrer la mâchoire. Est-ce qu'il regrette ce qu'il s'est passé entre nous ?

Soen baisse les yeux avant de se remettre à me fixer avec crainte.

– Est-ce que… est-ce que je peux t'embrasser encore ?

Je ne peux m'empêcher d'éclater de rire. Seigneur, ce qu'il est adorable, mon petit cœur ne va pas tenir devant autant de pureté…

– Soen, réponds-je en me tournant complètement vers lui tout en enveloppant ses mains dans les miennes. Tu n'as pas à me demander l'autorisation. Je veux que tu m'embrasses dès que tu en as envie.

Ses yeux brillant de désir enflamment ma poitrine et finalement, c'est moi qui empoigne son tee-shirt pour rapprocher son visage du mien. Immédiatement, Soen attrape mes lèvres avec les siennes, mais cette fois, avec une avidité et une possessivité qui me font perdre pied. Nom de Dieu, je vais mourir…

Nous repartons à la découverte de nos bouches, avec une légère brutalité qui me contracte l'estomac.

Moi aussi, j'ai envie de toi, Soen…

Notre baiser dure un long moment, pendant lequel nos mains ne se lâchent pas une seule seconde. C'est si fort ce qu'il se passe entre nous. Là, c'est sûr, je n'ai jamais ressenti ça de toute ma vie !

Quand nos lèvres se détachent, il faut quelques secondes à Soen avant de rouvrir les yeux, ce qui me fait sourire.

– Alors, je peux faire ça quand je veux ? demande-t-il en souriant largement.

– Oui, c'est comme ça quand un garçon et une fille sont… ensemble.

– Ensemble ?

Même dans la pénombre, je peux lire la stupeur sur son visage.

– Ensemble, soufflé-je contre sa bouche avant d'y déposer un bref baiser.

J'attrape son bras et pose ma tête sur son épaule. Quand Soen approche son pied pour l'enlacer au mien, je sens mon cœur exploser de bonheur.

Qu'est-ce qu'on est bien là, tous les deux…

Encore une fois, je me dis que ce moment ne devrait pas avoir de fin. En fait, j'aimerais que tout ce qu'il se passe avec lui dure plus qu'un simple été.

– Tu as froid ? demande Soen en me sentant frissonner.

– Un peu.

Alors que je m'attends à ce qu'il enveloppe ses bras autour de moi, il se met immédiatement debout et m'aide à faire de même. Nous retournons à l'intérieur pour nous sécher les pieds avant de nous regarder une nouvelle fois, avec cette petite gêne qui ne fait qu'accentuer mon envie.

– Tu veux faire quoi maintenant ? l'interrogé-je en tentant de ne rien insinuer.

Soen se passe une main derrière la tête, et quand je le vois rougir, j'ai envie de lui sauter dessus.

– Si on allait se coucher ? Demain, j'ai plein de choses à te montrer.

Sans pouvoir le contrôler, je m'esclaffe. Du coup, il lève un sourcil interrogateur.

– Bon sang, soupiré-je en secouant la tête. Il n'y a que toi, Soen Collin, pour proposer une telle chose à une fille qui passe la nuit chez toi !

Ne sachant pas trop comment il doit réagir à ce que je viens de dire, Soen me fait un sourire timide. Peut-être pense-t-il que je ne suis pas prête ?

En reportant mon regard dans le sien, je me rends compte qu'en fait, c'est lui qui ne l'est pas. J'ai un peu du mal à le comprendre car je ne suis pas habituée à ce genre d'homme, mais ce qui est sûr, c'est que je souhaite le respecter autant qu'il me respecte. Je veux lui laisser le temps de prendre conscience que lui aussi, il mérite de connaître tout ça.

Alors, bien qu'une envie folle de passer la nuit avec lui chamboule tous mes sens, je l'embrasse une dernière fois – enfin pour aujourd'hui – avant de lui souhaiter une bonne nuit et de rejoindre sa chambre, seule.

36

Lorsque je me réveille, le soleil qui illumine la chambre me brûle les yeux. Tout ce qui s'est passé la veille me revient à la seconde et me fait sourire instantanément. Soen.

Après lui avoir souhaité une bonne nuit, j'ai filé à la douche et en sortant de la salle de bains, je me suis retenue de toutes mes forces pour ne pas le rejoindre. À moitié assoupi sur son canapé et vêtu d'un simple caleçon, il était tout ce qu'il y a de plus désirable. Pourtant, j'ai décidé d'être sage et ne lui ai déposé qu'un léger baiser sur le front avant de me précipiter dans sa chambre pour me mettre au lit.

Je ne sais pas réellement combien de temps j'ai mis pour m'endormir, mais ce qui est sûr, c'est que j'ai passé la nuit à penser à lui. À me remémorer les images de Soen et moi sur ce cheval dans la mer, puis en train de nous embrasser… Aussi, j'avoue avoir imaginé plusieurs scénarios de ce qu'il pourrait se passer ensuite entre nous et j'ai dû calmer mes hormones en ébullition à plusieurs reprises. Rien que d'y repenser me fait serrer les cuisses.

Bon sang, qu'est-ce qu'il m'arrive…

Tout en m'étirant les bras au-dessus de la tête, je me redresse avant d'attraper mon téléphone posé sur ma table de nuit.

– Oh putain ! ne puis-je m'empêcher de crier.

Non seulement j'ai complètement oublié de donner des nouvelles à ma mère et à Lucie qui m'ont harcelée de messages et d'appels, mais en plus, je constate avec horreur qu'il est déjà onze heures !

À la hâte, je me mets debout, me recoiffe rapidement avec mes doigts et fonce dans le salon en balayant la pièce du regard. Personne.

Mais où est-il passé ?!

En constatant qu'un petit déjeuner est dressé sur la petite table, j'esquisse un sourire. N'ai-je pas déjà dit qu'il était adorable ?

Bien que n'ayant pas très faim, je me sers tout de même une tasse de café et croque dans un croissant. Je grimace en sentant la boisson froide couler dans ma gorge et comprends alors que Soen est sûrement debout depuis des heures. Mince, la honte !

Pourtant, je ne suis pas une adepte des grasses matinées et suis habituellement debout très tôt. Mais vu la journée intense d'hier et la nuit agitée que j'ai passée, mon corps devait sans doute avoir besoin de repos.

Déçue d'avoir perdu un temps précieux que j'aurais pu partager avec Soen, j'abandonne mon repas pour aller à sa recherche. Étant donné que la porte d'entrée est grande ouverte, j'imagine qu'il est déjà dehors auprès de ses chevaux.

Une fois sur la terrasse, je regarde partout autour de moi avant de me laisser guider par un bruit répétitif que j'entends près des écuries. Pieds nus, je me rends compte à mi-chemin que j'aurais sûrement dû mettre mes chaussures et peut-être autre chose que mon pyjama short et débardeur. Le sol terreux et ses nombreux cailloux sont loin de la douceur du sable chaud…

Je continue tout de même et arrive en clopinant jusqu'à l'endroit où se trouve Soen. Tout de suite, je l'aperçois en train de placer une planche en bois à la verticale pour l'accrocher à une autre en tapant dessus avec un marteau. Ce mec ne s'arrête donc jamais ? Je comprends d'où vient cette musculature…

Doucement, je m'approche sans faire de bruit et me mords la lèvre inférieure en le voyant cheveux courts et sans barbe. Soen est accroupi, une vis dans la bouche et prêt à accrocher une nouvelle planche. Qu'est-ce qu'il est sexy !

Je m'approche et passe mes bras autour de son cou.

– Bonjour, susurré-je au creux de son oreille.

Pas un seul sursaut ou autre léger signe de peur d'avoir été surpris. Lentement, Soen se dégage de mon emprise pour se mettre debout et me faire face. Ses lèvres s'étirent tout de suite en un magnifique sourire.

– Bien dormi ?

– Oui… D'ailleurs, pourquoi tu ne m'as pas réveillée ?

– Je voulais que tu te reposes autant que tu en avais besoin, répond-il avant de regarder sa montre. Et apparemment, tu étais très fatiguée ! renchérit-il en ricanant.

Je ris également avant de regarder derrière lui.

– Qu'est-ce que tu fais ?

– J'agrandis la clôture pour les chevaux, je t'expliquerai pourquoi tout à l'heure…

– D'accord ! Tu fais ça depuis ce matin ?

– Oui. Après avoir examiné l'état des fers et nettoyé le box.

Là je me sens carrément nulle et inutile. Alors que Soen a passé la matinée à travailler dur, moi je dormais comme un loir !

– Ne t'en fais pas, me répond-il pour me rassurer en faisant un pas vers moi. C'est bien que tu te sois reposée pour être en forme cet après-midi.

Je m'apprête à lui demander ce qui est prévu au programme, mais l'envie de l'embrasser est beaucoup plus forte. Alors, j'avance également d'un pas et pose mes mains à plat sur son tee-shirt humide. Aussitôt, ses yeux descendent sur mes lèvres et font battre mon cœur plus vite.

– Que tu es belle au réveil… souffle-t-il sans que je m'y attende.

Je devine que cette révélation lui a énormément coûté et ça rend son compliment encore plus touchant.

– Arrête. Je ne suis même pas maquillée ni même…

– C'est comme ça que je te préfère, me coupe-t-il avec un regard tendre.

Soudain, son visage semble s'éteindre, comme s'il se rappelait quelque chose.

Qu'il ne me mérite pas.

Pour lui rappeler que c'est lui que je veux, je remonte mes mains le long de son cou pour les nouer derrière sa nuque transpirante.

– Embrasse-moi, Soen.

Comme s'il n'attendait que ça, ses lèvres fondent sur les miennes dans un long baiser brûlant et langoureux. Ça alors ! Il lui a fallu peu de temps pour devenir expert en la matière. Soen embrasse tellement bien qu'il passe immédiatement numéro un dans mon top trois des hommes qui emballent le mieux. Mes pensées bifurquent légèrement vers Lucie qui adore faire des classements dans tous les domaines, mais, complètement absorbée par ce baiser, je ferme vite cette parenthèse.

Bien que Soen soit raide comme un piquet et qu'il n'ose pas me toucher, notre échange reste sensuel et savoureux.

Une fois notre baiser terminé, il commence à ranger ses outils.

– Je finirai plus tard, m'informe-t-il. Maintenant, je vais m'occuper de toi.

Se rend-il compte de l'effet qu'ont ses simples mots sur ma personne ?!

J'attends patiemment qu'il termine de ranger ses affaires dans le box et une fois revenu, je lui tends ma main pour que nous rejoignions la maison. En le voyant secouer la tête, je l'interroge du regard.

Quoi encore ?!

Il fixe mes pieds nus durant quelques secondes puis, sans que je m'y attende, il se penche en avant et place brusquement son bras sous mes fesses pour me soulever.

– Mais qu'est-ce que tu fais ? demandé-je en pouffant.

– Je te porte jusque chez moi, répond-il simplement en commençant à marcher comme s'il n'était pas chargé d'une cinquantaine de kilos.

Je ne peux m'empêcher d'éclater de rire en me positionnant

correctement, de façon à avoir mon visage près du sien et entourer son cou de mes bras, ce qui oblige Soen à utiliser son autre main pour me porter. L'une sur ma taille, l'autre sous mes cuisses, j'imagine déjà les nombreuses sensations que je risque de ressentir quand il me touchera enfin.

– Fais-moi penser de ne plus jamais mettre de chaussures, chuchoté-je contre sa joue avant d'y déposer un baiser.

***

Nous passons le reste de la matinée allongés sur le sol de sa terrasse à discuter et à nous embrasser. Surtout à nous embrasser.

Soen avait un tas de choses à me montrer quand nous sommes rentrés, mais je lui ai proposé de prendre une douche et de venir se poser tranquillement le temps que j'émerge. Aussi, qu'il profite de son week-end pour se reposer un peu.

Du coup, faut croire qu'il a pris goût à ne rien faire. Il est presque quatorze heures quand nous décidons de bouger. Après avoir insisté comme une forcenée, je nous prépare une omelette avec des pâtes tandis que Soen lit tranquillement. Oui, je voulais faire ce qu'il a fait pour moi la première fois que je suis venue ici. Visiblement, Soen n'a pas l'habitude de se faire chouchouter et je compte bien changer la donne. Lui qui n'arrête jamais et fait tout pour tout le monde mérite bien plus.

Ensuite, nous déjeunons dehors, à l'ombre du soleil de plomb et sous le chant mélodieux des oiseaux.

– C'est très bon, me complimente-t-il en dégustant son omelette.

Je sais que Soen a l'habitude de se préparer de bons plats et qu'il dit ça pour me faire plaisir, mais je ne réplique pas et me contente de sourire en appréciant ce moment.

– On est si bien là, murmuré-je en regardant l'horizon. J'adore cet endroit !

– Ça doit te changer de la ville.

– C'est sûr.

Je m'arrête de manger pour réfléchir. Est-ce mon amour pour la nature, mon amour pour les chevaux ou celui pour Soen qui me fait un pincement au cœur ? Penser au fait que notre week-end se termine bientôt n'est pas la seule source de mon angoisse. C'est surtout le fait que tout ça se termine un jour qui me noue l'estomac.

Il s'agit d'un simple amour d'été comme tu en as souvent eus, me rappelle ma conscience.

– Ça va ? m'interroge Soen en posant sa main sur la mienne pour la presser.

Bon sang, j'adore cette proximité naturelle qu'il y a désormais entre nous. N'ayant pas envie de gâcher l'ambiance et surtout, de lui faire peur avec mes craintes de fille amoureuse, je hoche la tête et change de sujet.

Nous terminons le repas dans la bonne humeur et rangeons la cuisine ensemble car Soen refuse catégoriquement de rester posé sans rien faire.

– Pour les clôtures, j'ai une idée, mais ça risque d'être compliqué.

– Ah ? C'est-à-dire ?

– Ça fait un moment que j'y réfléchis, mais depuis ce qu'il s'est passé avec toi, je suis convaincu qu'elle a besoin d'aide.

Je me demande bien de qui il parle alors je le laisse continuer.

– J'aimerais bien récupérer Idylle.

Surprise par sa révélation et également persuadée que cette jument a besoin d'une thérapie « version Soen », je me jette à son cou.

– Tu as raison, ce serait tellement super pour elle ! Elle mérite que tu t'occupes d'elle, tout le monde devrait avoir un Soen à ses côtés, ris-je en l'embrassant, ne lui laissant pas le temps de répondre.

À ma grande surprise, il m'attrape par les hanches et je l'oblige à me porter en entourant sa taille de mes jambes. En même temps, je donne un coup de pied au frigo, tellement la cuisine est exiguë. Tout en m'embrassant, Soen me dépose sur le plan de travail et se retrouve entre mes cuisses. Doucement, il entame une petite ascension de baisers le long de ma mâchoire, ce qui me fait décoller instantanément. Dès qu'il comprend qu'il est complètement en train de se laisser aller, il se recule et me sonde du regard. Je souris, pour lui montrer que tout va bien, mais il pose son front contre le mien.

– On va se balader ?

Comment faire retomber un soufflé en deux secondes ?! Alors que je m'imaginais déjà en train de faire des galipettes, Soen me coupe dans mon élan. S'il s'était passé le même scénario avec d'autres garçons, j'aurais vraiment été vexée, mais étrangement, avec lui, je ne me formalise pas.

Je comprends qu'il se découvre lui-même petit à petit et je ne veux pas le forcer à quoi que ce soit. Il faut simplement que je maîtrise ma libido pour ne pas le bousculer.

– OK, je vais m'habiller.

Soen m'examine et pour le coup, mon corps me trahit plus que je ne peux le maîtriser. Je pouffe en croisant les bras tandis qu'il baisse la tête en rougissant.

– Je peux te demander quelque chose ?

– Si tu veux m'embrasser, tu peux ! minaudé-je en tendant les lèvres exagérément.

– Ne te maquille pas s'il te plaît, lâche-t-il sérieusement.

C'est bien la première fois que je reste au naturel face à un homme et il me demande de continuer. Décidément, moi aussi, j'expérimente des « premières fois » avec lui.

Je file enfiler un short et un débardeur – en prenant soin de porter un soutien-gorge cette fois – et je m'attache les cheveux en queue-de-cheval. Je passe rapidement dans la salle de bains pour voir à quoi je ressemble et même si ça me perturbe de me voir sans apparat, mes pommettes sont roses et le sourire niais que j'affiche suffit à me maquiller pour la journée.

Soen m'attend sur la terrasse. Lorsqu'il me voit arriver, son visage s'éclaire.

– Tu es bien mieux comme ça…

Il détourne rapidement la tête pour ne pas montrer son embarras. Je n'ai pas l'habitude de ce genre de compliments, mais venant de lui, c'est encore plus agréable. Soen me tend la main et nous prenons le chemin, Jack sur nos talons.

Lorsque nous arrivons au bois menant au domaine, cela me rappelle que dans moins de trois heures, je vais devoir y retourner et me retrouver face à Charles. Maintenant que les choses ont évolué avec Soen, je me dois d'être honnête vis-à-vis de lui et même si ce n'est pas une partie de plaisir, je vais devoir lui expliquer clairement mes sentiments. Mais pour le moment, je préfère rester concentrée sur Soen.

– Pourquoi tu vas par-là ?

– Il y a un petit chemin sur la droite et je veux te faire goûter quelque chose.

Comment ces simples mots peuvent-ils être aussi lourds de sens ? Mon esprit part dans toutes les directions.

Lucie, sors de ce corps !

– On va à la chasse aux champignons ? l'interrogé-je.

Soen rit en continuant d'avancer. À défaut d'autre chose, je le fais rire au moins…

– Tu es vraiment une fille de la ville, se hasarde-t-il à me taquiner.

Je lui envoie un coup de poing dans l'épaule pour faire comme si j'étais vexée, ce qui le fait rire.

– Les champignons, c'est plutôt en novembre. On les ramassera plus tard.

Cette dernière phrase sonne comme un glas dans mon cerveau. Soen serait-il en train de se projeter avec moi au-delà de mon stage ? Ou bien a-t-il dit cela comme ça, sans arrière-pensées ?

Je me fige et il comprend mon attitude. Cet homme est un détecteur d'émotions à lui seul directement relié à mon cortex et à mon cœur. C'est dingue !

Pour dissimuler notre embarras, il casse ce silence en me tirant par le bras :

– Viens !

Pas de plan sur la comète Livia, profite du moment présent ! me siffle ma conscience, de bon conseil pour une fois.

Je le suis jusqu'à ce qu'il s'arrête et se baisse pour fouiller le sol, au bord du talus. Je le regarde sans trop savoir ce qu'il cherche.

Il se relève plutôt fier et fait un pas vers moi.

– Ferme les yeux et ouvre la bouche !

– Non, tu ne vas pas me faire manger n'importe quoi !

– Livia, est-ce que j'ai déjà fait n'importe quoi avec toi ?

Interloquée, je ne réponds pas.

– Oui bon d'accord, à part sur la plage ! ironise-t-il, les yeux rieurs.

Comme je suis heureuse de voir que Soen est de plus en plus capable d'autodérision, même quand cela concerne des situations plutôt délicates ! Il est en train de me rendre complètement accro malgré lui.

Je ferme les yeux et, comme un oisillon, j'attends la bouche semi-ouverte.

Ses doigts effleurent mes lèvres et cette simple chaleur suffit à m'embraser littéralement. Puis, il dépose délicatement un tout petit fruit que je m'empresse de mâcher. C'est délicieux.

– Qu'est-ce que c'est ?

– Fraise des bois.

– J'adore ! Tu vas souvent à la cueillette ?

– Ça m'arrive !

Encore une corde à son arc qui me rend toute chose. Je lui saute au cou et l'embrasse, nos langues au goût de fraise se mariant à merveille.

Ensuite, nous continuons notre promenade en échangeant sur les différents talents de Soen. J'apprends qu'il adore passer du temps à découvrir de nouveaux sentiers à cheval, qu'il aime écouter et faire écouter de la musique à ses animaux et que Jack sort d'un refuge. Quand moi je passe du temps à me maquiller ou à faire les boutiques, lui passe le sien en pleine nature. Au fur et à mesure, je réalise que la vie que j'ai menée jusqu'à maintenant est finalement très superficielle. Je me garde bien d'en parler à Soen, ne souhaitant pas m'apitoyer sur mon sort. Ce serait déplacé.

Il est dix-sept heures trente quand nous rentrons chez lui. Je prends mon téléphone que j'avais laissé sur la table du salon et constate que Charles m'a écrit.

Mince, j'avais complètement zappé que je devais le tenir au courant pour mon retour.

Et d'ailleurs, l'heure de rentrer a sonné. Soen derrière moi n'ose pas me poser de questions en voyant ma mine déconfite.

– Je vais devoir y aller.

– Je sais, me répond-il tristement.

Toute la légèreté qu'il y avait entre nous s'évapore au fur et à mesure des minutes qui avancent. Je retourne récupérer toutes mes affaires pendant que Soen s'installe sur le canapé, le regard dans le vide. J'en profite pour envoyer un message lapidaire à Charles lui indiquant qu'un ami me ramène.

Ce n'est plus la peine de se faire de fausses idées.

Quand je reviens, Soen n'a pas changé de position. Je m'accroupis en face de lui et pose mes mains sur les siennes.

– Regarde-moi.

Soen relève les yeux sur moi et tente de sourire.

– Moi non plus, je ne veux pas partir.

– Tu vas retrouver le domaine et tes amis… tu…

– Je quoi ?

Soen reste muet, n'osant pas continuer sur sa lancée.

Une pointe de jalousie ?

– Soen, en quarante-huit heures, tu m'as fait vivre des sensations que jamais personne ne m'avait fait ressentir auparavant. Tu as laissé tomber des barrières immenses et tu t'es ouvert à moi. Je ne suis bien qu'avec…

Je n'ai pas le temps de finir que ses lèvres m'attaquent directement. Il penche ma tête en arrière pour avoir libre accès à ma bouche et son baiser est dur au début, comme s'il voulait me prouver quelque chose. Il stoppe net son assaut pour poser son front sur le mien et me sourit.

Nous restons un petit instant comme ça, jusqu'à ce que nous quittions la maison. Nous montons dans le pick-up en silence et lorsque nous arrivons au croisement avant de rejoindre l'allée du domaine, il coupe le contact et se tourne vers moi.

– Tiens, lance-t-il en tendant sa main avec un sourire à tomber par terre. Tu ne l'ouvriras que quand tu seras seule, OK ?

Il me tend une enveloppe dans laquelle je devine un objet. Je souris à mon tour et me penche pour l'embrasser tendrement.

– À demain ?

– À demain, Livia.

Je descends et regagne le grand portail en tirant ma valise, mon enveloppe dans mon sac à main.

Quand j'arrive dans ma chambre, je me précipite pour l'ouvrir :

Pour que tu ne te perdes plus jamais
Sud, Ouest, Est, Nord, elle te guidera

Mon cœur explose et des larmes de bonheur inondent instantanément mes joues.

Qui aurait cru qu'une simple boussole serait le plus beau cadeau de ma vie ?

37

Une fois mes affaires rangées, je passe un rapide coup de fil à maman et lui explique que j'ai profité de mon week-end pour m'entraîner, ce qui lui suffit pour oublier que je ne lui ai pas donné de nouvelles. Quant à Lucie, je lui envoie un message pour lui dire que tout va bien et que je l'appellerai demain.

Je n'ai pas le temps de lui raconter tout ce qu'il s'est passé et surtout, je n'en ai pas envie. C'est bien la première fois que je ne me précipite pas pour appeler ma meilleure amie et partager avec elle mes débuts avec un garçon…

Dès que j'arrive dans la salle de repas, Paul et Chiara m'adressent un large sourire. Sixtine me fait un léger signe de la main en me regardant bizarrement. Je n'en fais pas cas et m'installe à leur table.

– Alors ce week-end avec tes proches ? demande Chiara. Ça fait du bien, hein ?

Détestant mentir aux gens que j'apprécie, je me contente de hocher la tête et passe vite à autre chose.

– Où sont les autres ? demandé-je en me servant un verre d'eau.

– Andreas a pris le dernier train, m'informe Paul. Il ne sera pas là avant vingt-deux heures. Quant à Charles…

– Quoi, je manque à quelqu'un ? nous demande une voix derrière nous.

Le sourire éclatant, Charles fait une bise à Chiara et à moi avant de s'asseoir sur la chaise juste à côté de la mienne.

– Comment tu vas ? chuchote-t-il. Tu as une sale tête ! Ça a été avec tes parents ?

Une sale tête ? Sympa !

Pourtant, je ne me sens pas du tout fatiguée ou autre. Au contraire, je déborde d'excitation après ce week-end de folie…

– Euh oui, réponds-je en fronçant les sourcils.

En le voyant m'observer avec un air dubitatif, je comprends tout de suite.

– Je ne me suis pas maquillée, voilà tout, lui expliqué-je.

– Ah, se contente-t-il de répondre.

La façon dont il me scrute me fait comprendre que contrairement à Soen, Charles doit me trouver beaucoup moins belle au naturel. Je suis tout à coup très mal à l'aise car je n'ai pas l'habitude de me montrer sans poudre au minimum, mais finalement je me rassure en me disant que ce n'est pas à lui que je souhaite plaire.

– Et alors, qu'as-tu fait de beau ? demande-t-il tout bas en approchant sa bouche de mon oreille afin que personne d'autre ne puisse entendre.

– Oh rien de spécial ! réponds-je assez fort en regardant les collègues pour montrer que je souhaite profiter de tous les membres du groupe. Et vous, votre week-end alors ?

Sixtine commence en racontant qu'elle a passé deux jours à dormir tandis que Paul m'adresse un sourire discret et coquin.

Suis-je censée comprendre quelque chose là ?

Quand Joséphine nous sert le repas, la table est plutôt animée et tout le monde participe à la discussion. Bien que Charles paraisse légèrement vexé par mon attitude, il échange comme si de rien était. Le fait de le voir aussi bien dans ses baskets me fait penser à Soen et me noue l'estomac. Lui aussi aurait pu être un garçon drôle et bien dans sa peau, si le malheur ne lui était pas tombé dessus.

Une fois le repas terminé, nous nous quittons assez tôt afin de reprendre en forme demain matin. En voyant Charles me fixer sans bouger, les mains dans les poches, je prends une profonde inspiration. J'aurais préféré qu'il comprenne tout seul, mais apparemment, il va falloir que je sois un peu plus claire.

– Écoute Charles, commencé-je en replaçant une mèche de cheveux derrière mon oreille. Tu es vraiment quelqu'un de sympa et…

– Non arrête, me coupe-t-il en faisant un pas vers moi. Je sais tout.

Mon cœur rate un battement. Comment ça, il sait tout ?!

– Ah… euh… oui, bredouillé-je en me raclant la gorge. Et… tu sais quoi exactement ?

– Je sais que tu es vierge, mais ne t'inquiète surtout pas pour ça, j'ai l'habitude de…

– Charles ! l'arrêté-je pour ne surtout pas connaître la suite de sa phrase. Mais enfin pourquoi penses-tu que je suis vierge ?

Les yeux écarquillés, je croise les bras en me demandant où il a bien pu pêcher un truc pareil !

– Eh bien, je ne comprenais pas trop que tu sois aussi coincée alors j'ai parlé avec ton amie, Lucie, et elle m'a fait comprendre que… enfin tu vois quoi. Mais il n'y a rien de grave ma belle.

Je fulmine de rage face à son assurance déconcertante.

– Coincée ? répété-je ahurie.

– Enfin Livia, soupire-t-il comme si j'étais la dernière des idiotes. J'ai bien vu que…

– Vu quoi Charles ? Que je n'accepte pas de coucher avec le premier venu ?! m'excité-je, les yeux exorbités par tant de conneries.

Tandis qu'il écarquille les siens, je prends une profonde inspiration pour me contenir.

– Donc pour toi, si une fille n'accepte pas tes avances, cela veut dire qu'elle est pucelle ? demandé-je les sourcils haussés.

– Mais enfin, je croyais que… alors tu as déjà… ?

Parce que tu crois que je t'attendais peut-être ?

– Ça ne te regarde pas ! m'emporté-je. Tu ne t'es pas demandé une seule seconde s'il n'y avait pas une autre raison comme… que je n'aie pas envie d'aller plus loin avec toi ?

Le voir bouche bée me fait prendre conscience que ce mec ne s'est jamais pris de râteau de sa vie. Et finalement, cela ne m'étonne pas du tout.

– Alors quoi, tu me jettes ? m'interroge-t-il, interloqué.

– Je suis désolée Charles, dis-je plus calmement. Mais effectivement, je ne veux pas qu'on aille plus loin, toi et moi.

Ses yeux se rétrécissent subitement, laissant clairement percevoir sa colère. Mais très vite, il se reprend et se passe une main dans les cheveux tout en haussant les épaules.

– Très bien écoute, tu fais comme tu veux. Après tout, je m'en fiche.

Son air faussement désinvolte me donne envie de rire, mais je ne veux surtout pas le froisser davantage.

– Donc… tout va bien entre nous ? Tu sais, je veux que tout se passe bien et je ne veux surtout pas qu'on reste fâchés ou quoi.

– Non, c'est cool. Pas de problème !

Nous nous sourions pendant un instant et même si je sens que son rictus est hypocrite, je hoche la tête.

– Super ! m'exclamé-je. Alors à demain ?

– Ouais, c'est ça, à demain.

Je lève ma main en l'air en reculant puis lui tourne le dos pour regagner ma chambre. Une fois dans mon lit, je repense à ce que m'a dit Charles et je jure que Lucie va passer un sale quart d'heure ! Nom de Dieu, qu'est-ce qu'elle est allée lui raconter ?

En tout cas, il est impossible qu'elle lui ait dit que je suis vierge…

Mes pensées dérivent instinctivement vers celui qui l'est vraiment.

Soen.

Tout à coup, je me rends compte que je n'ai pas son numéro de téléphone et je suis déçue de ne pas pouvoir lui envoyer un petit message. Nous sommes tellement déconnectés quand nous sommes ensemble… Soen est tellement décalé que je me demande carrément s'il possède un portable.

Je soupire de frustration et attrape la boussole pour me consoler. Immédiatement, je me sens mieux. Tout en la caressant du bout des doigts, je repense à tous ces moments que nous avons partagés.

Et c'est avec le visage de cet incroyable garçon en tête que je m'endors paisiblement.

38

– Hum… Allô ?

– Réveille-toi feignasse ! braillé-je. Tu me dois une explication !

– Liv' ? reprend cette voix ensommeillée que je connais bien.

– Oui, qui tu veux que ce soit ?! lancé-je exaspérée.

– Je n'en sais rien, il est sept heures du mat', merde !

– En quoi ma vie sexuelle a-t-elle besoin d'être exposée au premier venu ?

– Quoi ?! s'étrangle-t-elle de l'autre côté du combiné. De quoi tu parles ?

– Du fait que Charles pense que je suis vierge suite à une discussion qu'il a eue avec toi, apparemment !

J'entends des froissements de tissu, signe que Lucie se redresse dans son lit. Cette fois, elle est bien réveillée et va enfin pouvoir m'expliquer clairement les propos qu'elle a tenus à Charles pour qu'il se fasse cette idée.

– Je n'ai jamais rien dit de tout ça ! Pour qui tu me prends ? s'exclame-t-elle, furieuse à son tour.

Nous avons très peu l'habitude de nous brouiller et je suis mal à l'aise à l'idée de la confronter, mais cette situation m'énerve.

– Il pensait que j'étais vierge après ce que tu lui as dit, visiblement.

– Mais je n'ai rien dit ! Juste que tu n'étais pas du genre à t'envoyer en l'air avec le premier venu et que tu préférais prendre ton temps.

– C'est tout ?

– Oui, c'est tout ! Il voulait comprendre pourquoi tu lui résistais. Tu les fais tous tomber comme des mouches ma biche, qu'est-ce que tu veux que je te dise… c'est ça d'être une bombe.

Je me détends immédiatement. J'avoue que j'étais très surprise qu'elle puisse divulguer ma vie privée et finalement elle a bien fait de lui dire ça. Mais au final, c'est son problème. En tout cas, je suis contente que les choses soient claires entre Lucie et moi.

– En parlant de bombe, tu n'en aurais pas une méga à me raconter par hasard ? continué-je sarcastique.

Un long silence se fait sentir au bout du fil. Lucie serait-elle gênée de me raconter sa nouvelle relation ? Ce serait la meilleure !

– J'ai passé un bon week-end, se contente-t-elle de répondre, un large sourire dans la voix.

Je fais exprès de ne pas surenchérir et laisse traîner sans rien dire. Je connais ma meilleure amie par cœur et je sais qu'elle va craquer. Au bout de quelques secondes, Lucie reprend sans que j'aie besoin d'insister :

– Bon d'accord, j'ai vu ton Paul.

– *Mon* Paul ? Le tien non ?

– Et toi ? Tu étais où ? change-t-elle vivement de sujet. Ne me dis pas que tu es revenue sur Paris et que tu ne m'as rien dit ?

– Je ne voulais pas te déranger… la taquiné-je.

– C'est pas vrai, tu déconnes ?! Alors, tu es revenue ?

– Pas vraiment non.

– Hein ?! Ne me dis pas que tu es allée chez le chevelu ?!

– Soen ! lui rappelé-je en haussant le ton. Je dois te laisser, ma biche !

– Liv', tu…

J'appuie sur le petit téléphone rouge pour mettre un terme à la conversation. Je suis soulagée et à la fois morte de rire de clouer le bec de Lucie. Je sais qu'elle va me rappeler et insister pour que je lui raconte mon week-end, mais je pose soigneusement mon téléphone sur la table alors qu'il se remet à vibrer m'indiquant qu'elle a entrepris son manège de harcèlement.

Je quitte ma chambre en riant, assez fière de moi.

Cette troisième semaine de stage s'annonce sous les meilleurs auspices pour moi. Les choses sont claires avec Charles et je n'ai plus qu'à ne pas me faire attraper lors de mes escapades secrètes pour rejoindre celui qui me fait vibrer.

Quand je rejoins l'entrée de l'écurie, l'ambiance n'est pas comme d'habitude. Chiara et Sixtine se ruent sur moi et chacune se positionne de part et d'autre. Je reconnais bien ce genre d'attitude qui veut dire « viens par là, on a des potins à te raconter », comme si nous étions de vieilles amies de longue date.

– Tu as vu le mec qui fait les écuries ? commence Chiara.

Oui, je le connais plutôt bien…

– Il a changé de tête ! Il est passé d'homme des cavernes à plutôt beau gosse… embraye Sixtine en haussant les sourcils plusieurs fois de suite.

Je souris en repensant à la métamorphose de Soen, mais je m'abstiens de tout commentaire, les laissant partir dans leur délire. Je suis également intéressée de connaître l'avis qu'elles ont sur lui…

– Oui enfin, beau gosse, mais que de profil, souligne Chiara.

Ah, nous y voilà.

– Vous ne l'aviez jamais vu avant ? me permets-je de faire la remarque.

– Si, mais je baissais les yeux dès que je le voyais ! C'est qu'il fait carrément flipper ! Tu as vu sa tête ? En plus, il a un comportement très *strange* !

Alors que Soen arrive du fond du couloir, cheveux coupés en brosse, mon cœur rate un battement. Des petits picotements me traversent le corps. Il marche, toujours du même pas décidé, mais j'ai l'impression qu'il est moins voûté en avant. Ou alors est-ce dû à l'absence de cheveux lui barrant le visage ?

Alors que les filles se positionnent en mode pseudo-séduction, plutôt ridicule, il passe devant nous sans même nous adresser un regard ou un bonjour.

Soen quoi !

– Tu vois, je t'avais dit qu'il était bizarre ! bougonne Chiara. Quel mec normal ne pose même pas un regard sur trois nénettes en train de le reluquer ?

Soen justement !

Charles arrive derrière nous et s'arrête immédiatement en le voyant. Je comprends alors que son changement de look ne lui plaît pas du tout. Il préférait certainement le temps où Soen se cachait et était invisible aux yeux des autres. Aussi, il se rend sûrement compte que les filles ne sont pas insensibles au charme qu'il dégage. De l'extérieur et en étant la seule à connaître les raisons d'un tel changement, je jubile de constater que Soen ne se cache plus comme avant.

– Collin ?! l'interpelle Charles.

Soen se retourne et lève la tête pour l'interroger du regard.

– Tu as trouvé le chemin d'un coiffeur ce week-end ?

La mesquinerie dont il fait preuve me fait serrer les dents et j'hésite à intervenir tellement ce manque de respect me met hors de moi. Finalement, son comportement confirme bien que Charles n'est pas quelqu'un de correct.

Soen se contente de hocher la tête avant de retourner à son travail sans même lui adresser un mot. Cette indifférence me plaît et, encore une fois, il a raison d'agir ainsi. Répondre à la violence par la violence ne mène à rien et l'indifférence est la meilleure alliée dans ce genre de situation.

Tous les autres stagiaires assistent à la scène, mais personne n'ose répondre et l'ambiance est tout à coup très pesante. Charles se retrouve un peu désarçonné et tape dans ses mains avant de s'exclamer gaiement :

– En selle dans trente minutes !

À la hâte, nous nous dispersons chacun dans les box de nos montures pour les préparer.

La séance se passe dans le calme. Alors que nous terminons, j'aperçois Soen au loin tenant Idylle en main. La jument est apaisée et le suit tranquillement. Il se rapproche de la carrière dans laquelle nous sommes et lorsqu'il passe près de moi, son regard se plonge dans le mien et il me fait un signe de tête, comme pour me dire de le rejoindre.

Quoi maintenant ?

Alors que tout le monde a terminé de desseller, Chiara m'interpelle :

– Tu as fini Livia ? On va déjeuner !

– Allez-y ! Je vous rejoins. J'ai encore quelque chose à terminer, m'empressé-je de répondre.

Je vérifie que Charles suit bien les autres et que personne ne reste dans l'écurie. Telle une clandestine, j'avance à pas de loup jusqu'à me retrouver dans la sellerie. La porte se ferme derrière moi et je sens immédiatement la chaleur du torse de Soen dans mon dos. Je me retourne et lui fais face.

– Ça va ? l'interrogé-je, légèrement inquiète.

Sans me laisser le temps de répondre, il s'avance et m'attrape par la nuque pour m'embrasser. Très surprise de ce geste venant de lui si timide jusqu'à maintenant, je mets quelques secondes à m'investir dans ce baiser, mais la puissance dont il fait preuve me fait presque ressentir qu'il est en manque de contact. Cette sensation ne me déplaît pas, bien au contraire. Je plonge directement avec lui dans ce bain de chaleur en m'accrochant à son cou et passe lentement ma langue sur sa lèvre inférieure. Puis, Soen recule légèrement et sourit alors que je reprends mon assaut.

Après que nous nous sommes salués de la manière la plus agréable qu'il soit, je lui demande en riant :

– C'était tout ?

– Tu m'as bien dit que je pouvais faire ça quand j'en avais envie ? me questionne-t-il avec un sourire timide à tomber par terre.

– Ça me va ! Cette coupe de cheveux te va si bien… C'est moi qui vais devoir refréner mes envies.

Et hop, le Soen encore mal assuré refait surface. Il baisse les yeux et rougit légèrement suite à mon compliment. Un coup audacieux, un coup timide, ce chaud-froid fait bondir mon petit cœur dans ma poitrine. Je passe ma main sur sa joue abîmée et dépose un léger baiser sur ses lèvres.

– Qu'est-ce que tu fais avec Idylle ? l'interrogé-je.

– Monsieur de La Perrière est d'accord pour que je m'en occupe. Et si ça fonctionne, il a même dit qu'il lui laisserait peut-être une chance !

– Oh, Soen, c'est génial !

Il sourit et ouvre la bouche, s'apprêtant à me dire quelque chose, mais un bruit dehors nous fait sursauter.

– Je file avant que quelqu'un ne se doute de quelque chose. À ce soir chez toi !

Je ne lui laisse pas le temps de répondre et sors de la pièce en sautillant.

Avant de rejoindre les autres, je prends une grande inspiration pour faire retomber le feu qui brûle dans mes joues et tout mon corps.

39

L'après-midi se passe sans encombre et lorsque nous terminons notre session de cross, je suis exténuée.

Paul m'intercepte avant que je ne rejoigne ma chambre.

– Liv', je peux te parler ? Euh Livia, je veux dire.

– Bien sûr, Paul, ne sois pas gêné, tu peux m'appeler Liv'. Je pense savoir où tu as pêché ce surnom…

Paul m'emboîte le pas et nous nous installons sur la terrasse, face aux prés.

– Quelque chose ne va pas ? Tu sembles tracassé ?

Il se triture les doigts et je comprends qu'il n'ose pas aborder le sujet. C'est bien la première fois que je le vois si vulnérable, lui qui d'ordinaire sait déchiffrer le comportement des autres avec une justesse hors pair.

– Tu sais que j'ai passé le week-end avec Lucie, n'est-ce pas ?

– Il paraît ! Et c'est ça qui te met dans cet état ? Ce n'était pas bien ?

– Ben si justement… trop bien !

– Alors, quel est le problème ?

– J'ai peur de m'emballer un peu vite. Je sais que Lucie n'est pas du genre à se poser. Elle m'a prévenu, mais… c'est que je n'arrête pas de penser à elle !

Ah, sacré Lucie !

– Laisse faire le temps, le rassuré-je. Vous vous connaissez à peine… Attends un peu avant de faire des plans sur la comète.

Et c'est toi qui dis ça ? me renvoie ma conscience moqueuse.

Finalement, je suis un peu dans la même situation avec Soen. Même si nous ne nous connaissons pas beaucoup, je n'arrête pas de penser à lui et j'ai du mal à imaginer notre séparation.

Alors, au lieu de donner des conseils à ce brave garçon, contente-toi de le comprendre ! m'assène le petit démon qui loge dans mon cortex.

– Je te comprends Paul, mais ça va aller. Lucie a un peu de mal à faire confiance, mais laisse-lui du temps.

Il me sourit chaleureusement comme pour me remercier du conseil.

– Vous n'en êtes qu'au début ! renchéris-je. Profite de ces bons moments au lieu de te torturer l'esprit.

– Tu as l'air de savoir de quoi tu parles, me chuchote-t-il en m'adressant un clin d'œil.

Décontenancée par sa remarque, je me redresse tel un suricate à l'affût.

– Liv', je sais ce qu'il se passe. Mais tu peux compter sur moi, je ne dirai rien ! Et si tu as besoin de moi, je suis là !

Je rougis de honte. Je ne veux pas donner raison à Paul quant à ses suspicions, mais Lucie a certainement dû lui parler de mon terrible dilemme et il a réussi à déceler mon choix final. N'ayant pas de mots pour lui répondre, je le serre dans mes bras et il me susurre à l'oreille :

– Je suis persuadé que ton choix est le bon.

Je resserre mon étreinte pour lui montrer à quel point je lui suis reconnaissante de ne pas ébruiter ma relation avec Soen.

Je me lève pour rejoindre ma chambre puis nous nous tapons dans la main avant de cogner nos poings comme pour sceller nos secrets respectifs.

Il est déjà presque dix-neuf heures quand je sors de la douche. Impossible d'aller rejoindre Soen avant le dîner et toujours aucun moyen de le contacter pour le prévenir. Je ne peux pas encore déserter l'heure du repas car cela deviendrait vraiment suspect. Je tourne comme un lion en cage afin de trouver une solution et décide que j'irai chez lui après manger.

À table, la conversation revient inévitablement sur le changement physique de Soen. Chiara est en boucle :

– Il a certainement trouvé une chérie pour changer radicalement de look !

– Lui, une nana ? raille Charles. J'en doute franchement. Je ne sais même pas s'il a déjà embrassé une fille.

Eh ben, détrompez-vous les gars ! Et il se débrouille plutôt bien d'ailleurs…

– À part s'occuper des chevaux, il ne fait rien d'autre, continue-t-il plus acerbe que jamais.

– Et comment le sais-tu ? ne puis-je m'empêcher de demander. Il ne me semble pas que vous soyez si proches que ça, si ?

– Pas vraiment non ! Mes potes sont bien plus sympas que ce rustre.

– Moi, j'aimerais bien savoir ce qui lui est arrivé pour qu'il ait le visage si abîmé, surenchérit Chiara. Parce que s'il n'avait pas ça, j'en ferais bien mon quatre-heures.

Ah bon ?! Et tu n'es pas censée être prise, toi ?!

Je n'ai pas le temps de poser la question à Chiara que Sixtine prend la parole :

– En tout cas, il a osé raser sa barbe, c'est qu'il en a dans le caleçon !

Quelle classe ! Je ne la connaissais pas aussi directe…

– Le physique est donc si important pour vous ? demandé-je en fronçant les sourcils.

Sixtine et Chiara m'observent surprises tandis que Paul me fait les gros yeux, signe que je ferais mieux de me taire si je ne veux pas me dévoiler.

– Non, mais attends, dit Sixtine en secouant la tête. Il y a physique et physique ! Ne me dis pas que toi, tu serais attirée par un mec comme ça ? Je veux dire, avec un si gros défaut !

– Non, rétorqué-je immédiatement en sentant le danger se pointer. Ce n'est pas du tout mon style, continué-je en regardant Charles pour montrer qu'il correspond plus à mon type d'homme.

Mentir de cette façon me donne la gerbe. Je suis obligée de jouer un jeu, tout ça parce que le physique de Soen n'est pas dans les standards. Ça me dégoûte !

Du coup, je ne me sens pas très bien et décide de ne pas prendre de dessert. Quand je retourne dans ma chambre et que je me retrouve face à mon reflet dans le miroir, je me hais. Comment puis-je débiter des insanités pareilles à propos de celui pour qui je nourris des sentiments naissants très forts ? Nom de Dieu, pourquoi le physique est-il si important dans notre société ?!

Je me passe un coup d'eau sur le visage, enfile un jogging et me dépêche de rejoindre Soen. À cet instant précis, je ressens l'immense besoin de me retrouver dans ses bras.

Lorsque je traverse le bois, le bruit de branches qui craquent et les froissements de feuilles me font accélérer le pas. Quand j'arrive chez lui, je frappe vivement à la porte et dès qu'il m'ouvre, je me jette à son cou.

– Livia ? Tout va bien ?

– Serre-moi fort, Soen.

Il s'exécute sans rien dire et je décolle du sol quand il me serre contre son torse musclé, tout en mettant son nez dans mon cou. Son souffle régulier me permet de reprendre mes esprits et de me calmer.

– Je suis désolée.

– De quoi ? m'interroge-t-il en me caressant les cheveux. J'ai bien compris que tu n'avais pas pu venir plus tôt, ce n'est rien.

La naïveté de Soen me noue l'estomac. Doucement, il me redépose à terre et je plaque ma joue contre ses pectoraux. Son cœur bat tranquillement, ce qui m'apaise immédiatement. Il me prend le visage en coupe pour que j'affronte son regard. Mes yeux sont humides, tandis que les siens m'intiment de parler.

– J'avais trop besoin de te voir, tu m'as manqué.

– Et c'est ce qui te met dans un état pareil ? sourit-il en me caressant la joue du pouce.

Me retrouver dans ses bras me fait tout de suite oublier cette horrible conversation et finalement, cela n'a aucune d'importance. Tout ce qui compte, c'est que nous soyons ensemble et que nous profitions l'un de l'autre au maximum sans nous soucier du regard des autres. Alors que je reste silencieuse, il enchaîne, ironique :

– Si j'avais su que je ferais cet effet à quelqu'un un jour…

Je lui tape sur l'épaule et cette fois, c'est moi qui suis presque gênée de m'être confiée à lui de la sorte. Je ne suis pas du genre à faire de grandes déclarations, mais là, j'avais besoin de lui dire ce que je ressentais.

– On peut aller se promener ? demandé-je.

– Si tu veux.

Soen referme la porte derrière lui et nous prenons le petit chemin en direction du bois, main dans la main. J'ai tellement besoin de le sentir près de moi que je passe son bras par-dessus mon épaule pour qu'il m'enlace. Il ne dit rien et serre son étreinte, tout à fait naturellement. Soen devient de plus en plus proche de moi et ça me donne des ailes.

– Vous êtes un peu la star du domaine, monsieur Collin ! brisé-je le silence au bout de plusieurs minutes de marche.

– Pourquoi tu dis ça ? m'interroge-t-il, interloqué.

– Toutes les filles se damneraient pour obtenir ne serait-ce qu'un regard de ta part ! le taquiné-je en employant une voix mielleuse.

– Arrête de dire n'importe quoi !

– Je t'assure ! Ton nouveau look plaît énormément.

– Le principal, c'est qu'il te plaise à toi.

Soen m'embrasse sur le front puis nous continuons notre balade jusqu'à ce que le soleil se couche.

Sur le retour, je lui raconte ma journée et lui explique que cette séance de cross était intense et que mon genou en souffre encore un peu. Quand nous arrivons chez lui, il m'offre un verre d'eau et nous nous installons sur le canapé.

– Donne-moi ta jambe, m'ordonne-t-il en tapant sur la sienne.

Mon esprit part à la dérive et je sens déjà une vague de chaleur monter en moi quand il calme mes ardeurs :

– Je veux voir l'état de ton genou.

Bon sang, Soen…

Je relève alors mon jogging jusqu'à ma cuisse pendant qu'il se penche pour attraper le tube de crème posé sur la table basse.

– Quelqu'un m'a donné ça, il paraît que ça fait effet ! blague-t-il en m'adressant un clin d'œil.

Doucement, il attrape ma jambe tendue qu'il dépose sur sa cuisse. Il tire un peu plus sur mon pantalon pour le remonter tandis que je le regarde faire, muette de surprise.

De la manière la plus délicate qu'il soit, Soen pose de la crème sur ma peau et commence à me masser avec ses deux mains. Le simple toucher de ses paumes puissantes sur cette zone de mon corps, pourtant non érogène jusqu'à présent, se révèle être très sensuel. Impossible de le quitter des yeux.

Au bout de quelques instants, j'approche mon visage du sien et positionne ma main sous son menton pour qu'il relève la tête. Soutenir son regard plein de désir me pousse à poser mes lèvres sur les siennes afin de l'embrasser avec ferveur.

Ensuite, je pose une main de chaque côté de son visage et me redresse pour me positionner à califourchon sur ses genoux sans que nos bouches se séparent. Il m'accueille avec plaisir et pose même ses mains directement sur mes fesses, ce qui me rassure immédiatement.

Lui aussi, il en a envie…

Soen continue de m'embrasser en faisant remonter ses mains le long de mon corps pour finir autour de ma nuque. Même si ses gestes sont un peu brusques, l'avidité dont il fait preuve traduit son envie naissante et cela suffit pour me mettre dans tous mes états.

Je passe alors mes mains sous son tee-shirt et caresse ses abdominaux tandis qu'il dépose des milliers de petits baisers depuis la base de mon oreille jusqu'à la pointe de mon épaule. Ses lèvres sont si douces que je me laisse emporter dans un tourbillon de sensations inédites oscillant entre l'envie que ce moment dure encore et l'excitation de continuer à nous découvrir plus intimement.

À son tour, Soen passe ses mains dans mon dos, sans oser aller plus loin. Alors, je recule mon buste et le regarde sans sourciller puis j'attrape chacune de ses mains dans les miennes et les fais glisser sous mon débardeur. Sans bouger, Soen me dévisage comme pour me demander la permission, mais je me contente de l'embrasser à nouveau pour lui montrer qu'il peut franchir la barrière du vêtement sans retenue.

Alors que je remue sur son bassin, je sens clairement que Soen est dans le même état que moi. Je me redresse de nouveau et lui retire son tee-shirt, ce qui le fait légèrement sourire. Il me fait confiance et nous n'avons pas besoin de parler pour nous comprendre.

Cependant, avant d'aller plus loin, je m'approche de son oreille et lui murmure :

– J'ai envie de toi, Soen.

Mes paroles ont l'effet d'un détonateur sur sa timidité, faisant exploser les barrières qu'il s'imposait jusqu'ici. Il me serre dans ses larges bras musclés avant d'attraper mes lèvres avec une passion dévorante.

Je termine ce baiser pour en déposer de tout petits le long de sa cicatrice jusqu'à arriver à ses lèvres… comme si je pansais sa blessure.

Essoufflé, il prend mon visage dans ses mains et le recule pour me regarder dans les yeux. Ce moment est suspendu, comme si j'avais touché un point sensible. Ai-je bien fait ?

Ne souhaitant surtout pas rompre la magie de cet instant, je l'embrasse dans le cou et sur le torse en prenant le temps d'explorer les lignes dessinées par les muscles sur sa peau. Soen bascule la tête en arrière et se détend progressivement. Puis, il me prend par les hanches et me bascule sur le canapé afin de se placer au-dessus de moi.

Encore une fois, nous nous fixons d'une manière indescriptible, faisant battre mon cœur encore plus fort.

– Tu es magnifique, Livia, murmure-t-il.

– Toi aussi…

Soen se mord le coin de la lèvre et je ne rajoute rien. De toute façon, l'état de nos deux corps suffit à témoigner de notre envie l'un pour l'autre. Il reprend alors son assaut et fait glisser mon débardeur par-dessus ma tête. Il a une vue directe sur mon corps dénudé et mon soutien-gorge noir.

En sachant pertinemment qu'il ne s'est jamais retrouvé dans cette situation, je le regarde en souriant et pose mes mains sur ses fesses à mon tour, comme pour lui dire qu'il n'a pas à avoir peur. Son souffle est court et ses émotions semblent s'embrouiller, mais je lui fais un signe de tête qu'il comprend immédiatement.

Soen descend jusqu'à mon nombril en enlevant délicatement mon soutien-gorge. Je décolle immédiatement. Ses baisers sont aussi doux que la caresse d'une plume. Je tente de m'accrocher à ses cheveux qui ne sont plus. Voir cette masse de muscles aussi doux et tendres m'emporter si loin en si peu de temps est assez fou. Je ne peux retenir les petits cris de plaisir que me procure son contact.

Impatiente, je me redresse et le force à s'asseoir tout en m'attaquant au bouton de son pantalon. Pendant ce temps, il glisse la main dans sa poche arrière avant que je n'arrive à le lui enlever complètement. Il s'en prend ensuite à mon jogging qui se retrouve projeté au fond de la pièce en une seconde. Nous ne sommes plus maîtres de nos gestes qui deviennent pressants tellement nous ressentons mutuellement le besoin d'être encore plus proches l'un de l'autre.

Dans la minute qui suit, nous sommes nus à nous embrasser comme si nos vies en dépendaient. Soen ose même m'allonger sur son canapé afin d'explorer mon corps avec ses mains tandis que nos bouches ne font plus qu'une. Il semble si pressé qu'il en est parfois maladroit dans ses gestes, mais cela ne le rend que plus beau à mes yeux.

Sans même que je m'en rende compte, il s'équipe seul et se glisse entre mes jambes. Il s'arrête un instant, comme s'il hésitait, pour vérifier s'il fait les choses correctement.

– L'attente est un supplice, Soen…

Il rit et m'embrasse dans le cou tandis qu'il s'insère en moi délicatement. Le sentir m'envahir aussi subtilement et avec tant de douceur me fait immédiatement comprendre que Soen est vraiment différent. Unique. Son innocence, sa naïveté et la confiance qu'il a en moi pour accepter de franchir ce pas me prouvent que nous sommes réellement connectés l'un à l'autre.

Je relève son visage alors qu'il entame de lents va-et-vient. Il n'ose pas me regarder, mais nous posons nos fronts l'un contre l'autre alors que ses abdos se contractent au rythme langoureux qu'il donne à notre étreinte. Nos souffles sont rapides, mais toujours à l'unisson. Il me dépose un baiser sur le nez. À ce moment-là, j'ai presque envie de pleurer tellement Soen me fait ressentir des sentiments et des sensations encore inconnus à ce jour. Lui, si candide, se laisse aller et me témoigne de l'attachement qu'il a pour moi en me respectant.

Ce que nous nous apportons mutuellement est bien plus fort que tout ce que j'ai pu connaître jusqu'à présent. Alors que je lui fais découvrir des plaisirs insoupçonnés, il me pousse à me connaître davantage et à ne pas me voiler la face. Il m'oblige à être la vraie Livia. Est-ce pour cela que mes sensations lors de ce moment d'intimité sont décuplées ?

Nous nous perdons mutuellement dans les méandres du plaisir et voir Soen s'extasier de la sorte me rend heureuse d'être la première à lui avoir fait connaître les plaisirs de la chair.

Pour ma part et bien que j'aie déjà eu d'autres partenaires sexuels, aucun d'entre eux ne lui arrive à la cheville. Je ne parle pas en termes de performances sexuelles, parce que Soen n'est pas encore complètement à l'aise, mais aucun homme n'avait été aussi attentif à mes désirs. J'ai bien senti qu'il a mis tout son cœur dans ce moment charnel et je me suis moi-même découverte à travers lui. Je me sens belle à ses yeux et pour moi, Soen est magnifique.

Alors qu'il se redresse, je reste allongée sur le canapé, mais ne plus sentir son corps contre le mien me laisse un immense vide et je me recroqueville instantanément.

Après un passage à la salle de bains, Soen revient vêtu de son boxer et s'assied à côté de moi, un peu soucieux. Durant quelques instants, il reste silencieux, le regard dans le vide. Apaisé ? Apeuré ?

Sans le laisser ruminer davantage, je me relève pour me pelotonner dans ses bras et la chaleur de son corps me donne envie de recommencer.

– Tout… tout va bien ? finit-il par me demander, inquiet.

– Très bien, le rassuré-je en lui déposant un baiser sur l'épaule. On dirait que tu as fait ça toute ta vie ! ajouté-je avec légèreté.

– Tu te moques ?

– Non, je t'assure. C'était parfait.

Soen ne semble pas convaincu, mais se contente de sourire.

– D'ailleurs, poursuivis-je. Je suis étonnée que… je veux dire… tu as pensé au préservatif et tout.

– Je me suis renseigné.

– C'est-à-dire ?

– Ben… j'ai vu quelques films.

La spontanéité de sa réponse me laisse sans voix. Ne devrais-je pas lui expliquer qu'il n'est pas censé dire à sa copine qu'il mate des films pornos ?!

À vrai dire, la relation que j'entretiens avec Soen n'est pas conventionnelle et finalement, c'est ça que j'aime le plus. Soen est un être si peu ordinaire. Si respectueux et si innocent…

Si authentique.

Seigneur, les sentiments que je suis en train de ressentir me font si peur que mon corps se met à frissonner.

Le regard rivé à travers la fenêtre alors que le soleil couchant inonde la pièce d'une lumière orangée, Soen ne remarque pas mes interrogations silencieuses. Je décide alors de profiter de ce moment et me blottis de nouveau contre lui.

– Je peux te poser une question ? me demande-t-il une dizaine de minutes plus tard.

– Hum hum ?

– Ça aussi, je peux le faire quand je veux ?

J'éclate de rire et brusquement, je le force à se mettre sur le dos afin d'allonger mon corps sur le sien.

– Autant que tu voudras…

40

– Livia ?

– Hum…

– Réveille-toi, il est six heures !

Hein ?!

Mes yeux s'ouvrent difficilement et quand j'aperçois le visage flou de mon amant, mes lèvres s'étirent en un sourire.

– Bonjour toi, murmuré-je.

– Tu dois retourner au domaine avant que tout le monde se lève, me susurre Soen au creux de l'oreille.

Sans prêter attention à ce qu'il dit, je l'attrape par le cou pour le retenir prisonnier et il retombe lourdement sur moi. Il sent le gel douche musqué et ses cheveux humides me mouillent l'épaule.

– Livia, gémit-il en tentant de se redresser.

– Je n'ai pas envie de rentrer ! rétorqué-je en tentant de l'embrasser.

Cette fois, il se relève, me forçant à le relâcher.

– Je t'attends dans la cuisine ! lance-t-il en quittant la pièce sans même remarquer ma moue boudeuse.

Quand je rebascule sur le dos, je repense à notre soirée magique d'hier soir. À nos ébats passionnés. Oui, après cet échauffement, nous avons confirmé l'essai une deuxième fois et Soen s'est montré beaucoup plus assuré et entreprenant, ce qui a rendu le moment encore meilleur. Il est si prévenant, toujours à l'écoute du moindre de mes désirs, et il accepte que je le guide afin que ce moment de partage soit aussi agréable pour lui que pour moi.

Notre complicité déjà intense jusqu'à présent se voit donc renforcée. Le respect que nous avons l'un pour l'autre est décuplé par la découverte progressive de nos corps. Je m'étire et souris en constatant que j'ai dormi nue dans le lit de Soen. D'ordinaire, je ne supporte pas le contact des draps à même la peau, mais apparemment rien ne me dérange quand il s'agit de lui.

Je file prendre une douche et me rhabille avec mes vêtements de la veille. Le soleil se lève timidement quand j'arrive dans le salon et, comme d'habitude, le petit déjeuner est déjà prêt. Vêtu seulement d'un boxer et d'un tee-shirt, Soen dépose une bouteille de jus d'orange avant de s'asseoir.

Se rend-il compte d'à quel point il est sexy ?!

Je m'approche et glisse ma main sur ses trapèzes avant de m'asseoir sur ses genoux pour l'embrasser.

– Bonjour…

– Bonjour, me répond-il en glissant sa main sous mon débardeur.

J'aime qu'il ose ce genre de geste avec moi sans être gêné. Alors que je m'apprête à l'embrasser de nouveau, Soen recule le visage avant de m'aider à me remettre sur pied.

– Et si on mangeait ? propose-t-il en me faisant signe de m'asseoir face à lui.

Un brin vexée, je m'exécute et me sers une tasse de café avant de lui demander :

– Alors quoi, tu n'es pas du matin ?

Soen fronce les sourcils avant de se mettre à sourire quand il comprend le sens réel de ma question.

– Livia, crois-moi, j'ai tout le temps envie de toi. Du matin au soir, je ne pense qu'à toi…

Oh mon Dieu ! Ces simples paroles pénètrent dans mon cerveau avant d'éclater partout dans mon corps.

– C'est que l'heure tourne, s'explique-t-il plus sérieusement. Il faut que tu rentres avant que quelqu'un ne s'aperçoive de quelque chose.

– C'est trop nul ! réponds-je la bouche pleine de viennoiseries.

– On n'a pas vraiment le choix. Imagine la tête que les gens feraient en voyant une jolie fille comme toi avec… moi.

Soen tente de sourire même si j'ai senti de la douleur dans sa voix.

– Ne dis pas ça ! râlé-je en me levant pour me mettre derrière lui.

Mais au fond, je sais qu'il a raison. Dévoiler notre relation au grand jour lui causerait autant de problèmes qu'à moi.

Doucement, je fais glisser mes mains autour de son cou avant de pencher ma tête à côté de la sienne pour lui déposer un baiser au bord de la lèvre.

Après un court instant sans bouger, Soen se met debout.

– Je dois y aller pour nourrir les chevaux. Tu laisses la clé sous le pot de fleurs à l'entrée, OK ?

J'acquiesce d'un simple hochement de tête avant qu'il ne retourne dans la chambre pour se préparer. De retour dans le salon, je suis déjà en train de débarrasser la table quand je l'entends me demander timidement :

– Alors, à ce soir même heure ?

– Évidemment ! réponds-je en souriant.

Aussitôt, Soen fait un pas vers moi et nous nous embrassons une dernière fois avant qu'il ne quitte les lieux.

Je range en vitesse et récupère mon sac avant de retourner en direction du domaine. Lorsque j'arrive vers la barrière en bois, je remarque que M. de La Perrière passe dans la cour. Il est sept heures et le petit déjeuner sera servi dans une demi-heure. Pour que mon retour passe inaperçu, et comme je suis en pantalon de sport, je fais mine de revenir d'un jogging matinal.

S'il connaissait l'origine exacte de mes courbatures…

J'avance à petites foulées quand ce dernier se retourne.

– Livia ? Que faites-vous à une heure si matinale ?

– Je n'arrivais plus à dormir alors j'ai décidé d'aller faire un petit footing pour m'échauffer.

– Vous êtes très consciencieuse, bravo !

Soen passe derrière moi avec une brouette chargée de granulés en riant silencieusement.

– Bonne journée Livia !

– À vous aussi, monsieur !

Je pouffe à mon tour et rejoins ma chambre tout en continuant ma fausse séance de sport.

Après le petit déjeuner durant lequel je me suis forcée à boire un deuxième café pour ne pas éveiller les soupçons, Serena nous donne nos chevaux et nous partons en direction des écuries. Soen affiche un léger sourire, mais moi qui le connais maintenant mieux, je sais que cela veut dire beaucoup. Sa posture est beaucoup moins renfermée que d'habitude et je suis contente de le voir aussi à l'aise.

Charles, qui arrive en retard, semble contrarié.

– Salut beau gosse ! le hèle Sixtine en s'approchant à son tour.

Il lui adresse un signe de la main et continue jusqu'à passer devant moi.

– Salut Livia. Pas trop fatiguée par ton footing matinal ?

Je manque de virer au rouge pivoine, mais je prends une grande inspiration et lui retourne sans même le regarder :

– Ça va, merci.

Son père l'a certainement mis au courant pour ce matin. Il faut vraiment que je fasse attention à ce que je fais désormais et que mes mensonges passent inaperçus. En attendant, je suis assez fière de mon stratagème.

Charles continue son chemin pour aller préparer sa monture et quand il passe à côté de Soen, il pose sa main sur son épaule.

– Salut Collin, comment ça va ce matin ?

Soen se contente d'acquiescer et me regarde du coin de l'œil, méfiant. De mon côté, j'avoue que j'appréhende la teneur de leur échange.

La séance de dressage du matin se passe à merveille, dans la joie et la bonne humeur.

Pendant le déjeuner, tout le monde rit et partage des anecdotes sur des chutes à cheval lors de concours.

À la sortie du repas, je vois Soen au loin en train de boire et de se rincer les mains au tuyau. Il se passe de l'eau sur le visage et je reste immobile à le contempler secrètement. Même ce geste complètement anodin le rend sexy à mes yeux. Je pense immédiatement à ma meilleure amie qui s'imaginerait tout un tas de scénarios en assistant à cette scène et… finalement, je deviens pire qu'elle !

L'après-midi, nous enchaînons des combinaisons d'obstacles. Je me trompe sur certains enchaînements et Serena se fait un plaisir de me ridiculiser devant tout le monde. En effet, nous en sommes à la troisième semaine d'entraînement et les erreurs que je commets sont dignes d'un débutant.

Concentre-toi, Livia !

Soen ne me calcule pas de la journée et exécute son travail comme d'habitude. Alors que nous rentrons les chevaux, il vient récupérer nos affaires et Charles refait surface au même moment.

– Ça vous dit une nuit sous les étoiles ? nous interpelle-t-il du fond du couloir. Ce soir, le ciel sera dégagé !

Les filles se mettent à glousser, heureuses de cette proposition.

– Super idée Charles ! lance Sixtine.

– Et toi Livia ? Tu seras de la partie ? me questionne-t-il sans une once de nervosité.

Le choix est difficile car évidemment, je n'avais pas prévu de m'allonger dans l'herbe pour regarder le ciel, ou alors peut-être en meilleure compagnie…

Je ne laisse pas mon Soen entrer dans mon esprit et tente de réfléchir. Si je refuse, je vais vraiment me griller auprès de tout le monde. Toutes ces infos tournent dans ma tête à une vitesse folle : Soen va-t-il m'en vouloir de ne pas le rejoindre ? Ai-je vraiment envie de me sacrifier pour l'image que je renvoie aux autres encore une fois ? Pourrais-je éventuellement y aller accompagnée ? Non Liv', c'est complètement fou !

Alors que je secoue la tête pour me remettre les idées en place, je réponds sans réfléchir :

– OK, vers quelle heure ?

Le sourire de Charles s'élargit, comme s'il avait gagné une bataille.

– Quand il fera nuit noire, disons vingt-deux heures trente !

Ouf, cela me laisse le temps de passer un peu de temps avec mon amoureux avant.

– Génial ! Ça va être beau et romantique, lance Chiara en regardant Charles, qui lui répond par un clin d'œil évocateur.

Eh ben voilà, il a trouvé une autre proie. C'est peut-être ça la raison de sa bonne humeur soudaine. Encore une fois, je me demande à quoi joue Chiara. Quand on s'est rencontrées, elle m'avait avoué souffrir du manque de son petit ami. Enfin bref, même si j'ai du mal à la comprendre, je dois avouer que tout ça arrange bien mes affaires.

Si ça permet à Charles de se focaliser sur quelqu'un d'autre que moi, c'est parfait !

41

Une fois que tous mes camarades ont rejoint leurs quartiers, je file chez Soen.

Quand j'arrive, je me laisse porter par le son de l'harmonica et le retrouve assis au même endroit que la dernière fois. Je m'installe à côté de lui en souriant et pour mon plus grand bonheur, il continue à jouer.

Il m'avait pourtant confié ne jamais en faire devant les gens, mais visiblement il me fait assez confiance pour ne pas s'arrêter en ma présence.

Ébahie, je me mords la lèvre inférieure tandis qu'il me regarde dans les yeux alors que ses lèvres glissent sur ce petit instrument en fer délivrant des notes plutôt entraînantes. À cet instant, je rêve d'être à la place de l'harmonica !

Je ne peux m'empêcher de bouger les épaules alors que mes yeux ne se décollent pas de sa bouche en action… et bon sang, quelle bouche !

Je commence à comprendre les élucubrations de Lucie concernant un homme pour lequel le désir est plus fort que tout. Le moindre geste est prétexte à divaguer.

Dès lors qu'il termine ce morceau, il relâche le petit instrument, mais soutient toujours mon regard aussi intensément. Une forte électricité se dégage entre nous et je peux jurer que si nous nous touchons, cela va faire des étincelles.

Nous continuons de nous contempler sans rien dire. Comme

si nous attendions de voir qui de nous deux va tenir le plus longtemps avant d'oser entrer en contact avec l'autre.

Ce petit jeu m'excite à tel point que je commence à me tortiller sur place. L'intensité qu'il dégage est semblable à une mèche de dynamite allumée qui se consume lentement et qui est directement reliée à mon bas-ventre.

Non Livia, ne craque pas !

Toutes ces petites secondes me semblent durer une éternité et ne font qu'agrandir cette flamme qui brûle en moi.

Sans sourciller, Soen s'humidifie les lèvres au ralenti. À moitié choquée qu'il ose faire une chose pareille et excitée par ce geste si sensuel, je fais tout pour cacher mon trouble.

Au bout de quelques interminables minutes, il s'approche très lentement et dépose un baiser chaste juste en dessous de mon lobe gauche.

– Allons rejoindre Oups, susurre-t-il à mon oreille.

Attends, il se fout de moi là ?!

Soen n'a pas le temps de reculer que je l'attrape par les épaules et le bascule dos à terre en me positionnant à califourchon sur lui. Je mets mes mains dans les siennes et les place au-dessus de sa tête. Puis, j'approche mon nez du sien, tandis que ma poitrine frôle lentement son torse. La vue directe qu'il a sur mes seins semble lui faire énormément d'effet si j'en crois ce que je sens grossir contre moi.

Doucement, j'effleure son front de mes lèvres puis je laisse glisser mon nez sur sa joue tout en plaquant mon buste contre le sien. Il ferme les yeux et se laisse faire en souriant. Ensuite, je passe ma langue sur son lobe droit tandis que mes cheveux chatouillent son visage.

– Alors Collin, tu veux jouer ? l'interrogé-je en me pinçant les lèvres, les yeux rivés aux siens.

– C'est bon, geint-il en relâchant mes mains pour agripper ma taille. Tu as gagné !

Mon rire est aussitôt coupé par sa bouche qui se plaque avec voracité contre la mienne.

Tout en nous embrassant, nous démarrons des ondulations très excitantes, jusqu'à ce que je me rende compte que nous sommes en pleine nature. Certes, cachés derrière la maison de Soen où il n'y a aucun vis-à-vis, mais en pleine nature quand même !

Bien que je ne sois pas du genre à faire ça dans des lieux aussi indécents, je continue de me frotter sur ses hanches tout en déposant de tout petits baisers le long de sa mâchoire.

Soen se laisse faire et je comprends alors que lui non plus ne voit aucun inconvénient à faire ça ici, au milieu des champs.

Et bon sang, ce que cela m'excite !

Lentement, je fais glisser mes doigts le long de ses biceps pour rejoindre son ventre musclé. Immobile, Soen me regarde faire avec des yeux brûlants de désir. C'est complètement fou, mais jamais je ne me suis sentie aussi confiante et belle entre les mains d'un homme.

Alors que mes doigts descendent lentement jusqu'à son pantalon, nous sommes interrompus par des cris au loin.

– Collin, ouvre ! Je sais que tu es là !

Soen se redresse illico et m'attrape par la taille pour me poser sur le côté en une fraction de seconde. Toute cette atmosphère si légère et chaude à la fois se disperse en un instant.

– Reste là ! m'ordonne-t-il en tirant sur son tee-shirt qui ne demandait qu'à être enlevé.

– Ouvre ! hurle l'homme encore plus fort.

À cet instant, je reconnais cette voix au loin. Soen file sans un mot et fait le tour pour rejoindre sa maison. Je récupère son harmonica et le glisse dans ma poche avant de le suivre. Discrètement, je me place sur le côté de la maison, de façon à pouvoir les entendre sans qu'ils me voient.

– Ah, tu es là ! s'exclame Charles un peu trop vivement.

– Qu'est-ce que tu veux ? crache Soen d'un ton acerbe que je ne lui connais pas.

– Alors, c'est ici que tu caches ta dulcinée ?

Oh, mon Dieu…

Je plaque ma main sur ma bouche en sentant l'angoisse me comprimer la poitrine.

– Je ne vois pas de quoi tu parles, rétorque calmement Soen.

– Ah tu ne vois pas… alors si je te dis : jolie brune aux yeux verts, ça te parle plus ?

Soen reste silencieux et je donnerais tout pour voir l'expression de son visage.

– Tu ne vois toujours pas ? embraye Charles, ironique. Et si je te dis qu'elle embrasse comme une déesse et que ses petites fesses sont bien fermes ?

Oh non non non…

– Arrête ça tout de suite, le menace Soen.

Au son de sa voix, je comprends qu'il serre les dents et la panique me submerge alors. Soen avait si peu confiance en lui et était si distant avec moi quand je l'ai connu, que je n'ai pas trouvé utile de lui raconter ce qu'il s'était passé avec Charles. Et puis de toute façon, il ne s'agissait que d'un simple flirt aussi bref que futile.

Alors que j'hésite clairement à mettre fin à tout ça, je décide finalement d'attendre sagement. Connaissant Soen, il va calmer le jeu et renvoyer poliment cet abruti au domaine. Loin de lui l'idée de faire des histoires au fils du patron.

Pitié Soen, le supplié-je intérieurement. *Dis-lui de partir que je puisse enfin t'expliquer.*

– Oh putain ! reprend Charles en ricanant. Vu ta tête, elle ne t'a pas mise au courant de cette fois où je l'ai embrassée sauvagement contre la porte de sa chambre pendant que mes mains…

Un son fort interrompt Charles tandis que je pousse un cri aigu en sortant de ma cachette. Mes yeux s'écarquillent quand j'aperçois le fils du patron plié en deux, une main sur son nez ensanglanté.

– Oh, mon Dieu, Soen, non ! hurlé-je en courant vers les deux hommes.

Alors que celui-ci attrape violemment l'épaule de Charles pour le redresser, j'arrive à temps pour empêcher un deuxième coup.

– Arrête ! crié-je de toutes mes forces en me plaçant devant lui pour l'obliger à le relâcher. Soen, s'il te plaît, arrête !

À cet instant, j'ai l'impression de ne pas le reconnaître. Son regard vitreux est empli de haine. Il a des yeux de fou, comme s'il ne me voyait pas vraiment.

– Bordel, lâche Charles en nous forçant à le regarder.

Il essuie son nez qui saigne tout en secouant la tête.

– Alors quoi, vous nous jouez un vieux remake de La Belle et la Bête ?

– T'es qu'un sale connard, Charles ! ne puis-je m'empêcher de dire.

Soen recule de quelques pas, le souffle régulier.

– Et toi une sale menteuse ! rétorque Charles, mauvais. Tu croyais que je n'avais pas remarqué, hein ? D'un coup, tu m'évites et tu sors en douce. Tu m'as pris pour un imbécile ?!

– Non, j'ai été franche avec toi dès lors que j'ai compris qui tu étais vraiment ! Je t'ai dit clairement que je ne voulais pas qu'on aille plus loin, toi et moi. Mais apparemment, ton orgueil en a pris un coup…

– Effectivement, répond-il en fronçant les sourcils en direction de Soen. Quand je vois pour qui tu m'as jeté, je me demande ce qui ne tourne pas rond chez toi !

Ma mâchoire se contracte et je sens de nouveau Soen grogner en s'approchant quand Charles le prévient :

– Fais gaffe à toi Collin, ou je te fais virer dès demain !

Charles affiche alors un sourire salace qui fait froid dans le dos avant de reporter son attention sur moi.

– Au fait Livia, c'est bien toi qui me disais, pas plus tard qu'hier, que Collin n'était pas du tout ton genre de garçon ? Alors explique-moi, ou plutôt explique-lui, ce que tu fais chez lui ? C'est une sorte de défi que tu t'es lancé avec ta copine ? Ou alors une bonne action que de faire découvrir les plaisirs de la vie à ce garçon ? Ou encore…

Il n'a pas le temps de finir sa phrase que je lui envoie à mon tour une gifle magistrale qui le stoppe net dans son élan. Moi qui venais calmer le jeu, voilà que je le frappe également !

Charles se tient la joue tout en me défiant du regard et je suis persuadée que si Soen ne se tenait pas juste derrière moi, ce lâche m'aurait rendu ma claque.

– C'est quoi ton problème ? Un ego surdimensionné qui ne te permet pas d'accepter de te prendre un râteau ? Redescends Charles, tu n'es pas le centre du monde ! Tu ne te préoccupes que de toi et de ton image. Il n'y a que ça qui compte. Tu n'as aucune empathie, tu es égocentrique et inculte. Tu n'apportes rien aux autres si ce n'est ton fric et ton étiquette de bourge qui a besoin d'étaler son patrimoine pour se faire valoir. Mais sans ton père, tu n'es rien, Charles. Dis-toi bien que tu n'es que le fils de M. de La Perrière et si tu as besoin de rabaisser les autres pour te faire mousser, va t'exercer ailleurs !

– Et c'est toi madame superficielle qui ose me parler d'image ? Tu as toi-même dit que le physique était important à tes yeux et que j'étais tout à fait ton style !

– C'était ce que je pensais avant ! Tu m'as justement montré que ça n'était pas l'essentiel. Ce n'est pas parce que l'enveloppe est belle que le contenu est intéressant… Toi, tu es complètement vide : vide de sens et vide de sentiment ! Tu n'as rien à faire ici ! Dégage !

– Vous ne perdez rien pour attendre, nous menace-t-il en plissant les yeux.

– Fais ce que tu veux, je n'en ai rien à foutre ! lui craché-je au visage. Dégage !

Charles finit par nous tourner le dos et j'attends qu'il soit parti avant de faire volte-face pour affronter Soen.

Mais il n'est plus là.

42

Je balaie le jardin du regard avant de remarquer que la porte d'entrée de la maison est ouverte. Lentement, je m'approche de celle-ci tout en inspirant profondément pour calmer mes nerfs. L'attitude de Charles m'a complètement irritée et je n'ose même pas imaginer ce qu'il se passe dans la tête de Soen.

Quand j'entre à l'intérieur, je l'aperçois tout de suite adossé au mur de l'entrée, immobile et le regard dans le vide.

– Soen, murmuré-je en faisant un pas vers lui. Est-ce que ça va ?

Je ne suis plus qu'à quelques centimètres de lui quand il lève sa main vers moi, pour me faire comprendre de ne pas approcher davantage. De ne surtout pas le toucher. Aïe, ça fait mal.

Mais quand il relève ses yeux rouges de colère, c'est comme si je recevais un coup de poignard en plein cœur. Les larmes menacent de couler, mais je les retiens de toutes mes forces.

– Laisse-moi t'expliquer, le supplié-je d'une voix chevrotante.

– Est-ce que c'est vrai ? m'interroge-t-il sèchement. Est-ce que tout ce que vient de débiter Charles est vraiment arrivé ?

Bon sang, je n'ai tellement pas envie de répondre à cette question ! Repenser à cette scène me donne la nausée. Au fond, je sais que je pourrais nier et dire qu'il ne s'est jamais rien passé. Charles est tellement détestable que Soen me croirait sur parole. Bien que cette idée soit plus que tentante, je ne peux pas me rabaisser à ça. Je ne suis pas ce genre de personne !

– Oui, réponds-je en baissant les yeux, morte de honte. Mais…

L'énorme soupir que lâche Soen m'empêche de continuer. Il se met à grimacer tout en se passant une main sur son visage, comme pour retirer ces horribles images de son esprit.

Quant à moi, je tente de trouver les bons mots pour exprimer ce que je ressens et je m'apprête à ouvrir la bouche quand il m'adresse un signe de la tête.

– Sors de chez moi maintenant, lâche-t-il d'une voix calme et maîtrisée.

Les larmes aux yeux, je le fixe, choquée qu'il me mette à la porte sans me laisser lui expliquer.

– Tu es injuste Soen ! lancé-je en laissant dévaler une larme qu'il suit attentivement du regard. Je suis désolée de t'avoir caché ce qu'il s'était passé avec Charles, mais tu ne peux pas me traiter de cette manière dès que les choses ne vont pas dans ton sens !

Bah ouais, c'est quand même la deuxième fois qu'il me met dehors !

Comme si mes pleurs l'avaient décontenancé, il semble tout à coup moins nerveux. Toujours aussi distant, certes, mais je n'ai plus cette impression qu'il va me mitrailler avec ses yeux.

– Si c'est ce que tu veux vraiment, je m'en vais, dis-je en avalant difficilement ma salive. Mais cette fois, je ne reviendrai pas, Soen. Je n'ai rien fait de mal et si tu ne me fais pas confiance, c'est que je me suis trompée sur nous deux.

Tout ce qu'il se passe entre nous est si fort ! Depuis le début. Depuis que nos regards se sont croisés, il y a quelque chose de spécial entre nous. Le cœur battant à cent à l'heure à l'idée qu'il puisse me quitter, j'attends calmement.

L'expression indéchiffrable, Soen réfléchit sans me lâcher du regard. Jusqu'à ce qu'il inspire doucement avant d'ouvrir la bouche :

– Je t'écoute.

Soulagée, je ne peux m'empêcher de lâcher tout l'air contenu dans mes poumons avant de refaire un pas vers lui.

– Quand je suis arrivée au domaine, commencé-je, c'est Charles qui m'a accueillie et oui, j'avoue que j'ai été charmée. Sauf que plus j'apprenais à le connaître, moins il m'intéressait. Cette soirée dont il parle était la seule. Charles m'a embrassée et a voulu passer la nuit avec moi, mais je l'ai repoussé. Je ne ressentais absolument rien pour lui, tu comprends ?

Malgré ses traits crispés et sa mâchoire contractée, Soen hoche la tête sans rien dire.

– Et puis, je me suis rapprochée de toi et… j'ai tout de suite vu la différence. Quand tu me touches, quand tu me parles… ou simplement le fait d'être près de toi, Soen.

Le regard rivé au mien, il plisse les yeux, comme s'il avait du mal à comprendre. Alors, je m'approche encore et j'attrape sa main pour la poser contre ma poitrine.

– Tu sens ça ? Tu sens comme mon cœur bat pour toi ?

Ses yeux s'écarquillent et se mettent à briller d'émotion. Néanmoins, il retire sa paume et tente de reprendre ses esprits.

– Pourtant, le physique est important, tu l'as dit toi-même. Tu ne devrais pas être avec moi, déclare-t-il tristement en secouant la tête. Charles a raison, tu…

– Non Soen, arrête !

– Tu sais Livia, je n'aime vraiment pas ce que je ressens en ce moment. Je ne fais pas partie de ces hommes parfaits à qui tout réussit et c'est pourtant ceux-là qui t'intéressent.

Je me dois d'être complètement honnête avec lui, si je veux qu'on continue ensemble.

– Je ne vais pas te mentir Soen. Dans le monde dans lequel je vis, l'apparence est très importante, la situation de mes parents en est l'exemple type. Mais à tes côtés, j'ai appris que ce n'était pas l'essentiel et que je n'étais pas heureuse dans ce monde stérile. Tu m'as montré qu'on pouvait dépasser tout cela pour réellement ressentir des choses sincères et profondes.

– Mais je ne mérite…

– Arrête ! Toute ta vie, on t'a fait croire que tu n'avais pas droit au bonheur, mais c'est faux, tu entends ? Tu es un être exceptionnel et, que tu le veuilles ou non, c'est toi qui me rends heureuse ! C'est toi qui me fais ressentir toutes ces choses que je n'ai jamais ressenties auparavant. Bon sang Soen, c'est toi que j'aime !

Choquée moi-même par mes paroles, je place une main devant ma bouche en le fixant avec crainte. Au secours, je ne viens pas d'avouer à un mec que je connais depuis quelques semaines que je l'aime ?!

Toute femme intelligente sait qu'on ne dit pas ce genre de choses aussi vite, bordel !

Alors que je tente de trouver une explication en sentant la panique me submerger, Soen fait un pas vers moi, les yeux ronds et les joues légèrement rosies.

– Alors, tu m'aimes ? m'interroge-t-il incrédule, toute once de colère ayant disparu de son visage.

Nous nous fixons quelques secondes avant que je ne fasse un oui timide de la tête tellement j'ai la gorge nouée. Inutile de le nier plus longtemps. J'aime cet homme. Je l'aime depuis le jour où il m'a sauvé la vie et un peu plus chaque jour que j'apprends à le connaître.

Surpris, Soen continue de m'observer sans savoir quoi dire ou faire. Bizarrement, il semble à la fois choqué et… émerveillé ?

Je prends alors conscience que ce n'est pas quelque chose qu'il doit souvent entendre et cela me brise le cœur. Sans attendre une minute de plus, je me colle contre lui et pose ma joue sur sa poitrine afin d'écouter son cœur battre la chamade. Immédiatement, ses bras se renferment autour de moi et m'apaisent d'une manière dont il ne se doute même pas.

Soen se met à trembler avant de me soulever pour m'emporter jusqu'à sa chambre. Sans me lâcher des yeux, il m'allonge sur son lit et se place à côté. Ensuite, il se penche au-dessus de moi pour m'embrasser tendrement. Automatiquement, je me sens frissonner de la tête aux pieds. Ce baiser est le plus doux, mais également le plus puissant que l'on ait échangé jusqu'à présent. Il s'agit d'un baiser spécial. Celui de l'amour.

Même s'il ne me le dit pas, je comprends qu'il ressent la même chose que moi et cela me rend tellement heureuse.

Sans décoller sa bouche, Soen se met à me déshabiller lentement et à respirer plus fort, me faisant haleter de plaisir.

– Soen, lui chuchoté-je pantelante en me libérant de sa bouche. Je te désire tellement…

Cette simple phrase suffit à enflammer Soen qui semble tout à coup aussi excité que moi et retire ses vêtements trois fois plus vite que les miens. Debout près du lit, il se met à balayer mon corps du regard, ce qui me fait rougir jusqu'aux oreilles. Son air appréciateur me flatte autant qu'il m'excite.

Le regard incandescent, il s'allonge sur moi de tout son corps.

– Tu es la plus belle femme que j'aie jamais vue, avoue-t-il sans me lâcher des yeux.

Oh, mon Dieu, mon petit cœur va exploser…

Je lui souris tendrement avant de l'attraper par les épaules pour le faire rouler et le forcer à s'allonger sur le dos. Ensuite, je m'installe directement sur son entrejambe, dans la même position que nous avions dehors.

– On n'avait pas terminé tout à l'heure, murmuré-je avec un sourire coquin.

Les yeux étincelants, Soen sourit enfin et je suis soulagée de voir qu'il n'a plus peur. Non, il a bien compris que c'est lui et uniquement lui que je désire.

Les gens ont beau être contre. La situation a beau être peu ordinaire et regardée de haut. Rien ni personne ne pourra changer ça.

Je suis amoureuse de Soen Collin.

43

Les réconciliations sur l'oreiller peuvent s'avérer beaucoup plus intenses que je le pensais dès lors qu'il s'agit de se pardonner mutuellement. Je viens d'en faire l'expérience et les vitres ne sont que buée tandis que nos corps luisent de nos ébats passionnés.

– Soen ?

– Hum…

– Ne me dis pas que tu dors ?!

– Non. D'ailleurs, il faut que j'aille m'occuper d'Oups, soupire-t-il en se dégageant de mon étreinte pour se redresser.

Alors qu'il est assis au bord de son lit en train de chercher ses affaires, je me relève à mon tour et m'accroche comme un koala sur son dos, les jambes autour de sa taille. D'une main, Soen m'attrape pour me faire tourner, de façon à ce que je me retrouve face à lui. D'emblée, sentir son sexe sous le mien me donne envie de recommencer.

– Ne pars pas, minaudé-je en faisant ressortir ma lèvre inférieure.

Soen rit en me soulevant pour me déposer sur le matelas avant de se mettre debout.

– Il faut que j'y aille. Tu ne voudrais tout de même pas qu'Oups soit jaloux que tu sois entrée dans ma vie ?

Tout en souriant, je le regarde se rhabiller.

– Par contre, ajoute-t-il une fois prêt, tu peux venir avec moi, si tu veux.

– J'arrive ! m'exclamé-je en me mettant debout pour me battre avec mon pantalon.

En effet, on ne peut pas dire qu'un pantalon d'équitation soit le meilleur accoutrement quand il s'agit de s'habiller à la va-vite. Je me prends les pieds dedans et trébuche sur le tapis de la chambre.

Soen se marre et referme la porte derrière lui, me laissant me débattre comme je peux.

Quand je sors de la maison, le soleil se couche doucement et la lumière orangée m'éblouit. Je jette un coup d'œil à ma montre et me rends compte qu'il est déjà presque vingt-deux heures. C'est à cet instant précis que je réalise que je me suis violemment disputée avec Charles. Bon sang, je n'arrive pas à croire que je lui ai mis une gifle !

Et en ce moment même, je l'imagine déjà à table avec les autres en train de raconter ce qu'il s'est passé à sa sauce.

Je sens des picotements au ventre en pensant à mon retour au centre, mais je décide de ne pas y penser. Au lieu de ça, j'approche Soen qui a eu le temps d'équiper Oups en rênes longues. Une fois à son niveau, il tend la main pour que je vienne me positionner entre ses bras. Son torse contre mon dos, je me sens tout de suite beaucoup mieux.

– Pas trop fatiguée ? me questionne-t-il.

– Non, réponds-je en frottant mes fesses contre lui.

Soen rit avant de tirer sur les rênes pour approcher le poulain de nous.

– Alors garde tes forces, on va faire autant de sport que lui.

– C'est-à-dire ?

– On va marcher un peu.

– Je te suis ! Mais concrètement, ça sert à quoi de le travailler comme ça ?

Soen rit de ma question et je ne lui laisse pas le temps de me répondre.

– Pour qu'il n'ait pas de poids sur le dos, c'est ça ?

– En partie, oui. Là aussi, tu dois le mettre en confiance pour qu'il accepte que tu sois derrière lui et que tu te rapproches par moments.

– Il me voit bien de toute façon !

– Non, pas complètement. Le cheval a une vision à 340 degrés. Les 20 degrés restants correspondent à l'angle derrière la croupe. Celui-là même dans lequel tu es positionnée. C'est pour cela qu'il faut que tu utilises au maximum ta voix pour le rassurer et lui demander ce que tu attends de lui.

J'acquiesce d'un hochement de tête avant que Soen ne colle sa bouche contre mon oreille.

– Et inutile de crier, chuchote-t-il.

Je sens ses lèvres s'étirer en un sourire moqueur et lui donne un léger coup d'épaule sur le torse. Après tous ces moments passés ensemble, s'il y a bien une chose que j'ai intégrée, c'est qu'il ne faut pas hurler sur les animaux. Jamais.

Soen donne l'ordre à Oups d'avancer et nous commençons à le suivre. Il me fait passer de gauche à droite de la croupe de l'animal, faisant glisser les rênes lentement entre ses doigts afin qu'il y ait un peu plus de distance entre lui et nous.

Alors que nous arrivons sur le chemin caillouteux, il se détache de moi et me laisse gérer seule. Concentrée, j'applique au maximum les conseils donnés et ça semble parfaitement fonctionner. Oups est aux ordres et tout se passe pour le mieux. Du coin de l'œil, je vois le sourire de Soen s'élargir tandis qu'il nous observe, plus complices que jamais.

– Soen, murmuré-je sans le regarder. Ce qu'a dit Charles tout à l'heure…

– Pas besoin de revenir là-dessus, me coupe-t-il.

– Non, je veux dire, ses menaces. J'ai peur pour toi.

– Ne t'en fais pas pour ça.

Toujours en train de suivre Oups, je ne peux pas voir l'expression de son visage, mais j'imagine bien que toute cette histoire doit le stresser également. Je l'entends au son haché de sa voix.

– Tu as une roue de secours ? Je veux dire, si les choses tournaient mal, est-ce que tu sais ce que tu ferais ?

– Honnêtement, je ne pense pas que Charles puisse m'atteindre. Il a beau être un fils à papa, M. de La Perrière ne me virera pas comme ça.

– Eh bien, c'est dommage, lâché-je sans réfléchir.

Soen ne dit rien alors je jette un bref coup d'œil dans sa direction et comme je m'en doutais, il écarquille les yeux de stupeur.

– L'approche que tu as des animaux mérite d'être exploitée, lui expliqué-je, toujours focalisée sur Oups pour ne pas faire d'erreur de positionnement. Tu n'as jamais pensé à en faire un vrai métier ?

– Ben... pour être honnête oui. Mais c'est un rêve irréalisable.

– Rien n'est impossible ! Raconte-moi...

Soen met quelques secondes à s'exprimer. Je comprends immédiatement que cette idée lui tient à cœur et qu'il ne sait pas trop comment aborder le sujet.

– En fait... ne te moque pas hein... j'avais pensé à un centre de remise en forme pour les chevaux.

– Remise en forme ?! Genre balnéo, massage...

– Genre balade sur la plage, baignade dans l'eau de mer... continue-t-il en évoquant l'une des plus belles expériences que j'ai vécues.

– Ça existe ?!

– Eh bien justement, ce n'est pas très développé, mais je pense qu'ils méritent tous ces soins. On leur en demande tellement ! Surtout les chevaux de haut niveau. De plus, un animal en forme sera beaucoup plus efficace et performant !

Je ne peux m'empêcher de sourire en sentant sa ferveur. C'est rare que Soen parle avec autant d'enthousiasme et j'adore le sentir ainsi.

– Cette idée est utopique, reprend-il tristement. Laisse tomber, je t'avais dit que c'était n'importe quoi.

– Mais non Soen ! C'est génial comme idée !

Je suis d'ailleurs tellement emballée que j'ai peut-être parlé un peu trop fort. Aussi, je n'ai pas contrôlé mes gestes qui ont, sans le vouloir, ordonné à Oups de partir au trot.

Soen se met à rire avant de se remettre derrière moi pour m'aider. Puis, nous trottinons tranquillement derrière le poulain sans rien dire. Jusqu'à ce qu'il lance un « Oh » pour que le cheval ralentisse.

– On va à droite, m'informe-t-il en tendant le bras dans la direction.

Nous arrivons alors dans une grande prairie où Soen récupère les rênes et enlève le filet à Oups pour lui remettre un licol. Ensuite, il attache l'une des rênes qu'il laisse pendre par terre et se débarrasse du sac à dos qu'il portait.

Oups part tranquillement brouter tandis que Soen s'assied dans l'herbe en me faisant signe de le rejoindre, tout en sortant un sandwich de son sac.

– Ça alors, mais tu penses vraiment à tout ! m'exclamé-je en m'installant à ses côtés.

Je réfléchis à quel moment entre notre dispute avec Charles et nos galipettes il aurait pu nous préparer à dîner quand il remarque mes interrogations.

– Je me suis préparé ça ce matin, m'explique-t-il en coupant le sandwich en deux. Je comptais venir ici tout seul alors… tu m'excuseras.

Soen me tend la moitié de sa baguette que j'attrape en le remerciant. En effet, ce soir, j'étais censée dîner et admirer les étoiles avec les autres. Finalement, l'altercation que j'ai eue avec Charles ne semble avoir que des bons côtés…

Du moins pour l'instant.

Je ne laisse pas cet imbécile gâcher ce moment et me penche vers Soen pour lui déposer un baiser sur la joue avant de m'attaquer au pain.

Pendant que nous mangeons, je reviens sur notre conversation d'il y a quelques minutes.

– Pour ton projet, Soen, je pense qu'il est réalisable. C'est une idée tellement originale !

– Mais avec quels moyens Livia ? Et puis avec… enfin, tu vois…

Il baisse la tête avec ce même geste qu'il faisait auparavant pour cacher sa cicatrice avec ses cheveux.

– Non, je ne vois pas du tout ! m'énervé-je en voyant parfaitement de quoi il veut parler. Tu as toutes les capacités pour le faire et tu rendrais vraiment service à bon nombre de cavaliers qui aiment leur bête ! Je peux t'aider à monter un *business plan* et ensuite tu…

– Livia, m'interrompt-il en secouant la tête. Tu te souviens que tu es ici pour quelques semaines et que tu dois retourner à Paris, hein ?

– Et alors ? Ça ne veut pas dire que je vais te laisser tomber ! Tu ne vas pas te débarrasser de moi comme ça. Je suis un peu comme un vieux chewing-gum collé à ta chaussure, tu vois…

J'ai lancé cette dernière phrase pour ne pas plomber l'ambiance et ça a l'air de fonctionner. Tout en terminant notre dîner, nous nous sourions sans rien dire pendant un moment. Car au fond, je sais bien que tout ça va bientôt se terminer. Je ne parle pas que des cours. D'ailleurs, je ne sais pas comment j'en suis arrivée là, mais je n'en ai plus rien à faire du championnat. Non réellement, c'est cette proximité avec les animaux et l'homme qui se tient face à moi qui vont me manquer.

Durant un instant, j'en viens même à me demander si je ne me verrais pas vivre ici et ouvrir ce centre avec lui…

– À quoi tu penses ? me sort Soen de mes pensées en s'allongeant à même le sol.

Il tend le bras sur lequel je place rapidement ma tête.

– Rien de particulier…

J'ai déjà de la chance de ne pas l'avoir fait fuir en lui disant que je l'aimais, il vaudrait mieux ne pas le faire flipper avec mes idées loufoques.

Allongés sur le sol, nous passons un long moment à discuter, à nous cajoler. À profiter l'un de l'autre tout simplement. La nuit est complètement tombée depuis un bon moment. Le silence, l'obscurité, la nature, Soen et moi. Le combo parfait pour un moment intime…

– Tu vois le W formé par les étoiles là ?

Soen annule mes fantasmes en pointant son doigt vers le ciel.

– Ouais…

– C'est Cassiopée !

Je ne peux m'empêcher d'éclater de rire.

– Tu vas me la jouer mec romantique avec tes étoiles ? Tu sais que tu n'as pas besoin de ça pour me mettre dans ton lit, hein ?

Soen rit avec moi avant de m'embrasser le front.

– Alors même en astronomie, tu excelles ?

– Non, je connais la base comme tout le monde : la Grande Ourse, la Petite Ourse et Cassiopée.

– Je ne dois pas faire partie de « tout le monde » alors !

– Ça, c'est sûr, tu es unique ! me susurre-t-il à l'oreille tout en se positionnant au-dessus de moi.

Il m'embrasse le bout du nez et me fait un bisou esquimau interminable qui fait monter la température subitement. Même si faire des galipettes avec lui me tente plus que de raison, je le repousse par les épaules.

– On nous regarde Soen !

Nous tournons la tête et Oups est toujours là en train de brouter tranquillement.

– Tu crois qu'il est gêné ? se moque-t-il.

– Eh ! crié-je en lui donnant une tape sur l'épaule. C'est bien toi qui m'as appris que les bêtes avaient une âme et qu'il ne fallait pas les sous-estimer !

Soen secoue la tête en riant et je le repousse un peu plus pour me mettre debout.

– Allons plutôt chez toi !

Ses sourcils se froncent au même moment où il regarde sa montre.

– Livia, il est tard, il faut que tu rentres.

– Hors de question ! réponds-je. Avec tout ce qu'il s'est passé, je ne me vois pas rentrer ce soir. Enfin… je veux dire… si tu veux bien que je reste cette nuit…

Je papillonne des cils et Soen se lève d'un bond avant de me prendre dans ses bras pour me soulever. Je lâche un cri incontrôlé avant qu'il me fasse redescendre pour m'embrasser.

J'en conclus qu'il est d'accord.

44

Bien que nous ayons passé la moitié de la nuit à batifoler, j'ai tout de même eu le temps de cogiter à mort.

Mon retour au centre me stresse au plus haut point. Comment Charles aura-t-il expliqué ses blessures au visage ? Et qu'adviendra-t-il de Soen ?

Mes parents ont-ils été prévenus de l'altercation que nous avons eue ? Autant de questions qui tournent en boucle dans ma tête et me nouent l'estomac.

Il n'est pas encore six heures, le soleil commence à peine à se lever quand je m'extirpe des draps pour rejoindre la cuisine. Pour une fois, Soen dort paisiblement.

Jack m'accueille comme à son habitude en se frottant à mes jambes. Tel un zombie, je me prépare un café pour me réveiller. Je réfléchis toujours autant et me rends bien compte que tout ceci ne serait pas arrivé si j'avais été honnête depuis le début avec les autres. Mais surtout, si j'avais été honnête avec moi-même.

Maintenant, je me dois de réparer tout ça, seule.

Je m'habille rapidement et laisse un mot sur la table à l'attention de Soen pour lui dire que je suis rentrée au domaine. Au cas où, je lui laisse également mon numéro de portable. Ensuite, je quitte les lieux et rejoins mon cottage en sentant une boule d'angoisse se former dans ma gorge. Je prends une bonne douche et me prépare pour la journée qui m'attend. *Et quelle journée !*

Avant d'aller prendre le petit déjeuner, j'appelle ma mère à qui je n'ai pas donné de nouvelles depuis plusieurs jours. Cela me permettra aussi de savoir si elle est au courant de quelque chose.

– Oh ma chérie, que me vaut cet honneur ?

Toujours aussi agréable ! N'étant pas franchement d'humeur joyeuse, je serre les dents pour ne pas l'envoyer balader.

– Je suis désolée, l'entraînement me prend beaucoup de temps et je suis fatiguée le soir.

– Si ce n'est que l'entraînement qui te prend du temps, alors ça va ! me répond-elle aussitôt.

Un ange passe… Est-elle au courant de mes sorties nocturnes ? Fait-elle référence à un événement particulier ?

La paranoïa te guette ma pauvre ! s'extasie ma conscience de me voir paniquer.

– On t'attend à quelle heure demain soir ?

– Justement, je voulais te dire que je préférerais rester au domaine… Le trajet est fatigant et j'aime beaucoup la région ici, la ville de Saumur est très sympa. J'aimerais approfondir ma visite des alentours et surtout profiter de mes derniers moments libres…

Alors que je mens comme un arracheur de dents, ma mère n'y voit que du feu. Je comprends largement son agacement quand je l'entends soupirer de l'autre côté du combiné.

– Toi qui avais pourtant prévu de revenir tous les week-ends ! Je te trouve bien emballée à l'idée de rester.

– Je t'assure, c'est super-chouette et puis je m'entends bien avec tout le monde ici !

Foutaises…

– Bon, eh bien, même si j'aurais aimé que tu rentres, je suis contente de voir que tout se passe bien pour toi ! Rassure-moi, les cours sont à la hauteur ? Tu penses être prête pour le championnat ? J'espère vraiment que tu remporteras cette coupe car ton père…

– Je dois te laisser maman ! la coupé-je pour ne pas en entendre plus. Le petit déjeuner va bientôt être servi.

– Très bien ! Je ne voudrais surtout pas te mettre en retard. À la semaine prochaine alors !

– Ouais c'est ça, à plus.

Je raccroche en soupirant. Penser qu'il ne me reste plus qu'une semaine ici me donne la nausée. C'est fou, mais, même si ça fait peu de temps que je suis ici, j'ai l'impression que quelque chose a changé en moi. Que ce soit envers ma passion pour l'équitation, ce que je souhaite faire de ma vie ou avec quel genre de personne je souhaite la partager… ce séjour m'a fait comprendre ce que je voulais, mais surtout ce que je ne voulais plus.

La mine fatiguée, je me dirige vers la salle de repas quand j'entends une conversation entre les filles et Charles un peu plus loin. Je me cache derrière les bambous pour écouter discrètement ce qu'il peut bien leur raconter.

– Une porte ?

– Oui, je me suis retourné un peu vite et voilà le résultat, répond Charles.

– C'est souvent l'excuse des femmes battues ça ! rétorque Chiara, moqueuse.

– Tu ne t'es pas raté en tout cas ! Et du coup, à cause de ton absence, on n'a même pas vu les étoiles, râle Sixtine en s'avançant vers le réfectoire.

Alors, il est resté chez lui toute la soirée ?!

En tout cas, bien que je sache pertinemment qu'il ment seulement par orgueil, je suis soulagée.

Je vais pour les suivre quand une main se pose sur ma bouche, m'empêchant de crier. Une large stature m'attire contre son torse et l'odeur qui émane de cette personne me ramollit comme une poupée de chiffon.

Oh, Soen…

Il m'amène dans la grange au milieu des bottes de paille. Pas le temps d'objecter quelque chose que sa bouche s'empare de la mienne. Ses dents claquent contre les miennes et ses lèvres sont pressantes.

Nous nous embrassons passionnément durant un petit moment jusqu'à ce qu'il se recule, en m'observant.

– Je voulais juste te dire bonjour…

Un sourire au coin de la lèvre qu'il essuie avec son pouce, il fait demi-tour et me laisse là, penaude. Et excitée comme une folle.

Bon Dieu, ce mec me rend complètement dingue !

Encore chancelante et sur un nuage, je rejoins les autres au pas de course. Paul est aussi en retard que moi et quand nous passons le pas de la porte essoufflés, les autres nous regardent comme si nous étions coupables de quelque chose. Charles nous jette un regard mauvais, mais baisse aussitôt la tête sur son plateau. Nous déjeunons en silence avant de rejoindre les écuries.

Serena, qui semble de bonne humeur, a décidé de nous laisser choisir notre monture. Chacun se positionne face au box du cheval qu'il souhaite monter.

Instinctivement, je me place devant celui d'Idylle et d'un geste, je demande à Serena si c'est possible. Je suis persuadée que je suis capable d'arriver à faire ressortir le meilleur de cette jument, si j'applique bien les conseils de mon maître en la matière…

Serena réfléchit une seconde en plissant les yeux puis finit par acquiescer en tentant de cacher son inquiétude quant à cette idée.

– Mais tu es complètement folle, Livia ! m'envoie Sixtine en criant. Elle a failli te tuer. Tu veux remettre ça ?

– Tu es gentille de t'inquiéter pour moi Sixtine, mais je pense qu'on peut s'accorder toutes les deux. C'est un peu comme toi et moi au début du stage, dis-je en lui envoyant un clin d'œil.

Quand je me retourne vers Charles, il arbore un sourire caricatural et méprisant. Comme s'il souhaitait au plus profond qu'il m'arrive malheur. Ou comme s'il pensait que je n'en étais pas capable. Je décide de l'ignorer et entre dans le box avant de changer d'avis.

Pour être honnête, je n'en mène pas large. La jument est contre le mur et me regarde de son œil blanc. Tout ce que m'a appris Soen me revient alors en tête.

Je m'accroupis et attends qu'elle daigne venir me voir. Au bout de quelques minutes, elle se rapproche et me sent. Je la caresse et positionne chacune de mes mains sur ses yeux jusqu'à ce qu'elle cède complètement. Sa respiration est calme et je retire doucement une main puis l'autre. Elle semble déjà dans de meilleures conditions.

Je vérifie son dos et malgré quelques tressautements, elle se laisse faire.

Dans le calme, je la brosse pendant que Soen arrive pour déposer nos affaires. Quand il m'aperçoit dans le box, il écarquille les yeux avant de regarder autour de lui. En voyant que personne ne nous prête attention, il s'approche.

– Livia, doucement… N'oublie pas : fais-lui confiance et fais-toi confiance. Tout va bien se passer. Tu vas y arriver.

Malgré sa crainte plus que palpable, Soen croit en moi et encore une fois, il m'encourage à dépasser mes limites.

Le cœur débordant d'amour et d'excitation, je lui réponds par un signe de la tête. Mon amoureux m'adresse un sourire avant de repartir travailler. Immédiatement, je vois Chiara passer une tête au-dessus de la porte du box.

– Attends, je rêve ou le mec bizarre était en train de te parler ?

Sans rien dire, je ris en secouant la tête puis me reconcentre sur ma jument.

Une fois prête, je sors pour rejoindre la carrière.

Quand un oiseau s'envole, elle sursaute et recule de quelques pas en tirant en arrière. Je lâche immédiatement les rênes pour lui laisser du lest et elle s'arrête d'elle-même sans que j'aie rien à faire.

– Ça va aller ma belle, murmuré-je en reculant lentement. Fais-moi confiance.

Aussitôt, Idylle se met de nouveau à avancer.

Bon sang, c'est complètement fou !

Jamais je n'aurais pensé pouvoir faire ça un jour. C'est tellement… merveilleux !

Une fois dans la carrière, je resserre la sangle de la selle et tire chacun des membres avant de la jument pour éviter les plis et les pincements éventuels. Elle est tout de même assez craintive et ça m'effraie, je l'avoue.

– Moi aussi j'ai peur, chuchoté-je en passant ma main le long de sa crinière. Mais on va surmonter ça toi et moi, d'accord ?

Je regarde autour de moi afin de vérifier que personne ne m'a entendue et je souffle un bon coup avant de commencer.

Pied à l'étrier, je pousse sur ma jambe pour me hisser sur son dos sans m'affaler. Elle m'accepte tout en piétinant, mais je laisse les rênes pendre pour ne pas la contraindre davantage. Je pars au pas alors que les autres en sont encore à faire des derniers réglages.

– Tu comptes la laisser rênes longues toute la séance ?! s'écrie Serena du milieu de la carrière. On ne fait pas l'équitation western, Livia !

À contrecœur, je remonte doucement les rênes et Idylle se positionne aux ordres, oreilles couchées en arrière. Soen est appuyé sur la barrière de l'entrée et me sourit quand je passe à côté.

Serena nous demande d'échauffer les chevaux et j'encourage Idylle à passer au trot.

Il n'en faut pas plus pour qu'elle réponde à mes ordres. C'est superbe ! Je me rends compte que sa bouche est très sensible alors je joue légèrement avec mes doigts sur les rênes pour la faire céder et elle accepte sans rechigner. Ensuite, nous trottons puis galopons tranquillement. Dans le calme.

Serena semble très surprise de la posture d'Idylle et m'encourage à continuer. Je suis heureuse et tellement apaisée de nouer une telle complicité avec cette jument. Elle est à l'écoute, n'est plus aussi nerveuse et j'irai même jusqu'à dire qu'elle semble détendue !

Soen lève son pouce dans ma direction avec un sourire que je ne lui ai jamais vu. Dans son expression se mêlent fierté, bonheur et… amour peut-être ?

Il se retire et me laisse terminer la séance dans un calme olympien.

Quand nous avons fini, je descends et caresse chaleureusement Idylle pour lui montrer qu'elle a bien travaillé. Visiblement, nos exploits font parler. Les filles s'approchent carrément en tapant des mains.

– Bravo Livia ! s'exclame Chiara. Vous faisiez corps toutes les deux. C'était tellement beau à voir ! Comment tu as fait ?

– Je ne suis pas allée contre ses volontés et j'ai été attentive aux messages qu'elle me faisait passer.

– Philosophe en plus ! se moque Sixtine en tirant sur ses rênes pour faire avancer Quercy.

Je me contente de rire à sa taquinerie et ne développe pas plus, persuadée qu'elles me prendraient pour une folle si je leur parlais de l'approche naturelle de l'animal.

Quand Soen revient chercher mes affaires, il s'avance pour me déposer un rapide baiser sur le front.

– Bravo ma chérie.

Choquée par ce qu'il vient de me dire, je reste figée sur place tandis qu'il repart vers la porte en entendant des pas.

Soen vient-il réellement de m'appeler ma chérie ?

Mon cœur tambourine dans ma poitrine et mes jambes tiennent à peine debout quand Serena arrive juste après.

– Livia ? Tu as cinq minutes ?

– Bien sûr.

– Je voulais te féliciter. Tu as très bien travaillé ce matin et vous semblez bien vous entendre toutes les deux, finalement. Bravo pour ton courage ! Affronter un cheval qui nous a blessé n'est pas facile…

Au vu des traits de son visage, j'ai l'impression qu'elle sait de quoi elle parle et je me demande tout à coup s'il ne lui serait pas arrivé la même chose…

– Si tu n'y vois pas d'inconvénient, enchaîne-t-elle plus joviale, j'aimerais que cet après-midi, tu montes Idylle de nouveau et qu'on lui fasse enchaîner des barres ! Je suis persuadée qu'elle a des capacités insoupçonnées. Tu l'as révélée ce matin ! Bon, je pense que Collin y est pour quelque chose aussi…

Serena m'adresse un clin d'œil avant de reculer jusqu'à Soen qui rangeait le matériel tout en nous observant du coin de l'œil.

– Tu as fait du bon travail avec elle, lance-t-elle à Soen en lui tapant sur l'épaule. Bravo à tous les deux !

Des larmes de bonheur me montent immédiatement aux yeux.

– Merci Serena ! m'écrié-je la voix tremblante.

Bien consciente que mon émotion vient uniquement du fait qu'elle ait eu ce geste envers Soen, elle m'adresse un clin d'œil avant de sortir du box. Puis, je me retourne gaiement vers lui, mais… il n'est plus là.

En rejoignant les autres, je sens mon téléphone vibrer dans ma poche et constate que j'ai un message d'un numéro inconnu.

[Je suis tellement fier de toi, Livia.]

45

Jamais je ne me suis sentie aussi heureuse. Entre les belles journées d'été dans ce cadre exceptionnel, mes nouveaux exploits en équitation et mon idylle avec Soen, on peut dire que je suis en train de vivre les meilleures vacances de toute ma vie.

Malheureusement, toutes les bonnes choses ont une fin…

Comme à chaque fois, je ne laisse pas mes pensées dériver et me concentre sur l'instant présent. C'est donc avec un large sourire aux lèvres que je traverse le bois pour retrouver mon amoureux.

Hier, après mon après-midi d'entraînement avec Idylle, Serena était tellement fière de l'implication de l'équipe qu'elle a proposé que l'on fête ça. Surtout qu'en cette dernière ligne droite, aucun de nous n'est rentré au bercail pour le week-end, ce qui était propice à un dîner de groupe.

J'avais plutôt imaginé passer la soirée avec Soen, mais il m'était impossible d'esquiver.

Malgré la proposition de Serena qu'il se joigne à nous et mon insistance, Soen a catégoriquement refusé, prétextant qu'il avait des choses à faire. J'ai bien compris qu'il s'agissait d'une excuse pour ne pas être au milieu de tout ce monde et cela m'a beaucoup attristée. Néanmoins, il a insisté pour que j'aille m'amuser et m'a assuré qu'on se rattraperait durant nos deux jours de repos. Nous avons donc dîné dans la joie et la bonne humeur et j'ai apprécié de découvrir une Serena beaucoup plus ouverte et agréable que lorsqu'elle enfile sa casquette de moniteur tyrannique.

Pendant ces deux jours de repos, j'ai justement envie à mon tour de faire découvrir à Soen ce que j'aime faire durant mon temps libre et cela commence évidemment – citadine comme je suis – par aller faire un tour en ville, se balader le long du fleuve et ensuite dîner dehors. Le top serait de terminer en visitant le château.

Il est presque onze heures quand je frappe à la porte et évidemment, Soen n'est pas chez lui. Ce mec ne s'arrête donc jamais !

Je regarde partout autour de moi avant de me diriger vers les écuries où je le retrouve en train de s'occuper d'Oups. Dès que son regard se pose sur moi, il paraît soulagé. Un large sourire illuminant son visage, Soen s'arrête de travailler pour me rejoindre. Il pose ses paumes sur mes joues, me dévisage un instant avant de m'embrasser sur la bouche. L'effet est immédiat : une douce chaleur pénètre dans ma poitrine et se propage un peu partout dans mon corps.

Sa délicieuse langue me fait gémir et j'incline la tête pour qu'il puisse m'embrasser plus profondément. Pendant ce temps, mes mains se baladent le long de son dos musclé, jusqu'à remonter autour de son cou.

– Bonjour, murmuré-je contre sa bouche, les yeux encore clos. Tu m'as manqué hier soir… mon chéri.

Je le sens sourire contre mes lèvres et je recule le visage pour le voir rougir légèrement.

– J'ai beaucoup aimé le surnom, le rassuré-je en lui déposant un autre baiser.

Les bras autour de ma taille, Soen se contente de sourire, un peu gêné, avant de me relâcher pour me prendre la main.

– Comment s'est passée ta soirée ? m'interroge-t-il.

– Très bien ! Serena était incroyablement agréable, je ne la connaissais pas aussi cool !

– Il ne faut pas se fier aux apparences, raille-t-il en me pressant la main.

Je ris avant de lui raconter ma soirée de la veille pendant qu'il termine de s'occuper de Oups.

Étonnamment, Soen ne me pose aucune question sur Charles et je suis rassurée que cette histoire ne lui prenne pas autant la tête qu'à moi. Certes, ce dernier n'a pas mis à exécution ses menaces et semble être passé à autre chose, mais je ne sais pas… je ne le sens pas !

Nous rentrons ensuite tranquillement chez lui, main dans la main. Une fois sur sa terrasse, nous nous installons sur une chaise longue pour continuer notre discussion tout en nous câlinant.

– Qu'as-tu prévu que l'on fasse aujourd'hui ? lui demandé-je en caressant sa joue abîmée avec le bout de mon nez.

Soen paraît de plus en plus à l'aise que je le touche à cet endroit. Je ne sens plus cette nervosité et cette gêne et c'est tant mieux car sans savoir pourquoi, cette partie de lui m'attire. Me captive. Peut-être parce qu'elle fait partie de son histoire et que ses cicatrices font de lui l'homme merveilleux dont je suis tombée amoureuse ?

– Que dirais-tu de retourner à la plage avec Oups ? propose-t-il.

Mon cœur s'emballe à l'idée de revivre ces magnifiques moments, mais je secoue négativement la tête. Soen fronce les sourcils avant de m'interroger du regard.

– Pourquoi ne pas faire ça demain ? Il est déjà presque midi et… j'avais autre chose en tête.

– Je t'écoute ?

– Si on allait en ville ?

L'horrible grimace que fait Soen m'oblige à réfléchir à ce que je viens de dire. Je n'ai pourtant insulté personne ! Tout en se raclant la gorge, je sens tous les muscles de son corps se contracter avant qu'il ne se détache de moi pour se mettre debout.

– Livia… je… je ne peux pas.

– Mais pourquoi ? l'interrogé-je en me levant à mon tour pour capter son regard fuyant.

– La ville, les gens tout ça…

– Tu es bien entouré de personnes quand tu travailles non ?

– Ce n'est pas pareil ! lâche-t-il en haussant légèrement le ton.

Les yeux écarquillés, je me mets à le fixer sans rien dire. Soen se passe nerveusement une main dans les cheveux tout en tirant légèrement dessus.

– Écoute Livia, je sais que c'est difficile à comprendre, mais… c'est comme ça. Il y a des choses que tu ne pourras pas changer.

Soen secoue tristement la tête et je m'approche pour attraper son visage entre mes mains.

– On parie ?

Les sourcils levés, il m'observe sans rien dire. Comme s'il essayait de comprendre ce que cela voulait dire.

– Fais-moi confiance, Soen. Tout comme je t'ai fait confiance.

Hésitant, il inspire très profondément et recule d'un pas, m'obligeant à le relâcher.

– Tu sais, continué-je, moi non plus je ne me sentais pas capable de remonter sur Idylle. Mais grâce à toi, j'ai affronté mes peurs et ce matin en me réveillant, je me sentais tellement bien…

– Liv', s'il te plaît…

Le regard suppliant, j'ai l'impression de revoir l'ancien Soen. Celui qui ne supportait pas que je sois proche de lui. L'homme qui n'avait aucune confiance en lui.

– Très bien, cédé-je en m'approchant pour le prendre dans mes bras.

Même s'il passe ses bras autour de moi, je sens qu'il a du mal à décompresser. Alors, je recule le visage pour le regarder dans les yeux.

– Dans ce cas, j'ai une autre idée de ce que l'on pourrait faire…

La respiration plus lente, Soen arque un sourcil, un brin paniqué par ce que je compte lui demander.

– Fais-moi l'amour, Collin.

***

Blottis l'un contre l'autre sur son canapé, nos deux corps semblent ne faire plus qu'un.

– C'était bon, déclaré-je en lui embrassant le bout du nez.

Je devine à son léger sourire en coin qu'il approuve ce que je viens de dire. Soen a bien compris l'effet qu'il avait sur moi et peu à peu, cela lui donne davantage confiance en lui. En effet, nos ébats sont de plus en plus agréables. Non pas qu'ils ne l'étaient pas depuis le début… mais disons que je vois bien qu'il a progressé. J'adore le voir prendre les choses en main avec autant d'assurance… et bon sang, ce que j'aimerais qu'il en ait autant dans la vie de tous les jours !

J'ai bien compris que Soen ne souhaitait pas sociabiliser plus que ce qu'il ne le fait déjà, que c'est trop dur pour lui. Pourtant, je suis persuadée que de sortir et de connaître du monde lui ferait un bien fou !

Tout en reculant le visage pour me regarder dans les yeux, Soen passe un bras autour de ma taille afin que nous restions collés l'un à l'autre. Quand je sens son corps se tendre contre le mien, je pose ma main sur sa joue.

– Tout va bien ?

Soen laisse échapper un soupir avant de me fixer avec une expression dans laquelle se mêlent tension et hésitation. J'ai l'impression qu'un duel se joue dans sa tête, mais qu'il ne veut pas que je prenne parti.

Le temps est en train de tourner à l'orage de chaleur. De grosses gouttes commencent à tomber alors que le soleil tente de garder sa place à travers les épais nuages gris.

Soen se relève rapidement et se rhabille à la hâte.

– Je vais rentrer les chevaux !

OK… et moi je reste là à poil sur ton canapé.

Je m'enveloppe du plaid et le regarde partir par la fenêtre. Il me surprendra toujours.

Je file dans la cuisine pour préparer quelque chose pour midi. Je remarque alors que Soen dispose de tout ce qu'il faut pour faire des cookies au chocolat. Parfait pour un dessert gourmand !

Pendant que je malaxe la pâte, je repense à sa réaction de tout à l'heure. Je suis tellement déçue qu'il ne veuille pas partager avec moi une visite en ville. Je comprends son mal-être mais quand même ! Il va bien falloir qu'il sorte de son trou un jour.

Au bout d'un long moment, Soen revient complètement trempé, faisant dégouliner ses vêtements sur le pas de la porte. Sans dire un mot, il file rapidement à la salle de bains pour prendre une douche.

Quand il revient, il se positionne dans mon dos et m'attrape par la taille.

– Du coup, on va faire quoi aujourd'hui ? lui demandé-je désireuse de savoir quel est le programme vu le temps qu'il fait.

– On pourrait regarder un film.

– Encore un de tes films d'horreur ? le taquiné-je en nous imaginant déjà nous cajoler devant la télé.

– Hum… le dernier Tarantino, ça te dit ?

– Mais il est encore au cinéma ! Je ne pense pas qu'il soit déjà disponible sur Internet. En plus, pour être honnête, je n'aime pas trop le téléchargement illég…

Soen me coupe en me faisant faire volte-face.

– La prochaine séance est dans une heure.

– Mais… ça veut dire que… tu es sûr ?

Il hoche la tête en tentant de sourire largement pour dissimuler son anxiété.

Oh, Soen…

Les larmes aux yeux, tant sa sensibilité et la confiance qu'il me porte m'émeuvent, je me contente de sourire sans en rajouter. Puis, je fais glisser mes mains dans ses cheveux avant de l'embrasser tendrement.

Tu ne le regretteras pas, je te le promets.

46

Euphorique. Voilà l'état dans lequel je suis depuis que Soen m'a proposé qu'on aille au cinéma.

– Qu'est-ce qui t'a fait changer d'avis ? demandé-je pour briser le silence installé dans l'habitacle.

– On va au cinéma, Livia…

– Et alors ?

Soen soupire comme si la réponse était évidente, mais je continue de le fixer en attente d'une explication.

– Au cinéma, on est dans le noir…

– Hum… et tu comptes en profiter pour me peloter ? m'exclamé-je en pouffant.

En voyant Soen serrer le volant sans rire à ma blague, je prends conscience de ma bourde. Au cinéma, personne ne pourra voir son visage…

Tout de suite, je sens ma poitrine se compresser de douleur. C'est horrible de devoir calculer le moindre de ses faits et gestes pour éviter le regard des autres.

Au bout d'une demi-heure de silence, nous arrivons enfin. J'enroule mon bras autour de celui de Soen et nous avançons rapidement vers la caisse. Un petit garçon se tient juste devant nous, à côté de sa maman qui est en train d'acheter deux places pour *Le Roi lion*.

Lorsque le gamin se retourne et qu'il aperçoit Soen, ses yeux s'arrondissent tandis qu'il attrape la main de sa mère pour la tirer vers lui. Heureusement, on n'entend pas ce qu'il lui souffle à l'oreille lorsque celle-ci se penche pour l'écouter. Mais la manière peu discrète qu'elle a de se retourner pour fixer Soen en dit long.

Visiblement désarçonnée par la réaction de son enfant, ainsi que la sienne, elle se met à toussoter avant de détourner le regard. Puis, elle attrape la main de son fils avant de partir prestement.

Je serre fort celle de Soen qui baisse la tête comme pour s'excuser de provoquer ce genre de réaction.

– C'est un gamin Soen, ne t'attarde pas là-dessus, lui glissé-je à l'oreille tout en nous dirigeant vers la salle.

Le regard dans le vide, il continue d'avancer en silence. Nous nous installons au fond de la salle, au dernier rang. Soen se précipite contre le mur et pose mécaniquement son visage sur sa main appuyée sur l'accoudoir.

– Hey Soen, regarde-moi.

Aucune réaction de sa part.

– Regarde-moi ! répété-je de manière plus ferme.

Il ose relever vers moi un regard plein de tristesse et d'amertume qui me brise le cœur.

– Soen, tu as le droit comme tout le monde d'être ici. Ne remets pas en question ta présence sur ce fauteuil sous prétexte qu'un enfant a fait une réflexion. Des avis méchants et désagréables, il y en aura tout le temps. Ne te fie pas au regard des autres, s'il te plaît. Fie-toi seulement au mien car à mes yeux tu es la plus belle personne que je connaisse.

– Ce n'est pas si simple, Livia.

– Je sais, mais la meilleure façon d'affronter ses démons, c'est de les combattre !

Soen soupire avant de se mettre à fixer l'écran.

– Fais-moi confiance et fais-toi confiance…

J'ai tenté d'utiliser les mêmes mots qu'il me répète pour me rassurer quand nous travaillons avec les chevaux, mais cela ne semble pas aussi bien fonctionner.

Après quelques minutes de silence, les lumières s'abaissent pour nous laisser dans un noir complet. Je sens qu'il est encore tendu et tous ces efforts qu'il fait pour moi me touchent beaucoup.

Pendant la séance, je lui prends la main et petit à petit je le sens se calmer, absorbé par le film. De temps en temps, je me hasarde à le regarder et je le vois carrément sourire. De mon côté, je pousse quelques cris de peur, ce qui lui permet de se moquer de moi et d'en profiter pour me prendre sous le bras.

Nom de Dieu, ce Tarantino est un vrai malade !

À la fin du film et lorsque les lumières se rallument, Soen ne bouge pas d'un poil.

– Qu'est-ce que tu fais ? demandé-je déjà debout en train d'enfiler ma veste.

– J'attends que tout le monde sorte.

– Soen, fais-toi confiance bon sang, allez debout !

Je le tire par la main et il me suit. Une fois dehors, le soleil a refait son apparition bien que le fond de l'air ne soit pas très chaud.

– Ça te dit d'aller boire un verre pour débriefer ? lui proposé-je en fronçant le nez.

– Si tu veux, me surprend-il à répondre sans me regarder.

Tête baissée, je l'emmène dans un petit bar très sympa et nous nous installons en terrasse. Immédiatement, je commence à lui poser des questions sur ce qu'il a pensé du film pour qu'il se concentre sur moi plutôt que sur les gens qui nous entourent.

Absorbé par la discussion, Soen se détend petit à petit sans me lâcher des yeux. De mon côté, je remarque les regards appuyés de certaines personnes, se demandant sûrement ce qui a bien pu lui arriver, ou encore d'autres plutôt tournés vers de la pitié. Mais ce qui m'effraie le plus, c'est la réaction des enfants. Notamment une petite fille d'une dizaine d'années, assise juste à la table à côté de la nôtre. Depuis que nous sommes arrivés, la gamine ne le lâche pas des yeux, totalement intriguée.

Soudain, je suis surprise en la voyant débouler pour tapoter l'épaule de Soen avec ses petits doigts. Le sourire de ce dernier s'efface aussitôt.

– Eh, monsieur, tu as quoi là ? l'interroge-t-elle en lui indiquant sa joue meurtrie.

Soen reste interdit face à cette question. Sa respiration se fait plus lente tandis que ses yeux s'arrondissent de stupeur.

Délicatement, je presse la main de Soen et lui fais signe de répondre. Je sais qu'il est difficile pour lui d'en parler, mais je suis persuadée que ça peut lui faire du bien. Il vaut mieux qu'il mette des mots dessus plutôt que de se murer dans son silence, bien trop long à mon goût.

Soen finit par lâcher un profond soupir et me serre la main pour se donner du courage, tout en se retournant vers la fillette.

– J'ai eu un accident, lâche-t-il en avalant difficilement sa salive.

La petite se met à grimacer en fixant ses cicatrices. Alors que Soen s'apprête à lâcher ma main pour les dissimuler, je la retiens prisonnière entre mes doigts.

Ça va aller Soen, tu n'as pas à te cacher.

Il me fixe un instant avant de se retourner vers l'enfant.

– Désolé de te faire peur, je…

– Me faire peur ? le coupe-t-elle en fronçant les sourcils. Tu ne me fais pas peur ! T'as l'air cool !

D'abord choquée, je sens une vague de soulagement et d'espoir traverser le visage de Soen et cela gonfle mon cœur de joie.

– Non, en fait, reprend la fillette en faisant la même grimace que tout à l'heure, je me demandais si ça te faisait mal ?

– Non, répond-il en secouant la tête.

Aussitôt, le visage de la petite se décrispe et elle lui adresse un large sourire. Quand je vois Soen le lui rendre, j'en ai les larmes aux yeux.

Eh oui, Soen, voilà ce que ça fait de voir le sourire authentique d'un enfant.

– Tu me fais penser à mon nounours ! lui balance-t-elle tout à coup.

Soen me lance un coup d'œil l'air de dire « qu'est-ce qu'elle raconte ? » et je hausse les épaules en tentant de ne pas pouffer de rire.

Un nounours, sérieusement ?

Pour expliquer ce qu'elle vient de dire, la petite fille retourne à sa place récupérer sa peluche avant de revenir la montrer à Soen.

– Il s'appelle Teddy, déclare-t-elle jovialement. Il lui manque un œil et il est tout fripé, mais… c'est mon nounours préféré ! continue-t-elle en le serrant dans ses bras.

Oh, mon Dieu, c'est adorable…

Soen lui sourit à nouveau avant de planter ses prunelles dans les miennes. Encore une fois, notre langage silencieux opère. On se comprend, on se sourit. Soen, c'est mon nounours à moi. Il est l'homme que j'ai choisi.

– Elena ? Elena ?

La petite hausse les sourcils avant de grimacer une nouvelle fois.

– C'est maman ! Je dois y aller. Au revoir m'sieur !

Soen s'esclaffe et lève la main pour faire signe à la petite Elena.

Une grande bouffée de fierté m'envahit. Je sais que ce moment est une sacrée étape. Une avancée dans son acceptation de lui-même. C'est un pas de géant !

Sans dire un mot, nous nous fixons tendrement. Enfin, Soen m'observe avec cet air étrange. Comme si… comme s'il voulait me dire quelque chose, mais qu'il n'y arrivait pas. Soen ne m'a jamais dit qu'il m'aimait, mais à cet instant, je comprends que c'est le cas. Je le vois dans ses yeux.

Quant à moi, je réalise que ce que je ressens est très puissant. C'est incroyable d'avoir ce genre de sentiment pour quelqu'un que l'on connaît depuis si peu de temps… Oui, j'aime profondément Soen et au fond de moi, j'espère que cet amour suffira à guérir ses blessures. À le pousser à s'accepter tel qu'il est et surtout, à être heureux.

Pour lui montrer que j'ai compris, je lui souris et enveloppe sa main entre les miennes avant de me pencher en avant pour chuchoter :

– Je suis fière de toi, Soen.

47

Voilà un dimanche matin comme je les aime. J'ai dormi comme une masse et Soen, déjà parti s'occuper de ses bêtes, m'a laissé un petit déjeuner tout prêt. Un amour !

Je me demande comment un mec, qui n'a jamais eu de nana, peut être aussi attentionné. À croire que c'est naturel chez lui, d'être aussi altruiste.

J'ai tellement été touchée par la soirée de la veille et le courage dont il a fait preuve pour répondre à cette petite fille. C'est comme si un poids s'était allégé dans sa poitrine, comme si le fardeau de cette cicatrice avait disparu durant cet instant.

Dans l'euphorie du moment, il m'a même proposé d'aller manger et nous avons terminé avec un plateau de sushi en terrasse. C'était génial !

Une serviette sur la tête pour me sécher les cheveux et simplement vêtue de ma nuisette, je déambule dans la maison comme si j'étais chez moi. J'adore cette sensation de plénitude. À mon âge, je n'aurais jamais imaginé vivre ce genre de relation. C'est un peu comme si nous étions en couple depuis des années et étrangement, cela ne me fait pas peur. Je ne me sens pas étouffée, mais plutôt... apaisée. Avec Soen, tout se fait de façon spontanée, sans même que je réfléchisse à mes choix. J'ai envie d'être tout le temps avec lui et c'est tout, je ne l'explique pas.

Est-ce que c'est ça, l'âme sœur ?

Dans la cuisine, je m'affaire à préparer une salade de tomates mozzarella et une sauce au basilic avec le mixeur qui me donne du fil à retordre. Quand j'entends la porte d'entrée s'ouvrir, je m'active en continuant de me battre avec l'engin.

– Ça va, chéri ? crié-je à travers le brouhaha.

Une fois le mixeur en route, je relâche à peine le socle qu'il se retrouve projeté en l'air.

Merde !

L'huile d'olive et le basilic à moitié haché tapissent instantanément le mur d'en face d'un vert émeraude dont je me serais bien passé.

Je peste en avançant vers l'évier pour récupérer l'éponge quand une voix derrière moi me surprend.

– Besoin d'aide peut-être ?

Surprise, je fais volte-face et me retrouve nez à nez avec une femme. Brune, la cinquantaine et des yeux pétillants qui me donnent l'impression de l'avoir déjà croisée quelque part. Je ne peux m'empêcher d'ouvrir grand la bouche quand je prends conscience de qui elle est.

– Oh, mon Dieu, je suis désolée ! m'écrié-je tandis qu'elle s'approche de moi en me tendant la main.

Embarrassée, je lui montre mes doigts sales en lui adressant un sourire d'excuse. Puis, je me retourne vers l'évier pour les rincer. Et pour cacher mon visage cramoisi.

Bon sang, je suis quasiment à poil devant la mère de mon mec, là !

– Je ne savais pas que Soen avait engagé une professionnelle en peinture végétale !

Les yeux écarquillés, je me retourne pour lui faire de nouveau face et quand je remarque un léger sourire en coin, je comprends alors que Soen n'a pas uniquement hérité de ses beaux yeux.

– Une vraie œuvre d'art, hein ? m'exclamé-je en pouffant.

Aussitôt, nous nous adressons un regard complice avant d'éclater de rire.

– Euh… qu'est-ce qui se passe ? demande Soen depuis l'entrée de la cuisine.

Nous arrêtons de nous marrer dès qu'il se met à nous observer avec ses yeux ronds de stupeur. Il nous fixe l'une après l'autre avant de secouer la tête en grimaçant presque.

– Oh mon Dieu, Soen… mais… qu'est-ce que… tu es magnifique ! s'exclame sa mère en positionnant ses mains devant sa bouche.

Elle est visiblement très émue de le voir sans cette masse de cheveux qui cachait son visage. Finalement, je ne sais pas lequel des deux est le plus choqué de voir l'autre.

Une petite larme pointe au coin de ses yeux quand elle s'approche lentement de lui pour poser ses mains de part et d'autre du visage de Soen, qui reste stoïque.

– Ça te va si bien ! Comme tu es beau, mon fils !

Soen ne réagit pas à ce flot de compliments et recule d'un pas afin qu'elle le lâche.

– Livia, je te présente ma mère, Anna, lance-t-il gêné.

Je me dépêche d'attraper un torchon pour m'essuyer les mains afin de la saluer convenablement. Quand je lui tends ma paume, elle l'attrape pour me tirer vers elle afin de me prendre dans ses bras tout en m'embrassant sur la joue.

– Enchantée Livia !

Euh d'accord… voilà un trait de caractère dont son fils n'a pas hérité.

– Pourquoi tu n'as pas prévenu que tu venais ? l'interpelle Soen, l'obligeant à me relâcher.

– Je suis désolée, je ne pensais pas te déranger…

Alors qu'il ouvre la bouche pour répondre, je prends la parole :

– Vous ne nous dérangez pas, je vais juste me changer et je reviens !

– Bien sûr ma jolie ! me lance-t-elle avec un large sourire.

Je quitte la pièce en lançant un regard à Soen comme pour lui indiquer de rester cool, car j'ai bien compris que la présence de sa mère l'avait clairement agacé.

Quand j'arrive dans la chambre, j'enlève la serviette pour me coiffer avec mes doigts puis j'enfile un short et un tee-shirt décontracté. En retournant vers le salon, j'entends que l'échange mère-fils est un peu houleux alors je m'arrête quelques instants derrière la porte.

– Non, je dis juste que tu aurais pu appeler avant de venir !

– D'habitude, tu es seul et je pensais que…

– Eh bien, comme tu as pu le voir, la coupe-t-il, je ne suis pas seul aujourd'hui et j'aurais préféré éviter cette situation.

– Oui je sais, excuse-moi mon chéri.

Le long soupir que lâche Soen me fait lever les yeux au ciel. Pourquoi agit-il de cette manière avec sa mère ?

– Si ça peut te rassurer, reprend-elle, ta petite amie ne semblait pas énervée. D'ailleurs, elle m'a l'air gentille et… Soen, bon Dieu, ce qu'elle est belle !

– Oui, Livia est…

Je tends l'oreille en essayant de ne pas me faire remarquer, mais malheureusement, Soen s'arrête là. Je l'entends juste soupirer de nouveau.

– Qu'est-ce qui se passe mon fils ?

– C'est que… c'est compliqué maman. Livia n'est pas vraiment ma petite amie.

Attends… quoi ?!

– Mais alors… bon, j'ai bien une idée de ce qu'il se passe entre vous et je ne me trompe pas si ce changement capillaire vient de…

– Il n'y a rien à dire maman, l'interrompt-il sans ménagement. Livia est ici pour les vacances, elle repart la semaine prochaine.

– C'est une fille du domaine ?

– Oui, une stagiaire.

– Celle de la chute ? l'interroge-t-elle d'une voix inquiète.

– Oui, répond-il laconiquement.

Donc Soen a déjà parlé de moi à sa mère. OK, c'est un bon point. Je vais donc tenter de ne pas me concentrer sur le fait que je ne sois pas sa petite amie…

Alors, je suis quoi au juste ?!

– Alors… Hum… Bien que je n'en sois qu'à moitié convaincue, c'est plutôt une amourette de vacances, c'est ça ?

Sans laisser le temps à Soen de répondre, je refais apparition. Je ne peux pas l'entendre débiter ce genre de conneries plus longtemps. Alors que je suis littéralement folle amoureuse de ce mec, lui me voit comme une amourette, sérieusement ?!

– Vous restez déjeuner avec nous ? demandé-je à Anna sans même jeter un regard à son fils.

C'est lorsqu'elle se retourne vers lui que je le considère enfin. Comme je m'en doutais, Soen ne semble pas enchanté par ma proposition. Les sourcils levés, il me fixe l'air de dire « Qu'est-ce que tu fais ?! »

Je fais mine de ne plus comprendre notre langage silencieux à nous et hausse les épaules avant de me tourner vers sa mère.

– Et si vous m'aidiez à préparer cette fichue sauce ?

Anna émet un son aigu qui ressemble à un rire étouffé avant de hocher la tête. Puis, nous nous dirigeons en cuisine. Avant toute chose, je nettoie ma fresque murale tandis qu'Anna tente de récupérer le déjeuner.

Avec quelques pincettes, elle profite du fait que l'on soit seules pour me poser des questions sur ma rencontre avec Soen. Je m'empresse de lui raconter les moments que nous avons passés avec les chevaux ainsi que tout ce que m'a appris son fils.

– Et c'est comme ça que je l'ai forcé à passer du temps avec moi, dis-je en riant.

Toujours le sourire aux lèvres, Anna se met à m'observer d'un air tendre et approbateur. C'est drôle, mais cette femme m'inspire confiance. On sent la bienveillance dans son regard.

– J'ai l'impression que toi aussi, tu lui fais du bien…

Je me contente de sourire à cette remarque en coupant de nouvelles tomates en lamelles.

– Tu sais, je ne sais pas si Soen t'a raconté, mais il a eu une enfance assez difficile, lâche-t-elle tristement.

À ma gauche, je la sens m'observer en biais et je suis persuadée qu'elle se demande si Soen m'a raconté cette période de sa vie.

– Je sais, réponds-je simplement.

À vrai dire, je ne sais pas grand-chose. Dès qu'on parle de son passé, Soen se braque et ne lâche que quelques bribes d'informations. Du coup, j'avoue que j'ai bien envie de profiter de la situation…

– Soen m'a dit qu'il avait un frère ? demandé-je sans la regarder.

– Oui, il vit avec son père pas très loin de chez moi.

– Oh, depuis quand ?

Anna s'arrête de touiller la sauce pour me considérer.

– Désolée madame, je ne voulais pas être intrusive…

– Madame ? répète-t-elle horrifiée. Je t'en prie, appelle-moi Anna !

– D'accord Anna.

Je ris légèrement et elle se joint à moi avant de reprendre son sérieux.

– Il n'y a pas de problème Livia, tu peux me poser autant de questions que tu veux ! C'est juste que… je suis étonnée que Soen ne t'ait rien dit à ce sujet.

Je déglutis difficilement en sentant mon cœur se serrer. Au fond, ça me fait mal qu'il ne se confie pas à moi autant que je le croyais. En plus d'avoir dit que je n'étais pas sa petite amie, je commence à me poser de sérieuses questions sur notre relation. Enfin, si on peut qualifier cela de relation.

– Soen a eu une adolescence très difficile, reprend-elle alors. Suite à son accident, il s'est renfermé et refusait toute communication, même avec nous, sa propre famille.

Oh, je reconnais bien là mon Soen…

– Tu sais, soupire-t-elle, quand quelqu'un te montre qu'il ne veut pas de toi dans sa vie, et te rejette à chaque fois que tu tentes de te rapprocher, tu finis par laisser tomber. Même quand tu aimes fort cette personne.

Choquée, je lève automatiquement les yeux et elle capte tout de suite le fond de ma pensée.

– Oui, mon fils a volontairement mis des barrières entre nous, mais… une mère ne laisse jamais tomber son enfant ! s'exclame-t-elle non sans émotion dans la voix. Qu'il le veuille ou non, je serai toujours là et je continuerai de débarquer chez lui, même si ça ne lui plaît pas.

– Mais alors… vous voulez dire que c'est Soen qui a fui son père ?

Anna s'apprête à répondre quand son fils apparaît derrière nous.

– Le barbecue est prêt, nous informe-t-il froidement.

Je sursaute comme s'il m'avait prise en flagrant délit, avant d'ouvrir le frigo pour en sortir le plat de saucisses. Tandis qu'Anna termine de saucer la salade sans nous prêter attention, je lui tends l'assiette.

– Eh, ça va ? me demande-t-il en attrapant mon poignet pour me forcer à lever les yeux.

– Oui.

Soen soupire avant de me tirer vers lui pour me chuchoter à l'oreille :

– Je suis vraiment désolé, je… Je te jure que je ne savais pas qu'elle viendrait aujourd'hui. C'est notre dernier week-end tous les deux et…

– Ça va Soen, le coupé-je mi-irritée mi-attristée. Je suis contente de connaître ta famille.

Malgré la boule coincée dans ma gorge depuis que j'ai entendu leur discussion, je lui adresse un sourire avant de lui déposer un bisou sur le coin de la lèvre pour le rassurer. Je ne voudrais surtout pas qu'il pense que j'en veux à sa mère d'être ici. D'ailleurs, je prends conscience que je n'ai aucune raison de lui en vouloir. Soen n'a rien fait de mal, à part dire la vérité…

Une fois à table, Anna commence à me poser des questions sur mon stage et nous en parlons durant un moment.

Soen reste silencieux et ça m'agace.

Pourquoi ne fait-il pas un effort, bon sang ?!

– Et tes parents, que font-ils dans la vie ? m'interroge Anna.

– Mon père dirige une entreprise et ma mère est à la maison.

Soen glisse sa main sur ma cuisse, comme pour me rassurer. Il sait que c'est un sujet un peu délicat et a dû sentir à quel point j'étais tendue.

– Et toi Livia ? Que comptes-tu faire plus tard ?

Aïe, LA question fatidique.

– Il est prévu que je prenne la suite de mon père à la fin de mes études…

– Comment ça, il est prévu ? demande Anna en fronçant les sourcils.

– Mon père aimerait que je travaille avec lui.

– Oh, lâche-t-elle en avalant une bouchée. Mais toi Livia ? Qu'est-ce que tu aimerais faire ?

Je baisse la tête en mâchant lentement. Je comprends pourquoi Soen est si naturel et arrive à déchiffrer mon comportement. Sa mère est une vraie mentaliste ! En constatant que je prends quelques secondes pour répondre, il intervient.

– C'est bon maman, parlons d'autre chose s'il te plaît.

Je me tourne vers lui pour lui faire comprendre que tout va bien. Je me rends compte que finalement, je passe mon temps à éviter de parler, ou même juste à penser à mon futur. Mon avenir étant tout tracé depuis mon plus jeune âge, à part quelques moments de flottement pendant lesquels j'ai hésité, mes parents ont toujours su me convaincre que la meilleure place pour moi était dans l'entreprise de mon père.

Aujourd'hui, j'ai compris que ce n'était pas ce que je voulais, mais… de quoi ai-je réellement envie ?! J'ai bien une idée en tête qui relierait mes deux nouvelles passions, mais nous n'en avons jamais parlé ensemble. Et avec ce que Soen a dit tout à l'heure, je doute que ce soit très judicieux.

Cependant, je décide de jouer carte sur table.

– Vous avez raison Anna, j'ai bien une idée de ce que j'aimerais faire, mais… je ne sais pas si c'est réalisable.

Je sens tout de suite le regard surpris de Soen se poser sur moi, mais je reste concentrée sur sa mère qui hoche la tête comme pour me pousser à en dire plus.

– Pourquoi pas ouvrir un centre pour les animaux ? osé-je timidement.

Soen manque de recracher ce qu'il a dans la bouche avant de se mettre à tousser. Quant à moi, je fais tout pour ne plus croiser son regard.

Anna, visiblement scotchée par ma réponse, joint ses mains sous son menton et nous observe l'un et l'autre en plissant les yeux. Au bout d'un long moment de silence absolu, elle se met à sourire.

– Eh bien, Livia, je suis ravie de l'entendre.

48

Je ne sais absolument pas ce qu'il se passe dans la tête de Soen depuis que j'ai lâché cette bombe, à table. En tout cas, même si je ne lui ai plus jeté le moindre coup d'œil, je peux sentir sa nervosité plus que palpable.

Anna et moi avons vite bifurqué sur un sujet beaucoup plus léger et c'est ainsi que nous terminons le repas. Soen est plus silencieux que jamais, la tête dans son assiette tandis que sa mère et moi bavardons de tout et de rien.

– Vous savez quoi les enfants ? s'exclame Anna en se mettant debout. Allez profiter de ce beau soleil pendant que je range la cuisine !

En temps normal, j'aurais refusé de ne pas apporter mon aide. Mais au vu de la situation, je pense que Soen et moi avons besoin de parler. Aussi, l'énorme clin d'œil très suggestif que m'adresse Anna me met à l'aise pour la laisser gérer seule.

– Très bien Anna, je vous remercie, dis-je en me levant à mon tour.

Les yeux dans le vide, Soen semble réfléchir un instant avant de me suivre dehors, toujours sans un mot. Une fois sur la terrasse, il place ses mains dans les poches et se met à contempler le lac en m'ignorant complètement.

Alors quoi ? C'est lui qui boude finalement ? Ben voyons…

Je tente de ne pas lui montrer à quel point je suis vexée et me place face à lui pour qu'il me considère enfin.

– Bon. Tu m'expliques ce qu'il se passe ?

Les sourcils froncés, il plante ses billes de feu dans mes yeux. Sa mâchoire se serre et se desserre au rythme de sa respiration saccadée. Il ne me fait pas peur, mais je n'en mène pas large quand même.

– C'est plutôt à toi de m'expliquer, non ? Mais enfin Livia, à quoi tu joues avec ma mère au juste ?

Il lutte contre son énervement et cela transparaît car il se balance d'un pied sur l'autre pour se contenir au maximum.

– À quoi je joue ? répété-je irritée. C'est plutôt à toi de me le dire ! Pourquoi tu es comme ça avec elle ? Si désagréable et distant ?

Soen sort les mains de ses poches, poings serrés, tout en secouant la tête.

– Tu ne peux pas comprendre, lâche t il en soupirant.

– Oh si, je comprends, figure-toi. Je comprends très bien même ! En fait, tu passes ton temps à fuir ! Tu m'as toi-même dit que ton père ne t'avait jamais accordé d'importance, mais en réalité, tu m'as menti ! C'est toi qui as tourné le dos à ta famille ! conclus-je en le pointant du doigt.

Est-ce le ton glacial et accusateur que j'emploie ou bien les paroles que je balance à Soen qui font qu'il reste figé, la bouche ouverte ? Ou peut-être les deux ?! Toujours est-il qu'il me fixe sans sourciller. Je ne l'ai jamais vu aussi… perplexe ? En colère ? Ce mélange de sentiments inonde son regard furieux.

– Je peux savoir ce qui te prend ? Tu n'as pas une putain d'idée de ce que j'ai pu subir ! Alors, arrête de faire comme si tu savais ! s'énerve-t-il en se retournant.

Cette fois, c'est moi qui ouvre grand la bouche. À part la fois où il a collé son poing dans la gueule de Charles, je n'ai jamais vu Soen aussi énervé. Et honnêtement, ce n'est pas beau à voir… mais peu importe, nous devons nous expliquer !

Je décide de l'affronter directement et me positionne de nouveau face à lui en tentant de calmer le jeu.

– Non, en effet, je n'en ai aucune idée, réponds-je en baissant le ton. Mais je ne vois pas comment je pourrais le savoir étant donné que tu ne me dis rien. Tu n'as pas été honnête avec moi, Soen.

Contre toute attente, il se met à ricaner en secouant la tête.

– Moi, je ne suis pas honnête ? Parce que toi, tu penses l'être ? Ta famille ou même tes amis savent-ils où tu passes tout ton temps libre ? Peut-être que finalement l'apparence compte bien plus que tu ne veux bien l'admettre…

Non, il n'a pas osé dire une chose pareille…

Le ton sarcastique qu'il emploie me déçoit et m'affecte bien plus que de raison. Je ne pensais pas Soen capable d'autant de mépris. Cette fois, je redécouvre le Soen du début, celui qui me repousse, comme il rejette tout son entourage pour ne pas être affecté.

Bien que son autoprotection soit destructrice pour tout le monde finalement, je fulmine et je m'apprête à exploser quand il reprend :

– Et ton père, Livia, est-il au courant que tu ne souhaites pas travailler avec lui ? Et bordel, depuis quand souhaites-tu ouvrir un centre ? Pourquoi avoir dit une telle chose à ma mère ? Tu ne vois pas que tu lui donnes de l'espoir pour rien ?

Le coup de grâce !

Il y a tellement d'informations que j'ai du mal à tout assimiler. Pendant une seconde, j'hésite même à lui mettre ma main dans la figure, mais je me refrène aussitôt.

Ce n'est pas une bonne idée Liv', calme-toi…

– Ta mère m'a demandé ce que j'aimerais faire, réponds-je à la dernière question. Je n'ai fait que dire la vérité, Soen ! Et pour une fois, je sais ce que je veux !

– Tu… voyons Livia, tu… tu sais que c'est n'importe quoi, hein ?

N'importe quoi ?! A-t-il bien dit n'importe quoi ?!

Le nœud qui se forme au creux de mon estomac m'empêche carrément de répondre. Je prends une profonde inspiration pour tenter de me calmer, mais cela ne semble pas fonctionner.

– Alors, c'est bien ça, lâché-je en croisant les bras. Je ne suis qu'une simple amourette de vacances à tes yeux. Rien de plus !

Il se met à me fixer, les yeux écarquillés.

– Oui, j'ai tout entendu Soen. J'ai bien compris que je n'étais pas ta petite amie ! Mais du coup, je me demandais… je suis quoi pour toi au juste ? La fille qui t'a dépucelé ou bien la pauvre bourge qui…

– Putain Livia, arrête ! me coupe-t-il en fermant les yeux, horrifié par mes paroles.

– Oui, tu as raison, Soen. J'arrête tout.

Il ouvre les paupières au même moment où je lui tourne le dos pour rentrer chez lui. Rageusement, j'essuie une larme qui s'est échappée de mes yeux et cours me réfugier dans sa chambre. Je ne voudrais surtout pas que sa mère me voie dans cet état. Au bruit que j'entends, elle est encore en train de ranger la cuisine.

Merde et je fais quoi, moi maintenant ?!

D'un côté, je suis tellement folle de rage que j'ai envie de me barrer d'ici ! Mais d'un autre côté, je suis dégoûtée que notre ultime dimanche se passe de cette manière. Je m'étais imaginé profiter à fond de cette dernière semaine et Soen fait partie intégrante de ce que je souhaite faire.

Je m'assieds un instant au bord du lit en tentant de rassembler mes idées. Je me repasse chaque mot que Soen m'a balancé au visage et… Bon Dieu, ce que ça fait mal.

Je reste ahurie qu'il ait été capable d'autant de méchanceté envers moi. Lui qui est d'habitude si tranquille et silencieux.

Quand je pense à ce qui le torture… Il semble si convaincu par ce qu'il avance que je me demande si ça vaut le coup que je me batte pour lui. Après tout, suis-je capable de guérir autant de blessures enfouies depuis tant d'années ?

Au bout de quelques minutes à cogiter comme une dingue, la porte s'ouvre lentement. Et alors que j'essuie mes larmes en pensant voir Anna, Soen apparaît entre l'entrebâillement, comme pour vérifier ce que je suis en train de faire. Quand il comprend que je pleure, il entre vivement avant de refermer derrière lui. Puis, il vient s'accroupir au sol, juste devant moi, avant de poser ses mains sur le matelas, de part et d'autre de mes jambes. Je ne peux m'empêcher de triturer mes doigts en me concentrant sur mes cuisses. Je sais pertinemment que s'il me regarde dans les yeux, fragile comme je suis à cet instant, je vais fondre.

– Livia, murmure-t-il. Écoute-moi jusqu'au bout, d'accord ?

Il sait lire en moi comme dans un livre ouvert et ne me demande pas d'affronter son regard. Bon Dieu, même quand je suis très énervée, il arrive à m'attendrir. Je hoche lentement la tête en tentant de ne pas laisser transparaître ce que je ressens. En effet, j'ai l'impression que la tristesse qui m'accapare est totalement démesurée !

Pendant quelques secondes, il attend, semble se concentrer, jusqu'à ce qu'il inspire profondément comme pour se donner du courage.

– Quand il m'est arrivé cet accident, commence-t-il en déglutissant difficilement, je ne suis pas le seul à avoir souffert. Ma famille et surtout mes parents se sentaient accablés, impuissants… coupables. Tous les regards qui se posaient sur moi, même si chacun tentait de faire comme si de rien n'était, tous ces regards ne reflétaient que… de la pitié.

À ce moment-là, il tremble, comme pris d'un spasme de dégoût de se rappeler ces souvenirs si durs. J'ai envie de le réconforter, mais je dois le laisser s'expliquer jusqu'au bout.

– Petit à petit, toutes ces émotions ont fait que je me suis éloigné d'eux. J'ai appris, malgré moi, à m'endurcir et à ne plus ressentir ce genre de sentiments. À vivre seul, dans mon monde. Je ne veux pas que les gens que j'aime souffrent à cause de moi, tu comprends ?

Je renifle tout en acquiesçant. Mes larmes ne cessent de couler, mais dans un calme saisissant. Comme si toutes ces révélations me permettaient de mieux le comprendre.

– Je tiens à toi Livia, déclare-t-il toujours à voix basse. Tu es la plus belle chose qui me soit arrivée, je te le jure. Quand je me réveille le matin et que je te vois là, dans mon lit, je me demande encore comment tout ça est possible. Tu es… mon premier amour.

Seigneur… Je sens de nouveau ma poitrine se serrer quand Soen m'attrape les mains avant de poursuivre :

– Je suis juste conscient que dans une semaine, tu retournes chez toi, à Paris. Tu vas retrouver tes occupations, tes études…

Cette fois, son expression affiche de la tristesse et de la résilience. Comme si les dés étaient jetés et que nous ne pouvions pas lutter contre la vie qui reprend son cours.

– Et si ce n'était pas ce que je voulais ? demandé-je, la voix chevrotante.

Sans répondre, Soen baisse les yeux au sol.

Depuis quelques jours, je lui lance des perches afin qu'il comprenne que je suis en pleine réflexion quant à mon avenir. À aucun moment, je n'ai osé lui dire explicitement ce que je ressens. En réalité, j'espérais au fond de moi qu'il m'en parle le premier. Je ne sais pas, qu'il me montre qu'il s'inquiète. Que lui aussi ne souhaite pas que je parte. Oui, OK, je l'avoue, j'aurais aimé qu'il me demande carrément de rester. Je sais, c'est complètement fou ! Comment envisager une telle chose alors qu'on ne se connaît que depuis quelques semaines ?!

Arrête de lire ou de regarder des comédies romantiques, Liv' !

– Ce que j'essaie de te dire Soen, c'est que je ne sais plus où j'en suis. J'en viens même à me demander si je ne devrais pas…

– Livia arrête, me coupe-t-il en fermant les yeux durant un instant. Tu es perdue car tu es loin de chez toi, mais… crois-moi, l'avenir qui t'est promis est ce qu'il y a de mieux pour toi.

– Ce qu'il y a de mieux pour moi, c'est toi, Soen !

Il secoue énergiquement la tête avant de souffler :

– Je… Non, Livia. Tu es une fille pleine de vie qui aime s'amuser, sortir, être entourée… Tu te vois enfermée ici ? Passer ta vie avec un homme qui n'est même pas capable de t'emmener au restaurant ?

– Mais hier, tu…

– Hier, cette petite fille m'a fait du bien, certes. Mais tu sais, j'ai bien vu les regards des gens qui m'entouraient. J'ai vu leurs interrogations, le mépris s'afficher sur leur visage. Et j'ai vu aussi… ta gêne. Je ne peux pas le supporter et toi tu… tu mérites beaucoup mieux.

Je m'apprête à le contredire quand il place son doigt devant ma bouche.

– Livia, je t'en prie, ne réponds pas à ça. Je sais que tu ne peux pas comprendre et je ne t'en demande pas tant. C'est la vie qui est comme ça et on ne pourra rien y changer.

À mon tour, je me penche pour caresser sa joue du bout de mes doigts.

J'aimerais lui dire que tout ça ne compte pas. Qu'à mes yeux, il est le plus bel homme que je connaisse…

Mais comment nier que nous vivons dans un monde où le physique a une importance capitale ? Finalement, la beauté est devenue nécessaire à l'intégration sociale et j'ai beau aimer ce garçon de toutes mes forces, rien ne pourra changer ça…

– Livia, reprend-il en retirant ma paume de sa joue pour la prendre entre les siennes. Je veux juste… je voudrais juste que l'on profite de nos derniers moments ensemble. Avec toi, j'oublie qui je suis. Parfois, j'ai même l'impression d'être tout à fait normal. Alors, même si je sais depuis le début que tout est éphémère… j'aimerais juste…

Je l'interromps en collant mes lèvres aux siennes. D'emblée, ses bras entourent ma taille et sa respiration se fait plus rapide.

Même si j'aurais un tas de choses à lui dire à cet instant, je décide d'accepter ce qu'il me demande. Après tout, qui suis-je pour changer le monde ?

49

Comme chaque matin qui a suivi ce week-end mouvementé, je me réveille avec cette horrible sensation de compression. Même si nous nous sommes mis d'accord pour profiter à fond des derniers jours, il y a constamment cette petite voix qui ne cesse de me rappeler que le stage touche à sa fin.

Après notre explication pleine d'émotions, nous n'avons plus reparlé de tout ça. J'ai énormément apprécié l'effort que Soen a fait avec sa mère, surtout quand il lui a proposé de nous accompagner pour une balade, dimanche après-midi. Les voir tous les deux aussi distants alors qu'il y a tant d'amour entre eux m'a beaucoup peinée et m'a fait prendre conscience qu'il agissait de la même façon avec moi.

Finalement, cet accident a non seulement bouleversé la vie de Soen, mais également celle de toute sa famille…

Malgré tout, je me suis concentrée sur le plus important. *Nous deux.*

Une certaine routine s'est installée : je vais aux cours d'équitation, je partage tous mes repas avec mes camarades et le soir, tandis que chacun retourne dans sa chambre, je rejoins Soen. Je passe la nuit chez lui puis je me lève plus tôt pour retrouver le domaine. Moi qui déteste les journées qui se répètent, je donnerais tout pour qu'elles continuent de se ressembler de la sorte.

Surtout au coucher du soleil…

Le soleil est déjà levé quand je rentre de chez Soen. À peine ai-je dépassé la clôture que je croise Charles en train de se diriger vers le réfectoire. Alors que je baisse automatiquement la tête en accélérant le pas, celui-ci m'interpelle :

– Salut Livia ! Fais gaffe, tout le monde est déjà debout ! Il ne faudrait pas que tu te fasses choper…

Surprise, je m'arrête et plisse les yeux en le fixant. Sa phrase sonne plutôt comme un conseil, sans une once d'ironie. Même si depuis notre dispute Charles est plutôt distant avec moi, il n'est pas non plus désagréable. Mais bizarrement, je n'arrive pas à baisser ma garde. J'ai cette impression qu'il cache quelque chose…

Du coup, je lui adresse un simple signe de la tête avant de continuer mon chemin.

En arrivant devant mon cottage, j'aperçois Paul, adossé à la porte d'entrée.

Décidément !

– Paul ? Qu'est-ce que tu fais là ?

– Je t'attendais…

– Tout va bien ? demandé-je en fronçant les sourcils.

– Ouais… enfin… je voulais te prévenir que Lucie est un peu remontée ! Elle est à deux doigts de débarquer ici et de te « refaire le portrait », pour ne pas la citer.

– Oh, ce n'est que ça ? T'inquiète, je gère !

– Elle est en colère que tu ne lui aies rien dit pour… enfin tu vois quoi ! Du coup, je lui avais proposé de venir pour la soirée de vendredi soir, mais finalement elle hésite. Tu ne pourrais pas…

– J'ai compris Paul, je vais arranger ça ! le coupé-je en avançant vers lui tout en désignant ma porte du menton.

Aussitôt, Paul se pousse afin que je puisse l'ouvrir.

– Merci Liv' ! s'exclame-t-il avant de déguerpir.

Ah Lucie, tu lui as clairement retourné le cerveau à celui-là…

Une fois à l'intérieur, je me rends effectivement compte que j'ai complètement mis de côté mes proches au profit de Soen.

Non pas que cela me dérange, au contraire, mais ne suis-je pas en train de m'oublier moi-même ? Je suis tellement bien quand je suis avec lui que je me demande encore comment je vais faire pour surmonter notre éloignement.

Je secoue la tête et décide de joindre Lucie pour me faire pardonner et surtout pour la motiver à venir vendredi. Mon histoire ne doit pas avoir de conséquences sur celle de ma meilleure amie.

– Allô ma Lulu ?

Un temps d'arrêt au bout du fil.

– Si vous pensez avoir été égoïste, tapez un, si vous souhaitez vous expliquer, tapez deux et sinon vous pouvez raccrocher.

Je reconnais immédiatement l'ironie de mon amie, mais le ton qu'elle emploie me fait bien comprendre que j'ai dépassé les limites. J'appuie sur les deux touches pour qu'à son tour, elle sache que je veux lui parler.

– Alors pour m'agresser le matin et m'accuser de raconter ta vie sexuelle au premier venu, tu es forte, mais pour donner de tes nouvelles, tu es aux abonnés absents. Je t'écoute ! rajoute-t-elle cinglante.

– Je suis désolée Lucie. Je ne vois pas le temps passer et tu as raison, j'ai été égoïste. Quand je suis avec Soen, je profite au maximum en sachant que ce sont les derniers jours. Donc oui, j'ai un peu mis mes proches de côté, je m'excuse. Tu m'en veux ?

– Donc tu m'avoues enfin être avec le barbu ! Pourquoi les derniers jours ?

– Derniers jours de stage, après on ne se verra plus, dis-je en sentant mon cœur se serrer de douleur.

– Oh ça va, tu ne pars pas à l'autre bout du monde non plus ! Tu pourras le revoir ton Apollon ! réplique-t-elle moqueuse.

Comment lui expliquer en quelques minutes tout ce qui s'est passé dans ma vie récemment ? Et surtout, le caractère torturé de Soen qui l'empêche de vivre une vie normale ? C'est tout simplement impossible !

– C'est compliqué Lucie…

– Liv', tu te renfermes et ce n'est pas bon ! Où est mon amie qui raconte tous ses potins à sa vieille copine ?

– Je te promets que je te dirai tout vendredi quand on se verra… tenté-je en faisant mine de ne pas être au courant.

Je n'ai déjà pas envie d'aller à cette soirée de fin de stage alors si Lucie pouvait être présente, ça m'arrangerait !

– Je ne sais pas si c'est utile que je vienne. Puisque tu te confies à mon mec, tu n'as plus besoin de moi !

– En fait, tu es juste jalouse que je sois proche de ton petit ami ou devrais-je dire amoureux ?! me hasardé-je à lui répondre en riant.

– Moi aussi, j'ai plein de choses à te raconter… Liv', s'exclame-t-elle beaucoup plus détendue. Il a un sacré…

– Ça va Lucie, tu peux m'épargner les détails !

Nous nous esclaffons avant de papoter de tout et de rien. Jusqu'à ce que je regarde ma montre.

– Merde Lulu, je dois te laisser, je suis en retard !

– Allez, à vendredi…

C'est le sourire aux lèvres que je raccroche avant de me préparer rapidement.

***

Depuis le début de la semaine, je monte Idylle tous les jours. Serena trouve que nous nous accordons à la perfection et j'arrive de mieux en mieux à comprendre cette jument qui ne demande qu'à bien faire, à partir du moment où les ordres sont donnés dans la bienveillance et sans pression. Quand on se penche sur son attitude, on peut tout de suite retrouver qui lui a redonné confiance. Il n'a pourtant pas tellement confiance en lui, mais en donnant tout son amour aux animaux, il leur rend un fier service.

Mon Soen…

Mes pensées ne peuvent s'empêcher de divaguer vers lui. Toute la journée, je suis à l'affût de la moindre attention qu'il pourrait avoir envers moi : un regard, un sourire, un geste… Je suis dépendante de lui à un point qui en devient déraisonnable. La chute risque d'être encore plus dure.

Au domaine, même s'il est difficile de cacher ce que l'on ressent l'un pour l'autre, nous continuons à agir discrètement. Inutile de faire parler les mauvaises langues…

Les filles ont bien essayé de me soutirer des infos à propos du « gars trop chelou » comme elles le qualifient, mais je n'ai rien dit. J'avoue que j'adore entretenir ce côté secret de notre relation.

– C'est parti ! s'écrie Serena en tapant des mains. Je veux que vous donniez votre maximum pour ces deux derniers jours !

J'acquiesce et grimpe sur Idylle en faisant tout pour me concentrer sur les exercices… et ne pas penser à l'homme qui hante mon esprit.

50

Après une bonne journée d'entraînement, il est enfin l'heure de rejoindre mon amoureux. Arrivée à la barrière menant au bois, je sursaute en entendant une voix féminine dans mon dos.

– Où vas-tu comme ça ?

Merde, Sixtine…

Tout en me retournant pour lui faire face, je lui adresse un large sourire en cherchant désespérément un bobard. Mais je n'ai pas le temps de réfléchir qu'elle s'avance encore, cheveux mouillés et à moitié débraillée.

– Tu me pistes ? l'interrogé-je en croisant les bras.

– Non, pas du tout ! Mais je t'ai déjà vue t'échapper plusieurs fois et j'ai bien compris qu'il se passait quelque chose… nous ne sommes pas dupes !

– Je… euh…

Tandis que je bafouille en cherchant quoi dire, Sixtine se met à rire. La panique me submerge quand je comprends qu'elle m'a grillée.

– Il est comment ? m'interroge-t-elle alors.

– Hein ?

– Bah, le gars que tu rejoins en douce chaque soir ! J'imagine qu'il doit être carrément canon vu que tu as jeté Charles pour lui !

Alors que j'écarquille les yeux de stupeur, elle secoue la tête.

– Putain, t'as quand même un sacré bol ! Comment t'as fait pour te trouver un mec dans ce trou paumé ?

Bouche bée, je me contente de hausser les épaules en tentant de ne pas laisser percevoir mon étonnement. Comment peut-elle croire qu'il y ait un autre mec ? Sixtine ne semble pas avoir le moindre soupçon pour Soen et moi.

Alors que je l'écoute à moitié se plaindre de n'avoir fait aucune rencontre intéressante, je prends soudainement conscience d'une chose. En fait, personne ne se doute de rien car il est impensable qu'une fille comme moi sorte avec quelqu'un comme Soen. Cette idée me donne autant envie de vomir que de pleurer.

Quand elle remarque enfin mon trouble, elle s'arrête de parler pour me regarder avec compassion.

– Hey, t'inquiète pas ma belle, je n'en parlerai à personne ! me rassure-t-elle.

– Euh ouais… merci…

– Par contre, lâche-t-elle en reculant, pourquoi tu ne nous le présenterais pas vendredi soir ? Après tout, chacun retourne à sa vie et donc…

– Je vais y réfléchir, la coupé-je en tentant de sourire.

– Bon OK, j'ai compris… File ! À demain !

Je la salue gentiment et attends tout de même qu'elle soit partie avant de continuer mon chemin.

En arrivant devant la maison, je me sens encore un peu mal de cet échange avec Sixtine, mais à peine j'aperçois Soen que mes mauvaises pensées s'envolent.

Vêtu d'un simple tee-shirt blanc et d'un short en jean, il m'observe m'avancer avec un sourire à en tomber par terre. Telle une vraie folle, je me mets à courir et lui saute au cou. Soen éclate de rire avant de m'embrasser tendrement.

– Allons voir les chevaux, murmure-t-il contre mes lèvres.

– Ça me va ! réponds-je en enroulant mes doigts aux siens.

Quand nous arrivons vers les prés, il s'arrête et plisse les yeux en observant ma réaction.

– Tu aimes les bébés ? me demande-t-il très sérieusement.

Qu'est-ce que c'est que cette question ? Est-ce que j'aime les bébés ? Nous n'avons jamais abordé un tel sujet. Je bégaie quelque chose d'inaudible et Soen se met à rire à gorge déployée.

– Livia ? Je te parle du poulain ! Si tu avais vu ta tête... se moque-t-il en continuant de s'esclaffer.

– Méchant ! lui rétorqué-je en lui tapant sur l'épaule.

Il se retourne et m'attrape les poignets qu'il positionne au-dessus de ma tête. Son regard brûlant me dévisage de haut en bas et je m'embrase littéralement alors que ses lèvres sont à deux centimètres des miennes.

– Méchant ? chuchote-t-il sans me lâcher des yeux.

J'approche mon visage et ma poitrine et il n'a pas d'autre choix que de me relâcher pour m'attraper par la taille. Je m'accroche à son cou et le serre fort contre moi. Il agit sur moi comme une batterie qui me permet de recharger mon stock d'émotions positives. Nous nous embrassons langoureusement avant qu'il me reprenne la main pour continuer notre avancée jusqu'à la jument et son poulain, un peu plus loin.

– Mais elle va nous laisser le toucher ? m'inquiété-je, étonnée que nous puissions l'approcher.

– Elle est habituée. Fais-toi juste connaître sans appréhension, et elle devrait accepter que tu t'approches de lui. À toi de jouer ! Entre femmes, vous devriez vous comprendre, ironise-t-il pour me mettre à l'aise.

Je tends alors ma main en direction de la jument et commence à lui parler pour la rassurer. Belize met les oreilles en arrière, méfiante, mais comprend que je ne lui veux aucun mal.

Soen, toujours positionné derrière moi, pose une main dans le bas de mon dos pour me conforter. Il passe ensuite un licol à la jument et pose la longe sur le garrot. Ensuite, il se met à caresser le poulain qui est juste derrière elle et je le suis, sans que Belize ne réagisse.

Ce tout petit cheval miniature veut jouer avec nous et se met à faire des petits sauts. Il rue dans tous les sens et Soen sourit en le voyant faire. Je suis immédiatement attendrie par ce gros dur qui devient chamallow au simple contact d'un petit animal sans défense.

Il tire la jument qui accepte de nous suivre sans rechigner. Le poulain, tout guilleret, nous suit en sautillant.

– Qu'est-ce que tu vas faire ? l'interrogé-je.

– Quelques soins avant de la remettre au pré. Elle s'est blessée, donc je lui fais des cataplasmes d'argile au niveau des antérieurs.

– Ah, mais tu es aussi véto ? raillé-je.

– Je prends juste soin de ce qui m'appartient.

Le regard en biais qu'il me jette ne m'échappe pas, mais je fais mine de ne pas avoir compris l'allusion même si je sens mon cœur danser dans ma poitrine.

Nous arrivons près de la barrière du lac et il attache la jument, laissant le poulain découvrir les alentours en toute liberté.

– Et le petit ?

– Ne t'inquiète pas Livia, sa mère est là. Même s'il s'éloigne, elle saura lui faire comprendre qu'il faut revenir. Et il sait pertinemment que sans elle, il ne survivra pas.

Je ne sais pas si cette phrase est si anodine que ça ou bien s'il a voulu me faire passer un message, mais je me contente d'acquiescer sans commenter.

Il prépare l'argile verte dans un seau et me demande de m'approcher.

– Prends-en et applique-lui sur les tendons.

Je m'exécute sous l'œil expert de Soen qui pose sa main sur la mienne pour me guider.

Mon Dieu, ce qu'il me fait fondre… Comment de simples gestes innocents peuvent-ils être aussi sensuels ?

– Après le dîner, on ira la doucher. En attendant, je vais les mettre dans le box. Rentre si tu veux, je te rejoins.

J'acquiesce et pars en direction de la maison tout en me demandant comment je vais faire pour survivre au manque de tous ces bons moments. Que ce soit la découverte profonde de l'animal ou la complicité que j'ai avec Soen, je n'ai pas envie de m'en séparer.

Plutôt nostalgique, j'entre dans le salon et m'imprègne de la déco très minimaliste, mais ô combien authentique de cette pièce. J'imprime dans mon esprit le moindre détail, du livre posé là ou encore du canapé qui a été le premier témoin de nos ébats passionnés.

Je circule dans la cuisine et me remémore les bons moments que nous avons passés tous les deux. De multiples belles images me traversent l'esprit quand je me rends dans sa chambre. Les fous rires échangés ou encore les explications un peu moins légères. Autant de moments qui ont renforcé notre attachement l'un pour l'autre.

Alors que je suis debout devant le lit, face à la fenêtre à contempler les champs aux alentours, deux mains viennent se poser sur mon ventre et la chaleur du torse de Soen m'enveloppe immédiatement pour me porter encore plus loin. Il pose son nez dans mon cou et y dépose de tout petits baisers qui me font frémir instantanément.

– Tu imagines que c'est notre dernière soirée ? dis-je d'une voix éraillée en me retournant pour lui faire face.

– Non, nous sommes jeudi et tu repars samedi donc techniquement, il reste encore une soirée…

– Oui, mais il y a cette fête demain soir dont je me serais bien passée ! Je préférerais rester là avec toi.

Tout en secouant la tête, il attrape une mèche de mes cheveux entre ses doigts et la replace derrière mon oreille.

– Livia, tu dois participer à cette soirée. Elle clôture ton stage et tu ne peux pas te permettre d'être absente. Je veux que tu en profites.

– Je ne profiterai pas sans toi, Soen ! Et puis, je m'en fiche d'eux, c'est avec toi que je veux…

– Liv' ! me coupe-t-il en grimaçant. On essaiera de se voir après la fête, d'accord ?

J'accepte à contrecœur et nous retournons dans la cuisine pour préparer le dîner. Je n'ai pas tellement faim, nouée par les émotions. Le regard dans le vide, je reste immobile alors que Soen s'affaire, comme si de rien n'était. Il me met un coup de hanche en passant pour me sortir de ma rêverie.

– Si je te dis : fettuccine aux gambas ?

– Je te réponds que tu es un amour !

Il s'agit du plat qu'il a fait la première fois que j'ai mangé ici. Et cette attention me touche profondément.

Nous dînons en discutant d'Idylle. Soen me félicite par rapport au travail que je fais avec elle et avoue m'avoir observée, au loin. Nous rions en nous remémorant les anecdotes que nous avons vécues et notamment le râteau qu'il m'a mis sur la plage.

Aujourd'hui, nous en rions et cela restera gravé à jamais dans ma mémoire. Nous abordons également son changement physique et nos rapprochements de plus en plus passionnés. Étrangement, je le sens très à l'aise d'aborder ce sujet, qui était si tabou au début.

Cette soirée sonne comme une soirée d'au revoir et l'émotion m'envahit quand il me prend par la main pour aller sur la terrasse. Nous nous assoyons, comme d'habitude, à nos places respectives et Soen sort son harmonica.

Je suis étonnée qu'il fasse cela alors que d'ordinaire, je dois le supplier pour qu'il daigne accepter de jouer quelques notes. Il entame alors une mélodie plutôt harmonieuse et douce qui me permet de m'évader instantanément. Bercée par les notes qui s'enchaînent, je divague et rêve d'une vie dans laquelle Soen accepterait qu'on vive comme tout le monde, que mes parents l'accueillent à bras ouverts…

Une larme dévale ma joue sans que je puisse la retenir et la musique s'arrête aussi sec.

– Liv', tout va bien ? s'inquiète Soen en posant sa main sur mon bras.

– Oui, excuse-moi, c'est… cette musique. J'adore.

Même si Soen comprend qu'il ne s'agit pas que de ça, il me sourit et reprend son instrument afin de continuer à jouer pour moi.

Une heure plus tard, nous allons rincer les membres de la jument et la remettre au pré avant de nous coucher. Bon sang, ce que j'aime cette vie…

Quand nous nous allongeons l'un à côté de l'autre, les lois de l'attraction parlent pour nous et nous agissons l'un sur l'autre comme un aimant, irrémédiablement attirés sans pouvoir contrôler quoi que ce soit.

51

– Hum… il est quelle heure ?

Un sourire aux lèvres pour cacher mon angoisse, je me retourne vers Soen qui s'étire sur son matelas.

– L'heure que j'y aille, j'en ai bien peur.

– Tout va bien ? me demande-t-il en se redressant pour m'embrasser sur la joue.

– Oui, mens-je. Je dois aller me préparer.

Soen ne me rend pas mon sourire forcé.

Ce matin, j'ai du mal à cacher la tristesse qui m'oppresse. Et dire qu'il ne me reste plus que vingt-quatre heures à passer ici, avec lui. Vingt-quatre toutes petites heures avant que je ne retrouve ma vie d'avant. Une vie insignifiante, réglée et beaucoup moins passionnée…

Alors que je m'apprête à sortir du lit, Soen m'attrape par la taille pour positionner mon corps dénudé sur le sien.

– Tu pourrais être en retard pour ton dernier jour, non ? m'interroge-t-il en se frottant dangereusement à moi.

Puisqu'on a décidé de profiter jusqu'au bout, profitons ! Je me laisse aller, sans réfléchir et ne regarde absolument pas l'heure. Tant pis pour la rigueur. On n'a qu'une vie !

Ce câlin est différent des autres : nous ne nous lâchons pas du regard tandis que nous nous abandonnons l'un à l'autre. L'intensité de notre corps à corps est encore plus forte que tous les mots que nous avons employés jusque-là. Ce moment de tendresse est tellement ardent que nous en perdons chacun notre souffle.

– Tu es tellement belle, Livia.

La gorge nouée, je souris sans rien dire.

Qu'est-ce que la beauté finalement ?

À contrecœur, je file sous la douche et sans que je m'en rende compte, Soen est sous le jet avec moi.

– Jusqu'au bout Livia, me chuchote-t-il à l'oreille.

Je me perds alors dans un baiser sans fin. Nos corps nus et trempés s'accordent à la perfection et ce n'est que lorsque nous sommes à bout de souffle que nous mettons fin à notre étreinte.

***

Il est déjà huit heures quand je passe la barrière du domaine et je dois dire que je me fous royalement d'être en retard ! Je fonce tout de même me préparer et fais une croix sur le petit déjeuner.

Tant pis pour ma dose d'arabica !

Quand nous arrivons dans les écuries, Charles tape des mains pour attirer notre attention. Au fond de l'allée, j'aperçois Soen qui s'affaire sans se soucier de nous.

– Comme vous le savez, c'est votre dernier jour ici et pour l'occasion, une fête de fin de stage est organisée ce soir dans la salle polyvalente. Nous vous attendons pour dix-neuf heures. Un apéro dînatoire sera à votre disposition et cette fois, vous pourrez relâcher toute la pression. Ce soir, c'est la folie les amis !

Les filles se mettent à sautiller de joie à mes côtés alors que j'ai un peu de mal à m'enthousiasmer à l'idée de partager ce moment sans Soen. Je fais tout de même mine d'être emballée quand Chiara s'approche de moi.

– C'est trop bien ! On va se régaler ! Boire, danser et se défouler !

– Ouais, génial ! réponds-je en souriant.

Soen qui m'observe du coin de l'œil étire les lèvres de manière forcée, m'engageant à être plus démonstrative.

On inverse les rôles ou quoi ?

Je demande à Serena de pouvoir travailler Idylle une dernière fois et elle accepte volontiers.

Elle nous annonce également que cet après-midi, la séance sera écourtée afin que nous puissions nous préparer pour la soirée.

Dis donc, il semblerait que ce soit LA soirée du siècle !

Nous travaillons sur des barres au sol et Idylle est très nerveuse, ce matin. Bien que j'applique les conseils de Soen à la lettre et que j'agisse comme d'habitude, elle n'en fait qu'à sa tête et me traîne sur les obstacles en ne faisant pas attention à ses gestes. Cela nous vaut de faire tomber régulièrement des barres, ce qui agace profondément Serena.

Alors que je suis arrêtée, en attendant que les autres cavaliers passent, Soen s'approche de la barrière. Je sens que son regard est bloqué sur moi, mais je n'ose pas me retourner. Il siffle discrètement et je l'observe. Il joint alors ses deux pouces et index entre eux et les détache en abaissant ses mains. Je comprends immédiatement le message.

Agis avec calme…

Bien que j'essaie au mieux de me contrôler, mes émotions prennent le dessus et j'ai du mal à me maîtriser. Il contracte ensuite ses deux mains face à face pour les relâcher dans un deuxième temps, signe que je dois me détendre. Je sais pertinemment que l'attitude d'Idylle est la simple conséquence de ma crispation. Alors, je respire doucement et desserre mes jambes. Puis, je me concentre pour ne pas transmettre mon anxiété à la jument.

Nous nous élançons sur un cercle au galop et je motive le cheval en chuchotant. À environ un mètre de l'obstacle, elle prend son élan et s'envole au-dessus en repliant ses membres sous ses flancs. Elle vole littéralement bien au-delà des barres et se réceptionne parfaitement, sans à-coups.

La liberté que je ressens à ce moment-là n'est rien à côté de l'oppression qui monte insidieusement dans ma poitrine.

Heureusement, mon mentor me fait un clin d'œil et un sourire éblouissant qui me permet de dissiper, au moins pendant cet instant, toute la tristesse que je retiens prisonnière.

***

Alors que je douche Idylle, Serena se positionne à côté de moi. J'arrête tout de suite pour la considérer.

– Vous êtes vraiment faites l'une pour l'autre ! Même si tu as eu du mal en début de séance, je dois avouer que vous faites corps toutes les deux. C'est comme si vous vous étiez découvertes sans aucun préjugé… Pourtant, votre première rencontre n'a pas été très agréable.

Je hoche la tête en caressant le dos de la jument.

– Puis vous vous êtes apprivoisées, continue-t-elle. Vous avez appris à communiquer pour que chacune d'entre vous dépasse ses limites. Votre relation est assez singulière finalement car vous êtes à l'écoute l'une de l'autre sans obligation. C'est vraiment beau à voir !

– Merci Serena.

– Livia, poursuit-elle en posant sa main sur mon épaule, j'ai rarement eu des élèves aussi attentifs aux désirs et besoins de l'animal. Tu as su faire preuve de courage en me demandant de remonter sur Idylle. Tu n'as pas eu peur et tu as eu confiance en toi. Voir cette bête métamorphosée relève de l'exploit ! Je tenais vraiment à te féliciter. Elle mériterait vraiment d'avoir quelqu'un comme toi dans sa vie. Quelqu'un qui prenne soin d'elle et qui continue de lui montrer qu'elle peut faire des exploits en ayant confiance en elle.

Serena m'adresse un clin d'œil suggestif avant de faire demi-tour.

Tous les compliments qu'elle vient de me débiter me font perdre un peu pied. Tout au long de notre discussion, j'avais l'impression qu'elle faisait référence à mon histoire avec Soen.

Le lien que j'entretiens avec cet animal est finalement l'exacte copie de notre relation et ça me retourne les tripes.

En connaissant d'ores et déjà l'issue sans appel de notre histoire d'amour, je ne peux m'empêcher d'être brassée. Tellement, qu'à peine ai-je déposé Idylle dans son box, je file aux toilettes pour me rincer le visage.

Allez, du calme…

Je respire un bon coup avant de rejoindre mes camarades qui se sont improvisé un pique-nique sur la terrasse. Ce midi, Serena ainsi que Joséphine déjeunent avec nous et nous sommes tous ravis de partager ce moment ensemble. Toute cette fine équipe va aussi me manquer…

– Comment allez-vous ? nous demande M. de La Perrière qui apparaît soudain plus jovial que jamais. Pas trop tristes de quitter le domaine ?

– Oh si, évidemment ! Nous avons tellement appris ! rétorque Sixtine en affichant un sourire aussi vrai que la poitrine de Pamela Anderson.

– Merci vraiment, merci monsieur pour tout l'apprentissage que nous avons reçu ! poursuit Andreas qui, d'ordinaire, ne se mêle pas à nos conversations, certainement d'un niveau trop inférieur au sien.

– Serena n'est pas commode, mais plutôt juste ! se permet d'enchaîner Paul, un brin moqueur.

Notre entraîneuse s'empresse de répondre :

– Si je ne sers pas à vous corriger, à quoi bon vouloir s'améliorer ? Hein Paul, le cavalier je sais tout !

Nous rions tous qu'elle ait à ce point bien cerné le personnage. Même M. de La Perrière se marre. On aura tout vu !

– Eh bien, ravi que vous ayez fait un bon stage ! dit-il en reprenant son sérieux. Profitez de cette dernière après-midi pour poser toutes vos questions à Serena et mettre à profit toutes vos connaissances. À ce soir !

***

Les dernières heures se passent dans la joie et la bonne humeur. Nous partons en trotting et l'ambiance est plus que légère. Paul ne cesse de raconter des blagues et même Andreas fait preuve de repartie amusante.

Pour ma part, j'arrive à penser à autre chose et à profiter de l'ambiance festive dans laquelle nous sommes.

Nous entamons alors une session « blagues débiles » et chacun d'entre nous doit sortir une plaisanterie de bas étage. Cela me permet de constater que Chiara est plus coquine que ce qu'elle ne laisse paraître…

– À toi, Livia ! balance Paul.

– Hum… Quel est le comble pour un cheval ?

– Encore une blague d'intello ! rétorque Andreas, moqueur.

Après un instant de silence où chacun cherche la réponse, je lance :

– Se mettre quelqu'un à dos !

Sixtine et Chiara éclatent de rire tandis que les garçons restent plus circonspects. Même Serena se retourne en riant et c'est ainsi que nous continuons l'entraînement.

Mais de retour au domaine, la nostalgie m'envahit de nouveau. En effet, il s'agissait également de mes derniers moments avec Idylle. À partir de demain, je ne la reverrai certainement plus, ou alors au détour d'un concours, accompagnée d'un autre cavalier. Cette simple pensée me brise le cœur. Un peu comme si elle m'appartenait…

Une fois dans le box, je prends le temps de m'occuper d'elle tandis que tous les autres se dépêchent de partir se préparer. J'attends d'être seule pour lui parler tout bas :

– Tu sais ma belle, tu m'en as fait baver quand même !

Idylle reste calme pendant que je lui caresse la tête.

– Mais ce n'était pas ta faute. Tu avais simplement besoin qu'on te comprenne. Tu es magnifique et tellement talentueuse !

Ne l'oublie jamais… terminé-je en pointant mon doigt entre ses deux yeux. Toi et moi, on se reverra !

– Livia ?

Je sursaute et lâche un cri en me retournant. Charles me fixe, les sourcils levés comme s'il avait vu un fantôme.

– Je rêve ou tu parlais au cheval ?

Je ne réponds pas et soupire franchement pour lui montrer qu'il m'emmerde.

– Enfin bref ! reprend-il en secouant la tête. Je venais fermer les box donc…

– Tu me laisses une minute ?

Charles hoche la tête avant de me laisser seule. Encore une fois, je suis surprise par son attitude, mais là, je n'ai pas le temps d'y réfléchir.

Je me retourne de nouveau vers Idylle et passe carrément mes bras autour de son encolure avant de lui déposer un baiser sur le chanfrein.

– Merci ma belle. Merci pour tout.

52

Je finis tout juste de me préparer quand mon téléphone sonne.

– Salut ma Lulu, tu es bientôt arrivée ? m'exclamé-je en enfilant mes chaussures.

– Ouais, je suis avec Paul au club house.

Au son de sa voix, je sens que quelque chose cloche et je m'arrête en plein milieu de ma chambre, inquiète.

– Lucie, tout va bien ? Si cet abruti a osé te faire du mal, je…

– Non ma biche, me coupe-t-elle. D'ailleurs, sache que c'est moi qui fais du mal aux mecs et non l'inverse… enfin bref ! Est-ce que Soen sera là ce soir ? demande-t-elle en baissant le ton.

– Euh non…

– OK, souffle-t-elle, soulagée. Bon bah, à tout de suite ? Je t'attends au bar !

Je n'ai pas le temps de l'interroger sur cet appel plus que bizarre qu'elle a déjà raccroché. Sans me poser plus de questions, je passe un coup de fil à Soen et je suis déçue qu'il ne réponde pas. Entendre sa voix m'aurait rassurée avant d'aller à cette soirée mais tant pis.

Étant donné qu'il ne sera pas présent, je décide de me maquiller. Un peu de mascara et un gloss rouge vif qui va parfaitement avec ma robe. C'est impeccable !

Même si Soen me fait me sentir belle en toutes circonstances, ça fait du bien de s'apprêter un peu.

Le reflet du miroir me renvoie l'image de l'ancienne Livia, celle qui va réapparaître d'ici peu. Je repousse cette pensée, bombe le torse et file en direction de la soirée.

Plus j'avance dans le chemin qui mène au réfectoire, plus la musique se fait entendre. Je ne sais pas si c'est le fait de revoir ma meilleure amie ou d'entendre cette chanson que j'adore, mais j'ai tout à coup envie d'en profiter et de m'amuser !

Quand j'arrive devant la porte sur laquelle est adossé Charles, un verre à la main, il entrouvre légèrement la bouche en balayant mon corps des yeux.

– Waouh Liv', lâche-t-il en fixant mon décolleté.

Sentir son regard de pervers sur moi me fait regretter d'avoir mis cette robe, peut-être un peu trop courte, finalement…

– Tu me laisses passer ?

– Ouais ! lâche-t-il en relevant enfin la tête. Je t'attendais justement…

Ah bon ?!

Je croise les bras pour cacher mes seins en levant un sourcil interrogateur.

– Pour que cette soirée soit inoubliable, j'ai deux surprises pour toi !

Encore une fois et malgré son sourire étincelant, je crains le pire. Cependant, je ne le lui montre pas et étire les lèvres à mon tour en attendant sa réponse… qui ne vient pas !

Il préfère se rincer l'œil et ça me dégoûte !

– Et de quoi s'agit-il ?

– Ce ne sera plus une surprise si je te le dis, répond-il en ouvrant la porte.

Curieuse, je plisse les yeux avant de pénétrer dans la salle. Aussitôt, ce que j'aperçois face à moi me coupe le souffle.

– Maman ?!

– Livia, ma chérie ! s'écrie-t-elle avant de poser son verre pour me foncer dessus.

Ma mère me prend rapidement dans ses bras pendant que je me demande ce qu'il se passe.

– Mais qu'est-ce que tu fais là ? lui demandé-je une fois notre étreinte terminée.

– M. de La Perrière nous a gentiment invités pour cette dernière soirée !

Je jette un rapide regard à Charles qui m'adresse un clin d'œil, prouvant que cette idée absurde vient de lui.

– Oh, mais… c'est super ! tenté-je de m'enthousiasmer. Mais tu… tu es venue… enfin je veux dire… tu…

– Ton père n'est pas là, me coupe-t-elle d'un air désolé.

Oui ça, je m'en doute, maman !

– Il aurait adoré être présent, mais comme tu sais avec son travail… Enfin bref, je suis venue en voiture ! Donc on pourra rentrer tranquillement toutes les deux, ce soir. Ça t'évitera de prendre le train demain matin !

Je sens une terrible angoisse pointer le bout de son nez, mais je reste impassible et opine de la tête. Du coup, ma mère me redonne une rapide accolade avant de me mitrailler de questions sur le déroulé du stage. L'esprit engourdi, je tente tant bien que mal de répondre le plus calmement possible. Car à cet instant précis, la seule question qui m'obsède est de savoir comment je vais faire pour rejoindre Soen en fin de soirée…

Nom de Dieu, il faut absolument que je trouve une solution ! Impossible de partir comme ça, sans lui dire au revoir.

– Tout va bien, ma puce ? m'interroge maman en fronçant ses sourcils noirs.

Je secoue la tête pour remettre mes idées en place et me force à sourire.

– Oui, maman, tout va bien, ne t'inquiète pas. Je suis contente que tu sois là.

Au fond, ça me fait plaisir qu'elle ait fait tout ce chemin pour assister à cette soirée. Surtout qu'en regardant autour de moi, je vois bien que très peu de proches ont fait l'effort de venir jusqu'ici. Mis à part Lucie et ma mère, il doit y avoir cinq ou six nouvelles têtes au maximum. En parlant de mon amie, la voilà qui débarque en sautillant, main dans la main avec Paul.

– Eh ma biche ! s'exclame-t-elle en relâchant son chéri pour me prendre dans ses bras. Bordel, quand j'ai vu ta mère, j'ai flippé, chuchote-t-elle à mon oreille, imagine sa tête si tu avais débarqué avec ton mec !

Ouais, tu m'étonnes !

Cependant, ce qu'elle vient de me dire me laisse un goût amer dans la bouche.

Lucie me relâche en parlant vivement d'autre chose. Pendant un moment, elle raconte à ma mère sa rencontre avec Paul puis nous nous dirigeons jusqu'au bar.

Bon sang, il me faut un remontant !

Je commande un cocktail et en avale la moitié d'une traite. C'est une fois mon verre posé que je me souviens que ma mère est juste là, à côté de moi. D'ailleurs, ses gros yeux me font clairement comprendre qu'elle n'approuve pas. Mais au lieu de lui adresser un regard d'excuse comme je fais d'habitude, je me contente de hausser les épaules.

– C'est bon maman, relax !

Elle soupire légèrement, mais ne dit rien, bien trop ravie de retrouver sa fille unique.

Quelques minutes plus tard, Chiara nous rejoint avec Sixtine et un homme qu'elle nous présente comme son fiancé. C'est à ne plus rien comprendre !

Même si Paul et moi nous échangeons un regard interrogateur, nous ne faisons aucune remarque et nous contentons de l'accueillir chaleureusement.

– Chiara a un sacré caractère ! continué-je en racontant les circonstances de notre rencontre.

– Oui, c'est tout ma chérie ça ! répond le grand blond d'une voix toute mielleuse.

– Vous passez une bonne soirée ? nous interroge Charles en se joignant à nous.

Maman se met aussitôt à sourire d'une manière que je lui connais bien. Avec une attitude plus qu'assurée, Charles engage une discussion avec elle, en utilisant un vocabulaire aussi poussé que ridicule.

Quel lèche-cul !

J'ai limite envie de rire en voyant ma mère béate d'admiration devant cet acteur de bas étage.

Eh oui, moi aussi, je me suis fait avoir la première fois…

– Quant à votre fille, lance-t-il fièrement à maman. Elle nous a plus que surpris !

J'arrête de respirer et lui jette un regard en biais. Mais finalement, il se met à louer mes exploits en équitation, ce qui emplit ma mère de fierté.

Crétin !

– Elle est même remontée sur une jument qui l'avait fait tomber, une vraie preuve de courage !

– Tomber ? Tu es tombée Livia ? s'emporte-t-elle en me prenant par les épaules.

– Oui maman, ça arrive souvent à cheval et ce ne sera pas ma dernière chute, soupiré-je, exaspérée par le comportement des deux qui me font face.

– Mais rassure-moi, tout va bien ?

– Oui maman ! Comme tu vois, rien n'a changé, lui réponds-je en tirant sur ma robe.

Ou presque…

– En effet, tu es resplendissante Liv', comme d'habitude.

L'image est bonne alors tout va bien. Je ne peux m'empêcher de me demander ce qu'elle aurait dit si elle m'avait vue débarquer au naturel.

Tout à coup, Charles me surprend en collant son épaule à la mienne pour poser sa main sur le bas de mes reins.

Non, mais à quoi il joue là ?!

Les yeux écarquillés, je bondis en avant et tourne le visage vers lui. J'ai bien vu le petit sourire en coin de ma mère en remarquant ce geste et ça me met hors de moi !

Alors que je m'apprête à lui dire de retirer ses sales pattes de mon dos, il se penche légèrement comme pour me dire un secret :

– La deuxième surprise vient d'arriver, bébé. Je te souhaite une bonne soirée…

Bordel ! Mais de quoi il parle ?!

Heureusement, il me relâche et fait demi-tour.

En reportant mon attention sur maman, je soupire d'exaspération. Elle affiche cet air idiot qui veut dire : « j'ai compris ce qu'il se passe entre vous… »

– Tu sais maman, Charles n'est pas du tout…

– Oh mon Dieu, qui est cet homme ? me coupe-t-elle avec un air horrifié en fixant quelqu'un par-dessus mon épaule.

Au même moment, un instant de silence s'ensuit et Lucie me fait signe de regarder derrière moi, paniquée.

Mon corps tout entier se raidit et mon pouls s'accélère de façon démesurée quand je crois comprendre ce qu'il se passe. Je me retourne lentement et mes yeux atterrissent directement dans deux billes couleur or.

53

À cet instant, je ne sais pas ce qui me fait le plus de mal : l'attitude des gens en voyant Soen ou son expression à lui, fermée et emplie de mal-être.

Alors que certains le dévisagent sans vergogne, d'autres détournent le regard ou se mettent carrément à parler à voix basse. Quant à moi, je reste figée sur place, sans savoir quoi dire ou faire.

Je ne sais pas si Soen comprend que la femme à côté de moi est ma mère, mais il écarquille les yeux avant de nous tourner le dos. Puis, il se dirige au fond de la salle, vers M. de La Perrière qui se met à lui parler avec de grands gestes. Quelques secondes plus tard, Soen traverse la pièce, tête baissée, jusqu'à arriver vers une table recouverte d'une nappe grise faisant office de stand, que je n'avais même pas remarquée jusqu'à maintenant.

Je ne vois pas très bien d'ici, mais il semblerait qu'il y ait des photos de chevaux de course disposées dessus.

– Tu le connais ? finit par me demander maman en me forçant à lâcher Soen des yeux pour la considérer.

– Oui, c'est… c'est le palefrenier du centre.

– Oh, se contente-t-elle de dire en grimaçant presque.

Au lieu de m'énerver contre elle, je me mords l'intérieur de la joue pour ne pas dire quelque chose que je pourrais regretter plus tard. En réalité, je ne peux pas lui en vouloir. J'ai agi exactement de la même manière la première fois que j'ai vu Soen. Cette pensée écrase un peu plus ma poitrine dans ma cage thoracique.

– Bon les amis, et si on allait danser ? s'écrie Lucie en sautillant sur place.

Paul accepte la main qu'elle lui tend tandis que ma mère nous fait signe d'aller nous amuser. Seulement, je n'en ai aucune envie. En plus d'une musique pourrie ainsi qu'une piste de danse quasi vide, je suis obnubilée par la présence de Soen, un peu plus loin.

Hypnotisée.

– Allez mettre un peu d'ambiance, je vous rejoins après, lancé-je en tentant de me montrer enthousiaste.

Lucie m'adresse un signe de la tête pour me rassurer et ma mère et moi retournons nous asseoir au bar. Nous discutons de tout et de rien durant quelques instants. Enfin, ma mère parle de tout et de rien pendant que j'essaie de capter le regard de Soen, toujours positionné au même emplacement, les yeux rivés au sol.

– Madame Boissier ! lance M. de La Perrière qui nous interrompt poliment en tendant sa main à maman pour la saluer. Quel honneur de recevoir la mère d'une de nos élèves les plus compétentes !

Ça, c'est de la flatterie ! Tel père tel fils…

Sans aucune surprise, l'expression de maman s'illumine d'un large sourire.

– Au loin, j'ai bien cru que Charles s'était trompé et avait invité la grande sœur de Livia, lui lance-t-il accompagné d'un clin d'œil plutôt suggestif.

Il marque des points le patron !

Maman adore ce genre de compliment. D'ailleurs, elle se met à rire à gorge déployée avant de lui poser de nombreuses questions sur le domaine, auxquelles le directeur répond avec plaisir.

Je profite que ma mère soit occupée pour m'échapper et zieute partout autour de moi avant de me diriger vers Soen. Je n'ai pas le temps d'arriver à la moitié du chemin qu'une main s'empare de mon poignet. Quand je comprends de qui il s'agit, je retire vivement mon bras et recule d'un pas.

– Quoi, tu n'as pas aimé mes surprises ? m'interroge Charles sarcastique.

Je serre les dents et fais un pas vers lui en le menaçant avec mon doigt.

– Espèce de…

– Doucement ma jolie, me coupe-t-il en se marrant. Il ne faudrait pas que miss la bourgeoise se rende compte du penchant bestial de sa fille…

Et en plus, il insulte ma mère, le salaud !

Il jette un coup d'œil à Soen avant de revenir à moi. La vengeance se lit très clairement sur son visage. Ses yeux lancent des éclairs de défi comme s'il était fier de ses agissements. La bile me monte à la gorge. Il sait pertinemment que je risque de craquer à tout moment et de lui coller ma main dans la figure s'il continue à me pousser dans mes retranchements, mais je me contiens. Je ne lui ferai pas le plaisir d'agir comme il le souhaite en public. Je me contente donc de serrer les dents en lui lançant un regard noir.

– T'inquiète bébé, je ne dirai rien, chuchote-t-il en se penchant pour me parler à l'oreille. Je vais même te rendre un petit service…

Bien que sentir son souffle chaud sur ma peau me donne la gerbe, je ne bouge pas d'un poil afin d'écouter ce qu'il a à me dire. Me rendre un service ? Tu parles !

Plus jamais je ne te ferai confiance, espèce de connard !

– Avant que le buffet arrive, le DJ va lancer un magnifique slow et tu vas danser avec moi.

Éberluée, je recule le visage pour le fixer dans les yeux. Je m'apprête à ouvrir la bouche pour lui dire d'aller se faire foutre quand il reprend :

– À toi de voir ma belle. Une danse pour montrer à ta mère qu'elle ne s'est pas trompée sur sa fille. Que tous ces week-ends au domaine étaient pour flirter avec le fils du patron et non le…

– Tais-toi, sifflé-je de façon autoritaire en fermant les yeux.

J'avale douloureusement ma salive en tentant de retenir mes larmes. J'ai tellement la rage que ma respiration se fait plus rapide et difficile.

– Une seule danse, insiste-t-il.

Quand j'ouvre les paupières et que je vois son air fier et arrogant, je regrette cette rencontre. Comment ai-je pu me laisser charmer par ce type ?

J'aimerais lui demander pourquoi il fait ça, quel plaisir il ressent à faire souffrir les autres ? Mais j'ai déjà la réponse. Par orgueil, tout simplement.

Charles n'a pas supporté que je choisisse Soen à sa place et il souhaite avant tout se venger. Il sait parfaitement que même s'il ne s'agit que d'une simple danse, nous voir tous les deux si proches fera beaucoup de mal à Soen. Car évidemment ce genre de rapprochement entre lui et moi est impossible devant les autres. Et ça me brise de l'intérieur.

Sans attendre ma réponse, Charles m'adresse un clin d'œil avant de retourner près des autres invités. L'enfoiré a bien compris que j'allais le faire. Il sait que je n'ai pas le choix.

Bon sang, je le déteste !

Le cœur battant à cent à l'heure, je reporte mon attention sur Soen qui, tellement accaparé par ce qu'il fait, ne m'a même pas vu échanger avec Charles. Je vérifie que ma mère est toujours en pleine discussion avec le père du diable et inspire un bon coup avant de le rejoindre.

Une fois à son niveau, je comprends enfin de quoi il s'agit et malgré la colère que je ressens, je ne peux m'empêcher de sourire. Des centaines de photos de tous les stagiaires durant les entraînements sont exposées : du premier au dernier jour. Quand mon regard dévie sur celle que Soen tient entre ses mains, j'en frissonne.

Idylle et moi.

– Waouh !

D'emblée, il relève la tête et passe d'une expression attendrie à affolée.

– Livia, tu… tu ne devrais pas être là ! Si ta mère nous voyait, elle…

– Alors tu as compris qui elle était ?

– Oui, répond-il en souriant légèrement. Tu es son portrait craché.

Nom de Dieu, ce regard qu'il a sur moi…

Depuis le début de la soirée, j'ai bien remarqué comment on me considérait. J'ai vu les regards voyeurs de plusieurs mecs et ceux un peu plus envieux de certaines filles. Mais celui de Soen… je ne saurais le décrire, mais je sais juste que je ne me suis jamais sentie aussi belle qu'à cet instant.

– Tu es magnifique, déclare-t-il en écho à mes pensées.

Soen s'arrête brusquement de me contempler pour regarder autour de lui avec un air craintif. Comme s'il avait honte de quelque chose. Honte pour moi.

– On se voit tout à l'heure ? me demande-t-il pour me pousser à partir.

De nouveau, mon cœur s'affole à l'idée que je ne puisse pas le rejoindre après cette abominable soirée.

– Soen je… Il faut que je te dise quelque chose.

Un sourcil arqué, il acquiesce d'un hochement de tête.

– Je dois faire un truc absurde. Mais… s'il te plaît, ne m'en veux pas, d'accord ? Sache que je n'ai pas le choix je… tu sais, ma mère, elle… il y a certaines choses qu'elle ne comprendrait pas et tu vois, je…

– Livia, souffle-t-il. Fais ce que tu as à faire. Ne t'en fais pas pour moi, je comprends.

Ses paroles me serrent tellement le cœur que tous mes muscles se contractent. Encore une fois, Soen place mon bien-être avant tout et ça me bouffe d'autant plus.

Moi qui rêvais d'une soirée tranquille en amoureux en guise d'adieu, je n'arrive pas à croire que je vais devoir m'afficher avec un autre homme, sous les yeux de celui que j'aime.

Alors que je lui adresse un regard d'excuse, bourrée de regrets quant à ce que je m'apprête à faire, Soen recule encore un peu tout en jetant un coup d'œil autour de nous.

– Toutes ces photos… dis-je en balayant le stand du regard. Qui les a prises ?

– Ça dépend. Certaines sont de Joséphine, d'autres de moi. À la demande de M. de La Perrière, nous prenons plusieurs clichés des stagiaires, sans qu'ils s'en aperçoivent. Et à la fin, ils sont ravis de les découvrir.

– C'est sûr, j'adore !

Soen fait un demi-sourire avant de secouer la tête.

– C'est la première fois que Charles me demande de tenir le stand, je suis désolé Livia, je lui ai dit que ce n'était pas une bonne idée, tu sais.

Complètement perdue, je ne sais que répondre. D'abord, car je ne comprends pas pourquoi il s'excuse. Il a le droit d'être ici, bon sang ! Aussi, les traits crispés de son visage, comme à chaque fois qu'il y a trop de monde autour de lui, me retournent les tripes.

Je ne supporte pas de le voir souffrir…

– Livia ?

Je fais les gros yeux à Soen qui s'est déjà retourné pour ramasser un carton plein d'albums et je soupire avant de me retourner.

Maman se radoucit et défronce ses sourcils quand elle aperçoit les photos de moi.

– Oh, quelle délicate attention ! Vraiment, M. de La Perrière est un homme très respectable. Quel beau domaine il tient là avec son fils !

Je me contente de hocher la tête tout en me raclant la gorge.

– Allez, viens ma puce, le directeur m'a dit qu'il allait faire une annonce avant d'ouvrir le buffet.

L'ouverture du buffet… non…

Sans me retourner, je suis maman jusqu'au groupe d'invités réunis devant M. de La Perrière.

– Je voulais remercier toutes les personnes présentes ce soir, mais surtout, tous les stagiaires de cette section qui ont, sans exception, travaillé avec habileté et professionnalisme…

Le directeur continue son speech, qu'il doit sûrement répéter chaque année, tandis que je regarde Soen, au loin. Vêtu d'une chemise noire avec un jean, c'est de loin le plus bel homme de cette soirée.

– Barbant, hein ? me chuchote une voix qui me surprend.

Quand je regarde qui se tient à ma gauche, je suis obligée de poser ma main sur la bouche pour étouffer un ricanement.

– Comment vous allez Joséphine ?

– Oh, c'est toujours un peu triste pour moi de vous quitter ! On finit par s'attacher malgré tout !

– Vous allez aussi beaucoup nous manquer, affirmé-je en lui donnant un coup d'épaule.

– Tu sais, reprend-elle toujours à voix basse. Il n'y a pas que la discipline et la rigueur que l'on apprend ici.

Je hoche la tête en accord avec ce qu'elle dit, mais aussi en fixant le directeur pour faire semblant d'être attentive. Je laisse passer quelques secondes avant qu'elle ne continue ses confessions.

– Dans ce milieu, l'image est très importante, mais ce n'est pas ce qui fait d'une personne ce qu'elle est vraiment.

Je ne comprends pas tout de suite où elle veut en venir.

– Tu as compris le plus important mon petit, continue-t-elle. Ce n'est pas le reflet du miroir qui importe le plus… mais le véritable reflet. Celui de l'âme.

Les yeux écarquillés, je me tourne rapidement vers Joséphine qui se contente de me sourire sans rien ajouter. Parlait-elle des chevaux ou… ?

Je n'ai pas le temps de lui poser la question que les applaudissements de l'assemblée me sortent de mes pensées. Joséphine en profite pour se rapprocher des tables afin de dresser le buffet tandis que je la regarde faire en réfléchissant à ses paroles.

– Avant de dîner, je vous propose comme chaque année une ouverture de bal ! lance M. de La Perrière. Je vous invite tous à profiter de la piste et du repas réalisé par l'équipe de Joséphine.

De nouveau, des claquements de mains retentissent, mais cette fois, je n'y participe pas, trop embarrassée de voir Charles s'approcher fièrement de moi lorsque le début d'une douce mélodie résonne dans la pièce. Je reconnais immédiatement la musique. « Best Part of Me » d'Ed Sheeran.

À contrecœur, je m'avance vers le centre de la piste tout en évitant de poser mes yeux sur cette ordure. Mon regard passe alors de Lucie, qui se demande ce que je suis en train de faire, à ma mère, qui apprécie joyeusement la scène. Puis, il atterrit sur un énorme miroir accroché au mur, juste derrière.

Mon propre reflet.

54

Je ne sais pas si c'est cette chanson que j'adore, ce miroir qui ne reflète pas la réalité ou bien les paroles de Joséphine qui résonnent en boucle dans ma tête… mais je suis comme paralysée. C'est comme si pendant un instant, le monde s'était arrêté de tourner : plus de musique, seulement un bourdonnement dans mes oreilles.

Durant ces quelques secondes, j'ai comme un flash. Plutôt plusieurs en réalité. Tous les événements forts que j'ai vécus ici se succèdent à vitesse grand V devant mes yeux fixes : mon arrivée, ma chute, ma rencontre avec Soen, nos beaux moments, nos moins bons, Idylle, la mère de Soen… Et surtout, les instants magiques passés avec les chevaux. Je ne parle pas des entraînements, non. Mais de la découverte de leur âme profonde.

Et de la mienne.

Je déglutis difficilement et cligne des yeux pour revenir à la réalité lorsque Charles n'est plus qu'à quelques centimètres, sa main tendue dans ma direction. Toujours immobile, je tourne le visage au ralenti et c'est ma mère que je vois en premier. Elle me fixe avec admiration. Je la vois déjà me féliciter d'avoir mis le grappin sur un mec aussi bien… Nous pourrons ensuite rentrer sans complications, sans disputes. Je reprendrai ainsi le cours de ma vie et rendrai fiers mes parents.

Facile.

Sauf que je n'ai plus envie de mentir. Non, je veux montrer mon véritable reflet. Mon vrai moi !

– Bon, ma jolie, tu viens ? m'interroge Charles avec un sourire que j'ai bien envie de voir disparaître.

Sans rien dire, je secoue la tête et passe à côté de lui pour traverser la piste. J'entends déjà certains murmures interrogateurs à travers la musique, mais je me concentre sur ma trajectoire, comme aspirée par une force divinatoire qui sait ce qui est bon pour moi. La mâchoire de Soen s'en décroche presque quand il me voit arriver droit sur lui, sous le regard de tous.

Une fois face à lui, j'inspire profondément et lui tends ma paume.

– M'accorderiez-vous cette danse, Soen Collin ?

Pendant un bref instant, il ne réagit pas. Son expression est impassible, mais je vois bien qu'il est choqué de ce que je suis en train de faire. Au-delà de ça, je le sens aussi très ému.

Soen, ne me lâche pas…

Alors que j'attends patiemment qu'il accepte, je bouge mes lèvres et fredonne les paroles du refrain : « Best part of me is you. »

Oui, Soen. Tu m'as tellement apporté. Maintenant, grâce à toi, je sais qui je suis.

Ses yeux s'embuent et enfin, il se concentre sur moi et moi seule. Une fois nos yeux accrochés l'un à l'autre, nous arrivons à reformer notre cocon protecteur. Comme si une énorme bulle d'amour et de défense s'était érigée autour de nous et que nous n'étions que tous les deux dans cette pièce. Que le regard des autres n'importait pas.

Avant de m'adresser un sourire qui lui métamorphose le visage, Soen attrape ma paume avec fermeté pour m'approcher de lui. Puis, il passe son bras autour de ma taille, obligeant mon corps à se coller au sien.

L'effet est immédiat. Un tsunami de picotements me traverse des orteils à la tête, me faisant immédiatement ressentir ce bien-être que lui seul est capable de m'apporter. Lentement, je fais glisser mes doigts sur ses bras, jusqu'à les poser sur sa nuque. Sans nous lâcher du regard, nous nous balançons lentement au rythme de la musique dont les paroles collent parfaitement à notre « nous ». Je sens son souffle chaud et accéléré sur mes lèvres qu'il se met à fixer avec envie.

Vas-y, Soen, fais-le !

Je n'en ai rien à faire de ce que pensent ma mère ou tous les autres. Je ne me suis jamais sentie aussi libre de toute ma vie. Je suis enfin moi-même et ça me rend… vivante !

– Embrasse-moi, susurré-je en caressant son cou.

Après un moment d'hésitation, ses lèvres s'approchent timidement jusqu'à effleurer les miennes avec douceur. J'ouvre légèrement la bouche et nous échangeons le baiser le plus magique de tous les temps. Pourtant, nous nous embrassons d'une manière très douce et pudique. Mais c'est si pur et profond.

Tellement, que mes genoux se mettent à flageoler. Quand Soen stoppe notre baiser, je pose ma tête contre son torse, mon oreille collée au niveau de son cœur.

Seigneur, il bat la chamade !

J'ose espérer que ses pulsations sont pour moi et non dues à l'angoisse de voir tous ces regards braqués sur nous. Pour ne pas laisser cette pensée gâcher ce moment magique, je ferme les yeux en profitant de l'odeur, des bras et de cette sensation excitante que cet homme incroyable me procure.

***

Quand la musique se termine, nous ne bougeons pas d'un poil et restons dans la même position, dans les bras l'un de l'autre. Jusqu'à ce que le directeur reprenne la parole au micro.

– Mesdames et messieurs, commence-t-il d'une voix légèrement enrouée. Bon appétit et amusez-vous bien !

Je me force à relâcher Soen et recule le visage pour le regarder dans les yeux. Malheureusement, il paraît aussi être revenu à la réalité.

– On bouge ? lui demandé-je avant que le mal-être prenne possession de lui.

Ses sourcils se froncent légèrement, mais il m'adresse tout de même un léger sourire en coin.

– Où veux-tu aller ?

– Suis-moi !

Tout en riant, j'attrape sa main pour y enrouler mes doigts et nous traversons de nouveau la pièce. Cette fois, impossible d'éviter la horde de paires d'yeux braqués sur nous. Je me concentre sur le regard de ma mère mi-surprise mi-… fière ?

J'inspire doucement avant de m'arrêter face à elle.

– Maman, je te présente Soen, le palefrenier du centre, mais également mon petit ami.

Les deux ont la même réaction : ils lèvent la tête l'un vers l'autre puis se crispent. Après une demi-seconde à s'observer sans rien dire, maman lui tend joyeusement sa main.

– Eh bien, je crois que j'avais compris qu'il s'agissait plus que du palefrenier ! s'exclame-t-elle en riant nerveusement. Enchantée, Soen.

Ce dernier hésite un instant avant de lui serrer la main. Il lui adresse un léger signe de la tête avant de la baisser au sol pour qu'elle ne puisse plus voir ses cicatrices.

Même si j'ai envie de le rassurer, je suis bouche bée devant la réaction de maman. Est-elle aussi douée que ça pour cacher sa colère ? Attend-elle que nous soyons seules pour exprimer ce qu'elle pense de tout ça ?!

– On va prendre l'air, l'informé-je en tirant sur le bras de Soen qui ne sait plus où se mettre.

– Très bien les enfants ! répond-elle comme si de rien n'était. Je vais grignoter un peu, tout a l'air tellement bon !

Maman se frotte les mains tout en nous souriant gentiment avant de nous tourner le dos.

Bon sang, le retour de flamme risque de faire mal !

Mais peu importe, je décide de continuer sur ma lancée et emmène Soen dehors. Une fois que nous sommes seuls et la porte fermée, j'inspire tout l'air frais que je peux dans mes poumons. Quand je remarque que Soen fait la même chose, nous nous dévisageons avant d'éclater de rire.

– Viens, lâché-je après notre fou rire en avançant sur le chemin qui mène aux écuries.

Soen se contente de me suivre sans rien dire. Je vois bien qu'il est encore tendu suite à ce qu'il vient de se passer. En réalité, moi aussi je me sens nerveuse.

Nous arrivons en silence devant les écuries où je m'arrête pour lui faire face. Il fait très noir, mais je peux tout de même voir les traits de son visage grâce aux lampadaires, derrière nous. Je me concentre surtout sur ses yeux, tellement expressifs, qui ne me lâchent pas.

– C'est ici que je t'ai vu la première fois, dis-je la voix tremblante.

– Oui, je m'en souviens.

– Tu sais, ce jour-là, la première chose que j'ai vue, c'était ton âme. Elle ressortait dans ta façon de traiter Idylle... Même de loin, tes gestes étaient mesurés et dépourvus de violence. Tu m'as intriguée par ton calme et ton attitude hors du commun. Quand tu m'as protégée d'Idylle pendant la chute, j'ai pu voir tes yeux de plus près et ça m'a confirmé que ton âme était belle, que tu étais quelqu'un de loyal et d'extrêmement juste...

Soen penche légèrement la tête comme s'il essayait de comprendre où je veux en venir.

– Tu sais, continué-je, ça fait plusieurs jours que j'espère que tu me demanderas de rester. Vraiment, Soen, j'aurais été capable de tout plaquer pour toi !

– Livia... chuchote-t-il en baissant la tête.

Je m'empresse de lui attraper le menton pour le forcer à me regarder dans les yeux. Ce que je m'apprête à lui dire n'est pas facile, mais je ne veux pas qu'il se cache... pas devant moi. Je reprends mon souffle et continue :

– Mais je ne le ferai pas. Je vais retourner à Paris et nous allons tous les deux reprendre le cours de nos vies. J'ai compris une chose importante…

Soen semble triste, mais raisonné. Au ralenti, je pose ma main sur sa joue abîmée et fais glisser mon pouce sur sa cicatrice, celle qui fait de lui ce qu'il est aujourd'hui. Il se laisse faire sans sourciller. Je déglutis et inspire pour me donner du courage. Ce que j'ai à lui dire n'est pas facile, mais il doit l'entendre :

– Je ne peux pas te réparer, Soen. J'aimerais tellement… mais personne d'autre que toi ne peut lutter contre ça. Tu es le seul à pouvoir faire en sorte que les choses changent et je ne t'en veux pas.

Soen se met à respirer un peu plus fort, mais reste silencieux. J'attrape sa main dans la mienne et ferme les yeux avant de continuer.

– Je veux que tu sois heureux. Je veux que tu t'acceptes tel que tu es et que tu comprennes que ton visage reflétera ce que tu voudras bien montrer. Tu as un reflet en or, Soen. Tu m'as appris à voir l'âme des chevaux et c'est la tienne avant tout qui m'a émerveillée. Tu sais, continué-je en reprenant mon souffle, ce jour-là, c'est ton profond intérieur que j'ai vu et non tes cicatrices. Et aujourd'hui, quand je te regarde, je vois un homme magnifique dont je suis tombée amoureuse.

Sentir l'humidité sur sa peau me retourne l'estomac et me fait pleurer à mon tour.

– Tu es tellement beau, Soen. Montre-le aux autres ! Ouvre-toi et profite de la vie !

Dans un geste brusque, il attrape fermement mes bras et pose son front contre le mien. Des spasmes envahissent sa large stature et tout son corps se secoue de tremblements.

Sa respiration se fait plus lente et il s'essuie les joues avec son épaule avant de répondre, la voix chevrotante :

– Je te promets d'essayer, Livia.

À peine ces mots sortis de sa bouche, je l'attrape par le col de la chemise pour l'embrasser. Puis, je le prends dans mes bras pour le serrer aussi fort que je le peux.

– Tu vas tellement me manquer, Soen Collin.

Alors que je suis dans un état second, vidée d'avoir pris cette décision et de m'être ouverte comme jamais, je sens mon cœur exploser quand il murmure à mon oreille :

– Je t'aime.

55

De longues minutes s'écoulent sans que nous nous lâchions. Je suis tellement bien dans ses bras, protégée, aimée. Lui aussi semble apaisé de s'être livré à moi. Exprimer ses sentiments de la sorte ne fait clairement pas partie du caractère de Soen et je comprends qu'il mette quelque temps à s'en remettre. Je le laisse faire et ne desserre pas mon étreinte jusqu'à ce que j'entende au loin :

– Il y a des lieux dédiés pour se grimper dessus !

Lucie ! Toujours là ! Et pas forcément quand il le faut...

Soen recule légèrement son visage, mais ne me lâche toujours pas. Il dépose un long baiser sur mon front et me sourit amoureusement. Je me retourne et vois mon amie en train de traîner Paul par la main qui arrive dans notre direction.

– Attention, Ouragan à deux heures ! susurré-je, me positionnant dos à Soen qui a toujours ses bras croisés sur ma poitrine.

– Alors les tourtereaux, on nous offre une danse digne d'un conte de fées et on se barre en courant ?!

J'éclate de rire en secouant la tête.

– Je ne refais pas les présentations : Soen, voici Lucie, ce qui me sert de meilleure amie depuis plusieurs années maintenant.

– Et dont tu n'es pas près de te défaire ma poule !

Soen rit discrètement dans mon dos et ce qui me rassure le plus est qu'il n'a pas tenté de fuir en voyant Lucie arriver. Non, il est bel et bien là avec moi et loin de vouloir s'en aller, visiblement.

Je sais ce que ça lui coûte, mais j'apprécie énormément qu'il reste près de moi.

– Mais qu'est-ce qui t'a pris ma biche ? Si tu avais vu la tête de l'autre taré de Charles ! Si on était dans un dessin animé, de la fumée serait sortie par ses oreilles ! Et toi Soen, fais gaffe quand tu te balades, il avait des mitraillettes à la place des yeux cet enfoiré !

– Ça lui passera, répond-il doucement.

– Hum, je ne sais pas. En tout cas, je lui ai réglé son compte ! Hein Boubou, tu es fier de moi ? continue-t-elle en se retournant vers Paul. Et tu vois ce qui t'attend si tu joues au con !

– Qu'est-ce que tu as fait Lucie ? m'inquiété-je.

– Rien de grave ! Je lui ai juste expliqué qu'il brillait par son manque d'intelligence et que ce n'est pas par la manipulation qu'on arrive à ses fins ! Je pense qu'il a compris. Il s'est barré les dents serrées.

– T'es complètement folle ! m'exclamé-je non sans un rire dédaigneux.

– On s'en fout, de toute façon, à compter de demain, tu pars d'ici donc tu ne le reverras pas !

Cette dernière remarque me raidit instantanément. Je ne reverrai plus Charles certes, mais je ne reverrai plus Soen non plus. Il comprend immédiatement et caresse mon épaule avec son pouce pour me réconforter.

– Ça vous dit qu'on se fasse un doggy bag avec les excellents petits-fours qui sont là-bas et qu'on aille se poser quelque part ? nous interroge Lucie, hyper emballée par sa propre proposition.

Cette fille est une bulle de folie à elle seule.

Je me tourne vers Soen qui hausse les épaules pour acquiescer. Donc il accepte de partager une soirée avec mes amis. C'est génial !

Nous retournons dans la salle et l'ambiance est beaucoup moins festive à l'intérieur, hormis ma mère et M. de La Perrière, toujours en pleine discussion animée.

Faut que je les surveille ces deux-là quand même !

Nous nous approchons du buffet et commençons à rassembler quelques victuailles. Joséphine nous tend une boîte pour les entreposer tout en m'envoyant un gros clin d'œil appuyé.

Charles est visiblement revenu dans la pièce, mais semble vraiment contrarié. Pendant un instant, j'ai envie d'aller lui cracher mon venin à la figure et de lui montrer que sa malhonnêteté est aussi forte que son absence de sentiments, mais je me ravise en me disant que finalement, son stratagème n'a fait que renforcer nos liens avec Soen.

Les autres stagiaires ayant assisté à cette mascarade ont tout de suite compris d'où venait cette mise en scène et au final, il n'a réussi qu'un exploit : se ridiculiser devant l'assemblée. Même son père ne semble pas l'épauler plus que ça puisqu'il continue sa soirée sans se soucier de l'état de son fils. Le visage renfrogné et les bras croisés, il boude appuyé dans un angle.

Je tire Soen par la main pour aller voir ma mère.

– Maman ?

– Ma chérie ? se retourne-t-elle toujours aussi souriante.

Alcool ? Déballage de compliments du boss ? J'hésite…

En tout cas, je profite de cette bonne humeur pour lui demander :

– Ça t'embête si on ne repart que demain ?

Elle prend le temps de regarder Soen, qui ne baisse pas la tête, pour une fois. Puis elle me considère et mon regard suppliant semble la convaincre.

– J'avais réservé une chambre au cas où la soirée se terminerait tard ! Rejoins-moi demain à l'hôtel Anne d'Anjou à onze heures. Je suis sûre que quelqu'un pourra te mener jusque là-bas, termine-t-elle en adressant un sourire à Soen.

Je me jette dans ses bras et la serre fort en lui chuchotant à l'oreille :

– Merci maman ! Merci !

– Profite ma chérie ! On n'a qu'une vie !

Quoi, c'est bien elle qui vient de dire ça ?

Bien que très étonnée par l'attitude de ma mère, je jubile rien qu'à l'idée de cette magnifique soirée qui s'annonce !

Je me retourne vers M. de La Perrière et, dans un élan de gaieté, je le serre dans mes bras également. Je le remercie chaleureusement pour son accueil et tous ses soins.

Ensuite, je cherche Serena en balayant la pièce du regard. Il faut absolument que je la salue avant de quitter les lieux. Je la trouve enfin au fond de la salle en train de discuter avec Joséphine. Quand j'arrive vers elles, toujours accompagnée de Soen, Serena se met à sourire.

– Il me semblait bien que… lance-t-elle en nous pointant tour à tour de son index.

Soen rougit et baisse la tête, mais je resserre mes doigts aux siens pour le réconforter. Il n'a rien à craindre.

Je les remercie toutes les deux pour l'accueil et l'enseignement que mon entraîneuse m'a prodigué. Elle m'encourage pour la suite et tape sur l'épaule de Soen en souriant.

Nous repartons en sens inverse et passons devant Charles, lovés l'un contre l'autre. Soen ne lui adresse même pas un regard de vengeance. J'admire son calme face à cette enflure tandis que Chiara, son fiancé et Sixtine nous emboîtent le pas.

Je ne lâche plus Soen de peur qu'il s'échappe. Une fois dehors, Sixtine s'approche de nous.

– Alors, c'était lui ?

Je me contente d'opiner du chef avec la crainte qu'elle dise quelque chose qui puisse le braquer.

– Je comprends mieux pourquoi tu ne nous captais pas alors ! s'adresse-t-elle directement à lui.

– Ça va Sixtine ? Tu n'as pas mal aux chevilles ? lui rétorque Chiara ironique.

– Non, mais je veux dire, on a bien essayé de lui faire relever le nez, mais rien à faire, tu étais bloqué sur Livia… mais maintenant je comprends, continue-t-elle sans se démonter.

– Je ne veux pas dire, mais… intervient Lucie en grande forme.

– On va se poser ? la coupé-je avant qu'elle ne dise une bêtise.

Nous partons donc en direction du pré derrière les écuries et nous installons directement sur l'herbe pour grignoter nos amuse-bouches. Je dois avouer que c'est assez étrange pour moi de me retrouver avec tous mes compagnons de stage, ma meilleure amie et mon Soen.

Ce moment est juste parfait ! je m'installe entre les jambes de mon amoureux, qui me serre immédiatement entre ses grands bras musclés. Je vois bien qu'il n'est pas hyper à l'aise, mais le fait qu'il soit plutôt démonstratif en ce qui nous concerne me fait plaisir.

– Alors, en plus de t'être rapproché de Livia, tu peux nous expliquer comment tu as fait avec cette jument folle ? entame Sixtine.

– Elle n'est pas folle, il suffit de la comprendre, répond Soen.

– Oui d'accord, pas folle mais dangereuse !

Soen ne dit plus rien, bien conscient que l'approche qu'il a avec les animaux ne peut pas être comprise par tous.

– En fait, tu es l'homme qui murmurait à l'oreille des chevaux ! lance Chiara avec humour.

– Toi aussi, tu trouves que j'ai un air de Robert Redford ? raille Soen.

Qu'il ose faire de l'humour avec mes amis, et en plus sur le physique, me surprend au plus haut point.

– Et celui qui murmure à l'oreille des filles aussi ! renvoie Lucie tout émoustillée à l'idée de savoir comment nous avons passé le pas tous les deux.

– Je dirais plutôt que c'est moi qui ai murmuré sur ce coup-là ! rétorqué-je en riant.

– Je ne te connais pas si entreprenante, Liv'.

– Quand je sais ce que je veux, rien ne m'arrête !

– Même pas un gros dur aux cheveux longs ! D'ailleurs, ça te va super bien comme ça, Soen ! continue Lucie, visiblement enjouée de pouvoir échanger avec lui.

Ce dernier répond par un « merci » discret, encore très mal à l'aise face aux compliments.

Tu vois Soen, il n'y a pas que moi qui te trouve beau !

– En tout cas, tu as retourné la tête de ma copine ! Et pas que la tête apparemment… ose Lucie en pouffant.

Je sens Soen se crisper, mais il se détend immédiatement en les voyant tous s'esclaffer.

Il n'a dû partager des soirées entre amis que rarement, voire jamais, et découvre ce type de relation. Et disons qu'avec une Lucie plutôt « brut de pomme », c'est une bonne entrée en matière.

Sixtine reste dans son coin à nous observer discrètement.

Envieuse ? Jalouse ? Triste ?

Chiara reprend la parole pour revenir sur notre stage et nous échangeons durant un long moment sur tous ces bons moments passés avec les chevaux.

– Et voilà, s'exclame-t-elle. Le stage est fini… Je vous avoue qu'au début, je ne pensais pas qu'on finirait par s'entendre. Toi Sixtine, je te trouvais puante et toi Livia, un peu trop sûre de toi.

– Sûre de moi ?

– Oui, tu avais de l'humour, tu étais un peu trop sympa et jolie ! se justifie-t-elle en se cachant pour rire.

– Ah d'accord ! m'esclaffé-je à mon tour. Pour Sixtine, je suis du même avis que toi !

– Sympa les filles !

– Oh, ça va ! raille Chiara. On plaisante ! Mais tu es un peu peste quand même…

Nous rions tous de bon cœur jusqu'à ce que Lucie reprenne la parole :

– Bon les copains, ce n'est pas qu'on ne vous aime pas, mais j'en ai un peu marre d'être assise le cul mouillé dans l'herbe à respirer de la bouse de cheval. Et puis, on a d'autres choses à faire, hein poussin ?

Je me lève pour la serrer dans mes bras et la remercier d'être venue ce soir.

– Demain, je rentre avec Paul ! On se voit sur Paris, ma biche !

– Bonne nuit les amoureux !

Soen en profite pour gigoter derrière moi, mal à l'aise. Je vois bien que lui aussi a envie de rentrer, mais qu'il n'ose pas mettre fin à ce moment agréable.

Alors, je me mets debout à mon tour et annonce notre départ.

Je m'approche des filles et nous nous prenons toutes les trois dans les bras.

– Je vous souhaite plein de bonnes choses ! Profitez à fond et qui sait, on se reverra peut-être au détour d'une compet'.

Aucune des deux ne répond, les larmes au bord des yeux. Je les serre fort chacune leur tour pendant que Soen m'attend en retrait.

Lorsque nous quittons les lieux, j'entends Sixtine au loin :

– Bon ben, il ne me reste plus qu'à me consoler avec le fils du patron !

56

– Ta copine est particulière, lâche Soen alors que nous remontons le chemin dans le bois, bras dessus bras dessous.

– Oui, Lucie est farfelue, mais tellement drôle et sincère. C'est une vraie amie qui sera toujours là pour m'aider dans mes choix, me réconforter, me consoler.

– Vous êtes tellement différentes.

– C'est ce qui fait notre force. Les qualités de l'une contrebalancent les défauts de l'autre et vice-versa.

– Votre relation est belle et vraie en tout cas.

Un peu comme la nôtre…

– Merci Soen d'être resté avec nous ce soir. Ça m'a beaucoup touchée !

Il met quelques secondes à répondre :

– Je voulais rester avec toi surtout. Jusqu'au bout, Livia…

Il me prend par la taille et m'embrasse fougueusement alors que nous ne sommes même pas encore arrivés jusque chez lui. Je réponds à son attaque et m'accroche à sa nuque tremblante. Il passe ses mains sous mes cuisses pour me porter et je crochète mes jambes autour de sa taille, le retenant prisonnier. Nos langues jouent à cache-cache tandis qu'il continue le chemin en me portant sans aucune difficulté.

Bon Dieu, l'effet qu'il me fait !

Il me dépose seulement quand nous arrivons devant sa porte pour pouvoir l'ouvrir. Nous sommes essoufflés et déjà transpirants en vue de nos ébats à venir.

Une fois à l'intérieur, il se positionne dans mon dos et me guide jusqu'à la chambre en me tenant par les épaules. Je me laisse faire et avance, toujours perchée sur mes talons. Une lampe de chevet apporte une lumière tamisée à la pièce.

Me gardant dos à lui, il descend tout doucement la fermeture éclair de ma robe, jusqu'à ce qu'elle s'échoue au sol dans un froissement léger.

Heureusement, j'ai assorti mes sous-vêtements !

Puis, il défait la boucle de chacune de mes sandales d'une lenteur troublante. Sentir ses doigts sur mes chevilles suffit à faire monter la pression dans mon bas-ventre.

Soen prend ensuite le temps de me contempler et de passer ses doigts le long de ma colonne vertébrale, de haut en bas. Cette simple caresse me donne la chair de poule. Il a visiblement décidé de prendre les rênes donc je le laisse faire. Ses gestes sont assurés et il ne tremble pas. Pas de timidité, pas de questions, juste nous.

Il défait ensuite mon soutien-gorge sans problème et colle enfin son torse contre mon dos. Je constate qu'il a lui aussi enlevé sa chemise. Il n'y a que quand nos peaux se touchent que je me sens complète. Lentement, il dépose de tout petits baisers sur ma clavicule et je balance la tête en arrière pour lui laisser libre accès à mon cou. Son envie est palpable, mais il prend tout son temps pour me redécouvrir. Son toucher est aussi doux qu'une plume d'oiseau et les petits sillons qu'il dessine sur mon ventre ne font que m'embraser davantage.

– Allonge-toi sur le ventre, me souffle-t-il à l'oreille.

Je m'exécute sans rien dire et une odeur de patchouli et d'ylang-ylang se répand dans la pièce, l'emplissant d'un parfum fleuri, épicé et sensuel. Mes sens sont en éveil car je ne sais absolument pas à quoi m'attendre.

Ses mains chaudes viennent alors se poser à la base de mes reins et ses doigts forment des petits cercles appuyés.

C'est trop bon !

Tous mes muscles se relâchent et Soen, positionné à califourchon sur mes fesses, entame alors un massage très sensuel tout le long de mon épine dorsale. Je ne peux m'empêcher de pousser des gémissements de plaisir à son contact.

Ses larges paumes viennent appuyer sur des points sensibles de mes omoplates, me procurant une sensation de chaleur inédite, m'invitant à me relaxer encore plus.

C'est tout simplement exquis !

Seul le bruit de l'huile frictionnée sur ma peau envahit l'espace et lorsque Soen s'approche doucement de mon oreille pour m'embrasser juste sous le lobe, je perds pied immédiatement. Cette expérience inédite me procure un mini-orgasme qui fait fourmiller toutes mes extrémités.

Alors qu'il n'est qu'à quelques centimètres de moi, je susurre :

– À mon tour ! Tu veux bien ?

Soen se redresse et s'allonge à plat ventre à côté de moi.

– Non, mets-toi sur le dos… lui intimé-je avec un regard coquin.

Les yeux brillants, Soen se retourne et je m'assieds directement sur sa taille. Je prends de l'huile de massage et l'applique sur son torse musclé en de grands mouvements autour de ses pectoraux. Il est galbé juste comme il faut : ni trop, ni pas assez.

Parfaitement parfait.

Je suis presque nue, complètement exposée à lui, mais ce qui m'importe maintenant, c'est de lui rendre le plaisir qu'il m'a procuré quelques instants plus tôt. J'en profite pour embrasser son front, son nez et dévie sur sa mâchoire. Il jette la tête en arrière et je m'attaque alors à sa pomme d'Adam. Mes cheveux glissent sur son visage et lui provoquent des frissons de plaisir.

Ses mains empoignent mes fesses et il gémit lorsque je frotte son nez avec le mien. Ses yeux ne me quittent pas. Je prends bien garde d'éviter sa bouche pour faire monter la pression au maximum et mon stratagème fonctionne à merveille car il ne lui faut pas plus de trois secondes pour s'emparer de mes lèvres tout en me retournant afin de s'allonger au-dessus de moi.

Soen semble impatient et excité au plus haut point, ce qui rend notre moment encore plus intense.

Sans une once d'hésitation, il mène la danse et je me laisse porter tout en profitant de son assurance. Notre corps à corps est beaucoup plus bestial que les fois précédentes, comme si sa vie en dépendait. J'aime cette fougue qu'il déploie pour m'emporter encore plus loin dans les méandres du plaisir. Toujours attentif au moindre de mes désirs, il s'assure que tout va bien de mon côté et je le rassure en l'invitant à continuer ses balancements lents et tellement excitants à la fois.

En symbiose, nous nous perdons l'un dans l'autre et mon regard se brouille de milliers de petites étoiles, preuve de ma perte totale de contrôle.

La respiration haletante, Soen s'allonge à côté de moi sans me lâcher la main.

Comme si je venais de prendre une dose d'héroïne, mon corps tout entier ne répond plus à mes ordres. Sur le dos, en étoile de mer, je contemple le plafond, un sourire niais plaqué sur les lèvres. Soen continue de faire glisser ses doigts sur ma peau moite, de la base de mon cou jusque sous mon nombril, laissant sur son passage une traînée de picotement. Mon épiderme est en éveil constant, réagissant à la moindre de ses caresses.

Je me laisse aller tandis que je sens son souffle apaisé balayer mon front.

Quand j'ose enfin le regarder, je crois apercevoir une larme au coin de ses yeux, mais je ne fais aucun commentaire. Il semble tellement heureux en cet instant. J'imprime cette image dans ma mémoire pour qu'elle ne s'efface jamais.

– Je t'aime tellement Soen… et si j'avais su que tu étais un dieu du sexe, je t'aurais sauté dessus bien plus tôt.

Il rit en se cachant dans mon cou.

Nous sommes tout huileux, mais apaisés, heureux et amoureux.

– Et si on allait prendre une douche ? m'interroge-t-il en se relevant.

Je le bloque en me redressant avant lui pour lui faire face.

– Parce que tu crois que tu vas t'en tirer comme ça ? Ce n'était que l'entrée, ça !

– Mademoiselle est joueuse !

– Monsieur est-il mauvais perdant ?

– C'est ce qu'on va voir… conclut-il en m'envoyant sur son épaule pour me guider vers la salle de bains.

57

Quand je me réveille, Soen dort comme un bébé et je passe au moins vingt minutes à le regarder, si paisible. Je dirais même qu'il affiche un léger sourire.

Qu'est-ce que tu es beau, mon amour…

– Tu vas arrêter de me regarder comme ça ? demande-t-il sans même avoir ouvert les yeux.

– Je fais ce que je veux ! réponds-je, insolente de bon matin.

Tout en souriant, il s'appuie sur son coude pour me contempler.

– Tu sais Livia, ça fait plusieurs années que je vois défiler des stagiaires au domaine, mais je n'en avais jamais vu d'aussi entêtée et impertinente que toi.

– C'est pour ça que je suis unique !

Soen éclate de rire avant de déposer un doux baiser sur le coin de mes lèvres.

Je me retourne pour vérifier mon portable et sursaute en constatant qu'il est déjà neuf heures.

– Il faut se lever Collin, dans deux heures je dois être à l'hôtel de ma mère.

Soen s'étire avant de se lever en silence pour enfiler juste un bas de jogging noir qui lui tombe sur les hanches. Il est juste à croquer, mais je dois me refréner. Nous n'avons malheureusement plus le temps de faire des galipettes. Et puis, mes jambes courbaturées me rappellent que j'en ai déjà bien profité.

En silence, nous rejoignons le salon.

Notre dernier petit déjeuner ensemble.

Cette pensée me tord les boyaux. Comment vais-je faire pour surmonter ce changement radical de vie et surtout ne plus partager ces moments de complicité avec lui ?

Je n'arrive pas à avaler quoi que ce soit et mon regard se porte automatiquement sur l'extérieur pendant que nous sommes attablés.

– Liv', ça va ?

– J'imprime dans ma mémoire toutes les images de mon environnement.

Soen ne répond pas et baisse la tête sur sa tasse de café. Cette nuit, j'ai beaucoup réfléchi et je ne veux pas que nos adieux soient tristes et que nous pleurions dans les bras l'un de l'autre. Je décide donc de me secouer pour que ces derniers instants avec lui soient encore meilleurs.

– Tu veux bien qu'on aille voir les chevaux avant de partir ?

– Bien sûr ! répond-il enjoué.

Lui aussi s'oblige à ne pas être triste. C'est fou ce que nous sommes câblés pareil !

Nous sortons. L'air est plutôt chaud ce matin. Soen, toujours torse nu, me tend la main et je le suis. Il siffle à l'entrée des prés et Oups arrive au petit trot tandis que Belize et son poulain se dirigent vers nous au pas.

– Salut mon pote ! adressé-je à Oups en lui caressant le nez.

Il ne bouge pas et je me colle à son encolure pour lui faire un gros câlin.

Toi aussi, tu vas me manquer !

Soen vient discrètement se positionner dans mon dos et passe sa main autour de ma taille.

– Merci de m'avoir acceptée dans votre clan ! J'ai passé les meilleurs moments de ma vie avec vous deux…

Soen ne dit rien, mais pose sa tête sur mon crâne et Oups reste stoïque, comme s'il comprenait qu'il s'agit de nos derniers moments ensemble.

Je lui dépose un baiser sur le chanfrein et il se recule pour repartir à ses occupations.

Je passe ensuite dans le pré d'à côté et caresse la jument et son poulain. Le petit repart en galopant à fond la caisse, ce qui me fait rire.

Nous les regardons s'éloigner et je regarde discrètement Soen qui sourit en le voyant faire.

– Allez, il faut qu'on y aille, murmure-t-il tristement.

J'acquiesce et pars chercher mes affaires. J'envoie un SMS à Lucie pour lui demander de bien vouloir ramener ma valise à Paris. En revenant, j'en profite pour m'agenouiller et saluer Jack.

C'est quand même grâce à lui que j'ai su où habitait Soen.

– Sois sage mon pépère !

Je le frictionne et il retourne s'asseoir sur le perron de la maison.

En montant dans la voiture, je marque un temps d'arrêt pour contempler cette maisonnette qui a vu naître notre amour. Elle est pleine de charme et tellement singulière. Comme son propriétaire.

Lorsque nous quittons les lieux, la musique se met en route et je pouffe en entendant un vieux slow de crooner des années soixante-dix qui retentit.

– Soen, fais-moi plaisir, à l'avenir essaie d'écouter des musiques plus récentes !

Il se met à rire à son tour, ce qui détend légèrement l'atmosphère. Nous savons pertinemment que nous n'avons pas envie de nous quitter, mais c'est malheureusement la seule issue possible à notre histoire.

Pendant le trajet, je pose ma main sur sa cuisse et il entrecroise ses doigts aux miens.

En venant ici, je n'aurais jamais pensé vivre des moments aussi intenses, qui changeraient ma vie à jamais. Je ne remercierai jamais assez Soen pour ça. Il a été l'élément déclencheur dans la découverte de ma vraie personnalité et bien que mon cœur soit lourd, je repars avec l'esprit bien plus léger que je n'aurais jamais pu l'imaginer.

Quand nous arrivons devant l'hôtel, il se gare et attrape mes affaires à l'arrière pour me le tendre.

– Tu ne veux pas descendre ?

– Je préfère pas, si ça ne t'embête pas. Je ne suis pas un pro pour gérer ce genre de situation. Tu salueras ta mère pour moi.

Je me penche alors vers lui et prends son visage dans mes mains.

– Soen, je me suis promis de ne pas pleurer alors on va faire comme si on se revoyait très vite, OK ?

Il acquiesce silencieux avec un léger sourire fugace.

– Tu sais tout ce que je pense de toi et à quel point je t'aime. Ne l'oublie jamais, d'accord ? continué-je pour me donner de la contenance.

Dans ces moments douloureux, le silence est le pire des alliés.

Il se jette sur mes lèvres et m'embrasse tendrement sans lâcher mon visage. Il stoppe pour poser son front contre le mien. Sa respiration est courte et son front est humide, comme s'il luttait pour ne pas perdre le contrôle de ses émotions.

Puis il recule doucement, pose ses doigts sur son menton et les avance ensuite vers moi. *Merci.*

– Merci à toi Soen. Merci pour tout ! Je ne souhaite qu'une chose : que tu sois heureux. Tu es vraiment quelqu'un de précieux.

Il me prend par les épaules pour me serrer dans ses bras et me chuchote :

– Toi aussi Livia, je ne t'oublierai jamais, tu peux en être sûre. Jamais.

– Je reviendrai un jour Soen. Je ne sais pas quand ni comment, mais on se reverra, je t'en fais la promesse.

Peu convaincu par mes propos, il se contente de sourire sans rien dire. Et comme pour conclure notre relation, nous nous embrassons une dernière fois. Un baiser lourd de sens et léger à la fois. Nos lèvres se détachent et nos yeux parlent pour nous.

Je quitte la voiture sans le lâcher du regard. Je claque la porte et me retourne jusqu'à l'entrée de l'hôtel où ma mère m'attend.

Soen recule et avant de partir, il s'arrête pour me regarder. Il relève son pouce, son index et son petit doigt, marque un temps d'arrêt puis enclenche la première pour quitter les lieux.

Alors que son pick-up s'éloigne et que ma gorge se serre, ma mère m'interroge :

– Que veut dire ce signe ma chérie ? Ce garçon serait-il anarchiste ?

– Non maman, réponds-je mi-exaspérée et mi-amusée par sa remarque.

– Alors, ça veut dire quoi ? insiste-t-elle, incrédule.

– Ça veut dire qu'il m'aime.

58

– Explique-moi à quoi ça sert de payer un stage les yeux de la tête si c'est pour finir cinquième ?! Tu peux me le dire, Livia ? m'interroge mon père, très énervé alors que nous rentrons tout juste de la compétition.

– Le terrain n'était pas bon.

– Je ne dirais pas que c'est la faute du terrain ! Tu as tout simplement été mauvaise ! Tu n'étais pas là aujourd'hui, comme ces dernières semaines d'ailleurs. Même pendant la reconnaissance du parcours, tu avais le nez en l'air et n'écoutais pas ta coach ! Ce n'est pas comme ça qu'on y arrive dans la vie, voyons !

Même si les paroles de mon père sont blessantes, elles me glissent dessus car mon esprit est ailleurs. Au moins sur ce point, il a raison. J'ai fait une erreur de parcours et fait tomber plusieurs barres, ce qui m'a valu un mauvais classement.

Et honnêtement, je m'en contrefiche.

Je suis juste un peu déçue que, pour une fois que papa passe un peu de temps avec nous, il soit aussi désagréable. Il n'y a donc que le travail et la compétition qui comptent pour lui ?!

Peu importe. De toute façon, il n'y a rien qui puisse me remonter le moral.

Avec Soen, nous avons décidé de couper tout contact pour éviter de se faire trop de mal, mais j'ai l'impression que c'est pire que tout. J'aimerais juste entendre le son de sa voix, rien qu'une seule fois…

J'ai bien essayé de me concentrer et d'appliquer tout ce que j'ai appris au domaine, mais rien n'y faisait. Mon esprit bifurquait sur l'homme qui me hante.

– Je suis désolée papa, m'excusé-je pour le faire taire.

Ma mère, toujours silencieuse, m'adresse un regard triste comme pour s'excuser des propos de son mari.

Ce n'est pas grave maman, si tu savais à quel point tout ça m'est égal.

***

Au réveil, j'ai toujours cette même sensation de manque. Chaque fois que j'ouvre les yeux, c'est comme si une partie de moi m'avait été enlevée. De ce fait, je me traîne et j'ai beaucoup de mal à me secouer pour faire quelque chose de mes journées. Les cours ont repris depuis un mois déjà, mais à part étudier, je n'arrive à rien.

Tout ce que je vois, à la télé ou dans la rue, me ramène à lui : le moindre chien que je croise me rappelle Jack, une vieille musique qui passe me tire un sourire et dès que je vois des pubs à la télé avec des images de plage, tous les beaux moments que j'ai vécus tournent en boucle dans ma tête et les larmes suivent généralement.

Ma mère a bien essayé de me proposer une session shopping, mais il n'y a rien à faire, je n'ai pas envie de sortir de chez moi. J'ai envie de rester dans mon cocon de souvenirs à ressasser le passé. Ce passé qui n'est pas si lointain. J'ai trop peur de faire autre chose et d'oublier tous mes souvenirs. Non, pour l'instant, je ne suis pas prête à ça.

– Livia, je peux entrer ?

– Oui maman.

– Ma chérie, il est quatorze heures, tu es encore en pyjama et tu n'as rien avalé depuis le petit déjeuner.

Je ne réponds pas.

– Je ne veux pas te bousculer, mais il va falloir que tu relèves la tête.

– Je n'y arrive pas, maman !

– Je suis sûre que tu peux le faire. Le premier chagrin d'amour est toujours le plus difficile à surmonter, mais crois-moi, tu vas y arriver.

– Comment tu peux le savoir ? Tu as toujours été avec papa ! râlé-je, ne supportant pas ce genre de conseil.

Personne ne sait ce que je vis en ce moment. Notre relation était si particulière…

– Livia… souffle ma mère en s'approchant de mon lit.

Je suis surprise qu'elle ne monte pas sur ses grands chevaux alors que je viens de hausser le ton.

– Tu sais, il y a maintenant quelques années, avant ton père évidemment, j'ai été avec un autre garçon…

Oh merde, on est partis pour une session confessions ?

Tout de même choquée par ce qu'elle vient de dire, je me redresse pour l'écouter attentivement. Maman soupire et s'assied sur le bord de mon lit. Je vois bien qu'elle n'est pas très à l'aise d'aborder ce type de sujet avec moi.

Serait-on en train de devenir plus complices ?

– Je le connaissais depuis toute petite et je le voyais quand j'allais chez ma grand-mère dans les Alpes. J'étais folle amoureuse de lui depuis le moment où tu as l'âge de connaître le sens du mot « sentiments ». Lui avait quatre ans de plus que moi et ne me voyait que comme la sœur de son copain. Plusieurs années plus tard, il m'a enfin regardée, et alors je ne savais plus où j'étais.

Rien qu'à l'évocation de ce souvenir, ma mère semble émue, comme si elle revivait un peu ces jolis moments de sa vie.

– On est sortis ensemble, mais quand ton oncle l'a su, ça a été la guerre, tu imagines. Et nous avons dû nous séparer et ne plus nous adresser la parole.

– Et comment tu as fait après ?

Elle reprend son souffle et me regarde dans les yeux :

– J'ai fait comme toi ma puce ! J'ai pleuré toutes les larmes de mon corps, j'ai traité mon frère de tous les noms, j'ai été hargneuse envers tout le monde, je ne mangeais plus et ne dormais plus. Mais petit à petit, j'ai commencé à ressortir, d'abord seule. J'avais besoin de me retrouver moi-même ! J'ai repris progressivement goût à la vie. J'ai rencontré ton père, qui m'a rendue et me rend heureuse encore aujourd'hui.

– Moi, je n'en ai pas la force ! Et puis jamais je ne rencontrerai quelqu'un comme Soen. Jamais.

– Ça, c'est ce que tu penses parce que tu te complais dans cette situation, à ressasser les bons moments que vous avez passés ensemble. Tu vas passer par trois phases : la colère, l'acceptation et enfin la renaissance.

– J'ai l'impression que je ne vais jamais sortir de la phase un. La vie est mal foutue quand même.

– Dis-toi plutôt que si la vie a fait en sorte de mettre quelqu'un d'aussi formidable sur ton chemin, ce n'est pas pour rien et que cette expérience ne peut t'apporter que du positif. Crois-en l'expérience de ta vieille mère !

Abasourdie par ses propos, je me jette dans ses bras pour la remercier de son soutien. Je ne pensais pas pouvoir un jour être aussi proche de maman. Sous ses grands airs, elle a finalement très bon cœur et je suis heureuse qu'elle ait partagé ce moment avec moi.

Ses paroles me réchauffent instantanément et lorsqu'elle quitte ma chambre, je me sens un peu plus légère, ou du moins moins seule dans mon désarroi.

Machinalement, je prends mon téléphone pour voir si je n'ai pas reçu un message ou un appel de Soen. Même si je sais qu'il ne reviendra pas vers moi, j'ai toujours ce petit espoir que ça arrive.

À cet instant, je me rends compte que je n'ai même pas une seule photo de lui. Pas même un selfie de nous deux. En repensant à cette idée, un sourire me monte aux lèvres : Soen n'aurait certainement jamais accepté de se mettre en scène sur un cliché.

Notre histoire était vraiment singulière : pas de textos, pas de photos, mais surtout des paroles et des actes sincères. C'est tout ce qui compte.

Je jette le téléphone sur mon oreiller et serre très fort le seul souvenir matériel qu'il me reste de lui. Cette boussole que je garde constamment avec moi, comme si elle symbolisait notre amour. Et même si aujourd'hui, mon sens de l'orientation n'est pas plus développé, je ne peux me résoudre à la laisser de côté. Je l'ai accrochée à mon porte-clés et elle me suit partout, un peu comme si Soen était le témoin de ce que je faisais. C'est fou la symbolique que peut revêtir un simple objet.

Il ne serait certainement pas fier de mon état du moment d'ailleurs. Et lui, que fait-il en ce moment ? Est-il au centre ? En train de s'occuper de ses chevaux ? À la plage avec Oups ? Autant de questions que je me pose tous les jours depuis notre séparation.

Je me lève et me positionne à la fenêtre pour observer les arbres qui se balancent de gauche à droite au rythme du vent. L'été a laissé place à un automne aussi froid que mon âme.

Lucie, dont le caractère est aux antipodes du mien, vient tous les jours me rendre visite et elle ne devrait pas tarder à arriver.

Elle essaie tant bien que mal de me remonter le moral, mais rien n'y fait, je n'arrive pas à remonter la pente. Jusqu'à présent, elle a été plutôt douce avec moi, de peur de me froisser, mais elle commence sérieusement à perdre patience.

– Ne me dis pas que tu es encore en train de regarder ce film sur les chevaux ! hurle-t-elle avant d'entrer dans ma chambre. Ah non, v'là que tu mates la rue maintenant. Tu vas rester longtemps comme ça ma poule ? Allez, secoue-toi !

– Je suis très bien ici, dis-je en me retournant pour lui faire face.

– Ah oui ? À te morfondre et à chouiner toutes les cinq minutes ?

Je ne réponds pas car Lucie a entièrement raison, mais c'est plus fort que moi. Justement, les larmes se mettent à couler toutes seules. Elle s'approche et me prend dans ses bras.

– Liv', maintenant ça suffit ! Vous avez décidé tous les deux de vous mettre dans cette situation débile donc maintenant, il faut assumer, OK ? Ça fait trop longtemps que tu es cloîtrée chez toi, tu ne vas pas finir vieille fille quand même ? Ce serait du gâchis !

Elle arrive à me faire rire avec son franc-parler à toute épreuve.

– Un de perdu, dix de retrouvés, comme on dit ! J'ai vu un super beau gosse au fast-food à côté.

– Tu n'es pas censée être en couple ?

L'imaginer avec Paul me fait automatiquement sourire. Eux aussi sont assez uniques dans leur genre. Mais tellement mignons…

– Ce n'est pas parce que j'ai choisi mon plat que je n'ai pas le droit de regarder le menu ! rétorque-t-elle en levant ses sourcils plusieurs fois de suite.

– Je n'en ai pas envie, Lucie ! Tu te rends compte que je ne connais même pas la date de naissance de Soen ?

– On s'en fiche de son jour de naissance, bordel !

– Merci pour ton soutien…

– À ton service !

Elle regarde partout autour d'elle et s'arrête sur mon armoire en se tapotant le menton.

Quelle idée loufoque a-t-elle encore ?

– Allez prépare-toi, ce soir on sort, tu n'as pas le choix ! dit-elle en me tirant par le bras.

Vivement, elle ouvre mon placard, sort une robe vert canard de ma penderie et une paire de sandales à talons.

– Hors de question !

– Tais-toi et laisse-moi m'occuper de toi ! Ce n'est pas toi qui m'as fait tout un sermon sur les bienfaits du silence, etc. ? Alors, pour une fois, ferme-la et laisse-moi les rênes ! Tu vois, même ta passion pour les canassons commence à me déteindre dessus, entre Paul et toi, je suis cernée !

Cette fille me fera toujours rire même dans les pires situations !

Du coup, je la laisse m'emmener jusqu'au tabouret face à ma coiffeuse.

– Je vais faire de toi une femme fatale ! lance-t-elle en m'ébouriffant les cheveux. Si ce soir, tu ne te fais pas brancher, je me fais nonne !

– Prépare-toi à rentrer dans les ordres alors !

Lucie ricane avant de s'attaquer à ma tignasse.

– Fais-moi confiance ma biche, tout va bien aller.

J'inspire profondément en secouant la tête, convaincue que je ne m'en remettrai jamais.

C'est tout simplement impossible.

59

Un an plus tard

Je sens encore l'excitation couler dans mes veines quand je rentre chez moi et, étant donné les circonstances, je crois bien que mon enthousiasme risque de durer des heures.

Et pourquoi pas plusieurs jours ?

Aussi, j'ai l'impression que Lucie m'a percé le tympan droit en hurlant comme une malade dans le combiné, tellement elle était heureuse pour moi. Tout comme elle, j'ai hâte d'être à ce soir pour fêter ça !

– Y a quelqu'un ? scandé-je en rentrant chez moi.

Aussitôt, maman fait son apparition dans l'entrée, avec une expression paniquée et les mains jointes devant elle comme si elle était en train de prier.

Alors que j'avais la ferme intention de lui faire la pire blague qu'une fille puisse faire à sa mère un jour comme celui-ci, voir sa mine déconfite me fait immédiatement changer d'avis.

– C'est bon ! hurlé-je en sautillant sur place.

– Oh, mon Dieu, Livia !

Tout en m'imitant, maman se met à sauter de joie avant de me foncer dessus pour me prendre dans ses bras.

– Bravo ! Je suis si fière de toi…

– Merci maman.

Elle se recule afin de m'attraper fermement par les épaules.

– Je suis vraiment contente que tu fasses quelque chose qui te passionne, déclare-t-elle les larmes aux yeux.

La voir pleurer me fait également monter les larmes, mais je me mets à rire en nous voyant toutes les deux chouiner comme des adolescentes.

– Merci, maman…

À peine ces mots sortis de ma bouche que son sourire se fane.

– Tu sais, je suis sûre que ton père sera très fier de toi ! lâche-t-elle avec difficulté.

Dernièrement, parler de papa et de mon avenir en même temps ne fait pas bon ménage. En effet, depuis que je lui ai annoncé, il y a plusieurs mois, que j'abandonnais les études en management et que, par conséquent, je ne travaillerai pas avec lui dans son entreprise, c'est un peu l'hécatombe à la maison.

Mais peu importe. Si j'ai bien compris une chose cette année, c'est que le bonheur n'est atteignable que si l'on fait ce que l'on veut de sa vie et non ce que l'on nous dicte de faire. Et puis, comme dit maman, il s'en remettra !

Malgré tout, je dois avouer que cette décision a été très difficile à prendre. Même si j'étais persuadée de ne pas vouloir suivre cette voie choisie par mon père, j'ai dû réfléchir à ce que j'allais faire de ma vie.

Au départ, je me suis renseignée pour être vétérinaire, mais les longues années d'études m'ont vite refrénée. Puis, je me suis penchée sur les métiers dans le domaine du médical qui allient des qualités humaines et relationnelles. Et là, ça a été comme une évidence.

Après des mois et des mois de révisions pour passer le concours d'entrée, me voilà acceptée dans une école d'infirmières à quelques kilomètres de chez moi.

Le rêve.

– Bon ! se reprend maman en me relâchant avant de lisser sa robe. Ce soir, ton père risque de rentrer tard, mais demain, on pourrait fêter ça tous les trois, tu en penses quoi ?

– Avec plaisir ! De toute façon, ce soir, je sors avec Lucie.

– Oh super ! Gaby sera là ?

– Bien sûr ! m'exclamé-je.

Maman se pince les lèvres et je fais mine de ne pas voir son regard empli de sous-entendus. Au lieu de ça, je lui adresse un large sourire.

Je lui suis tellement reconnaissante d'avoir pris ma défense lorsque j'ai annoncé à papa que je voulais devenir infirmière. Même si elle a pour habitude d'être de son côté, ma mère a compris que j'avais besoin de prendre mon envol. De vivre mes propres expériences et de gravir les échelons toute seule, et non grâce à mon père.

Finalement, même si maman a toujours eu sa propre idée du bonheur et que pendant longtemps j'ai eu l'impression qu'elle souhaitait diriger ma vie, elle a toujours pris en compte mes sentiments avant tout.

– Je vais me préparer ! annoncé-je en montant les escaliers. Gabriel passe me prendre dans une heure !

– File ma chérie !

Une fois dans ma chambre, je souffle tout l'air contenu dans mes poumons pour calmer cette euphorie qui ne me quitte pas.

Ce soir, je vais me défouler comme jamais !

Je m'apprête à me déshabiller pour aller me doucher quand on frappe à la porte.

– Oh ma puce, j'oubliais ! dit maman en passant la tête dans l'entrebâillement. Tu as eu du courrier.

J'attrape l'enveloppe qu'elle me tend et attends qu'elle referme derrière elle avant de vérifier d'où elle provient. Mes sourcils se froncent en voyant mes coordonnées écrites à la main et aucun nom derrière.

Tiens ?

Intriguée, je m'assieds sur le bord de mon lit avant de l'ouvrir. Mon cœur rate un battement quand je comprends qui en est l'expéditeur.

Oh, mon Dieu !

Une main sur la bouche, j'ai du mal à lire son contenu tellement je tremble. Pourtant, il n'y a rien d'écrit de particulier. D'ailleurs, j'ai même du mal à comprendre tout ce que cela veut dire.

Pendant quelques instants, je suis obligée de fermer les yeux et de reprendre mon souffle avant de me concentrer sur chaque mot :

Chère Livia,
Je ne sais pas où tu en es dans ta vie,
mais j'espère que tout comme moi,
tu as pris l'orientation qui te convient.
Je voulais te dire merci. Merci pour tout.
N'oublie pas : Sud, Ouest, Est, Nord, peu importe,
laisse ton cœur te guider.

Au bout d'un long moment à lire et à relire chaque mot, je replie la feuille en laissant une larme s'échapper de mes yeux. Un frisson me parcourt et je reste immobile, cette enveloppe serrée bien fort entre mes doigts.

Nom de Dieu, qu'est-ce que ça veut dire ?! Pourquoi m'écrire après tant de mois de silence ?

Treize mois exactement. Treize mois que je n'ai plus aucune nouvelle de cet homme qui a bouleversé mon âme. Treize mois que je me reconstruis petit à petit en laissant de côté ce chapitre de ma vie.

Je ne me serais jamais crue capable de remonter la pente après notre séparation. Revenir à ma vie d'avant après tout ce que j'avais vécu là-bas était incohérent. J'avais cette impression de me mentir à moi-même. Comme si cette vie appartenait à une autre.

La souffrance d'avoir quitté Soen était si intense que je ressentais perpétuellement une douleur physique. Le cœur lourd, l'estomac en vrac et les muscles courbaturés à longueur de journée.

À l'époque, j'étais consciente que de partir et de reprendre le cours de ma vie était la meilleure chose à faire, autant pour moi que pour lui. Je me devais de terminer mes études et de ne pas tout plaquer pour un garçon, comme disait maman. Effectivement, en y repensant, ça aurait été de la pure folie…

Quant à Soen, il avait besoin de s'en sortir seul. J'ai compris qu'il était complètement noyé dans son passé et que seul lui pouvait se sauver. Il devait affronter le monde !

Alors, bien que les premières semaines je pensais à lui tout le temps, j'ai fini par me raisonner. Et puis comme on dit : « Loin des yeux, loin du cœur. » En quittant Saumur, j'avais juré que cette expression était fausse. Que Soen ne cesserait jamais de faire battre mon cœur…

Avec le temps, j'ai pris conscience que je n'avais pas le choix. Soen devait apprendre à s'accepter, à vivre, à aimer…

Et moi, je devais sortir de cette tristesse qui m'empêchait de respirer. Au fil des mois, j'ai réussi, avec des hauts et des bas, à me concentrer sur mon avenir et j'ai dû avancer. Sans lui.

Aujourd'hui, bien qu'il n'obnubile plus mes pensées, je me demande souvent ce qu'il est devenu. Je l'imagine alors seul, cheveux longs et barbe en vrac, à s'occuper de ses chevaux avec amour… comme quand je l'ai rencontré. Ça me fait toujours sourire malgré cette pointe de nostalgie qui enveloppe tout mon être. Mais finalement, je finis toujours par me dire que j'ai pris la bonne décision. Même si j'aimais cet homme d'un amour inconditionnel, ce n'était pas la vie que je souhaitais.

Je dois quand même avouer que cette lettre agit sur moi comme un explosif. Comme si de simples mots pouvaient tout remettre en question… mes idées, mon avenir.

« Que tout comme moi », « merci pour tout »… qu'est-ce que ça veut dire, bon sang ?!

Est-ce que Soen a changé ? A-t-il refait sa vie ? A-t-il trouvé sa voie ? Et si oui, dans quelle direction est-il parti ?

Toutes ces questions se battent dans mon esprit et m'empêchent de réfléchir convenablement.

De nouveaux coups à ma porte me font sursauter et je me lève d'un bond avant de ranger la lettre dans la poche arrière de mon jean.

– Maman, excuse-moi, tu peux revenir plus tard, je suis en train de…

– C'est moi Liv' ! s'exclame Gabriel en ouvrant la porte.

Déboussolée, je tente de cacher mon trouble et lui souris aussi largement que je peux.

– Gaby ? Mais tu… t'es en avance !

– Humm, dit-il en jetant un œil à sa montre. On avait dit dix-neuf heures, non ?

Quoi ?!

Merde, combien de temps j'ai passé à lire cette putain de lettre ?

– Livia ? me sort-il de mes pensées en s'approchant. Tout va bien ? Tu es toute pâle.

– Oui, c'est… le contrecoup je crois !

Tout de suite, ses lèvres s'élargissent en un sourire.

– Félicitations ! s'exalte-t-il en faisant mine d'applaudir.

Tel un automate, je hoche la tête et le gratifie d'un sourire pour le remercier. Mais en réalité, j'ai l'esprit complètement ailleurs.

À plus de trois cents kilomètres d'ici…

– Alors on y va ? me sort-il de mes pensées. Les autres nous attendent.

– Merde, je suis désolée, je ne suis pas prête ! Tu me laisses une minute ?

Gabriel acquiesce et recule jusqu'à la porte avant de s'arrêter.

– En réalité, ça m'arrange qu'on soit que tous les deux, dit-il en me regardant ouvrir mon placard. Je voudrais te dire quelque chose avant la fête.

Je sors ma petite robe noire et lui fais signe de parler. Cette fois, c'est lui qui semble mal à l'aise tout à coup. Gabriel n'est pas du genre timide, bien au contraire. La première fois que je l'ai rencontré à cette soirée organisée par une amie de Lucie, j'ai su que je ne serais jamais attirée par lui. Physiquement, il est la copie quasi exacte d'une personne dont je ne veux plus jamais entendre parler. Charles de La Perrière.

Au départ, j'étais assez froide avec lui, mais il faut dire qu'il a été très patient et tellement gentil que j'ai fini par l'apprécier et depuis, nous sommes très amis. Blond aux yeux bleus, de bonne famille et sûr de lui, Gab est bien évidemment loin d'être aussi con que ce sale type ! Non, malgré la ressemblance, lui est authentique et à l'écoute.

Gabriel inspire profondément avant de se rapprocher de nouveau. Ensuite, il attrape mes mains dans les siennes.

– Livia, j'attends ça depuis des mois… je… Tu me plais, Liv'.

Prise au dépourvu, j'entrouvre légèrement les lèvres pour y laisser échapper un soupir. Bien qu'au départ, j'ai bien vu que Gabriel en pinçait pour moi, lui a tout de suite compris que je n'étais pas prête à m'engager dans une nouvelle relation. Du coup, nous sommes devenus amis et malgré les lourdes insinuations de maman et Lucie, je n'ai jamais envisagé qu'on aille plus loin.

Alors que Gabriel attend impatiemment ma réponse, je sens mon cœur se compresser dans ma poitrine. Mais pas pour les raisons qu'il devrait.

60

À travers la vitre, je regarde le paysage défiler sous mes yeux en tentant de calmer mon angoisse. Depuis que les grands édifices de la ville ont laissé place à des champs et de vastes prés verdoyants, je me rends compte de ce que je suis en train de faire.

Il m'a fallu quelques jours pour prendre la décision d'aller rendre visite à Soen. J'ai pesé le pour et le contre et me suis rappelé que je lui avais fait la promesse de revenir un jour. Mes cours démarrant dans deux semaines, il me semble que c'est le bon moment pour prendre un peu de vacances, non ?

Bien que cette lettre m'ait beaucoup intriguée, je dois avouer qu'elle m'a également chamboulée. Totalement.

Et c'est ça qui me fait peur. Maintenant que j'ai enfin trouvé ma voie et que, après un travail acharné, j'ai été acceptée dans cette école, je flippe de me retrouver dans une impasse. Car même si je fais mine d'être passée à autre chose, je sais au fond de moi qu'il me manque quelque chose pour être heureuse. L'amour. Cette passion, cette alchimie que je n'ai jamais retrouvées depuis *lui*.

Je ne sais pas du tout comment vont se passer nos retrouvailles, mais étant donné la manière dont Soen accapare la totalité de mes pensées depuis cette lettre, je me doute de ce que je vais éprouver en le revoyant. Cette simple pensée me fait frissonner.

Je relève la tête en sentant le train ralentir et inspire profondément.

Saumur, me voilà.

***

En sortant du taxi, je ressens une étrange sensation de chaleur en regardant autour de moi. Je me revois il y a environ un an, sans savoir que j'allais passer les semaines les plus intenses de toute ma vie. Des images défilent devant mes yeux : avec les chevaux, les camarades… mais surtout tous les moments passés avec lui. Cette vision remplit mon cœur de mélancolie. Et de peur aussi. Je suis aussi excitée que paniquée de le revoir. D'autant que je ne l'ai pas prévenu de ma visite.

J'emprunte un long chemin terreux avant d'arriver devant la maison de Soen. Cette terrasse où nous nous sommes confiés à plusieurs reprises, ces heures à regarder le coucher de soleil sur le lac, dans les bras l'un de l'autre. Tous ces souvenirs me glacent le sang. En positif ? En négatif ? À cet instant, je n'en sais rien.

Il ne semble pas être chez lui, ce qui ne me surprend pas, alors je longe le lac en espérant le voir dans les écuries.

En arrivant devant, et surtout quand j'entends des pas à l'intérieur, mon souffle s'accélère tellement fort que j'ai l'impression que je vais m'évanouir.

Malgré la sensation de faire une crise cardiaque, je m'avance avec le sourire jusqu'à la porte.

Allez Liv', courage !

Mais quand je m'aperçois qu'il ne s'agit pas de Soen, une énorme déception m'envahit comme si je venais de recevoir une chape de plomb sur les épaules.

Et s'il avait déménagé ? Et si sa lettre était pour m'informer qu'il changeait de vie et quittait cet endroit ?

– Bonjour ! s'exclame la jeune fille à l'intérieur du box.

Une fourche à la main et un large sourire aux lèvres, elle s'immobilise en attendant que je la salue. Petite brune aux yeux noirs… OK !

– Bonjour, je… excusez-moi je… balbutié-je en reculant, des gouttes de sueur se frayant un chemin le long de mes tempes. Je cherchais quelqu'un, mais de toute évidence, il ne vit plus ici.

– Oh, vous parlez de Soen ? demande-t-elle alors en posant l'instrument pour s'avancer vers moi. Il est au centre jusqu'à dix-neuf heures !

Lorsqu'elle remarque mon expression, elle retrousse ses lèvres, comme si elle comprenait mon désarroi.

Non, ma jolie, tu ne comprends pas.

Moi en revanche, je comprends tout et ça me donne envie de creuser un trou pour m'y cacher. Soen a refait sa vie… Et alors que je devrais me réjouir pour lui, le sol se dérobe sous mes pas.

– Allez-y ! me propose-t-elle alors. À cette heure-ci, il n'y a pas d'arrivée et tout est très calme. Soen devrait être…

– Euh non merci, la coupé-je en m'éloignant encore. Disons que le domaine de La Perrière ne me manque pas vraiment.

Je lui adresse un signe de la main pour lui dire au revoir, mais elle lève les sourcils, surprise par ma dernière remarque.

– Le domaine de La Perrière ? répète-t-elle étonnée. Non, Soen est au centre de remise en forme, juste là-bas sur votre droite !

Je suis son index du regard en direction des prés et je retiens mon souffle en découvrant plusieurs écuries et autres installations, là où il n'y avait auparavant que des champs à perte de vue.

Même si je souffre de l'imaginer avec une autre femme, je ne peux m'empêcher d'être heureuse pour lui.

Bon sang, Soen, tu l'as fait !

La curiosité étant bien plus forte que ce sentiment de tristesse, je remercie cette fille et emprunte le chemin qui mène au fameux centre.

Une fois le portail passé, j'entre dans un hangar et reste subjuguée face aux nombreuses installations. Un grand cheval noir est en train de marcher sur un tapis roulant avec de l'eau à hauteur des tendons, tandis qu'un autre est attaché sous les lumières d'un solarium. J'avance doucement et prends le temps d'observer ce lieu hors du commun. Je ne peux m'empêcher de sourire tant je suis émerveillée.

Une musique douce est diffusée en fond et les chevaux semblent calmes et détendus. Au fond de cette immense pièce, un jeune homme est en train de poser de l'argile sur le dos d'une jument et la recouvre d'une cellophane. J'ai vraiment l'impression d'être face à une thalasso dans le domaine équin. Je n'ai jamais vu un centre de ce genre et je ne serais pas étonnée que Soen soit précurseur dans ce domaine.

C'est fantastique !

Quand je ressors, je pivote à trois cent soixante degrés pour observer les larges prés dans lesquels de nombreux chevaux broutent tranquillement, sans équipement sur le dos… *Waouh*. En fronçant les sourcils, je reconnais immédiatement certains d'entre eux. Toujours un peu fougueuse, Idylle trotte en sautillant.

Toi aussi tu es là, ma belle.

J'avance lentement en découvrant chaque partie de ce merveilleux endroit paisible et dans lequel règne une ambiance rassurante. Tandis que je continue vers une maisonnette blanche qui semble être l'accueil, je suis interrompue par Jack qui me saute dessus.

– Hey, salut toi !

Il se colle à mes jambes en attendant que je lui gratte le dos. Il me reconnaît comme si nous ne nous étions jamais quittés. Comme un puzzle, tous mes repères se reconstituent au fur et à mesure. Il ne me manque plus que la pièce maîtresse…

La voix masculine que j'entends à l'intérieur du bureau me retourne les tripes.

C'est lui.

Le cœur qui tambourine, je passe la porte et, une fois face à lui, je n'arrive plus à cligner des yeux, comme de peur qu'il disparaisse de nouveau.

Un téléphone coincé entre l'oreille et l'épaule, la tête à moitié baissée, il a le regard rivé sur une feuille sur laquelle il prend des notes. Il ne m'a pas entendue arriver, tellement aspiré par ses occupations. Je prends donc le temps de le détailler, comme au bon vieux temps. Ses cheveux sont toujours impeccablement coupés et sa barbe absente. Quel bonheur de le voir ainsi !

– Très bien, madame, nous avons également un pédiluve pour un travail dans l'eau tout en douceur. Je vous attends donc demain matin à neuf heures, vous et votre jument !

Sa voix, rauque et sensuelle, me fait de nouveau frissonner. Soen pose le combiné et continue d'écrire sans lever les yeux. Alors, je fais un pas en avant et prends une profonde inspiration.

– J'aimerais parler au directeur, s'il vous plaît.

Son visage se relève aussi sec et, quand il m'aperçoit, son expression passe de la stupeur à la joie. Puis, il pose nerveusement une main derrière sa nuque.

J'ai l'impression qu'il ne s'attendait pas à me voir si vite…

– Vous l'avez devant vous, répond-il sur un ton enjoué.

Nous nous sourions tout en nous observant attentivement. Contrairement à ce que j'avais imaginé, Soen est resté tel que je l'ai quitté. Seulement, il y a désormais dans ses deux iris dorés quelque chose qui pétille et que je n'avais encore jamais vu : de la sérénité et du bien-être.

– Je suis très heureuse pour toi, Soen, lancé-je finalement en serrant les lèvres pour contenir mes émotions. Tout ça c'est… bravo !

– Merci Livia.

Figée devant lui, je me contente de sourire en cachant mon désespoir. Car maintenant que je l'ai revu, je suis persuadée d'une chose : j'aime toujours cet homme et jamais je ne cesserai de l'aimer.

C'est fou ce qu'il m'a manqué…

Aucun de nous deux ne reprend la parole et le silence qui s'installe m'évoque des souvenirs, encore bien accrochés à ma mémoire.

Notre façon à nous de communiquer.

Ses yeux, mes yeux, ce contact interminable comme si un minuscule fil transparent n'avait jamais cessé de nous lier.

– J'ai reçu ta lettre, dis-je en déglutissant difficilement.

– Je me doute bien que tu es venue pour ça.

– Oui je... je suis contente de voir tout ce que tu as accompli.

– Ça n'a pas été simple, mais à chaque fois que j'étais découragé, je pensais à toi et ça me donnait de la force.

Gênée, je baisse le regard en sentant l'incompréhension me submerger. Je n'arrive pas à croire qu'il me dise une chose pareille.

Il ne m'a donc pas oubliée, lui non plus.

OK, nous venons de nous retrouver et cela fait ressurgir beaucoup d'émotions. Nos retrouvailles semblent parfaites...

À un détail près.

– J'ai croisé ta petite amie.

Impossible de cacher toute la peine que je ressens. Soen semble le comprendre car il fait le tour du bureau pour venir me rejoindre.

– Tu parles de Sarah ? demande-t-il en grimaçant presque. C'est ma belle-sœur. Elle est vétérinaire.

– Ta belle-sœur ? répété-je ahurie.

– Oui, j'ai ouvert ce centre avec l'aide de mon frère, le mari de Sarah.

Oh...

– Eh oui, souffle-t-il en secouant la tête. C'est avec l'aide de toute ma famille que j'ai pu bâtir ce cadre. J'espère que tu as du temps devant toi, j'ai une tonne de choses à te raconter.

Pendant un instant, nous nous fixons sans rien dire. Et comme si nous ne nous étions jamais quittés, notre langage à nous opère.

J'aimerais ne jamais quitter cet endroit.

– À vrai dire, dis-je en me mordant le coin de la lèvre, j'ai deux semaines devant moi.

Soen rit avant de s'approcher encore un peu, de manière à ce que nous ne soyons plus qu'à quelques centimètres l'un de l'autre.

– Je te préviens Livia, si tu restes, cette fois, tu ne repartiras pas.

Son assurance me décontenance, mais il semble tellement serein. Je m'esclaffe avant de répondre d'humeur taquine :

– Eh bien, c'est ce qu'on verra !

Tu y es déjà arrivé une fois, Soen.

– Je relève le défi !

Nous nous sourions encore et alors que j'ai envie de le prendre dans mes bras, il me surprend en attrapant ma main dans la sienne pour m'emmener dehors. Ce simple contact me galvanise.

Nous avançons silencieusement dans l'allée, face au soleil qui tape et ça me fait bizarre d'être aussi proche de Soen après tous ces mois de séparation. Toutefois, cette situation a l'air si naturelle. Si logique.

Lorsque nous arrivons devant un grand portail blanc, que j'imagine être l'accès principal du centre, Soen s'arrête pour se positionner face à moi.

– Je suis tellement heureux que tu sois là, Livia. J'attendais ce moment depuis si longtemps ! Tu ne peux même pas t'imaginer à quel point tu m'as manqué. Absolument tout me manquait en toi : ton humour, tes caresses, même ta cuisine… se moque-t-il. Et j'ai mis tous ces souvenirs, toute cette énergie pour monter ce centre. Notre projet à nous.

Je reste stoïque face à cette déferlante de compliments. Je sais que Soen n'est pas quelqu'un qui se livre facilement. D'ailleurs, pendant sa tirade, il a à peine repris sa respiration, certainement pour ne pas perdre son courage.

Il est tellement beau…

– Soen je… Moi aussi, j'ai un tas de choses à te raconter. J'ai laissé tomber la fac, commencé-je en déglutissant avec difficulté.

Son visage s'illumine d'un large sourire approbateur et il m'intime silencieusement de continuer.

– Et j'ai été acceptée dans une école d'infirmières, poursuivis-je en plissant le nez. Je démarre les cours dans quinze jours.

Alors que je m'attends à ce qu'il soit déçu, Soen lâche un soupir de soulagement avant de tirer sur ma main pour m'approcher de lui. Puis, il passe ses bras autour de ma taille.

Nom de Dieu... Sentir ses mains sur moi me fait frémir de la tête aux pieds. La connexion entre nous est dingue et son assurance me complète. Totalement.

– Je suis si heureux pour toi Livia, s'exclame-t-il avec fierté.

– Merci, mais... C'est juste que... je dois retourner à Paris et...

– Livia, me coupe-t-il en croisant ses mains dans mon dos. Ça fait un an que je t'attends. Non, qu'est-ce que je raconte, se reprend-il en secouant la tête. Je t'ai attendue toute ma vie, Liv' !

Je retiens ma respiration ainsi que mes larmes et je n'ai pas le temps de penser à ce que je vais dire qu'il poursuit :

– Je t'aime Livia. Je n'ai jamais cessé de t'aimer depuis que tu es partie et j'ai passé tout mon temps à essayer de me reconstruire afin d'être digne de toi. Alors, si tu es d'accord...

Je ne le laisse pas finir sa phrase en posant mes lèvres sur les siennes. Soen frémit avant de remonter sa main sur ma nuque pour appuyer notre baiser.

Bon sang, ce que c'est bon.

Nous nous embrassons langoureusement, comme si c'était la première fois. Je redécouvre la douceur de sa langue, cette saveur qu'il m'est impossible de décrire.

– Je ne veux plus jamais te quitter, murmuré-je entre deux baisers.

Nos langues continuent de danser ensemble durant un petit moment, m'envahissant d'un bonheur indicible. Jusqu'à ce que Soen y mette fin en posant ses mains sur mes bras.

– Il faut que je te montre quelque chose, laisse-t-il échapper de ses lèvres rouges et gonflées par notre baiser passionné.

Doucement, il me pousse à faire volte-face, de manière à ce que je sois dos à lui.

– Ça te dit qu'on commence par une visite complète du centre ?

Soen passe son bras autour de moi pour soulever mon menton, m'obligeant à lever la tête. Les larmes emplissent mes yeux quand j'aperçois l'énorme écriteau à l'entrée du domaine :

Le reflet d'or.

ÉPILOGUE

Soen
Quatre ans plus tard

Depuis que j'ai accepté sa proposition, la pression ne fait que monter. Je ne sais pas comment je dois réagir ou encore me comporter devant tous ces gens.

C'est pourtant dans la logique des choses et même si je ne m'y attendais pas et que je ne suis pas trop adepte de ce genre d'événement, je vais aussi être sur le devant de la scène et je n'aime pas ça.

Seul dans ma chambre, je me débats avec mon costard pour essayer de ressembler à quelque chose. Enfiler ce genre de tenue ne fait clairement pas partie de mes habitudes et je préfère de loin mes pantalons décontractés, bien plus confortables.

Une fois prêt, je m'observe dans le miroir. Bien que nous ne soyons qu'au début du printemps, les températures de cette journée s'annoncent particulièrement douces et j'ai du mal à me reconnaître, engoncé dans cette chemise blanche qui me colle à la peau, sous cette veste sombre qui me tient chaud.

Pourtant, ma gueule amochée me rappelle bien qu'il s'agit de moi.

Dehors, le ciel est lumineux et il n'y a pas un nuage à l'horizon. Idéal pour un mariage, finalement.

Quand je regarde par la fenêtre et vois tous ces chapiteaux montés, je me dis que c'est vraiment trop pour une journée. Mon jardin s'est transformé en véritable lieu de réception et je ne reconnais même plus mon petit coin paisible.

Mais si ça lui fait plaisir, c'est le principal.

Il me reste encore un peu de temps pour peaufiner mon discours. Bien que je me le répète en boucle depuis des semaines, impossible de le retenir. Le stress, j'imagine.

Avant de me remettre dessus, je décide d'aller prendre un peu l'air. À peine ai-je ouvert la porte que je prends un vrai bain de foule. Il y a des gens partout ! De ma petite terrasse jusqu'au bord du lac où est dressée une table avec différents cocktails.

Je slalome entre les invités que je ne connais absolument pas et tente de ne pas m'attarder sur ceux qui me fixent avec méfiance ou carrément de travers.

Arrivé au bout de l'allée, je l'aperçois enfin. *Livia*. Vêtue d'une longue robe en dentelle épousant parfaitement ses formes, elle rit aux éclats en basculant sa tête en arrière. Ses longs cheveux bruns tombent en cascade dans son dos. *Divine.*

Mes lèvres s'étirent automatiquement en un sourire. De la voir si heureuse, si belle, si parfaite et surtout, si mienne.

Je n'avance pas plus et m'adosse au muret pour la laisser profiter de ses amies, qu'elle n'a pas vues depuis Noël dernier.

Voilà déjà un an qu'elle est venue vivre avec moi ici. Après trois longues années de relation à distance, où je ne la voyais que certains week-ends et pendant les vacances, elle a décidé de quitter la ville pour venir se perdre à la campagne.

Se perdre avec moi.

Une fois son diplôme d'infirmière en poche, elle a vite trouvé un boulot en ville et, même si pour l'instant, ses horaires sont compliqués, je peux la voir tous les jours et ça, c'est tout ce qui compte. En effet, nous vivons depuis un amour profond et incommensurable.

Quand j'aperçois son père un peu plus loin près du buffet, notre première rencontre me revient immédiatement en tête. Il ne m'avait quasiment pas adressé la parole, fidèle à cette image que Livia m'avait décrite. Mais au fil des mois, il a fini par se détendre. Sûrement le fait de voir sa fille aussi épanouie, mais surtout aussi résolue. Un jour – un mercredi –, il est même venu me retrouver au centre pour discuter. D'homme à homme.

Depuis, Richard est devenu beaucoup plus cordial, donc de ce côté-là, il ne devrait pas y avoir de problème.

En croisant son regard, je lui adresse un signe de tête qu'il me rend aussitôt, avant de reporter son attention sur sa fille. C'est d'ailleurs pile au moment où je repose mes yeux sur elle qu'elle me voit. Livia se fige instantanément et plisse les yeux. Puis, elle s'excuse auprès de ses copines pour s'approcher de moi. Voir ses hanches onduler dans une démarche lente et sensuelle me fait frissonner.

Putain, ce qu'elle est belle !

Une fois face à elle, je me redresse et tourne sur moi-même afin qu'elle analyse ma tenue. Sans rien dire, elle m'observe, la bouche entrouverte et les sourcils légèrement froncés.

Merde, elle n'aime pas ?

– Je sais, j'ai l'air d'un vrai pingouin ! déclaré-je en passant une main dans mes cheveux.

Livia secoue la tête et s'approche un peu plus avant d'attraper ma cravate pour la réajuster. D'un geste plus que suggestif, elle se met à faire des va-et-vient le long du tissu en satin.

– Tu es beau, lâche-t-elle en se mordant la lèvre inférieure.

Seigneur… Non Liv', ne fais pas ça…

Alors que je ferme les paupières pour tenter de contrôler cette chaleur qui monte en moi, Livia glousse en s'approchant davantage et sentir l'odeur de son parfum à la vanille accentue la torture.

Délicieuse torture.

Quand je sens ses petites mains glisser le long de mon torse, j'ouvre brusquement les yeux.

– Je savais que cette chemise cintrée ferait ressortir tes muscles, raille-t-elle en palpant mes abdos.

L'effet qu'elle a sur moi semble l'amuser, mais je ne me laisse pas démonter pour autant. Malgré la présence de ses parents et de tous ses amis, je plante mon regard dans le sien avant de passer mes bras autour de sa taille fine.

Je déglutis difficilement en sentant l'excitation s'emparer de tout mon être.

– Tu crois qu'on a le temps de…

– Impossible ! s'écrie-t-elle en faisant les gros yeux.

Livia éclate de rire avant de m'embrasser du bout des lèvres. Puis elle se détache de moi, à mon grand regret.

– On se retrouve dans quelques minutes… annonce-t-elle en m'adressant un clin d'œil. Ensuite, tu seras tout à moi.

Je prends une grande inspiration quand j'entends tinter le triangle annonçant le début de la fête. Tous les convives se regroupent vers le lieu de cérémonie laïque, improvisé dans le fond du jardin. Une allée bordée de pétales est encadrée par des rangées de bottes de paille recouvertes de tissu blanc. Au bout de celle-ci, un arceau décoré de fleurs champêtres est installé. Je dois avouer que cette déco vintage s'intègre parfaitement au cadre.

Je m'avance dans l'allée tandis que tous les regards suivent mon passage.

Respire, Soen…

Livia fait de même et nous nous faisons un clin d'œil pour nous réconforter mutuellement. La musique des Beatles, « All You Need Is Love » retentit dans les haut-parleurs et j'essaie de me détendre un maximum. Tout en avançant, je me demande si un jour je serai capable de faire cette démarche. Je sais pertinemment que Livia en rêve, mais toute cette mise en scène me fout les jetons !

Alors que nous sommes positionnés de part et d'autre du pupitre, un minibus version années soixante débarque, accompagné d'un cri aigu que tout le monde reconnaît. Les invités affichent des sourires radieux en voyant les principaux intéressés s'avancer bras dessus bras dessous. L'officiant les accueille et une fois l'assemblée installée et silencieuse, il commence un bref discours, jusqu'à arriver au moment fatidique.

– Mademoiselle Lucie Veron, souhaitez-vous prendre pour époux M. Paul Dufresne ici présent ?

La future mariée fait exprès de laisser traîner le suspense jusqu'à ce qu'elle hurle un immense OUI en levant son bouquet en l'air. Toute l'assistance rit de son éternel enthousiasme.

Paul, l'homme le plus heureux à cet instant, répond lui aussi par l'affirmative et ils se jettent dans les bras l'un de l'autre sous des applaudissements sans fin.

Plusieurs membres de la famille viennent leur témoigner leur affection par des petits discours, ce qui me fait souffler avec force en me rappelant qu'en tant que garçon d'honneur, je vais devoir y passer.

Reste cool Soen, ton speech n'est prévu que dans quelques heures.

Quand le père de Paul prend la parole, des images du mien me reviennent en tête et bien que Livia œuvre au maximum pour que je me rapproche de lui, j'ai encore quelques difficultés à lui parler ouvertement. Serait-il capable de faire ce genre de discours de père aimant ? Toutes ces effusions de bonheur me ramènent évidemment à ma situation personnelle et je ne me sens pas très à l'aise. Mes pensées dérivent et je commence à avoir de plus en plus chaud.

« Love and Marriage » de Franck Sinatra se diffuse pour clôturer la cérémonie et Livia, qui a constaté mon embarras, vient immédiatement me rejoindre pour enrouler ses bras autour du mien, ce qui fait légèrement retomber la pression.

– Tout va bien ? me demande-t-elle dans un murmure.

Je fais oui de la tête en admirant sa beauté parfaite. Tout va beaucoup mieux quand elle est près de moi. En réalité, et même si je ne le lui ai jamais vraiment dit, Livia m'a sauvé.

Avec elle, j'oublie mes cicatrices, mon passé… j'oublie tout ce qui est mauvais.

– Je sais que ça fait beaucoup pour une journée, continue-t-elle en déposant un baiser sur ma joue. Merci pour tous tes efforts, mon amour.

Elle sait lire en moi comme dans un livre ouvert et je dois avouer que parfois, ça en est déstabilisant. Je la serre un peu plus contre moi, comme si son corps pouvait absorber toute la tension que je ressens.

– Maintenant, je ne te lâche plus et tu n'as pas intérêt à t'échapper ! dit-elle en me souriant malicieusement.

Nul besoin de mots supplémentaires pour faire taire mes angoisses. Nous nous détachons l'un de l'autre pour aller féliciter chaleureusement les jeunes mariés.

– Encore merci Soen de nous avoir prêté ce lieu, s'exclame Paul en me tapant sur l'épaule. C'est magnifique !

Qu'est-ce qu'on ne ferait pas pour la femme de sa vie, hein ?

Au départ, quand Livia m'a demandé la permission d'organiser le mariage de sa meilleure amie ici, chez moi, j'ai eu l'impression qu'un étau s'était installé dans ma gorge. Mais finalement, en voyant tout cet amour flotter dans l'air, je ne regrette pas le moins du monde.

– Avec plaisir, réponds-je en lui souriant franchement.

J'aime bien ce gars.

– Alors les loulous, à quand votre tour ? s'écrie Lucie en me donnant un coup d'épaule des moins discrets.

Je me sens rougir, mais je n'ai pas le temps de répondre que mon attention est attirée par ma belle-sœur qui me fait de grands signes au fond de l'allée. J'essaie de comprendre les gestes qu'elle m'adresse, mais j'ai du mal à déchiffrer. C'est quand elle pointe son poing droit en avant et fait glisser sa main gauche dessus que je saisis.

Je m'approche alors de Livia et la prends par le coude pour l'attirer discrètement vers moi.

– Bébé, je crois qu'Idylle a besoin de moi…

– Ce n'est pas vrai ?! hurle-t-elle tout excitée. On y va !

– Comment ça, on y va ? Ne t'inquiète pas, je m'en occupe. Reste ici et profite du mariage de ton amie.

– Et que je loupe ça ? Même pas en rêve ! râle-t-elle. C'est bon, Lucie comprendra.

Nous n'avons pas le temps de nous retourner que la principale intéressée nous stoppe en se plaçant face à nous, les bras croisés.

– Comprendre quoi les amis ? Que je suis la plus formidable des mariées ? Que vous m'aimez à l'infini ? Oui, moi aussi, je vous love.

Livia se met à rire avant de lui expliquer rapidement la situation. Les sourcils de Lucie se froncent au fur et à mesure jusqu'à ce qu'elle lui coupe la parole :

– Tu déconnes, Liv' ? Le jour de mon mariage, tu vas aller accoucher un cheval ? Sérieusement, on nage en plein délire !

– Quoi ?! s'exclame Paul en s'approchant vivement. Une mise bas ?

– Oui, Idylle commence et il faut qu'on aille l'aider, renchérit Livia.

– Putain, c'est génial ! s'écrie Paul en ouvrant grand les yeux.

Lucie se retourne sur son mari pour le fusiller du regard.

– Tu plaisantes Mamour, j'espère ?! Non parce que si toi aussi tu veux aller jouer les gynécos pour bourrins…

– Mais non, ma puce ! Je reste là, évidemment… la rassure Paul en luttant pour cacher sa déception.

Les voir tous les deux en train de se chamailler est une vraie scène de théâtre et je me pince les lèvres pour ne pas me marrer quand Livia intervient :

– Bon, on n'en a pas pour longtemps, promis ! Mais là, elle a besoin de nous.

Lucie fait mine de bouder, mais Livia a bien compris qu'il n'y avait pas de soucis. Elle embrasse rapidement son amie sur la joue avant de me tirer par la main.

Lorsque nous arrivons dans les écuries, Idylle est couchée, tête basse. Je ne l'ai jamais vue aussi vulnérable.

– Elle a déjà rompu la poche, mais elle a du mal à l'expulser, nous informe Sarah.

Je m'approche alors de la jument et tente de la rassurer en lui parlant calmement. Elle lève vers moi des yeux très expressifs, m'implorant de l'aider.

– Liv', mets-toi au niveau de sa tête, je vais devoir accélérer les choses, ordonné-je sans sourciller.

Livia s'exécute et parle calmement à Idylle tout en la caressant. Ces deux-là s'entendent vraiment bien et je sais qu'elles peuvent compter l'une sur l'autre. Idylle cale sa tête sur les genoux de Livia alors que ses flancs se contractent de plus en plus fort.

Je me positionne vers l'arrière de la jument et constate qu'en effet, le petit est déjà engagé, mais n'arrive pas à sortir seul. Je quitte ma veste pour la balancer plus loin et remonte mes manches avant d'attraper les antérieurs du poulain. Doucement, mais de manière assez ferme, je tire pour que l'expulsion ne soit pas complète. Puis, je laisse Idylle finir le travail seule. Une fois le poulain sorti, la jument reste allongée quelques minutes pour se reprendre.

Livia est très émue lorsqu'elle aperçoit le bébé. Elle tente de contenir ses larmes, mais ses reniflements la trahissent. J'attrape la serviette que ma belle-sœur me tend et m'essuie rapidement avant de m'approcher d'elle.

– C'est… c'est tellement beau, tu as bien travaillé ma belle, murmure Livia à la jument.

En voyant son buste secoué de tremblements, je la prends dans mes bras.

– Tu es un héros, Soen.

– Non, je lui ai juste donné un coup de main, elle a fait tout le travail toute seule.

Livia ne rétorque pas, mais à l'intensité de son regard, je comprends ce qu'elle ressent et ça me plaît. J'aime la façon dont elle me considère. Sans me lâcher des yeux, elle passe délicatement ses doigts sur la balafre qui traverse mon visage. Comme à chaque fois, ce geste me fait frémir. Alors qu'au départ, je ne supportais même pas qu'on la voie, maintenant, j'en suis limite fier. *Grâce à elle.*

Le poulain nous sort de notre rêverie en secouant la tête. Il tente de se redresser, mais il ne tient pas encore sur ses membres. Idylle commence à se balancer pour se relever, alors nous nous écartons pour lui laisser de la place. Ensuite, elle rapproche son nez du poulain et le lèche tendrement.

Livia affiche un sourire béat d'admiration et des larmes dévalent ses joues sans qu'elle s'en soucie. Elle assiste à ce spectacle, transportée de voir ce lien si spécial se créer entre ces deux êtres. Je me positionne dans son dos et entoure ses épaules de mes bras.

– Au fait, c'est une fille ou un garçon ? m'interroge-t-elle en reniflant.

– Une fille.

– Et comment on va l'appeler ?

– Je ne sais pas… tu as une idée ?

Livia hausse les épaules avant de se remettre à admirer les bêtes et nous restons dans cette position durant quelques minutes, savourant cet instant.

– Nous aussi, on vivra ça un jour, lui chuchoté-je à l'oreille.

Je sens qu'elle retient son souffle avant de se retourner vivement pour me regarder dans les yeux.

– Tu es sérieux ?

– Oui enfin… j'ai dit un jour…

Je fais mine d'hésiter, mais en réalité, je n'ai jamais été aussi sûr de moi de toute ma vie. Je m'imagine alors vivre une journée comme celle de Lucie et Paul. Ce n'est pas si terrible finalement et c'est tellement fort à la fois. C'est sûr, j'ai envie de vivre ça avec Livia et je ressens le besoin de partager ce désir avec elle.

Alors qu'elle s'extasie devant la pouliche, je prends un brin de paille et le noue pour former un petit cercle.

– Liv' je… ça fait un moment que j'imagine notre avenir et… bredouillé-je en secouant légèrement la tête. Je n'avais pas du tout prévu de faire les choses de cette façon, mais j'ai la sensation que c'est le bon moment.

Elle écarquille les yeux de stupéfaction en me voyant me baisser pour poser mon genou droit au sol. J'attrape sa main et alors que je lui glisse la bague improvisée autour de l'annulaire, je lui déclame :

– Livia, veux-tu m'épouser ?

Elle n'a même pas besoin de dire oui. L'expression de joie qui inonde son beau visage, ses larmes ainsi que son sourire répondent pour elle.

– Oui, laisse-t-elle tout de même échapper dans un sanglot.

Je me redresse aussitôt pour la prendre dans mes bras. Livia vient d'accepter d'être mienne pour toute la vie et je ne me suis jamais senti aussi heureux.

Nous restons un petit moment à nous enlacer de la façon la plus tendre et amoureuse qu'il soit, jusqu'à ce qu'elle recule le visage pour me regarder dans les yeux.

– Qu'est-ce qui t'a fait changer d'avis ? m'interroge-t-elle. Je veux dire, je croyais que le mariage n'était pas ton truc…

– Je me suis juste rendu compte qu'il n'y a qu'à tes côtés que j'arrive à trouver la paix et…

– La paix ? me coupe-t-elle en écarquillant les yeux.

Je lève les sourcils en attendant de voir l'idée qu'elle a derrière la tête. Livia ne remarque même pas que je m'apprêtais à lui faire une déclaration, tant elle est excitée. Vivement, elle attrape le col de ma chemise avant de murmurer contre mes lèvres :

– Nous venons de mettre au monde Peace and Love.

FIN

REMERCIEMENTS

L'aventure a commencé avec ce livre, notre premier roman à quatre mains.

D'abord publié en version numérique, il a su conquérir de nombreux lecteurs, lui donnant ainsi la possibilité de voir le jour en papier. Alors pour commencer, nous souhaitons remercier nos lecteurs, sans qui nous ne serions pas là aujourd'hui.

Merci également à tous les chroniqueurs qui ont su mettre notre roman en avant avec leurs beaux retours.

Un grand merci aux éditions Addictives, notamment nos éditrices Marianne et Maud, pour nous avoir fait confiance et donné la chance de publier cette histoire atypique. Nous nous sommes lancé le pari fou d'écrire sur un thème peu vu en romance, tout en abordant l'expérience de cavalière de l'une de nous deux, sans imaginer une seule seconde à quel point notre héros vous toucherait.

Une pensée particulière à nos bêta-lectrices qui, en plus de nous donner un avis sincère et objectif, participent à améliorer la qualité de notre texte.

Pour terminer, nous souhaitons également remercier nos familles respectives, surtout nos chers maris. En effet, sans leur aide, nous ne pourrions pas passer autant de temps au téléphone pour créer tous ces personnages hauts en couleur !

Si vous souhaitez découvrir tous nos écrits ou tout simplement discuter avec nous, n'hésitez pas à nous rejoindre sur les réseaux sociaux : Facebook : FannyTwice – Instagram : Fanny.Twice

Merci encore de nous lire et à très vite pour de nouvelles aventures !

addictives

Rose Becker
Le Bébé, mon milliardaire et moi (aussi en poche)
Torride, sexy & dangereux
Dangerous

Aimée Bianca
B.O.S.S. Beau, Odieux, Sexy, Snob

Phoebe Campbell
Lui résister… ou pas – l'intégrale

Mia Carre
Bad for You
Teach Me Everything
Charmant connard !

Mélodie Chavin
Campus Rules
Fucking Wedding
Coloc avec mon ennemi

Alexia Clemens
Red Python. Save Me

Sonia Eska
Ne me tente pas

Emma Green
Toi + Moi : L'un contre l'autre (aussi en poche)
Toi + Moi : Envers et contre tout (aussi en poche)
Toi + Moi : Seuls contre tous (aussi en poche)
Love Me if You Can
Kiss Me if You Can
Bliss. Le faux journal d'une vraie romantique – volumes 1 et 2
Jeux interdits
Jeux insolents
Jeux imprudents
Une toute dernière fois
Fallait pas me chercher ! – volumes 1 et 2
Corps impatients (aussi en poche)
Cœurs insoumis (aussi en poche)
Âmes indociles (aussi en poche)
Cent facettes de Mr Diamonds – l'intégrale
Bliss. Le faux journal d'une vraie romantique – l'intégrale
(Im)parfait (aussi en poche sous le titre *Fais-moi une place*)
Love Me if You Can – l'intégrale
Kiss Me if You Can – l'intégrale
It's Raining Love !
The Boy Next Room
Call Me Baby – l'intégrale
Call Me Bitch – l'intégrale
PS: Oublie-moi !
Fallait pas me chercher ! – l'intégrale
Recherche coloc : emmerdeurs, râleurs, lovers… s'abstenir !
10 bonnes raisons de te détester !
Just 17
Love & Lies on Campus
Bien plus forte que toi !
If You Wanna Be My Lover…
The Boy on Fire
La Vie en vrai

Megan Harold
Breaking the Rules
Initiation with My Boss

Ludivine Hart
Arrogant & Tattooed

Amy Hopper
Gone Boy
Le Coloc

Charlie Lazlo
Mon insupportable boss

Sienna Lloyd
Mords-moi !

Caroline Mongas
Mariage forcé. Un contrat indécent

Zoé Murat
Boss Me Around

Lina Parker
Campus at Sea

Gaëlle Sage
Kiss, Kill & Ride
Lost Rider

Ana Scott
Dark Ride
Last Ride
Vicious Ride
The Dominant
Evil Ride
Sensual Stepbrother
Un enfoiré, mais un coup d'enfer!
Say Yes to the Boss
Le Meilleur Ami de mon frère

Camilla Simon
Le voisin parfait est un enfoiré
Initiation with My Enemy
Le mec parfait est un inconnu… ou presque!
Le rockeur parfait est insolent et tatoué

Liv Stone
Love Lessons

Lisa Swann
Adore-moi! – l'intégrale

Louise Valmont
Campus Initiation
Mon insupportable voisin!

Chloe Wilkox
Extreme Lover – l'intégrale
Immoral
Dominant Boss. Apprends-moi
The Virgin's Price

Luv

Ana K. Anderson
Indompté
Scottish Bastard

Sophie Auger
Be with Me

Sonia Birdy
L'Initiation
Touchdown. Campus Star

Laura Black
Dark Initiation
Games of Desire
H.A.R.D. Hot, Arrogant, Rebelle, Déterminé
Sulfurous Bad Boy
Italian Boss

Margot D. Bortoli
Too Young

Anne Cantore
Promets-moi. Louise et Marco

Sarina Cassint
Avec toi… peut-être
Insolent Boss

Romy Cole
Never Kiss a Soldier

Mary Ann Davis
Coach Me Love

Gwen Delmas
Noël, toi & moi
Sex Friends. Pas de contraintes, que du plaisir!

Sarah Dheilm
Hot Reward

Eugénie Dielens
Imprévisible boss
The Boss Next Door

Cléa Dorian & Ninon Vars
Dark Love

Laurie Eschard
Love Naked

Lil Evans
Boss Affair

Lou Garance
Can You Keep a Secret?
Foutu coloc!

Alexandra Gonzalez
Shades of You

Erin Graham
Teach Me Love
The Boss
Secret Stepbrother
Strong Addiction
Coloc avec mon boss
The Initiation
Un boss dans mon chalet

Joh Harper
Crazy Love
Broken but Alive

Marie Hayle
Under Control
Lover Next Door

Missie Heart
Dark Domination

Ellie Jade
About Last Night

Emma S. James
Under the Rain

Sara June
Rider in the Dark
Sexy Wild Rider

Emily Jurius
Love to Hate You

Antinea Kane
In Love with My Enemy

Allie Krown
High School Challenge

Marion Laurent
Mr Alpha
I Want You in My Bed!

Pauline Libersart
Tiger. Entre ses griffes

Nina Loren
Breaking the Ice
Teach Me Again. Impossible Desire

Ella Lores
Mariée par accident à un connard arrogant rencontré la veille…
My Best Enemy
Fucking King

Jessica Lumbroso
Emma X. Secrète et insoumise

Lili Malone
Coloc avec un inconnu

Mila Marelli
Dark Man in Love
Crazy Wedding

Mag Maury
My Hipster Christmas

Billie Morgan
Free Fighter

Aurore Nox
Foutu menteur!

Alix Parks
Never Kiss the Boss

Jeanne Pears
Insupportable coloc
Colocs & Sex Friends
H.O.T. Hypnotique, Obstiné, Ténébreux
The Most Insolent Man

Alexia Perkins
Arrogant Fake Lover

Sophie S. Pierucci
L'Inconnu de l'ascenseur & Moi (aussi en poche)
My Stepbrother. L'initiation

Silvia Reed
Darkest. La dernière heure
Too Close

Anita Rigins
No Rules
My Rules
J'aime pas Noël ni les voleurs de taxis!

Jana Rouze
Effet de vague – saisons 1, 2 et 3

Isla A. Rowley
Le Coloc de mon frère

Ana Scott
À corps brisés

Adora Sky
Decadent Lover

Léana Soal
Fight & Hope

Cara Solak
Perfect Obsession

Izia Soley
Fauve
Initiation. On Your Skin

Liv Stone
Initie-moi. Mes jours contre tes nuits

Lena K. Summers
Perfect Bad Boy
Donovan, roi des connards

Kaly Swann
Austin. Breathe with Me

Fanny Twice
Burning First Love

Anna Wendell
Arrogant Bad Boy
Apprends-moi le désir
Colosse. Le maître du jeu
Break Your Chains

Mina Zadig
Just Sex & Tattoos
Arrogant Highlander

New adult addictives

Sonia Birdy
California High School

Mélodie Chavin
Stepbro' Next Door

Juliette Duval
Falling for my Stepbrother

Sianna Milano
High School Initiation

Isla A. Rowley
Toxic Games

addictives POCHE

Rose Becker
Le Bébé, mon milliardaire et moi (aussi en grand format)
Désirs & Désastres

Marjorie Burbaud
The Campus Teacher

Olivia Dean
À lui, corps et âme – volumes 1 et 2

Sonia Eska
My Last Chance

Lou Everly
Bad Boy Crush

Erin Graham
Nos amours contraires
Back to Campus

Emma Green
Seuls contre tous (aussi en grand format sous le titre *Toi + Moi : Seuls contre tous*)
L'un contre l'autre (aussi en grand format sous le titre *Toi + Moi : L'un contre l'autre*)
Envers et contre tout (aussi en grand format sous le titre *Toi + Moi : Envers et contre tout*)
Corps impatients (aussi en grand format)
Cœurs insoumis (aussi en grand format)
Âmes indociles (aussi en grand format)
Fais-moi une place (aussi en grand format sous le titre *(Im)parfait*)

Kim Grey
Fausse fiancée & vrais ennuis

Megan Harold
Sublime-moi !

Charlie Lazlo
Kiss Me I'm Famous
The Duke

Jeanne Pears
Jamais avec mon coloc !

Sophie S. Pierucci
L'Inconnu de l'ascenseur
& Moi (aussi en grand format)
Deep & Dark

Lise Robin
Forbidden Stepbrother

Alexane Tolley
The Boss Rules

Chloe Wilkox
Your Game, My Rules

Certaines rencontres sont plus volcaniques que d'autres.

Darian est froid, sûr de lui et habitué à ce que tous lui obéissent sans poser de questions : quoi de plus normal quand on est roi ? Propulsé très jeune sur le trône de Karanie, petit royaume méditerranéen, il s'est forgé une apparence rigide et ne laisse rien ni personne l'ébranler. Mais Elsie entre comme une tornade dans sa vie, et tout se retrouve sens dessus dessous.

La jeune étudiante écossaise se moque complètement du titre de souverain de Darian, des convenances et du protocole ; elle n'hésite pas à lui tenir tête et lui dire ce qu'elle pense, ce qui rend le roi complètement dingue. Leurs échanges sont aussi passionnés qu'électriques. Rien n'est possible entre eux. Rien, vraiment ?

Auteure : Fanny Twice

Edisource – Éditions Addictives
100, rue Petit, 75019 Paris
Imprimé par FINIDR – Lipova cp. 1965 – 73 701 Cesky Tesin,
République tchèque
Dépôt légal : novembre 2022 – Achevé d'imprimer : octobre 2022
ISBN : 978-2-37126-530-1
Réf. contrat : ZSOE_001